Joy Ellis
Die verschwundenen Töchter

PIPER

Zu diesem Buch

Zwei Mädchen gehen auf eine Party, nur eine kehrt zurück. Sie steht unter Drogeneinfluss und behauptet, gesehen zu haben, wie ihre Freundin Emily von der Party verschleppt wurde. Aber niemand weiß, wer Emily ist oder ob sie noch lebt. Dafür wird an einem abgelegenen Strand die Leiche der ertrunkenen Shauna Kelly gefunden. Auch sie stand unter Alkohol- und Drogeneinfluss. DI Rowan Jackman und DS Marie Evans schließen sich mit dem Team der benachbarten Dienststelle Harlan Marsh zusammen. Die Kollegen sind seit einem Jahr einem geheimen Partyclub für Jugendliche auf der Spur, der von Feier zu Feier seine Location wechselt. Steht all das womöglich mit dem fast zehn Jahre zurückliegenden Verschwinden der kleinen Kenya Black in Verbindung – einem Verbrechen, das nie aufgeklärt wurde? Alles scheint davon abzuhängen, mehr über die geheimnisvolle Emily herauszufinden. Und dann enthüllen die Detectives ein Grauen unvorstellbaren Ausmaßes …

Joy Ellis kam über ihre Arbeit als Buchhändlerin zum Schreiben. Bei den Ermittlungsdetails ihrer Fälle verlässt sie sich auf ihre Partnerin, eine pensionierte Polizeibeamtin. Sie lebt in den Lincolnshire Fens, wo auch ihre Kriminalromane spielen.

Joy Ellis

DIE VERSCHWUNDENEN TÖCHTER

Jackman und Evans ermitteln

Aus dem Englischen
von Sonja Rebernik-Heidegger

PIPER

Mehr über unsere Autoren und Bücher:
www.piper.de

Wenn Ihnen dieser Kriminalroman gefallen hat, schreiben Sie uns unter Nennung des Titels »Die verschwundenen Töchter« an *empfehlungen@piper.de*, und wir empfehlen Ihnen gerne vergleichbare Bücher.

Von Joy Ellis liegen im Piper Verlag vor:
Der Sohn der Mörderin
Die verschwundenen Töchter

MIX
Papier aus verantwortungsvollen Quellen
FSC® C083411
FSC
www.fsc.org

Deutsche Erstausgabe
ISBN 978-3-492-31522-7
Mai 2020

Titel der englischen Originalausgabe:
»Their Lost Daughters«, Joffe Books, UK 2017

Redaktion: Sabine Thiele
Umschlaggestaltung: zero-media.net, München
Umschlagabbildung: Rekha Garton/Arcangel Images; FinePic®, München
Satz: Satz für Satz, Wangen im Allgäu
Gesetzt aus der Freight
Druck und Bindung: CPI books GmbH, Leck
Printed in the EU

Fast hätte ich aufgegeben. Deshalb danke ich dir, Jasper,
dass du an mich geglaubt und mir die Möglichkeit gegeben hast,
das zu tun, was ich liebe.

Und danke, Anne.
Durch deine Fähigkeit, selbst das dichteste Unkraut
zu entfernen, ist aus einem überwucherten Blumenbeet
ein wunderschönes Buch geworden!

KAPITEL 1

Jackman lag einen Augenblick lang regungslos da, bevor er die Augen aufschlug und nach dem Handy auf dem Nachttisch griff. »Rowan Jackman.«

»Hier spricht Sergeant Danny Page, Inspector. Tut mir leid, dass ich so früh störe, aber am Strand von Dawnsmere wurde eine Leiche gefunden.«

Jackman biss die Zähne aufeinander. Er ermittelte zurzeit im Fall eines verschwundenen Teenagers. »Eine Leiche, Sergeant?«

»Ja, Sir, und leider ist es eine junge Frau. Mehr wissen wir noch nicht. Ich habe zwei Streifenwagen in der Nähe, aber ich dachte, Sie wollen es sich bestimmt persönlich ansehen.«

Jackman war bereits aus dem Bett gesprungen. »Ich bin schon unterwegs. Würden Sie bitte Sergeant Evans verständigen und sie bitten, direkt zum Fundort zu kommen? Und am besten geben Sie auch gleich dem Gerichtsmediziner und der Spurensicherung Bescheid.«

»Wird erledigt, Sir.«

Die Dusche musste warten. Jackman riss den Kleiderschrank auf und schnappte sich eine Hose, ein warmes

Hemd, einen dicken Pullover und ein Paar Wandersocken. An der Küste war es um diese Jahreszeit bitterkalt, vor allem jetzt, kurz vor Tagesanbruch. Er zog sich eilig an und lief die Holztreppe hinunter in die Diele. Er holte seine Wanderstiefel aus dem Regal neben der Tür, überprüfte, ob er Dienstausweis und Geldbörse dabeihatte, nahm seine alte Wachsjacke vom Haken und schlüpfte hinein.

Zuletzt versperrte er die Eingangstür der zu einem Wohnhaus umgebauten Mühle und lief über die Auffahrt zu seinem Auto, das unter der Gartenlaube parkte. Er benutzte die Garage nur selten, denn er wollte keine Zeit verlieren, falls er einmal schnell losmusste. Wie jetzt zum Beispiel.

Die Dämmerung tauchte den Strand in ein verwaschenes, trostloses Licht, doch das eisige Grau passte ohnehin sehr viel besser zur Situation als ein spektakulärer Sonnenaufgang. Jackman sah sich um und versuchte, sich einen Moment lang nicht auf das zu konzentrieren, weswegen er hergekommen war.

Es war ziemlich übertrieben, Dawnsmere als Strand zu bezeichnen. Es war vielmehr ein öder, schmaler Sandstreifen zwischen dem wilden Marschland und dem kalten, wenig verlockenden Gewässer im Mündungsbecken dreier Flüsse, das im Allgemeinen The Wash genannt wurde.

Trotzdem war dieser Ort von einsamer, karger Schönheit. Jackman schätzte an diesen langen Küstenabschnitten in den Fens vor allem, dass jeglicher Hinweis auf eine menschliche Besiedlung fehlte. Es gab keine bunten Strandhütten, Sonnenliegen, Cafés oder sonstigen Unterhaltungsmöglichkeiten. Bloß die karge Landschaft und das Meer.

Auch jetzt wirkte der Strand beinahe urzeitlich – wenn man die Anwesenheit der Polizei und den traurigen Grund ignorierte, warum sie alle hier waren. Jackman riss sich zusammen und befahl seinem inneren Philosophen, den erfahrenen Polizisten das Kommando übernehmen zu lassen.

Das tote Mädchen lag auf der Seite, und sein aufgedunsenes Gesicht war zur Hälfte in den feuchten, schlammigen Sand gepresst. Ihre Kleider hingen wie Fetzen an ihr, und ihre Füße waren nackt. Jackman betrachtete die schlanken Knöchel und die Kratzer und Schnitte in der bleichen Haut. Er ging näher heran und runzelte die Stirn. Da waren auch jede Menge Blutergüsse.

Trotzdem wollte er keine voreiligen Schlüsse ziehen. Er ging immer gleich von einem Gewaltverbrechen aus, aber auch das Meer konnte einem Menschen erhebliche Verletzungen zufügen, wenn er von den Wellen gegen Steine und Felsen geschleudert wurde. Jackman griff in seine Jackentasche und holte ein Foto heraus. Es zeigte ein schlankes junges Mädchen mit schulterlangen, hellbraunen Haaren. Sie hatte fröhliche grüne Augen, eine schmale, zierliche Nase und ein breites Grinsen. Er betrachtete das leblose Gewirr aus Haaren und Stofffetzen und das unnatürlich weiße Fleisch und schüttelte den Kopf.

Vielleicht war das hier tatsächlich Shauna Kelly, aber es war schon mehr als ein Schnappschuss aus glücklicheren Tagen notwendig, um sie zu identifizieren. Er seufzte schwer. Das vermisste Mädchen hatte keine Tattoos, Narben oder anderen besonderen Merkmale, weshalb sie auf die zahnärztlichen Befunde zurückgreifen mussten. Es sei denn, die verzweifelten Eltern bestanden darauf, die Leiche zu sehen – wobei Jackman alles Menschenmögliche tun würde, um das zu verhindern.

Er versuchte, eine Verbindung zwischen dem toten und dem lebendigen, lächelnden Mädchen auf dem Foto herzustellen, aber abgesehen von der Haarlänge fiel ihm nichts auf.

»Was für eine Verschwendung. Das arme Ding.« Ein uniformierter Officer stand einige Schritte entfernt und scharrte unablässig mit der Stiefelspitze im Sand.

Jackman kannte ihn als Komiker, der im Aufenthaltsraum der Dienststelle immer einen Scherz auf Lager hatte und alle zum Lachen brachte.

Der Beamte sah Jackman an und senkte den Blick. »Tut mir leid, Sir. Ich habe auch drei Töchter.«

Jackman lächelte verständnisvoll und griff zu einem erprobten Trick, um den Kollegen abzulenken. »Tun Sie mir doch einen Gefallen, Constable, und sehen Sie nach, ob DS Evans schon da ist.«

Der Mann nickte, straffte die Schultern und verließ eilig den Fundort.

Jackman blieb allein mit dem toten Mädchen zurück und fragte sich zum wiederholten Mal, wie ein Mensch mit dem Anblick so vieler Leichen klarkommen konnte. Tote Erwachsene waren schon schlimm genug, Babys waren kaum zu ertragen, und Kinder brachen ihm jedes Mal das Herz. Aber Teenager waren noch einmal etwas anderes.

Da war dieses schreckliche Gefühl des Verlustes, wenn Jugendliche starben. Sie hatten es *fast* geschafft. Sie waren *beinahe* das geworden, was ihnen zugedacht gewesen war. Doch ihr gesamtes Potenzial war mit einem Mal verschwunden, die unentdeckten Talente innerhalb eines Wimpernschlages ausgelöscht, sämtliche Träume ausgeträumt.

Eine sanfte Brise wehte vom Meer herein, und die Oberfläche der seichten Pfütze, in der das Mädchen lag, kräuselte sich. Ihre durchtränkten Kleider bewegten sich kaum merklich, und einen Augenblick schien sie beinahe lebendig.

Jackman erschauderte, doch im nächsten Augenblick hallten Stimmen über den schmalen, von Dünen gesäumten Strand und rissen ihn aus seinen düsteren Gedanken.

DS Marie Evans und der Gerichtsmediziner eilten auf ihn zu. Jackman war froh, dass Professor Rory Wilkinson persönlich gekommen war und keine Vertretung geschickt hatte. Wilkinson war zwar ziemlich eigenwillig, aber sehr viel angenehmer als sein Vorgänger. Jackman hatte nur ungern mit Arthur Jacobs zusammengearbeitet. Er wusste zwar, dass der Pathologe kompetent und überaus intelligent war, aber er war auch kalt und unnahbar, und der Kontakt mit ihm war mehr als mühsam gewesen.

Rory Wilkinson war das genaue Gegenteil, und nachdem Jackman erst einmal den Mann hinter dem überkandidelten Auftreten kennengelernt hatte, war ihm klar geworden, dass er für Saltern-le-Fen ein großer Gewinn war.

Und heute war wohl ohnehin niemand zu Scherzen aufgelegt.

Marie kam einige Schritte vor dem Mediziner bei Jackman an. Sie war sicher genauso übereilt von zu Hause aufgebrochen wie er, aber dank ihrer Motorradkluft war davon nichts zu sehen. Außerdem wirkte sie hellwach – was vermutlich der rasanten Fahrt auf ihrer Suzuki V-Strom 650cc durch die frühmorgendliche Kälte zu verdanken war.

»Ist sie es?«, fragte sie leise.

Jackman zuckte mit den Schultern. »Machen Sie sich lieber selbst ein Bild. Ich bin mir nicht sicher.« Er nickte

Wilkinson zur Begrüßung zu und sagte: »Schön, dass Sie es persönlich geschafft haben, Rory. Wie es aussieht, brauche ich sowohl Ihr Fachwissen als auch Ihre Hilfe.«

»Aber das brauchen Sie doch *immer*, Inspector. Und auch wenn Sie sich freuen, dass ich mir hier um fünf Uhr morgens an einem Nordseestrand den Hintern abfriere, sehe ich das ein wenig anders. Mein kuscheliges, warmes Bett ruft verzweifelt nach mir.«

Rory trat auf das tote Mädchen zu und wurde schlagartig ernst. »Ein Vögelchen hat mir gezwitschert, dass sie etwas mit einer Kollegin zu tun haben könnte?«

Jackman entging nicht, dass seine Stimme nun sehr viel weicher klang. »Möglich. Wir sind seit drei Tagen auf der Suche nach einer jungen Ausreißerin. Shauna Kelly, vierzehn. Sie ist die Tochter von Liz Kelly, die als Zivilistin in der Einsatzleitstelle arbeitet.«

»Das Alter passt vermutlich«, murmelte der Pathologe, kniete nieder und untersuchte vorsichtig seinen neuesten Fall. »Aber wir müssen sie in die Gerichtsmedizin bringen, bevor ich Ihnen mehr sagen kann.« Er erhob sich und schob seine Drahtgestellbrille nach oben.

»Ich muss Sie leider warnen, dass solche Fälle immer schwierig sind. Manchmal lässt sich nicht einmal mehr die Todesursache feststellen. Vielleicht finde ich Hinweise in der Lunge oder den Nasen- und Stirnhöhlen, aber die besten Chancen haben wir vermutlich mit einer umfangreichen toxikologischen Untersuchung. Sie dürfen mich also nicht hetzen, verstanden? Ich verspreche, mein Bestes zu geben, und mir ist klar, dass dieser Fall oberste Priorität hat.« Er winkte einen Mitarbeiter der Spurensicherung zu sich, der zaghaft ein wenig abseits wartete.

»Also, mein Freund, zeigen Sie, was Sie können! Ich will

Fotos und eine überaus vorsichtige Erstuntersuchung.« Er wandte sich noch einmal an Jackman. »Wir bringen sie sobald wie möglich von hier fort. Das ist in dieser Situation das Beste, was wir tun können. Ich sage es nur ungern, aber im Moment weiß ich nicht mehr als Sie. Das arme Mädchen ist tot, und das nicht erst ein paar Stunden. Sie lag schon eine ganze Weile im Wasser.« Er sog pfeifend die Luft ein und fixierte Jackman. »Es tut mir leid, aber damit ist der Ball wieder bei Ihnen, DI Jackman. Sie müssen die Umstände klären, die zu ihrem Tod geführt haben, und diese dann mit meinen Ergebnissen abgleichen.«

»Aber zuerst muss ich wissen, wer sie ist«, erwiderte Jackman finster.

»Na ja, da gibt es zwei ganz einfache Möglichkeiten: Entweder holen Sie Shauna Kellys Angehörige herein, um sie zu identifizieren, oder Sie warten auf die zahnärztlichen Befunde.« Er lächelte traurig. »Und ich bin mir ziemlich sicher, für welche der beiden Varianten Sie sich entscheiden werden.« Er nahm seine Tasche. »Ich mache mich erst mal auf den Weg, denn ich habe nicht das Bedürfnis, dem zweifellos herrlichen Engelschor zu lauschen, wenn hier gleich die Sonne aufgeht. Da fahre ich lieber zurück und bereite alles für das arme Mädchen vor.«

Jackman und Marie sahen ihm nach, wie er über den Strand stapfte.

»Er ist ziemlich gewöhnungsbedürftig«, meinte Marie grinsend.

»Also, ich habe mich schon an ihn gewöhnt. Und er ist gut – im Grunde sogar der Beste, den wir je hatten.«

»Ja, finde ich auch.«

Sie gingen ein Stück den Strand entlang, wo sie abseits der Blaulichter und der anderen Beamten in Ruhe reden konnten. Jackman setzte sich auf eine niedrige Steinmauer, die die Dünen begrenzte.

»Was wissen Sie über Ebbe und Flut in dieser Gegend, Marie?«, fragte er.

Sie biss sich nachdenklich auf die Unterlippe. »Nicht viel, aber ich weiß jemanden, der sich auskennt. Jack Archer hat sein ganzes Leben lang draußen in der Marsch gelebt, und schon sein Vater und Großvater waren Aalfänger. Inzwischen wohnt er in einem Altenheim bei Ihnen ums Eck. Das Sozialamt hat ihn aus der Marsch geholt, als er plötzlich krank wurde und niemand da war, um ihn zu pflegen. Er kennt die Fens besser als jeder andere.«

»Reden Sie mit ihm, Marie. Beschreiben Sie ihm die Fundstelle, und fragen Sie ihn, ob er uns einen Anhaltspunkt liefern kann, wo das Mädchen ins Wasser gegangen oder gefallen sein könnte. Vielleicht kann er uns helfen.«

»Gut. Er ist über achtzig, aber ich schätze, er steht immer noch früh auf. Ich dusche noch schnell und fahre zu ihm, sobald es hell ist.«

Jackman beobachtete, wie die goldene Sonne durch den grau melierten Himmel brach und sich auf dem silbernen Wasser spiegelte. »Sehen Sie sich das an«, murmelte er leise. »Dieser Ort hat etwas Besonderes an sich, nicht wahr? Ohne das arme tote Mädchen am Strand wäre es beinahe magisch.«

»Das ist es trotzdem«, erwiderte Marie sanft. »Wir sollten es als Segen betrachten, dass das Meer sie uns zurückgegeben hat. *Egal*, wer sie ist.«

Jackman warf einen letzten Blick auf den Strand und war froh, dass die Leiche nicht mehr zu sehen war. Sie wurde bereits von einer Gruppe Polizisten und Mitarbeitern der Spurensicherung umringt. Schon bald würde man sie aus dem kalten, nassen Sand heben und in Rorys Gerichtsmedizin bringen, wo sie ihre Geheimnisse hoffentlich dem einen Mann gegenüber preisgeben würde, der ihr jetzt noch zuhören konnte.

KAPITEL 2

Jackman steckte bis zum Hals in Berichten, als Marie von Jack Archer zurückkam. »Zeitverschwendung?«, fragte er, nachdem er einen Blick in ihr ungewöhnlich ernstes Gesicht geworfen hatte.

»Nein, ganz im Gegenteil. Er ist ein netter alter Mann und war sehr hilfsbereit.« Marie stellte zwei Kaffeebecher auf Jackmans Schreibtisch und schloss die Tür.

»Warum sind Sie dann so schlecht gelaunt?«

»Ach, ich muss nur immer wieder an dieses hübsche junge Mädchen denken, das auf so grausame Weise gestorben ist.«

Jackman schloss die Akte, an der er gerade arbeitete, und deutete auf den Besucherstuhl. »Setzen Sie sich.«

Er griff nach einem der beiden Becher, nahm eine Handvoll Zuckertütchen und betrachtete Marie nachdenklich, während er den Zucker in den Kaffee rührte. Sie war eine attraktive Frau mit langen, glänzend braunen Haaren und einer aufrechten Haltung, die dafür sorgte, dass sich die Männer immer noch nach ihr umdrehten, auch wenn sie mittlerweile sechsundvierzig war. Sie war eine Amazone und nutzte diese Ausstrahlung bei Verbrechern und Kollegen gleichermaßen. Jeder wusste, dass man sich besser nicht mit ihr anlegte. Doch Jackman kannte auch eine andere Seite an Marie. Sie war mitfühlend und sanft, aber immer überaus scharfsinnig. Er legte großen Wert auf ihre Meinung und Einschätzung. Ihrer beider Werdegang und auch der familiäre Hintergrund konnten unterschiedlicher nicht sein, aber sie teilten die tiefe Liebe zu ihrem Beruf, und auch wenn sie auf verschiedenen Wegen zu ihren Ergebnissen gelangten, waren sie sich am Ende immer einig.

»Warum trifft Sie dieser Fall so hart? Sie haben doch schon mehr als genug Tote gesehen.«

Marie zuckte mit den Schultern. »Mein erster Fall war auch eine Wasserleiche. Es war ein Mädchen, ähnlich wie die Kleine heute Morgen. Wir konnten sie nie identifizieren.« Sie warf sich die Haare über die Schulter und griff nach ihrem Kaffee. »Es kam mir vor, als hätten wir das Mädchen und seine Familie im Stich gelassen. Wir haben die Angehörigen nie gefunden, und es trat auch niemand an uns heran, aber sie muss doch irgendwo eine Familie gehabt haben. Es ist ein schrecklicher Gedanke, dass sie nie nach Hause gebracht werden konnte, um dort ihre letzte Ruhe zu finden.«

»Wir können nicht allen helfen, Marie. Wir geben unser Bestes, aber manchmal arbeitet das Schicksal einfach gegen uns.«

»Glauben Sie, dass das Mädchen Shauna Kelly ist?«

»Mein Bauchgefühl sagt Ja, aber ich will mich noch nicht mit dieser Möglichkeit befassen, bevor es durch die zahnärztlichen Befunde bestätigt wurde.«

Marie nickte und nippte an ihrem Kaffee. »Egal, wer sie ist – wir müssen herausfinden, was ihr zugestoßen ist. Und falls es kein Unfall war ...« Sie ließ den Rest des Satzes unausgesprochen.

»Ja, natürlich. Aber jetzt erzählen Sie mir erst mal, was der alte Mann über das Meer zu sagen hatte.«

Marie legte eine abgenutzte Karte des fraglichen Küstenabschnittes auf den Tisch und strich sie glatt. »Jack Archer meint, das Mädchen wäre irgendwo in diesem Bereich ins Wasser gefallen.« Sie deutete auf die Karte. »Allenby Creek. Die Gezeiten, die Strömungen und der mäßige Wind in den letzten Tagen machen das zur wahrscheinlichsten Stelle. Es sei denn, sie fiel von einem Boot. Aber das hoffen wir erst mal nicht.«

»Allenby Creek? Das ist sehr abgelegen, oder?«

Marie betrachtete die Karte. »Ja, es liegt an der Grenze zwischen unserem Zuständigkeitsbereich und Harlan Marsh. Es handelt sich vor allem um Farmland und Rohmarsch.«

»Wenn ich mich recht erinnere, war ich als Kind öfter dort. Da war ein ziemlich zugänglicher Strand ... in der Nähe des Robbenschutzgebietes am Hurn Point.«

»Mmmm ...« Marie ließ ihren schlanken Finger langsam die Küste entlanggleiten. »Genau! Ich sehe, was Sie meinen. Soll ich ein paar uniformierte Kollegen hinschicken?«

»Ich würde lieber selbst hin.« Jackman kaute auf seiner Unterlippe. »Aber Sie haben recht. Ich muss diese Berichte bis zum Abend fertig machen, und die Uniformierten sind durchaus befähigt, das zu erledigen.« Er griff nach dem Telefon. »Ich rede mal mit dem diensthabenden Sergeant, ob er ein paar Leute hat, die sich umsehen und die Anwohner befragen können ...«

Wenige Augenblicke später legte er wieder auf. »Alles erledigt.«

»Sir?« Die Tür ging auf, und der zerzauste Haarschopf von Charlie Button, dem jüngsten Mitglied des Teams, schob sich herein. »Tut mir leid, wenn ich störe, aber Superintendentin Crooke will Sie beide in ihrem Büro sehen.«

Jackman bedankte sich bei dem jungen Detective und trank eilig seinen Kaffee aus. »Du meine Güte, gleich beide! Das lässt Schlimmes erahnen.«

Marie erhob sich. »Dann bringen wir es am besten schnell hinter uns und hoffen, dass es nichts mit dem Budget, Ausgabenkürzungen, Zielvorgaben oder unserer Leistungsstatistik zu tun hat.«

»Oder gleich mit allem auf einmal.« Jackman lächelte matt. »Das gab es nämlich auch schon mal.«

Superintendentin Ruth Crooke war eine schmallippige Frau, die eine ständige Aura der Unzufriedenheit umgab – vermutlich, weil sie es tatsächlich die meiste Zeit über war. Es war einiges nötig, um ihr etwas anderes als eine negative Reaktion zu entlocken, und wenn sie jemanden in ihr Büro zitierte, kam man der Aufforderung am besten so schnell wie möglich nach.

Marie nahm zwei Stufen auf einmal, um mit Jackman Schritt zu halten. Sie freute sich nicht gerade auf die »Höhle der Löwin«, aber sie arbeitete schon lange genug mit der Superintendentin zusammen, um zu wissen, dass sich hinter der harten, kontrollierenden Fassade und der spitzen Zunge eine verdammt gute Polizistin verbarg, und letztendlich zählte nur das.

Marie folgte Jackman in das Büro und setzte ihr strahlendstes Lächeln auf, doch die dünnen Lippen ihrer Vorgesetzten zeigten keinerlei Reaktion.

Stattdessen deutete Superintendentin Ruth Crooke verärgert auf die beiden Besucherstühle und beschwerte sich erst einmal ausgiebig über ihr letztes Telefonat.

»Ich habe gerade zehn Minuten mit einem dieser verdammten Finanzanalysten gesprochen, der in seinem ganzen Leben noch keine Polizeidienststelle von innen gesehen hat. Jede einzelne seiner Maßnahmen war Mist.« Sie schleuderte ihren Notizblock quer über den Tisch und lehnte sich in ihrem Stuhl zurück. »Ich glaube nicht, dass er noch mal anruft. Ich habe ihm sehr deutlich gesagt, was ich von seinen sogenannten Einsparungsmaßnahmen halte.«

»Ich weiß nicht, wie Sie das schaffen, Ma'am«, erklärte Jackman. »Zehn Minuten in Ihrem Job, und ich wäre reif fürs Irrenhaus.«

Sie zuckte mit den Schultern. »Irgendjemand muss ihn ja machen – und ich mache ihn ziemlich gut. Wenigstens haben Sie jemanden, der auf Ihrer Seite ist. Als ich das letzte Mal nachgesehen habe, hatten Sie noch Funkgeräte, schusssichere Westen und Autos – oder hat sich daran inzwischen vielleicht etwas geändert?«

Jackman lächelte. Auch wenn ihm seine Vorgesetzte nicht direkt sympathisch war, empfand er eine tiefe, wenn auch widerwillige Bewunderung für alle, die mit Budgets und Zielvorgaben jonglierten.

»Nein, wir können noch miteinander reden, uns schützen und uns fortbewegen. Gott sei Dank! Es wäre wohl nicht gerade hilfreich, wenn wir auf Fahrrädern durch die Fens patrouillieren müssten.« Er lehnte sich ebenfalls zurück und sah die Superintendentin über den großen, glänzenden Schreibtisch hinweg an.

Ruth Crooke schüttelte den Kopf. »Egal. Nachdem es die reinste Verschwendung meiner kostbaren Zeit ist, mit Ihnen über etwas anderes als über Ermittlungsarbeit zu reden, erspare ich mir das lieber.« Sie schob eine dicke Mappe über den Tisch.

Marie erschauderte, als sie den Namen las.

Kenya Black.

»Wir stehen ziemlich unter Druck. Mir ist natürlich klar, dass der Fall uralt ist, aber die Mutter hat beschlossen, ihn wieder aufzurollen. Sie versucht, die Presse mit an Bord zu holen, und zwar im großen Stil. Sie hat bereits einige bekannte Gesichter auf ihrer Seite und nutzt die sozialen Medien, um Stimmung zu machen.« Crooke zuckte kaum merklich mit den Schultern. »Natürlich kann ich es der armen Frau nicht verübeln, aber wir kommen sicher nicht gut weg, wenn wir hier nur Däumchen drehen. Deshalb wollen die ganz oben, dass der Fall endlich zu den Akten wandert. Und zwar für immer. Ich weiß, dass Sie gerade mit Shauna Kellys Verschwinden beschäftigt sind, aber ich will Ihr Team für diesen Fall. Er hat oberste Priorität.«

Jackman richtete sich auf. »Mein Gott. Es ist doch sicher schon sieben oder acht Jahre her, dass Kenya verschwunden ist, und Sie wollen ihr wirklich oberste Priorität einräumen?«

Jeder in den Fens hatte vom Verschwinden des kleinen Mädchens gehört, aber weder Jackman noch Marie waren Teil des ursprünglichen Ermittlerteams gewesen, weshalb sie keine Einzelheiten kannten.

Jackman runzelte die Stirn. »Ich weiß, dass derzeit nichts passiert, aber es handelt sich immer noch um einen laufenden Fall. Es ist doch sicher noch nicht lange her, dass ein anderes Team noch einmal alles durchgegangen ist, oder?«

»Nein, aber die Wissenschaft und die Forensik machen jeden Tag Fortschritte.«

Marie zermarterte sich den Kopf nach weiteren Informationen. Sie konnte sich vor allem an das Foto erinnern, das die Medien damals veröffentlicht hatten. Ein Kind mit weißblonden Haaren saß mit einem Spielzeughund auf einem Sitzsack. Das Mädchen trug Jeans und einen gelben Kapuzensweater mit einem aufgedruckten Teddybären. Ihre kleinen Finger gruben sich in das weiche Fell des Hundes. Sie glich einem kleinen Engel, und ihr herzzerreißendes Verschwinden hatte die größte Suchaktion nach sich gezogen, die die Fens je erlebt hatten. Die gesamte Bevölkerung war daran beteiligt gewesen.

Marie runzelte die Stirn, als ihr plötzlich immer mehr Details einfielen. »Jemand dachte, er hätte sie gesehen, oder? Sie spielte mit einem anderen Kind in der Nähe des Robbenschutzgebietes am Hurn Point.«

»Genau. Und eine Woche später wurde einer ihrer Turnschuhe etwa fünf Kilometer die Küste hinauf angeschwemmt, was die Beobachtungen des Mannes zu bestätigen schien.« Das Gesicht der Superintendentin glich einer steinernen Maske.

»Man nahm an, dass sie aufs Meer hinausgetrieben wurde.« Marie erinnerte sich noch an die Schlagzeilen: *War es Mord oder ein tragischer Unfall?*

»Das ist in etwa der Kern der Geschichte. Die Eltern sind ziemlich wohlhabend, aber es gab nie eine Lösegeldforderung, es wurden keine weiteren Hinweise gefunden, und niemand hat das Mädchen danach noch einmal gesehen. Mal abgesehen von den üblichen Spinnern, die sich jedes Mal melden. Nach einiger Zeit kamen die Verantwortlichen zu dem Schluss, dass sie vermutlich ertrunken war, und wir waren gezwungen, den Fall zurückzustellen.«

»Und jetzt soll er plötzlich wieder oberste Priorität bekommen?«

»Ich will, dass Sie noch einmal von vorne anfangen und ihn aus einem neuen Blickwinkel und mit einem sehr viel größeren Budget neu beleuchten.« Der Blick der Superintendentin war mehr als eindringlich. »Ich will, dass der Fall ein für alle Mal abgeschlossen wird. Wir sind zwar nicht immer auf einer Wellenlänge, aber ich muss zugeben, dass Ihr Team das gewisse Etwas hat. Ich weiß nicht, was es genau ist, aber *wenn* jemand herausfinden kann, was mit dem kleinen Mädchen passiert ist, dann sind Sie es. Sie könnten diesen verdammten Fall endgültig aufklären.«

Jackman nahm die Akte und betrachtete sie mit starrem Blick.

Marie hatte plötzlich ein seltsames Gefühl. Aufregung war nicht das richtige Wort dafür. Eher *Beklemmung*. Niemand aus dem ursprünglichen Ermittlungsteam hatte damals an einen Unfall geglaubt, doch nach jahrelanger erfolgloser Suche hatte man ihnen die Entscheidung einfach aus der Hand genommen. Vielleicht wurde es tatsächlich Zeit, dass man mit neuer Kraft versuchte, der trauernden Familie die Möglichkeit zu geben, mit allem abzuschließen.

Jackman erhob sich. »Wir werden unser Möglichstes tun, Ma'am, darauf können Sie sich verlassen. Aber Shauna Kelly hat trotzdem Vorrang. Falls es sich bei dem ertrunkenen Mädchen tatsächlich um Shauna handelt, werde ich die ersten wichtigen Tage der Ermittlungen sicher nicht mit anderweitigen Nachforschungen vergeuden. Sie ist die Tochter einer Kollegin, was zwar nicht bedeutet, dass wir den Fall anders behandeln, aber wir fühlen uns der Mutter verbunden.«

»Natürlich, etwas anderes hätte ich auch nicht erwartet. Wenn Sie Hilfe brauchen, melden Sie sich.« Ruth Crooke fixierte die beiden. »Aber sehen Sie zu, dass Sie den Fall

Kenya Black nicht auf die lange Bank schieben. Es hängt sehr viel davon ab. Als ich vorhin sagte, dass die da oben wollen, dass er schnellstmöglich abgeschlossen wird, habe ich nicht übertrieben, verstanden?« Und damit war das Gespräch beendet.

Marie hatte das Gefühl, dass diese Ermittlungen alles andere als einfach werden würden.

Sie gingen gemeinsam zum Aufzug.

»Kenya Black«, murmelte Jackman. »Das hätte ich nicht erwartet.«

»Ich auch nicht«, pflichtete Marie ihm bei.

»Wie fühlen Sie sich bei dem Gedanken, den Fall zu übernehmen?«

»Na ja, wir können natürlich schlecht Nein sagen. Die Superintendentin hat recht. Die Familie braucht Antworten, und vielleicht sehen wir mehr als das Team vor uns.«

»Das habe ich nicht gemeint.« Jackman sah sie an. »Ich meinte, wie *Sie* sich dabei fühlen.«

Sie wurden langsamer. »Ich habe zwar keine Ahnung, warum, aber ich bin ziemlich beunruhigt.«

Sie traten in den Aufzug, und Jackman nickte. »Ich auch. Als ich den Namen auf der Akte sah, zog sich mein Magen zusammen.« Er seufzte. »Aber Sie haben recht. Es wird Zeit, dass dieser schreckliche Fall endlich abgeschlossen wird. Wir sollten also bald die Köpfe zusammenstecken und uns an die Arbeit machen.«

Die beiden schwiegen die restliche Fahrt über, und Marie hatte das untrügliche Gefühl, bald großen Schwierigkeiten gegenüberzustehen.

KAPITEL 3

Sie gingen direkt in Jackmans Büro und schlossen die Tür. Jackman ließ sich in seinen alten, lederbezogenen Bürostuhl sinken und schwang zu Marie herum. »Ich muss mir erst mal Gedanken über die Sache machen, bevor wir das Team informieren. Ich habe keine Ahnung, wie wir das alles unter einen Hut bringen sollen, aber es ist auf jeden Fall einiges an Planung nötig.«

Marie atmete aus. »Die Superintendentin will scheinbar unbedingt, dass *wir* den Fall übernehmen. Obwohl wir gerade mit Shauna Kelly beschäftigt sind.«

»Mhm. Man könnte es fast als Lob deuten, oder?«

»Schon, aber es gibt außer uns auch niemanden, der die Sache übernehmen könnte. Das zweite Ermittlungsteam steckt gerade bis zum Hals in einer schwierigen Betrugsgeschichte und hat keine Zeit für einen Fall dieser Größenordnung. Und DI Andy Felthams Team ist grob unterbesetzt, weil so viele seiner Mitarbeiter krank oder nach einem Unfall nicht einsatzbereit sind, und kann deshalb keine aufwendigen Fälle übernehmen.«

Jackman wollte gerade etwas erwidern, als es an der Tür klopfte.

Es war DC Max Cohen mit einem großen, versiegelten Umschlag. »Tut mir leid, wenn ich störe, aber ich dachte, das hier wollen Sie sicher sehen. Der Autopsiebericht. Mit dem Vermerk ›Dringend‹.«

»Danke, Max. Wir kommen in ein paar Minuten zu euch raus, es wäre also toll, wenn Sie Charlie bis dahin auftreiben könnten. In zehn Minuten im Ermittlungsraum, okay?«

Nachdem Max die Tür geschlossen hatte, betrachtete Jackman den braunen Briefumschlag. Es hing schrecklich viel von diesem ersten kurzen Bericht ab – nicht zuletzt die Frage, ob er bald einer Kollegin beibringen musste, dass ihre Tochter tot war. Jackman hatte vom ersten Augenblick an das Gefühl gehabt, dass das Mädchen am Strand weder ins Wasser gesprungen noch zufällig hineingefallen war.

Mit finsterem Blick riss er den Umschlag auf.

Die zahnärztlichen Befunde bestätigten, dass es sich bei der Leiche um Shauna Kelly handelte. Er reichte den Bericht wortlos an Marie weiter.

Sie seufzte. »Ich habe so gehofft, dass ...«

»Ich schätze, wir wissen beide, was uns jetzt bevorsteht ...«

»Ein herzzerreißendes Gespräch mit Liz Kelly. Wir reden gemeinsam mit ihr, oder? Wir kennen Liz schon eine ganze Weile, und ich glaube, sie weiß es zu schätzen, wenn ihr jemand Vertrauter die Nachricht überbringt.«

Jackman nickte. »Ich wünschte, wir könnten ihr schon mehr sagen.«

»Sie wird sowieso nichts davon aufnehmen. Ihr Kind ist tot – mehr wird heute nicht zu ihr durchdringen.«

Jackman erhob sich. »Sie informieren Max und Charlie, während ich der Superintendentin Bescheid gebe.« Er verzog das Gesicht. »Und dann gehen wir zu Liz.«

»Und Kenya Black? Soll ich den anderen davon erzählen?«

»Nein. Zuerst kümmern wir uns um Shauna. Kenya Black ist schon so lange verschwunden, da machen ein paar Tage hin oder her keinen Unterschied, während in Shaunas Fall die Beweise und die Erinnerungen möglicher Zeugen noch frisch sind.«

»Gut, Sir.« Marie ging nach draußen zu den anderen, während Jackman zum zweiten Mal innerhalb von zwanzig Minuten an die Tür der Superintendentin klopfte.

Ruth Crooke war bestürzt. »Was wissen wir denn über Shauna?«

»Wir haben bis jetzt keine Ahnung, was mit ihr passiert ist, Ma'am. Für Rory Wilkinson hat sie im Moment oberste Priorität, wir können also nur hoffen, dass sich ein Fremdverschulden bald bestätigen oder ausschließen lässt.« Er fuhr sich mit der Hand durch die dichten, hellbraunen Haare. »Shauna war offenbar schon immer ein wenig schwierig, aber kein hoffnungsloser Fall. Doch vor sechs Monaten hat ihr Vater die Familie plötzlich verlassen, und von da an wurde es schlimmer. Sie begann zu trinken, und Liz hat erzählt, dass sie in schlechte Gesellschaft geraten ist und es nicht einfach war, sie von diesen Leuten fernzuhalten.«

»Was ist an dem Abend passiert, als sie verschwand?«

»Max und Charlie haben sie auf drei Überwachungsvideos lokalisiert, alle aus der Innenstadt. Auf dem letzten Band sieht man sie lachend mit einem Unbekannten. In der Nähe des *Lincoln Arms* in der Brewer Street.«

»War sie betrunken?«

»Sie war nicht sternhagelvoll, aber auch nicht nüchtern.« Jackman dachte an das Video zurück, das Max ihm gezeigt hatte. »Ihrem Verhalten nach sind wir uns sicher, dass sie den Mann kannte. Er ist nicht gut zu erkennen, aber Max hat den Ausschnitt bestmöglich vergrößert und bearbeitet, damit die uniformierten Kollegen ihn für die Suche verwenden können.«

»Das ist nicht gerade viel.«

»Aber besser als nichts, Ma'am. Vielleicht haben wir Glück.«

»Hoffentlich. Ich habe jedenfalls einen weiteren Detective für Sie. DC Rosie McElderry aus DI Felthams Team hat gerade nichts zu tun, daher wird sie Ihr Team bis zum Ende der Ermittlungen unterstützen.«

»Danke, Ma'am. Ich mag Rosie. Sie hat das Zeug zu einem guten Detective.«

»Vorsicht! Sie *ist* bereits ein sehr guter Detective.«

Jackman grinste. »Schon verstanden.« Er schob den Stuhl zurück. »Aber jetzt gehe ich besser, Ma'am. Ich muss mit Liz Kelly reden, bevor sie es von jemand anderem erfährt.«

Er sah Mitgefühl in Ruths Augen. »Sorgen Sie dafür, dass sie den besten psychologischen und praktischen Beistand bekommt, den wir bieten können, Rowan. Ich werde meine Vorgesetzten informieren, damit sie auch sonst jede verfügbare Hilfe erhält, aber ... Die arme Frau ...«

»Ja, ich weiß. Auf das Gespräch freue ich mich ganz und gar nicht.«

»Natürlich nicht. Es ist mit Abstand der schlimmste Teil unseres Jobs.« Sie schenkte ihm ein seltenes Lächeln. »Aber ich bin mir sicher, dass Sie das schaffen.«

Jackman konnte nur hoffen, dass sie recht hatte.

Es war bereits nach zwei Uhr nachmittags, als Jackman schließlich das Team zusammentrommelte. Das Gespräch mit Liz Kelly war quälend gewesen. Er hörte noch immer den schmerzerfüllten Aufschrei der Frau.

Außerdem gab er sich mittlerweile im Fall Kenya Black keinen Illusionen mehr hin. Der schlechte Ruf eilte ihm voraus, und es war nicht gerade hilfreich, dass einer der an den ursprünglichen Ermittlungen beteiligten Detectives Selbstmord begangen hatte. Jackman biss die Zähne aufeinander und schwor sich, seine Mitarbeiter niemals in eine derart ausweglose Situation geraten zu lassen.

Er sah zu, wie sich sein kleines Team in dem großen Ermittlungsraum versammelte. Sie hatten keine Ahnung, was er ihnen gleich mitteilen würde, aber sie spürten natürlich, wie angespannt er war. Jackman war klar, dass es einen großen Einfluss auf die weitere Laufbahn seiner Mitarbeiter haben würde, wenn sie einen der berühmtesten ungelösten Kriminalfälle der letzten zehn Jahre aufklärten. Daran beteiligt zu sein, konnte die Karriere richtig ankurbeln, und selbst Jackman verspürte beim Gedanken daran eine gewisse Aufregung. Aber zuerst musste er seine Leute auf den neuesten Stand im Fall Shauna Kelly bringen.

»Bevor wir beginnen, möchte ich DC Rosie McElderry bei uns willkommen heißen. Sie wird uns unterstützen, nachdem wir in nächster Zeit zwei Fälle gleichzeitig bearbeiten werden.«

Er nickte der jungen blonden Frau zu, die etwas abseits saß. Rosie hatte ein elfenhaftes Gesicht mit zarten Konturen und grünblauen Augen. Sie sah sehr viel jünger aus als vierundzwanzig, doch Jackman wusste, dass sie eine Schnelldenkerin war, die selbst die kleinsten Widersprüche im Lauf einer Befragung aufdecken konnte. Außerdem hatte sie ein extrem gutes Gedächtnis. Die junge Polizistin hob lächelnd die Hand und grüßte in die Runde. »Freut mich, wenn ich helfen kann.«

Jackman lehnte sich an die Wand. »Wie schon angekündigt, haben wir in nächster Zeit gleich zwei Fälle. Der erste ist – wie ihr mittlerweile sicher schon wisst – der Tod von Shauna Kelly. Aber bevor wir loslegen, brauchen wir erst mal den vollständigen Bericht der Gerichtsmedizin, der morgen früh vorliegen sollte. Falls ein Fremdverschulden festgestellt wird, haben wir eine Mordermittlung. Um einen kleinen Vorsprung herauszuarbeiten, will ich, dass ihr die Identität des Mannes feststellt, mit dem Shauna auf dem Überwachungsvideo gesprochen hat. Außerdem solltet ihr noch einmal alle Freunde und Schulkollegen befragen. Vermutlich weiß irgendjemand, warum sie fortlief oder sogar entführt wurde.« Er holte Luft. »Der Zweite bringt für euch junge Kollegen eine Menge Hausaufgaben mit sich. Wir sollen nämlich das Verschwinden von Kenya Black neu aufrollen.«

Die anderen schnappten gleichzeitig nach Luft.

»Verdammt noch mal! Das ist ja der Hammer!« Max' Herkunft aus dem Osten Londons war ihm wieder einmal deutlich anzuhören.

»Ja, das ist wahr. Ehrlich gesagt, müssen Marie und ich uns auch erst wieder einlesen, nachdem wir beide damals nicht an den Ermittlungen beteiligt waren«, fuhr Jackman fort. »Also, Marie, wo stehen wir?«

»Ich habe bereits im Archiv angerufen. Das Beweismaterial und die Unterlagen sind ab heute Nachmittag verfügbar. Aber wir brauchen vermutlich einen Gabelstapler, um alles hierherzukarren.«

»Ein Teil des Beweismaterials soll direkt ins Labor gehen. Ich habe schon mit Professor Wilkinson darüber gesprochen.«

Rory Wilkinson arbeitete normalerweise in Greenborough, hatte aber fürs Erste beschlossen, ins Leichenschauhaus des County-Krankenhauses umzuziehen, das etwas außerhalb von Saltern lag. Er hatte sofort seine Hilfe angeboten, was Jackman nicht weiter verwunderte. Das ganze Land hatte damals wie gebannt die Suche nach der kleinen Kenya Black verfolgt.

»Ich hatte noch nicht genug Zeit, mir die Berichte näher anzusehen, aber ich habe den Eindruck, dass man den letzten Durchgang des Falles ordentlich verpfuscht hat.« Jackman blätterte durch die Berichte.

Marie nickte. »Das ist leicht möglich, Sir. Damals wurde gewaltig umstrukturiert. Es wurden Zivilisten für Arbeiten an Bord geholt, die besser Polizisten erledigt hätten. Außerdem wurde der Fall schon zum buchstäblich hundertsten Mal aufgerollt. Ich schätze, die Kollegen waren nicht so richtig bei der Sache.«

»Nein, offensichtlich nicht. Aber dieses Mal läuft es anders. Wir *werden* herausfinden, was mit dem kleinen Mädchen passiert ist, und wenn wir jeden verdammten Penny aus dem überaus großzügigen Budget verprassen, das uns die Superintendentin zur Verfügung gestellt hat. Wir *werden* Kenya aufspüren – oder zumindest herausfinden, was mit ihr passiert ist.«

»DI Jackman?« Ein uniformierter Beamter trat ein und reichte Jackman ein Memo. »PC Kevin Stoner hat den Mann vom Überwachungsvideo identifiziert. Er glaubt, dass er in der Gegend arbeitet, in der das Mädchen zuletzt gesehen wurde.«

Jackman fasste den Inhalt des Memos für die anderen

zusammen: »Asher Leyton. Er ist zwar nicht direkt polizeibekannt, aber er wurde schon einige Male verwarnt, weil er mit dem Auto langsam die Straßen entlangfuhr und offensichtlich auf der Suche nach leichter Beute war.«

»Das bedeutet nichts Gutes, oder?«, meinte Marie.

Nein, dachte Jackman. Mit Sicherheit nicht. Für manche Männer, die Frauen auf offener Straße bedrängten, war es manchmal nur ein kleiner Schritt, sie einfach gegen ihren Willen mitzunehmen.

»Haben wir eine Adresse, Sir?«

»Granary Court in der Norfolk Street. Eine Erdgeschosswohnung mit Garten.«

»Eine noble Gegend für einen Perversen. Granary Court gehört zu den teuersten Ecken in Saltern.« Max klang beinahe ein wenig eifersüchtig.

»Wir sollten wohl mal ein Wörtchen mit Mr Asher Leyton reden, was meinen Sie?«, fragte Jackman an Marie gewandt.

Marie zog den Autoschlüssel aus der Tasche. »Auf jeden Fall. Fahren wir.«

Die Wohnungstür wurde von einer zierlichen jungen Blondine mit langem, welligem Haar und perfekt geschminkten Augen geöffnet. Sie trug hautenge Jeans, ein cremefarbenes Oberteil mit Wasserfallausschnitt und einen breiten, nietenbesetzten Ledergürtel. Für Marie war sie das typische Weibchen an der Seite eines erfolgreichen Mannes.

»Asher?« Sie warf einen Blick auf ihre Dienstausweise, und ihre Augen wurden noch größer. »Ach, du meine Güte, Detective Inspector, ich fürchte, der ist leider nicht hier.«

»Wann kommt er denn wieder, Miss?«, fragte Marie.

Die junge Frau lächelte und offenbarte ein zahnärztliches Meisterwerk. »Erst ziemlich spät. Er arbeitet bis etwa zehn.«

Jackman war wie geblendet von den Zähnen und versuchte, nicht zu blinzeln. »Und Sie sind?«, fragte er.

»Lynda. Lynda Cowley. Ich bin Ashers Verlobte.« Ihr Lächeln verblasste. »Es geht ihm doch gut, oder? Er hatte doch keinen Unfall oder so?«

Jackman lächelte beruhigend. »Nein, es ist nichts dergleichen, Miss Cowley. Wir wollen nur mit ihm sprechen. Könnten Sie uns vielleicht die Adresse seines Büros oder die Handynummer geben?«

Die junge Frau wirkte immer noch zutiefst beunruhigt. »Er arbeitet für ein Unternehmen in der George Street. Hanson & Company. Aber er ist heute sicher nicht im Büro. Er hat am Nachmittag eine Besprechung und isst danach mit einem Klienten zu Abend. Ich kann Ihnen natürlich seine Nummer geben, aber er macht sein Handy immer aus, wenn er viel zu tun hat.«

»Wissen Sie, wohin er zum Abendessen gehen wird?« Marie fand die Tatsache, dass der Mann ausgerechnet jetzt nicht zu erreichen war, irgendwie beunruhigend.

Die junge Frau schüttelte langsam den Kopf, und ihre Haare schwangen von einer Seite zur anderen wie bei einer Shampoowerbung. »Das hat er nicht gesagt.«

Abendessen mit einem Klienten, von wegen! Marie dachte an Asher Leytons Angewohnheit, mit dem Auto langsam die Straßen abzufahren. Sie reichte der jungen Frau ihre Karte. »Na gut, Miss Cowley, geben Sie ihm die hier bitte. Er soll uns anrufen, sobald er nach Hause kommt, egal, wie spät es ist.«

»Oder gleich morgen früh. Es ist dringend«, fügte Jackman hinzu.

»Darf ich fragen, worum es geht, Inspector? Asher wird sich sicher Sorgen machen, wenn ich ihm erzähle, dass die Polizei mit ihm sprechen will.«

Ja, das wird er mit Sicherheit, dachte Marie. »Wir müssen mit allen reden, die an einem bestimmten Abend letzte Woche in der Brewer Street waren, das ist alles.«

»Die Brewer Street ist doch gegenüber der George Street, wo Asher arbeitet, nicht wahr?«

Jackman nickte.

Lynda Cowley wirkte ein wenig erleichtert. »Ich werde es ihm ausrichten.«

Auf dem Rückweg zum Auto meinte Marie: »Wie leichtgläubig kann man eigentlich sein?«

»Ich würde sagen, das hier war ein Musterbeispiel.« Jackman schüttelte den Kopf. »Das arme Mädchen.«

»Sie sah aus wie sechzehn. Was glauben Sie, wie alt sie wirklich ist?«

»Eher an die zwanzig, vielleicht sogar älter. Ich glaube, sie ist wie Rosie. Sie sieht viel jünger aus, als sie in Wirklichkeit ist.«

Marie runzelte die Stirn. »Ist der Kerl es wert, bei Hanson & Co vorbeizufahren?«

»Ich habe das Gefühl, dass er nicht dort sein wird, und Lynda hatte recht: Ich habe gerade die Nummer probiert, die sie uns gegeben hat, und das Handy ist aus.« Jackman überlegte. »Wir nutzen die Zeit besser, um ins Büro zurückzufahren und die Ermittlungen ins Rollen zu bringen. Es gibt mehr als genug zu tun.«

»Ich frage mich, ob er uns anrufen wird.« Marie öffnete den Wagen mit der Fernbedienung.

»Das wollen wir hoffen. Sonst stehen wir gleich morgen wieder vor der Tür.«

KAPITEL 4

Einige Stunden später hatte sich Dunkelheit über die Fens gelegt, und zwei junge Mädchen in High Heels stolperten den Bürgersteig von Harlan Marsh entlang.

»Bist du dir sicher, dass wir hier richtig sind?« Jasmine raffte sich das dünne Oberteil enger um den knochigen Körper, und ein Schauder durchlief sie.

»Klar«, erwiderte Chloe. »Ich bin Paul letzte Woche gefolgt und habe gesehen, wie er reingegangen ist.«

Die beiden Mädchen betrachteten unsicher das schmiedeeiserne Gitter zu beiden Seiten der Betontreppe. Sie führte zu einer alten Tür, von der bereits die Farbe abblätterte und die ein halbes Stockwerk tiefer im Schatten lag.

»Also heute Abend läuft hier sicher nichts. Gehen wir nach Hause, Chloe! Das hier ist übel. Echt gruselig.« Jasmine war von Anfang an dagegen gewesen, einfach auf einer Party aufzukreuzen, zu der nur Chloes Bruder eingeladen war.

Chloe runzelte die Stirn. »Aber ich habe extra auf seinem Handy nachgesehen. In der Nachricht stand, dass heute die nächste Party steigt. Und ich *weiß*, dass Paul früher schon mal hier war.«

»Vielleicht wurde sie im letzten Moment abgesagt.« Jasmine trat von einem Fuß auf den anderen. Es war eine bekloppte Idee gewesen. Scheiß auf den Gratisalkohol! Sie mochte den Geschmack sowieso nicht, und wenn ihr Dad davon erfuhr, flippte er völlig aus, und sie bekam den Rest des Jahres Hausarrest.

»Kann ich euch helfen, Ladys?«

Die Stimme klang freundlich, und als Jasmine sich umdrehte, stand sie plötzlich einem Mann gegenüber, der die beiden Mädchen anlächelte. Er hatte kurze, modisch geschnittene Haare, trug trendige Klamotten und hielt einen großen Weinkarton in der Hand.

»Bist du der Typ, der hier die Partys schmeißt?«, fragte Chloe.

Die Augen des Mannes wurden schmal. »Welche Partys?«

Chloe deutete auf den Weinkarton. »Du trinkst die wohl alle allein, was?«

»Kluges Kind.« Er grinste und stellte seine Last ab. »Gehört ihr beide zum Club?«

Jasmine bekam es langsam mit der Angst zu tun und wünschte sich erneut, sie wären zu Hause geblieben.

»Klar«, erwiderte Chloe betont gelangweilt. »Warum sollten wir sonst hier sein? In der Nachricht stand, dass heute was abgeht, also ...?«

Der Mann schüttelte den Kopf. »Aber nicht hier. Tut mir leid, wenn ihr da falsch informiert seid. Da ist wohl etwas durcheinandergeraten.«

»Na, toll«, schnaubte Chloe. »Und wo ist die Party dann? Wir wollen nicht die ganze Nacht vor dieser beschissenen Tür rumstehen!«

Der Blick des Mannes wanderte von einem Mädchen

zum anderen. »Seltsam, ich habe euch beide noch nie hier gesehen, dabei vergesse ich selten ein Gesicht.«

Jasmine griff nach dem Arm ihrer Freundin. »Komm, Chloe! Lass es gut sein.«

»Auf keinen Fall!« Chloe schob Jasmine von sich und stemmte die Hände in die Hüften. »Die Jungs haben es versaut, Punkt. Wir sind zwar neu, aber deshalb brauchen wir noch lange keine Party zu versäumen. Stimmt's, Opa?«

Der Mann, der vermutlich kaum älter als dreißig war, legte den Kopf schief und betrachtete sie eingehend. »Wie alt seid ihr?«

»Ich bin siebzehn«, erwiderte Chloe schnell. »Und sie ist sechzehn. Obwohl dich das nichts angeht.«

»Ausweise?«

Ein interessierter und auch ein wenig amüsierter Ausdruck huschte über sein Gesicht, als Chloe ihm erklärte, dass sie ihre Ausweise zu Hause vergessen hatten. Jasmine erschauderte erneut. Sie hasste es, wenn Chloe wegen ihres Alters log. Natürlich sahen sie sehr viel älter aus als vierzehn, aber das hier wurde langsam echt unangenehm. »Tut mir leid, aber ich gehe, Chloe. Mach doch, was du willst!« Sie wandte sich ab.

»Okay, okay.« Der Mann schüttelte grinsend den Kopf. »Ihr habt gewonnen. Heute treffen sie sich in der alten Lagerhalle am Carters Way. Da ist eine seitliche Eingangstür, und ...« Er brach ab und seufzte. »Wisst ihr, was, ich muss noch einen Karton holen, dann fahre ich selbst hin. Ich kann euch mitnehmen. Als eine Art Entschuldigung, dass ihr nicht verständigt wurdet.«

»Ja, das ist wohl das Mindeste«, erwiderte Chloe.

Jasmin warf ihr einen entsetzten Blick zu, während der

Mann ein paar Türen weiter ging und in einem heruntergekommenen Haus verschwand. »Du kannst doch nicht allein mit ihm fahren, Chloe! Das ist total irre! So etwas machen wir nicht!«

»Dann komm mit! Das wird witzig. Er frisst uns praktisch aus der Hand. Entspann dich, Jasmine. Mein Bruder hält die Partys für das Coolste überhaupt. Echt abgefahren! Gratisgetränke die ganze Nacht, Musik, tanzen, knutschen – alles, was du willst.« Sie senkte die Stimme. »Und ich meine, echt *alles*. Er weiß nicht, dass ich zugehört habe, aber Paul hat seinem pickeligen Freund Darren erzählt, dass er und seine Freundin es echt *getan* haben! Ist das zu glauben?«

Jasmine wollte nicht mal daran denken. Bei der Vorstellung, wie Paul seine schmuddelige Freundin an die Wand drückte, wurde ihr übel. Wenn man es »tat«, wie Chloe es ausgedrückt hatte, sollte es etwas Besonderes sein. Jasmine wünschte sich Blumen, Kerzen und ein großes weiches Bett für ihr erstes Mal und kein schmutziges Kellerloch voller betrunkener Teenager.

»Ich fahre auch allein, Jas. Ehrlich.«

»Das kannst du nicht! Was ist, wenn dein Bruder auftaucht? Er bringt dich um, wenn er dich sieht. Außerdem weiß er dann, dass du an seinem Handy warst.«

»Er wird nicht kommen. Er ist bei einem Konzert in Sheffield.« Chloes Blick wanderte die verlassene Straße hinunter, wo gerade eine Tür ins Schloss gefallen war. »Bitte, Jas! Sehen wir es uns doch mal an. Wenn es dir nicht gefällt, gehen wir gleich wieder, versprochen.« Der Mann kam auf sie zu. »Und der dort ist sicher harmlos. Das merkt man doch schon, wenn man ihn nur ansieht.«

Zwei Minuten später folgte Jasmine Chloe widerwillig

auf den Rücksitz des Autos. Ihr war klar, dass sie gerade einen riesigen Fehler beging, aber sie konnte ihre Freundin unter keinen Umständen allein mit dem Kerl losfahren lassen.

Es war beinahe neun Uhr abends, als Marie endlich nach Hause kam. Sie war müde, aber auch sehr zufrieden mit der Arbeit, die sie heute noch hatten erledigen können. Sie wussten alle, dass es morgen früh sofort rundgehen würde, wenn sie die Dienststelle betraten, deshalb mussten sie vorher schon etwas von der Grundlagenarbeit abhaken.

Marie holte ein Fertiggericht aus dem Kühlschrank und goss sich ein Glas kühlen Roséwein ein. Sie wollte gerade den Teller in die Mikrowelle stellen, als das Telefon klingelte.

»Marie?«

Sie lächelte in sich hinein. Warum klang ihre Mutter immer so überrascht, wenn sie abhob? »Nachdem ich allein wohne und die Katze meines Wissens nicht ans Telefon geht, muss ich es wohl sein, Mum.«

Wohlklingendes Lachen drang aus dem Hörer. »Ich wollte nur sichergehen, Schatz.«

Marie liebte den sanften, melodiösen Waliser Akzent ihrer Mutter. Er hatte sie als Kind immer beruhigt, und in schwierigen Zeiten schaffte er es auch jetzt noch. »Wie geht es dir, Mum?«

»Viel wichtiger ist doch, wie es dir geht! Ich musste heute den ganzen Tag an dich denken, Marie. Steckt ihr gerade in einem großen Fall?«

Man nannte Rhiannon Roberts nicht umsonst die »Walisische Hexe«. »Seltsam, dass du fragst, Mum. Wir stehen gerade am Anfang einer Sache, die wahrscheinlich ziemlich schwierig werden wird.«

»Du weißt ja, wo du mich findest, wenn du darüber reden willst.«

Marie nippte an ihrem Wein. »Danke. In den nächsten Wochen komme ich sicher noch mal darauf zurück, also wappne dich!«

»Das klingt nach einem wirklich großen Fall.«

»Ja, er ist gewaltig und wird bestimmt einige öffentliche Aufmerksamkeit bekommen, also behalte die Zeitungen im Auge. Du könntest durchaus auf den Namen deiner Tochter stoßen.«

»Ich verspreche dir, dass ich nicht alles glaube, was geschrieben wird.« Ihre Mum lachte erneut, und Marie wurde von einer tiefen Sehnsucht gepackt. Hätte ihre Mutter nur nicht so weit weg im tiefsten Wales gewohnt!

»Wann kommst du wieder mal vorbei? Das Gästezimmer steht jederzeit bereit.«

»Ich komme sofort, wenn du mich wirklich brauchst, das weißt du doch.«

Marie verstand. Es gab noch andere, die sich auf ihre Mutter verließen. In Rhias Haus waren alle willkommen, die einen Rückzugsort suchten, etwas zu essen brauchten oder sonst irgendwie Hilfe benötigten. Außerdem half sie in der Schule aus und brachte Medikamente zu gebrechlichen Nachbarn, die nicht mehr selbst zum Arzt gehen konnten. Kurz gesagt, war sie ein Engel in Strickjacke, wallenden Röcken und Doc Martens.

Ihre Mum war einzigartig, und Marie liebte sie sehr. Nachdem Maries Mann Bill bei einem Motorradunfall ums Leben gekommen war, hatte Rhia sie wieder aufgerichtet und ihrer Tochter durch die schlimmste Zeit ihres Lebens geholfen, und diese war gestärkt daraus hervorgegangen.

Sie unterhielten sich noch ein paar Minuten, und am Ende versprach Marie, am nächsten Abend wieder anzurufen.

»Pass auf dich auf, Marie. Ich spüre, dass du in den nächsten Wochen gewaltig unter Druck stehen wirst. Iss gesund und schlafe, so viel du kannst. Müde Polizisten sind gefährliche Polizisten.«

»Du klingst wie Jackman. Das ist einer seiner Lieblingssprüche.«

»Dann ist er ein vernünftiger Mann. Du solltest auf ihn hören. Und, Marie? Ich bin immer für dich da, wenn du mich brauchst, das weißt du doch, oder?«

»Ja, klar. Ich habe dich lieb. Schlaf gut.«

»Und träum süß.«

Marie legte den Hörer auf die Gabel. Ihre Mutter hatte tatsächlich eine Art sechsten Sinn bei ihrer Tochter. Als Jugendliche hatte Marie es nie geschafft, ihr etwas vorzulügen oder ein Geheimnis vor ihr zu haben – ihre Mutter war jedes Mal dahintergekommen. Und wenn sie etwas bedrückte, rief Rhiannon sie in neun von zehn Fällen noch am selben Tag an.

Sie stellte das Essen in die Mikrowelle und dachte, dass ihre Mum ihr persönlicher Schutzengel war, der über sie wachte. Und in ihrem Job war das nicht das Schlechteste.

Jackman brauchte ein wenig länger als Marie, um nach Hause in seine umgebaute Mühle namens Mill Corner zu kommen. Das Dörfchen hieß Cartoft und befand sich eine etwa fünfzehnminütige Autofahrt von der Dienststelle entfernt. Er versperrte den Wagen und machte sich mit mehreren Aktenordnern beladen auf den Weg zu seinem Zuhause. Als er die Tür öffnete, stieg ihm ein köstlicher Duft in die Nase. Er legte die Unterlagen auf dem Küchentisch ab und griff nach dem kleinen Zettel, den ihm Mrs Maynard dagelassen hatte.

Mr Jackman, auf dem Herd steht ein Eintopf,
und Mr M. lässt ausrichten, dass morgen
der Kanaldienst kommt. Er kümmert sich darum.
Hetty

Jackman lächelte und fragte sich, was er ohne das alte Ehepaar machen würde, das sich regelmäßig um ihn »kümmerte«.

Als Erstes stellte er einen Scheck für den Kanaldienst aus, der morgen die Abortgrube leeren würde. Cartoft war nicht ans Abwassernetz angeschlossen, daher hatte man alle zwei bis drei Jahre dieses zweifelhafte Vergnügen. Noch ein Grund mehr, den Maynards dankbar zu sein.

Er nahm sich eine große Schüssel Rindereintopf, machte das Radio an, setzte sich an den alten Kieferntisch und warf einen Blick auf die mitgebrachten Unterlagen. Sie konnten warten, bis er fertig gegessen hatte.

Die nächsten fünfzehn Minuten genoss Jackman sein Abendessen und hörte klassische Musik, bis die Anziehungskraft der Akten zu groß wurde. Er wusch die Schüssel aus und stellte sie in die Spülmaschine, bevor er zum Tisch zurückkehrte und die erste Mappe öffnete.

Es war eine deprimierende Lektüre. Kenyas Mutter, Grace Black, hatte unermüdlich versucht, das öffentliche Interesse am Verschwinden ihrer Tochter so lange wie möglich aufrechtzuerhalten. Jedes Mal, wenn es verebbt war, hatte sie einen neuen Weg gefunden, um Gehör zu finden, doch im Lauf von beinahe zehn Jahren hatte es keine neuen Erkenntnisse gegeben. Jackman war klar, dass sie einer sehr schwierigen Aufgabe gegenüberstanden, aber er war fest entschlossen, sie zu meistern. Grace Black hatte das Recht auf jemanden, der an ihrer Seite kämpfte, und sein Team konnte der verzweifelten Mutter mithilfe eines aufgestockten Budgets und modernerer Technologien vielleicht neue Hoffnung geben. Oder den Fall endlich abschließen. Jackman erschauderte. Er konnte nur erahnen, welchen Qualen Grace Black ausgesetzt war. Sie wusste nicht, ob ihr Kind tot oder noch am Leben war. Hatte Kenya Schmerzen gelitten, bevor sie starb? Und falls sie tatsächlich noch lebte, was machte sie durch? Die schrecklichen Bilder, die sie Tag und Nacht heimsuchen mussten, waren kaum vorstellbar.

Jackman erhob sich abrupt, um Kaffee zu kochen. Er stellte den Wasserkessel auf den Herd und löffelte das starke schwarze Pulver in die Stempelkanne. Er brauchte ordentlich Koffein, wenn er noch mehr herzzerreißende Berichte lesen wollte. Morgen würde er Grace aufsuchen und ihr erklären, dass er Himmel und Hölle in Bewegung setzen würde, um ihr Gewissheit über ihre wunderhübsche Tochter zu verschaffen.

Genau, wie er es auch Liz Kelly versprochen hatte:

»Liz, wir werden herausfinden, was mit Shauna passiert ist, und wenn jemand an ihrem Tod Schuld hat, dann bringen wir ihn vor Gericht. Sie haben mein Wort, dass wir nicht ruhen werden, bis wir Antworten für Sie haben.« Liz hatte nichts darauf erwidert, aber das hatte er auch nicht erwartet. Die arme Frau ging gerade durch die Hölle, und nichts, was er sagte, konnte den Schmerz auch nur ansatzweise lindern.

»Wir leben in einer echt beschissenen Welt«, murmelte er, als der Kessel zu pfeifen begann. Doch dann dachte er an sein Team aus engagierten Polizisten, die fest entschlossen waren, etwas zu verbessern.

»Nein, die Welt selbst ist nicht so. Es leben nur einige echt beschissene Leute in ihr«, erklärte er leise.

KAPITEL 5

Als Marie am nächsten Morgen zur Arbeit fuhr, bewunderte sie das herrliche Farbenspiel. Über dem flachen Farmland hing Nebel, und der Himmel war von einem dunklen Grau, über das die letzten nächtlichen Wolken zogen und das bereits von einem breiten Streifen in flammendem Orange durchbrochen wurde, aus dem sich der purpurrote Strahlenkranz der aufgehenden Sonne erhob.

Die Bedenken, die sie am Abend zuvor wegen Kenya Black verspürt hatte, waren inzwischen verschwunden, und im Fall Shauna Kelly würden sie heute die Ergebnisse der Gerichtsmedizin bekommen. Anschließend konnten sie endlich das weitere Vorgehen planen, und sie freute sich tatsächlich schon auf den Besuch bei dem Kerl, der so gerne vom Auto aus Frauen auflauerte. Außerdem wollte sie sich die Stelle ansehen, an der Shauna vermutlich ins Wasser gefallen war.

An der letzten Kreuzung vor der Stadteinfahrt musste sie anhalten, bis ein Traktor mit einem Anhänger voller Brokkoli vorbeigefahren war, und sie betete währenddessen leise, dass Shaunas Tod ein tragischer Unfall und kein Vorbote für zukünftiges Unheil gewesen war.

Als sie schließlich auf den Polizeiparkplatz bog, hatte sich ein Teil der gestrigen Anspannung erneut in ihr breitgemacht.

Jackman hatte kaum den Ermittlungsraum betreten, als jemand seinen Namen rief. Die harsche Stimme gehörte der Sekretärin von Superintendentin Crooke. »Sir, könnten Sie bitte mitkommen? Jetzt gleich.«

Ruth Crooke wartete vor ihrem Büro auf ihn.

»Hören Sie«, sagte sie eindringlich. »Ich weiß, dass Ihnen das, was mein Besucher Ihnen mitzuteilen hat, sicher nicht gefallen wird, aber ich bitte Sie trotzdem, sich einfach zu fügen. Und denken Sie immer daran: Bei Ihren derzeitigen Fällen geht es um ein *vermisstes* Mädchen und ein *totes* Mädchen. Nicht vergessen!« Sie wandte sich ab, ohne seine Antwort abzuwarten, und marschierte in ihr Büro.

Am Fenster stand ein Mann mit gestrafften Schultern in der Uniform eines Chief Superintendenten. Jackman erkannte ihn sofort. James Cade war der Leiter der benachbarten Dienststelle und hatte den Ruf, ein schleimiger Mistkerl zu sein, mit dem man sich besser nicht anlegte, wenn einem etwas an der eigenen Karriere lag.

»James, das ist Detective Inspector Rowan Jackman.«

Die Superintendentin lächelte angespannt und wandte sich wieder an Jackman. »Chief Superintendent Cade hat ein Problem in Harlan Marsh. Eine junge Frau ist verschwunden, und seine beiden Teams sind mit anderen schweren Verbrechen beschäftigt. Er braucht also unsere Hilfe. Oder besser gesagt: *Ihre* Hilfe.«

Jackman wusste nicht, was er darauf erwidern sollte. Erst gestern hatte er den Auftrag bekommen, sich um einen Fall von höchster Priorität zu kümmern, bevor die Sache zum Problem für die ganze Dienststelle wurde, obwohl er daneben auch noch Shauna Kellys Todesumstände klären musste. Und jetzt bat man ihn tatsächlich, beide Fälle zurückzustellen, um einem anderen Revier zu helfen, weil *dort* zu viel Arbeit anfiel?

Er war sprachlos, doch er riss sich zusammen und antwortete: »Tut mir leid, Ma'am, aber wie Sie wissen, habe ich auch nicht gerade wenig um die Ohren. Sie müssen ein anderes Team dafür abstellen. Für eine solche Untersuchung hat DI Feltham sicher genug Leute.«

Cade unterbrach ihn. »Es wäre mir aber sehr recht, wenn *Sie* mir einen Teil Ihrer kostbaren Zeit opfern würden, DI Jackman«, zischte er und klang beinahe wie eine Schlange.

Jackman wandte sich Hilfe suchend an Crooke: »Ma'am? Was ist mit dem Fall von allerhöchster Priorität?«

»Ich würde vorschlagen, Sie setzen erst einmal Ihr Team darauf an, um die Sache ins Rollen zu bringen. Es gibt sicher eine Menge Grundlagenarbeit.«

»Und Shauna Kelly?«

»Dasselbe. Sie warten doch noch immer auf den Bericht der Gerichtsmedizin und wissen nicht, ob es ein Unfall war oder Fremdverschulden anzunehmen ist, oder? Überlassen Sie auch hier die Vorbereitungen lieber Ihrem Team. Dann können Sie und DS Evans nach Harlan Marsh hinausfahren und sich ein Bild machen.«

»Vielleicht steckt ja gar nichts dahinter, Jackman.« Cade lächelte. »Das Mädchen ist bereits mehrfach von zu Hause weggelaufen, und falls es auch dieses Mal wieder der Fall sein sollte, wären Sie im Handumdrehen zurück in Ihrem Büro. Ich persönlich bin der Meinung, dass sie eine notorische Ausreißerin ist, aber ihr Vater ist nun mal ein angesehener örtlicher Geschäftsmann, der sich bei Polizeiveranstaltungen immer als äußerst großzügig erweist, weshalb ich ihm versprochen habe, nur den Besten damit zu betrauen, wenn Sie verstehen, was ich meine?«

Jackman verstand nur zu gut. Er wettete, dass es sich bei dem Wohltäter um einen Golfkumpel mit schlaffem Händedruck handelte, der immer einen versperrten Aktenkoffer bei sich trug, wenn er am Abend das Büro verließ.

Er biss die Zähne zusammen, schluckte jedoch seine Antwort hinunter, als er das Gesicht der Superintendentin sah. Die Botschaft war klar und deutlich: *Wagen Sie es ja nicht, Jackman!*

»Danke, Rowan, ich wusste, dass ich mich auf Sie verlassen kann.« Ruth entließ ihn mit einem knappen Nicken und einem hastigen Blick zur Tür.

»Es war mir ein Vergnügen«, erwiderte Jackman und verließ eilig den Raum.

Er hastete die Treppe hinunter und traf Marie. Er schaffte es kaum, sich zurückzuhalten, bis sie in seinem Büro waren.

Dort angekommen, legte er sofort los: »Ich kann es nicht glauben! Wir haben mehr Arbeit als je zuvor, aber Crooke will, dass wir auch noch in Harlan Marsh aushelfen. Es ist eine Frechheit! Wir sollen unsere Zeit verschwenden, weil die Kollegen dort mit ›wichtigen laufenden Ermittlungen‹ beschäftigt sind. Was auch immer es ist – ich wette, dass unser Kantinenpersonal den Fall schneller und effizienter lösen könnte.«

Er sah aus den Augenwinkeln, dass Marie mit aller Kraft versuchte, nicht laut loszulachen.

»Das ist *nicht* witzig! Die haben nicht das Recht, sich auf Beziehungen zu berufen! Wahrscheinlich ist das vermisste Mädchen nur nach Sheffield gefahren, um sich irgendeine Boyband anzusehen …«

Er fluchte noch ein paar Minuten weiter, bis ihm klar wurde, wie sinnlos ein solcher Ausbruch war. Sie hatten keine andere Wahl, als der Bitte nachzukommen, und zwar so schnell wie möglich. Wenigstens dauerte die Fahrt kaum länger als zwanzig Minuten.

Nachdem sein Ärger verraucht war, setzte er sich. Inzwischen war ihm klar geworden, dass Harlan Marsh nur wenige Kilometer von der Stelle entfernt war, an der Kenya Black zum letzten Mal gesehen worden war. Außerdem war es in der Nähe von Allenby Creek. Vielleicht konnten Marie und er auf dem Rückweg einen kleinen Umweg einlegen und sich persönlich dort umsehen.

Jackman holte tief Luft und versuchte, sich zu konzentrieren. Dieser unwillkommene Ausflug hatte durchaus Vorteile. Und es bestand immerhin die Chance, dass tatsächlich ein weiteres Mädchen verschwunden war. Er war zwar wütend auf Cade, aber er war nicht so dumm, eine mögliche Verbindung außer Acht zu lassen.

»Besser?«, fragte Marie grinsend.

»Ja, sehr. Danke. Informieren Sie bitte Max, Charlie und Rosie. Sie sollen sich ranhalten. Die Kartons mit dem Beweismaterial und den Unterlagen werden heute am späten Nachmittag geliefert. Sie sollen sie irgendwo unterbringen, alles ordnen und einen Plan erstellen. Sie sollen sich in jeder freien Minute in den Fall einlesen, aber machen Sie ihnen noch einmal klar, dass sie sich nicht von Vermutungen beeinflussen lassen sollen. Es zählen nur die Fakten.«

Er reichte Marie eine Kopie der Akten, die sie am Vortag von Crooke bekommen hatten. »Lesen Sie das. Wir werden bis zum ersten Tag der Ermittlungen zurückgehen und das Verschwinden von Kenya Black wie einen neuen Fall behandeln.« Er lächelte bitter. »Es wird nicht einfach werden, aber ich glaube, unser Team kann die Wahrheit über das kleine Mädchen ans Licht bringen.«

Marie nahm die Akten. »Ja, das glaube ich auch. Übrigens: Wer hat denn unsere Hilfe angefordert?«

»Chief Superintendent Cade. Er hält uns für die einzigen beiden Beamten der gesamten Dienststelle, die ihm helfen können.«

»Cade? *James* Cade?«

Jackman nickte. »Es ist nicht gerade ein angenehmer Zeitgenosse, was man so hört.« Er betrachtete Marie eingehend, die plötzlich ziemlich blass und angespannt aussah.

»Was ist denn los?«

»Ich will auf keinen Fall etwas mit diesem Mann zu tun haben, Sir. Können Sie nicht einen der anderen mitnehmen?«

Jackman lehnte sich zurück und betrachtete seine Kollegin. So hatte sie in all den Jahren, die sie jetzt schon zusammenarbeiteten, noch nie reagiert. »Was ist denn los, Marie?«

»Verstehen Sie mich bitte nicht falsch, aber es ist eine ziemlich persönliche Geschichte, über die ich im Moment nicht reden will.« Sie wirkte schrecklich verlegen, doch dann riss sie sich zusammen. »Aber selbst wenn ich mich lieber einer Wurzelbehandlung unterziehe, als mit Cade in einem Raum zu sein, könnte es vielleicht wirklich eine Verbindung zwischen Shauna und diesem angeblich verschwundenen Mädchen geben. Also vergessen Sie, was ich gerade gesagt habe. Ich rede noch schnell mit den anderen, und wir fahren, sobald Sie so weit sind.«

Sie schlüpfte zur Tür hinaus, und Jackman fragte sich, warum sie ihm ausgewichen war. Dann zuckte er mit den Schultern. Er würde es schon noch herausfinden. Er griff nach seinem Mantel und dem Autoschlüssel und wollte gerade gehen, als das Telefon klingelte.

Es war der uniformierte Beamte vom Empfang. »Mr Asher Leyton hat gerade für Sie angerufen, Sir. Er lässt ausrichten, dass er den ganzen Vormittag über zu Hause ist. Er hat leider Ihre Nummer verlegt, deshalb hat er sich bei mir gemeldet.«

»Okay, danke. Ich kümmere mich darum.« Jackman hätte nicht erwartet, von Leyton zu hören. Er hätte sogar Geld darauf verwettet, dass sie ihn offiziell vorladen mussten.

Er fluchte leise vor sich hin. Gerade jetzt, da die Dinge ins Rollen kamen, mussten sie an einen der trostlosesten und abgelegensten Orte der Gegend. Harlan Marsh war ein kleines Städtchen, das von flachem Ackerland, Dämmen, Gräben und Marschland umgeben war, und niemand wollte dort arbeiten.

Er trat in den Ermittlungsraum und winkte Marie zu.

»Ich komme!«, rief sie.

»Oh, Max, rufen Sie mich bitte sofort an, wenn der Bericht der Gerichtsmedizin zu Shauna Kelly da ist.«

Max streckte beide Daumen in die Höhe. »Klar, Chef!«

Jackman hatte beschlossen, noch schnell bei Asher Leyton vorbeizufahren, bevor sie nach Harlan Marsh aufbrachen. Er wollte nicht, dass der Kerl kalte Füße bekam und womöglich abhaute.

Asher Leyton führte sie den breiten Flur entlang in ein riesiges, offen angelegtes Wohnzimmer. Es war modern, geschmackvoll und roch nach einem Haufen Geld. Marie fiel sofort auf, dass Leytons Verlobte heute nicht da war.

»Lynda hat mir gesagt, dass Sie gestern Nachmittag hier waren, DI Jackman. Es tut mir leid, dass Sie zweimal kommen mussten.« Er deutete auf die übergroße elfenbeinfarbene Ledercouch und nahm selbst auf dem dazu passenden Sessel Platz. »Wie kann ich Ihnen helfen?«

Marie betrachtete ihn interessiert. Er sah anders aus als erwartet. Asher Leyton war in den Zwanzigern, hatte eine normale Statur, dicke blonde Locken und ein ziemlich altmodisches Auftreten. Sogar seine Kleidung wirkte überholt, denn er trug eine beigefarbene Cordhose und eine Weste aus kariertem Tweed. Hatte sie vielleicht einen neuen Retrotrend verpasst?

»Mr Leyton, wir haben Grund zu der Annahme, dass Sie vor drei Tagen abends in der Brewer Street unterwegs waren. Stimmt das?«, fragte Jackman.

»Das ist sogar sehr wahrscheinlich, Inspector. Meine Arbeitszeiten sind sehr flexibel, und mein Heimweg führt durch die Brewer Street.« Er betrachtete Jackman ruhig. »Warum? Was ist denn passiert?«

Marie griff in ihre Tasche und holte ein Foto von Shauna Kelly heraus. »Haben Sie dieses Mädchen schon einmal gesehen oder vielleicht sogar mit ihm gesprochen?«

Asher nahm das Bild, und ein Lächeln breitete sich auf seinem Gesicht aus. »Ja, natürlich!« Er gab Marie das Foto zurück. »Ich habe mich in letzter Zeit mehrmals mit ihr unterhalten.«

Jackmans Augen wurden schmal. »Warum das?«

Asher Leytons Lächeln verblasste. »Ist ihr etwas zugestoßen? Sind Sie deshalb hier?«

»Wissen Sie, wie das Mädchen heißt, Sir?«, fragte Jackman ruhig.

»Shona? Oder Sheena? Ich kann mich nicht genau erinnern.« Er fuhr sich mit den langen, schlanken Fingern unruhig durch die Haare.

»Woher kennen Sie sie, Mr Leyton?« Jackmans Stimme wurde immer kälter.

»Ich *kenne* Sie nicht. Ich habe nur ein paarmal mit ihr geredet, das ist alles.« Der Mann wand sich nervös in seinem Ledersessel.

»Und warum unterhält sich ein Mann in Ihrem Alter mit einem vierzehnjährigen Mädchen, das er gar nicht kennt?«

»Vierzehn? O mein Gott, aber sie sah aus wie ... Sie meinte, sie wäre ... Sie verstehen das vollkommen falsch, wirklich!« Asher Leyton schluckte. »Ich war eines Abends auf der Brewer Street unterwegs, und da ist sie mir aufgefallen. Sie stand allein am Straßenrand, und ich dachte einen Augenblick lang, sie wäre eine ... eine ...«

»Eine Prostituierte?«, half Marie aus. »Denn damit kennen Sie sich ja aus, nicht wahr, Mr Leyton?«

Leytons Wangen begannen zu glühen. »Aber da war nie etwas! Schauen Sie doch in Ihrem System nach. Sie werden mich nicht finden. Ich wurde nie festgenommen.«

»Das haben wir bereits überprüft, Mr Leyton, aber unsere Streifenpolizisten mussten in der Vergangenheit einige Male ein ernstes Wort mit Ihnen reden, nicht wahr?«, fragte Marie ruhig.

»O Gott, aber ich habe es Ihren Kollegen damals doch erklärt! Ich mache mir Sorgen um die Mädchen. Ich rede mit ihnen und versuche, ihnen zu helfen, das ist alles. Ich bin ein ehrlicher, hart arbeitender Mann. Außerdem bin ich mit einer unglaublich hübschen Frau verlobt, und ...« Er hielt inne, und sein Gesicht verlor jegliche Farbe. »Sie haben Lynda gegenüber doch nichts davon erwähnt, oder?«

»Ihr Geheimnis ist bei uns sicher, Sir. Es sei denn, es gibt etwas, das Sie uns über Ihr Verhältnis zu Shauna Kelly sagen wollen?« Marie betrachtete ihn kühl.

Asher Leyton seufzte. »Da gibt es nichts zu sagen. Ich habe sie angesprochen, nachdem ein Auto an ihr vorbeigefahren war und sie nass gespritzt hatte. Sie sprang zurück und schimpfte dem Fahrer hinterher, und ich fragte sie, ob alles in Ordnung wäre. Sie beschimpfte mich zuerst ebenfalls, doch ich habe ihre Handtasche aufgehoben, die sie fallen gelassen hatte, und ihr mein Stofftaschentuch gegeben, um sich das Gesicht abzuwischen.«

»Der edle Ritter«, bemerkte Jackman sarkastisch.

Asher ignorierte den Kommentar. »Sie hat mir erzählt, dass sie auf ihre Freundinnen wartet. Sie wollten zu einer Party. Das ist alles.« Er zuckte mit den Schultern. »Als ich sie ein paar Tage später wiedersah, lächelte sie mir zu, also fragte ich sie, wie es ihr auf der Party gefallen hätte. Sie meinte, es wäre anders gewesen als sonst, aber mehr nicht. Ich nahm an, dass der Abend ein Reinfall gewesen war. Danach habe ich sie nur noch einmal gesehen, und zwar vor ein paar Tagen. Sie wollte wieder zu einer Party.« Sein Blick wanderte von Marie zu Jackman. »Ist ihr etwas zugestoßen?«

»Shauna ist tot, Mr Leyton.«

Asher wirkte so überrascht, dass Marie sich ziemlich sicher war, dass er nicht schauspielerte. Und falls doch, war er verdammt gut.

»Tot?«

»Ja, leider. Vielleicht verstehen Sie jetzt, warum wir genau wissen müssen, was sie an dem Abend gemacht hat.«

Asher nickte benommen, und Marie befürchtete, dass er gleich zu weinen beginnen würde. Nach einigen Sekunden sagte er: »Das arme Mädchen. Sie war wirklich nett.« Als er den Blick hob, waren seine Augen feucht. »Wie ist sie gestorben?«

»Da es sich um laufende Ermittlungen handelt, können wir darüber keine Auskunft geben, Sir.« Jackman klang inzwischen freundlicher und mitfühlender. »Und Sie wissen wirklich nicht mehr über sie? Sie haben nur ein paar flüchtige Worte mit ihr gewechselt?«

»Ganz sicher, Inspector, und ich schwöre bei Gott, dass ich nicht wusste, dass sie erst vierzehn war.« Er senkte den Blick. »Ich hätte nie mit einem Mädchen in diesem Alter das Gespräch gesucht, ohne ihr vorgestellt worden zu sein.«

Jackman nickte Marie zu, und sie erhoben sich. »Ich lasse Ihnen meine Karte hier, falls Ihnen noch etwas einfällt. Das ist meine Durchwahl.«

Leyton führte sie zur Tür. »Und wegen der anderen Sache? Wenn meine Verlobte davon Wind bekommt und die falschen Schlüsse zieht, ist sie sicher am Boden zerstört.«

»Wie schon gesagt: Das geht uns nichts an, Sir. Uns interessiert nur, wo Shauna die letzten Stunden vor ihren Tod war und was sie gemacht hat.« Marie sah dem seltsamen jungen Mann noch einmal tief in die Augen. »Sie sollten allerdings dringend noch einmal über die ›zufälligen Begegnungen‹ nachdenken. Alles, was Shauna gesagt hat, könnte uns weiterhelfen.«

Asher wirkte mehr als beunruhigt, als er schließlich die Tür hinter ihnen schloss.

Sie waren gerade bei ihrem Wagen angekommen, als Max anrief. »Rory Wilkinson möchte dringend mit Ihnen sprechen, Sir. Könnten Sie ihn bitte zurückrufen?«

Jackman bedankte sich und wählte die Nummer des Gerichtsmediziners.

»Ah, Detective Inspector, tut mir leid, wenn ich störe. Ich bin zwar noch lange nicht fertig, aber ich dachte, die Ergebnisse der ersten Tests interessieren Sie vielleicht. Die toxikologische Untersuchung hat gezeigt, dass Shauna sowohl Alkohol als auch Drogen im Blut hatte.«

»Verdammt«, murmelte Jackman. »Welche Art Drogen?«

»Foxy. Falls Ihnen der Name etwas sagt.«

Jackman kannte die kleinen Pillen nur zu gut. Er hatte schon viele sogenannte Partydrogen kommen und gehen gesehen und leider auch die schrecklichen Nachwirkungen.

»Ja, es ist eine Partydroge. Ein halluzinogenes Tryptamin.«

Rory lachte leise. »Respekt! Nicht viele Detectives wissen solche Dinge.«

»Es ist mir in Erinnerung geblieben, weil wir einmal einen Jungen auf einem Spielplatz vom Beton kratzen mussten. Er hatte eine Pille genommen und war danach vom Schuldach ›geflogen‹.«

»O Gott, das tut mir leid. Aber dadurch hat sich das Wort fest in Ihr Gedächtnis eingebrannt.« Der Gerichtsmediziner sprach weiter. »Ich dachte mir schon, dass etwas nicht stimmt, nachdem ich die Verletzungen an Shaunas Füßen gesehen hatte. Vor allem an den Sohlen. Sie wissen sicher, dass sich der Körper beim Ertrinken auf den Bauch dreht, wodurch auch die hässlichen Gesichtsverletzungen entstehen, die wir manchmal bei Wasserleichen sehen. Wie erwartet, hat das Mädchen schwere sichtbare Verletzungen, aber bei näherer Betrachtung habe ich auch Abschürfungen und Schnitte gefunden, die nicht von ihrer Zeit im Wasser herrühren.«

»An den Füßen?«, fragte Jackman und runzelte die Stirn.

»Mhm. Wir haben Proben genommen und dabei Bestandteile gefunden, die nicht vom Meeresgrund stammen. Ich würde sagen, sie lief barfuß über ein ziemlich unebenes Gelände, bevor sie ins Wasser stürzte.«

»Wurde sie gejagt?«

»Um diese Frage zu beantworten, brauchen Sie schon einen Zeugen.«

»Ich kann mir nicht vorstellen, dass Shauna Kelly wissentlich Foxy nahm«, murmelte Jackman.

»Aber Sie haben doch selbst gesagt, dass ihre Mutter sich wegen der schlechten Gesellschaft Sorgen machte, in die ihre Tochter geraten war.«

»Ja, aber ein paar Drinks zu viel erwartet man doch mehr oder weniger von einem Teenager, dessen Vater sich vor Kurzem aus dem Staub gemacht hat, oder? Ihre Mutter meinte, ihre Tochter hätte Alkohol eigentlich nicht gemocht, und sie schwor, dass Shauna nie Drogen genommen hat. Sie war rigoros dagegen.«

»Bei allem Respekt, Inspector, aber das behaupten wohl alle Jugendlichen ihren Eltern gegenüber«, erwiderte Rory sanft.

»Ja, klar, aber Liz arbeitet als Freiwillige in der Drogenanlaufstelle in der Church Street. Sie hätte jegliche Anzeichen hundert Meter gegen den Wind gerochen.« Jackman seufzte. »Wenn Shauna Drogen im Blut hatte, dann gehe ich jede Wette ein, dass sie sie nicht wissentlich genommen hat.«

»Ja, das ist leider nicht ganz unwahrscheinlich. Oder es war der Gruppenzwang. Ach ja, eine Kleinigkeit noch: Wir haben keine Pflanzenreste oder Spuren vom Meeresboden an ihren Händen gefunden.«

»Tut mir leid, Rory, aber ich habe keine Ahnung, was Sie damit sagen wollen.«

»Ich rede vom Überlebenskampf, Inspector. Ein Ertrinkender klammert sich an alles, was er in die Finger bekommt, um sich zu retten. Es ist normalerweise ein Beweis dafür, dass das Opfer noch am Leben war, als es ins Wasser fiel, wenn auch nicht der einzige. In unserem Fall deutet es darauf hin, dass Shauna entweder extrem benommen oder gar nicht mehr bei Bewusstsein war. Das ist natürlich kein sehr angenehmer Gedanke, aber ich dachte, ich sage es Ihnen gleich und warte nicht, bis der Bericht fertig ist.«

»Das weiß ich zu schätzen, danke.« Jackman legte auf und betrachtete das Telefon. Shauna Kelly hatte es nicht gut verkraftet, dass ihr Vater die Familie verlassen hatte, aber sie hatte nicht vollkommen den Halt verloren, und die anderen Familienmitglieder hatten ihnen bestätigt, dass das Mädchen seine Mutter geliebt hatte. Sie hatten sich seit jeher sehr nahegestanden, und es gab keinen Hinweis darauf, dass Shauna Liz für den Weggang ihres Vaters verantwortlich machte.

Die Untersuchungsergebnisse ergaben keinen Sinn, und Marie, die das Gespräch über Lautsprecher mitverfolgt hatte, sah das offenbar ähnlich, wenn er ihr erstauntes Gesicht richtig deutete.

»Shauna hat keine Drogen genommen, darauf würde ich mein Leben verwetten.«

»Ja, das sehe ich auch so. Liz ist keine Durchschnittsmutter. Sie hat gelernt, auf die kleinsten Anzeichen zu achten. Sie hätte es bemerkt, da bin ich mir sicher.«

»Dann wurde sie also unter Drogen gesetzt?«, fragte Marie kopfschüttelnd.

»Das wäre meine Theorie.«

»Und wir müssen nach Harlan Marsh, verdammt noch mal! Das ist doch zum Kotzen!«, rief Marie wütend.

»Vergessen Sie nicht, dass es auch in diesem Fall um ein verschwundenes Mädchen geht. Wir müssen uns die Sache ansehen, falls es einen Zusammenhang gibt. Fahren wir einfach hin und bringen es hinter uns.« Er warf ihr einen Blick zu. »Ich glaube, ich habe Sie noch nie so aufgebracht wegen etwas gesehen.« Er hielt inne. »Oder geht es etwa um eine Person?«

Maries Augen wurden schmal. »Wie Sie vorhin schon sagten: Bringen wir es einfach hinter uns, ja?«

Jackman startete schweigend den Wagen.

Nicht weit entfernt von Asher Leytons Luxuswohnung war jemand ähnlich beunruhigt wie er.

Ihr kleines Zuhause war alles andere als elegant, aber es war sauber und ordentlich, und normalerweise fühlte sich Jasmine hier sicher und geborgen. Aber heute war das anders.

Sie lag auf dem Sofa und hatte die Decke eng um den schmächtigen Körper geschlungen. Sie war endlich allein, obwohl es einige Zeit gedauert hatte, bis sie ihre Mum überzeugt hatte, dass sie zur Arbeit gehen konnte. Jasmines Mutter machte sich wegen jeder Kleinigkeit Sorgen, doch am Ende hatte sie akzeptiert, dass ihre Tochter unter den üblichen monatlichen Bauchkrämpfen litt. Sie hatte ihr etwas Warmes zu trinken und eine Wärmflasche gemacht und war dann in die Lebensmittelfabrik geeilt, wo sie als Buchhalterin arbeitete.

Jasmine starrte auf den schwarzen Fernsehbildschirm und überlegte, was sie tun sollte. Sie war nicht krank, mit ihr war alles in Ordnung. Sie wollte bloß nicht zur Schule –

und vor allem wollte sie ihrer besten Freundin Chloe nicht begegnen.

Ihre Gedanken kehrten erneut zu der Party zurück, und sie schnaubte angewidert. Es war ganz anders gewesen als die Partys, die sie bis jetzt besucht hatte. Sie erschauderte und zog die Decke bis unters Kinn hoch. In der Lagerhalle war es schrecklich dunkel und schmutzig gewesen, und es hatte nach Schweiß und Alkohol gestunken. Das Schlimmste aber war, dass Chloe es offenbar *genossen* hatte.

Eine Träne rann über Jasmines Wange. Wie konnte sie nur? Sie waren schon als Kleinkinder befreundet gewesen, und jetzt ... Sie verzog das Gesicht, als sie Chloe vor sich sah, die mit einem Jungen tanzte, den sie nicht einmal kannte. Chloe, die ihr enges Shirt hochriss und ihre nackte Brust in den offenen Mund des Jungen schob.

Jasmine wurde erneut übel. Sie nippte an dem Becher, den ihre Mutter ihr gegeben hatte, und versuchte, nicht an die anderen Dinge zu denken, die sie gesehen hatte.

Sehr viel schlimmere Dinge.

Sie stellte den Becher auf den Tisch und nagte nervös an ihrer Unterlippe.

Sie musste ihrem Vater davon erzählen. Das wäre das Beste. Aber sie konnte nicht. Er würde sie umbringen, wenn er erfuhr, dass sie an einem so schrecklichen Ort gewesen war.

Die Tränen begannen zu fließen. Sie war ein gutes Mädchen und wollte doch nur das Richtige tun. Und sie *hätte* es auch getan, wenn da nicht der Mann mit den schrecklichen Augen gewesen wäre. Er hatte sofort gewusst, dass Chloe und sie nicht eingeladen waren. Irgendwann hatte er Jasmine zur Seite genommen und ihr mit kalter, ruhiger

Stimme erklärt, was er tun würde, wenn sie jemandem von den Partys erzählte.

Jasmine wusste genau, dass er es ernst gemeint hatte. Sie erschauderte erneut. Im Grunde wären seine Drohungen keine große Sache gewesen, denn sie wollte ohnehin nie wieder zurück, aber leider hatte er sie nicht gegen *sie* ausgesprochen. Die schrecklichen Dinge würde er nicht ihr antun, sondern ... Chloe.

Jasmine begann zu schluchzen, denn Chloe wollte auf alle Fälle auch auf die nächste Party. Der Mann hatte ihre Nummer in seine Liste eingetragen, und Jasmines dämliche Freundin konnte die Nachricht mit dem Ort und dem nächsten Datum kaum erwarten.

KAPITEL 6

Ich wohne mittlerweile seit Jahrzehnten in dieser Gegend, aber ich war sicher erst ein oder zwei Mal in Harlan Marsh«, erklärte Marie, während sie aus dem Autofenster auf die weiten Kohlfelder hinausblickte.

»Es ist ja auch nicht gerade der passende Ort für einen Sonntagsausflug, oder?«

Das öde, endlose Farmland erstreckte sich bis zum Fluss, danach folgten das Marschland und schließlich das Meer. Am Ende der Straße wartete keine kleine Stadt und auch kein hübsches Dörfchen mit idyllischen Antiquitätenläden und gemütlichen Teestuben, und an einem Tag wie diesem ging auch noch alles in einem feinen Nieselregen unter, sodass der Boden von der Straße bis zum Meer einer riesigen, matschigen Pfütze glich.

Marie lächelte in sich hinein, denn so war es hier nicht immer. Die Landschaft war in vielerlei Hinsicht magisch. Sie war ursprünglich und wild, und je nach Jahreszeit entweder seltsam und unwirtlich oder beinahe schmerzhaft schön. Marie liebte die verzweigten Wasserläufe, die sich wie Quecksilberadern durch das Land zogen und Schwänen, Eisvögeln und Wühlmäusen eine Heimat gaben, und die sagenhaften Lichtspiele zu Sonnenaufgang oder Sonnenuntergang brachten selbst noch das kälteste Herz zum Schmelzen.

Marie erinnerte sich, wie sie mit dem Spaniel ihres Vaters die Pfade entlangspaziert war. Der Hund war über die brachliegenden Felder gelaufen und hatte jedes Mal laut gebellt, wenn die Lerchen um ihn herum in den Himmel stiegen. Marie konnte sogar im Auto die Wiesenblumen riechen: Kuckuckslichtnelken, Mädesüß und Klee, die als Futter für die Farmtiere dienten. An Tagen wie diesem vermisste sie ihren Dad. Ihre Eltern hatten sich getrennt, als sie noch sehr klein gewesen war, aber sie hatte dadurch zwei liebevolle Zuhause gewonnen – eines hier, bei ihrem Dad, und eines in den walisischen Bergen bei ihrer Mum. Ihre Eltern waren wunderbar gewesen und hatten alles getan, um ihrer Tochter ein glückliches Leben zu ermöglichen. Sie hatten sich tatsächlich sehr geliebt – sie konnten nur nicht als Paar miteinander leben. Im Nachhinein war ihre Entscheidung genau richtig gewesen, denn die beiden waren ihr Leben lang befreundet geblieben, bis Maries Dad vor etwa fünfzehn Jahren an einem Herzinfarkt gestorben war.

»Machen wir einen kleinen Umweg?«, fragte Jackman. Er wurde vor einer Kreuzung langsamer und fuhr an den Straßenrand. »Wir sind etwa fünf Minuten von der Stelle entfernt, an der Shauna Kelly laut Mr Archer ins Wasser gefallen ist. Wenn wir später hinfahren, ist es vielleicht schon zu dunkel.«

Marie nickte, und die angenehmen Erinnerungen an ihren Vater waren wie weggeblasen. »Klar. Nachdem ich mich ohnehin nicht sonderlich freue, Cade wiederzusehen, ist mir jede Verzögerung recht.«

Jackman bog ab und fuhr eine schmälere Straße entlang.

»Da drüben.« Marie deutete auf ein verblasstes Schild, das beinahe hinter einem wuchernden Gebüsch verschwand. »Ich glaube, dort geht es nach Hurn Point, Allenby Creek und zum Robbenschutzgebiet.«

Jackman bog um eine scharfe Kurve, und sie standen mitten auf einem behelfsmäßigen Parkplatz. Vor ihnen lagen das Marschland, das flache Meer und eine baufällige alte Hütte mit dem verwitterten Bild einer Robbe.

Sie stiegen aus und waren sofort in salzigen Nieselregen gehüllt.

»Herrlich«, murmelte Marie und schlug den Jackenkragen hoch, um sich gegen den Wind zu schützen. »Einfach herrlich.«

Sie wichen den sandigen Pfützen so gut wie möglich aus und machten sich auf den Weg zu der alten Hütte.

Als Erstes stach ihnen das Warnschild des Verteidigungsministeriums ins Auge. Die Royal Air Force führte hier offenbar immer noch Zielübungen durch, und Jackman und Marie kannten das aus roten Flaggen bestehende Warnsystem nur zu gut. Unter dem Schild hing ein zerknitterter Zettel, auf dem stand, dass der Zugang zum Robbenschutzgebiet gesperrt war und etwaige Besucher die Küstenstraße entlang zu dem »neuen« Besucherzentrum fahren sollten.

»Ziemlich trostlos hier«, murmelte Marie.

»Ja, das ist wahr.« Jackman ging weiter. »Aber die Station war nie gut besucht. Das Marschland zwischen dem Parkplatz und dem Strand steht in dem Ruf, bei Flut extrem gefährlich zu werden, weshalb es nur sehr tapfere oder tollkühne Besucher hierher verschlug.«

»Aber wie um alles in der Welt kam Shauna dann hierher?«, fragte Marie und sah sich um.

»Vermutlich hat sie jemand hergebracht, der ganz genau wusste, wie abgelegen es hier ist.« Er deutete auf die Dünen. »In dieser Richtung stehen nur ein paar vereinzelte Häuser, einige weitere entlang der Küste, aber abgesehen davon gibt es nur die Dünen, die Marsch und schließlich das Meer.«

Sie stapften durch den Sand, vorbei an dichten Sanddornbüschen und mit Schilf umrandeten, seichten Teichen. Plötzlich blieb Marie stehen. Sie wusste mit einem Mal, dass Jack Archer recht gehabt hatte. Genau hier war Shauna Kelly ins Wasser gefallen.

Jackman stapfte immer noch vor ihr her und merkte nicht, dass sie angehalten hatte. »Jetzt, wo ich es sehe, erinnere ich mich, dass ich als kleiner Junge mit meinen Eltern hier war. Obwohl es damals noch ganz anders aussah. Man sagt, dass sich die Landschaft jedes Jahr neu erfindet. Sand wird von den Sandbänken vor der Küste hereingeweht und bildet neue Dünen. Es ist mittlerweile wirklich vollkommen anders. Unglaublich.« Er steckte die Hände tiefer in die Taschen. »Es wirkt so ungezähmt, dabei kann ich mich erinnern, dass es damals recht hübsch war.« Er blieb stehen und sah sich um. »Marie?«

Marie starrte auf das graue Wasser hinaus, dann ging sie in die Hocke und fuhr mit den Fingern durch den feuchten Sand. »Sie war hier. Das weiß ich.«

Jackman erschauderte und sah sich um. »Sie haben vermutlich recht. Es ist der perfekte Ort, um jemanden umzubringen oder eine Leiche abzulegen.«

»Am besten steigen wir auf die Dünen in Richtung Hütte, vielleicht sehen wir von dort aus das eine oder andere Haus mit Blick auf den Strand.«

Sie kletterten gemeinsam auf eine verfallene Steinmauer und ließen den Blick über den Strand und das dahinterliegende Land gleiten.

»Die uniformierten Kollegen waren bereits hier, aber sie hatten keinen Erfolg. Die wenigen Leute, die zu Hause waren, haben nichts gesehen oder gehört.« Jackman trat nach ein paar Kieseln, die über den Pfad schlitterten.

»Wenn wir die Sache in Harlan Marsh geklärt haben, würde ich gerne noch mal wiederkommen und selbst mit den Anwohnern reden«, erklärte Marie.

»Ja, ich auch. Zu einer anderen Tageszeit erreichen wir vielleicht mehr Leute.« Er sprang von der Mauer. »Aber jetzt haben wir leider noch einen Termin.«

Marie verzog das Gesicht und seufzte laut. »Okay, bringen wir es hinter uns.«

»Der Chief ist in einer Besprechung, DI Jackman. Er kommt zu Ihnen, sobald er fertig ist.« Der Beamte am Empfang der Dienststelle von Harlan Marsh klang nicht entschuldigend, sondern vielmehr gelangweilt. »Er hat einem Kollegen aufgetragen, Sie auf den neuesten Stand zu bringen, und es steht auch ein Büro für Sie zur Verfügung.«

Jackman runzelte die Stirn. »Das ist aber eine nette Begrüßung! Aber machen Sie sich wegen der Unterbringung nicht zu viele Gedanken, Constable. Wir werden nicht hier einziehen. *Hoffentlich.*«

Er warf Marie einen Blick zu, die aussah, als würde sie am liebsten davonlaufen. Wenn er nur den Grund wüsste.

»Ich bringe Sie in Ihr Büro, Sir, und dann sage ich Pritchard, dass Sie hier sind.«

Das »Büro« war eine offensichtlich eilig leer geräumte

Abstellkammer, was Jackman allerdings nicht weiter störte. Er hatte nicht vor, länger zu bleiben.

»Fast wie zu Hause«, murmelte Marie und sah aus dem kleinen, verdreckten Fenster. »Wie hübsch. Sogar mit Aussicht.«

»Wir haben zwei Stühle, einen Tisch, ein Telefon und einen Computer, was wollen wir mehr?« Jackman warf über Maries Schulter hinweg einen Blick auf die bröckelnde rote Backsteinmauer des alten Lagerhauses direkt gegenüber. Sie waren in einem alten viktorianischen Kasten gefangen, und ihre eigene Dienststelle kam ihm inzwischen vor wie das *Ritz*.

»Was wissen Sie über Harlan Marsh?«, fragte Marie.

»Es ist eine heruntergekommene Kleinstadt, die allerdings ein ziemlich großes Einzugsgebiet umfasst. Ich habe ein paar Wochen hier gearbeitet, nachdem ich zur Kriminalpolizei kam. Es war die unfreundlichste Dienststelle, die ich je erlebt habe.«

»Es stimmt also, wenn die Leute es als das hinterletzte Eck der Marsch bezeichnen?«

»Das ist noch nett ausgedrückt. Und nach allem, was ich über Chief Superintendent Cade gehört habe, haben ihn die Leute hier durchaus verdient.«

Marie konnte ihre Verachtung kaum verbergen. »Niemand verdient Cade«, fauchte sie. »Er ist ein verdammtes Arschloch.«

»Ich denke, Sie sollten nicht in diesem Ton über einen höherstehenden Officer sprechen, Marie«, tadelte Jackman sie und versuchte, nicht allzu schockiert über den Ausbruch seiner Mitarbeiterin zu sein. »Obwohl ich Ihnen inoffiziell zustimmen muss. Wahrscheinlich sind seine Beamten nur deshalb solche Nichtsnutze, weil sie unter ihm arbeiten müssen. Wir können wenigstens wieder nach Hause fahren, wenn die Sache erledigt ist. Sie hängen hier fest.« Er warf ihr einen prüfenden Blick zu. »Sie hatten also schon einmal mit Cade zu tun?«

Marie verzog das Gesicht. »Es ist nun schon eine Weile her ...«

Jackman hob die Augenbrauen. Wenn es so war, musste etwas wirklich Schlimmes vorgefallen sein, sonst wäre es ihr nicht derart im Gedächtnis geblieben. »Was ist passiert?«

Alles musste er ihr aus der Nase ziehen. Marie seufzte. »Als Cade noch Detective Inspector war, hatte er es auf eine Kollegin abgesehen. Er ruinierte ihre Karriere, und sie konnte danach nirgends mehr Fuß fassen. Sie können sich also vorstellen, dass ich nicht gerade gut auf ihn zu sprechen bin.«

Jackman hatte noch nie gehört, dass Marie schlecht über einen anderen Polizisten redete, und dieses aggressive Verhalten passte so gar nicht zu ihr. Es konnte nur bedeuten, dass sie emotional in die Sache verwickelt gewesen war. »Standen Sie sich nahe? Sie und diese Kollegin?«

Er dachte zuerst, Marie würde nicht antworten, doch dann erzählte sie leise: »Sie war meine erste Partnerin. Eine tolle junge Frau mit großem Potenzial – bis sie die Avancen dieses Schleimbeutels zurückwies.« Sie zuckte mit den Schultern. »Wenigstens kann so etwas mittlerweile nicht mehr passieren. Cade hätte zu große Angst, dass man ihn wegen sexueller Nötigung dranbekommt. Aber damals hatte eine junge Polizistin keine Chance gegen einen ranghöheren Beamten.«

Jackman wollte unbedingt mehr wissen, aber jetzt war nicht der richtige Zeitpunkt, um nachzufragen. Er nickte und ließ die Sache auf sich beruhen, was jedoch nicht hieß, dass er nicht noch einmal darauf zurückkommen würde. Marie hatte ihre alte Partnerin offensichtlich nie vergessen, und die Wut war immer noch allgegenwärtig. Die Geschichte war sicher interessant – wenn die Zeit reif war.

Ein Klopfen riss ihn aus seinen Gedanken.

»Ich bin Ihr Kontakt zu den hiesigen Kollegen, Sir. PC Gary Pritchard. Es freut mich sehr, mit Ihnen zu arbeiten.« Der etwas ältere Mann trat näher und streckte die Hand aus.

Jackman schüttelte sie, und seine Augen wurden schmal. »Kennen wir uns, Constable?«

»Ich wurde Ihnen zugeteilt, als Sie damals den Mord auf der Red House Farm untersuchten, Sir. Es überrascht mich, dass Sie sich noch an mich erinnern.«

»Natürlich! Gute Polizisten bleiben mir im Gedächtnis, und Sie waren höflich, hilfsbereit und außergewöhnlich effizient, wenn man bedenkt, dass Sie außerhalb Ihrer Komfortzone und für eine andere Abteilung gearbeitet haben.«

Pritchard wurde rot.

»Es freut mich, wenn ich helfen konnte, Sir«, murmelte er mit gesenktem Blick. »Es war ein schlimmer Fall. So viele Tote unter einem Dach.«

»Aber wir haben den Schuldigen letztlich geschnappt. Gott sei Dank.« Jackman überlegte. »Es war das zweite von drei schweren Verbrechen in dieser Gegend, nicht wahr?«

»Ja, Sir. Einige Jahre davor erschoss Simeon Mulberry seine Frau und anschließend sich selbst, und zwar vor den Augen seiner Kinder. Dann gab es das Massaker an den Farmarbeitern der Red House Farm und zuletzt noch die Tragödie in der Dovegate Lane.« Er schüttelte den Kopf. »Wir leben in einer schrecklichen Welt.«

»Hoffen wir, dass zumindest dieser Fall einfach zu lösen ist. Kommen Sie herein, PC Pritchard, und fühlen Sie sich wie zu Hause – obwohl das in diesem Fall reichlich absurd klingt.«

Der Constable wirkte verlegen. »Es ist nicht sehr groß, ich weiß. Das Gebäude wartet nur noch auf die Abrissbirne. Sie versprechen uns schon seit geraumer Zeit etwas Neues, aber das Budget reicht offenbar nicht.« Er biss sich auf die Lippe. »Aber das hier ist wirklich eine Unverschämtheit. Soll ich etwas Größeres organisieren?«

»Nein, wir kommen schon zurecht. Unser Besuch dauert hoffentlich nicht lange. Holen Sie sich einen Stuhl – sofern er noch Platz hat –, und verraten Sie uns, worum es geht.«

Gary Pritchard verschwand und kehrte wenig später mit einem Stuhl und einem Tablett mit drei Bechern Kaffee, mehreren Zuckertüten und etwas Sahne zurück. »Ich hoffe, Sie mögen beide Kaffee? Wenn nicht, haben wir ein Problem. Der Tee schmeckt wie Spülwasser.«

Jackman lächelte. »Kaffee passt gut, danke. Also, Constable, warum sind wir hier?«

»Im Grunde sind Sie selbst schuld.« Gary grinste. »Chief Superintendent Cade hat die Statistiken mit Ihrer aktuellen Aufklärungsquote gesehen, und als ein Freimaurerfreund in Schwierigkeiten geriet, hat er ihm versprochen, den Besten der Gegend darauf anzusetzen. Und das sind nun mal Sie, Sir.«

»Na, toll! Stecken Sie denn wirklich bis zu den Ohren in anderen Ermittlungen?«, fragte Jackman.

»Ja, Sir. Aber wir haben natürlich nicht das Personal, das Ihnen zur Verfügung steht. Außerdem sind die Fälle, die wir als schwierig bezeichnen, bei Ihnen vermutlich nur halb so tragisch.«

»Okay, dann erzählen Sie uns mal, was los ist.«

Gary setzte sich, rührte in seinem Kaffee und runzelte die Stirn. »Es geht um ein Mädchen namens Toni Clarkson. Sie ist sechzehn und ziemlich wild. Sie ist sehr intelligent – wenn auch ein wenig widerspenstig –, aber ihr Vater, Neil Clarkson, und seine Frau haben sie zu sehr verwöhnt.«

»Ist sie schon einmal von zu Hause fortgelaufen?«, fragte Marie.

»Das ist jetzt das vierte oder fünfte Mal. Deshalb wurde sie auch nicht offiziell als vermisst gemeldet, obwohl sie aufgrund ihres Alters als besonders gefährdet gilt. Wir könnten natürlich an die Öffentlichkeit gehen, aber ihr Daddy hat eine Scheißangst, dass wir sie zugedröhnt in irgendeiner Absteige finden und er danach wie ein Idiot dasteht.«

Jackman runzelte die Stirn. »Also hat sein alter Freund – der gute Chief Cade – uns angefordert, damit wir die Sache für ihn klären?«

»So schnell und unauffällig wie möglich, Sir.«

»Na, das werden wir noch sehen, Constable«, fauchte Jackman. »Ich bin nicht gerade bekannt für meine Samthandschuhe. Wir tun, was nötig ist, und zwar auf die Art, die *ich* für richtig halte.«

Gary nickte und lächelte zufrieden. »Gut.«

»Schön, dass wir einen Verbündeten gefunden haben! Erzählen Sie uns doch, was passiert ist, Constable«, bat Marie und holte ihren Notizblock heraus.

»Toni geriet gestern wegen einer Kleinigkeit in einen Streit mit ihrer Mutter, der rasch eskalierte. Daddy mischte sich ein und verpasste ihr Hausarrest, doch Toni kletterte einfach mitten in der Nacht aus ihrem Zimmerfenster.«

»Wo wohnt die Familie?«, fragte Jackman.

»In Cameron Court, der einzigen Luxussiedlung der

Stadt. Die Wohnung befindet sich im Erdgeschoss. Das Areal ist umzäunt und umfasst etwa ein Dutzend Einfamilienhäuser und das dreistöckige Haupthaus mit mehreren exklusiven Wohneinheiten. Die Miete kostet ein Vermögen.«

»Wurde sie seit ihrem Verschwinden noch einmal gesehen?«

»Wir haben ein Überwachungsvideo, das sie und zwei Freundinnen auf den Stufen vor dem Kriegerdenkmal zeigt. Sie trinken aus einer Flasche, die in einer Papiertüte steckt. Das war um zweiundzwanzig Uhr siebenundzwanzig.«

»Und danach?« Marie schrieb eifrig mit.

»Nichts. Wir konnten die beiden anderen Mädchen identifizieren und haben diskret mit ihnen Kontakt aufgenommen. Sie meinten, Toni wäre wütend geworden, weil sie nicht mit in den Nachtclub kommen wollten. Sie beschimpfte die beiden und erklärte, sie würde dorthin gehen, wo man sie ›mit offenen Armen empfangen‹ würde und wo es ›mehr als genug Alkohol‹ gäbe. Das war das letzte Mal, dass sie jemand gesehen hat.«

»Wussten die Mädchen, welchen Ort sie damit gemeint hat?«

Gary schüttelte den Kopf. »Sie hatten keine Ahnung, und kurz darauf wurden wir abgezogen, damit wir nicht zu viel Aufmerksamkeit erregen. Ihr Dad glaubte zu diesem Zeitpunkt immer noch, dass sie bei einer Freundin schmollte.«

»Ich frage mich, ob er jetzt auch noch davon überzeugt ist«, murmelte Jackman.

Marie schlug ihren Notizblock zu. »Vielleicht sollten wir einmal nachfragen?« Sie wandte sich an Gary. »Würden Sie den Fremdenführer spielen, Constable?«

Der Mann rieb sich seinen kurz geschnittenen Bart und strahlte. »Klar, Sergeant. Das ist der beste Fall, den ich je hatte – abgesehen von dem Einbruch in der Brauerei vor einiger Zeit. Allerdings müssen wir Ihr Auto nehmen. Der Streifenwagen ist unterwegs, und sonst haben wir kaum Fahrzeuge.«

»Kein Problem.« Jackman wollte noch mehr sagen, doch er verstummte abrupt.

Ein großer Mann mit gestrafften Schultern und makelloser Uniform stand in der Tür und betrachtete sie schweigend.

»Guten Morgen, Sir.« Gary stand mit einem Mal kerzengerade, und auch sein Lächeln war verschwunden.

»DI Jackman, Sergeant ... Das ist Chief Superintendent Cade.«

»Wir kennen uns bereits«, erklärte Jackman kühl.

»Schön, dass Sie so schnell kommen konnten, DI Jackman«, erwiderte Cade gedehnt, und Jackmans Magen zog sich vor Abscheu zusammen.

Cade lächelte kalt. »Natürlich ist mir bewusst, dass es die ganze Aufregung vielleicht gar nicht wert ist, aber ihr Vater unterstützt die Polizei, wo er nur kann, also ... Was soll ich machen?«

»Wir haben vollstes Verständnis«, erwiderte Jackman säuerlich. »Wir werden unser Bestes geben, um Ihnen zu helfen, aber wir haben zu Hause ebenfalls zwei Fälle, die unsere Aufmerksamkeit erfordern, und wir müssen so schnell wie möglich zurück.« Er hielt kurz inne, dann fügte er ein knappes »Sir« hinzu.

»Natürlich. Ich habe auch nicht erwartet, dass ein so *talentiertes* Team nur Däumchen dreht.« Cade hob die Augenbrauen. »Nachdem Ihre Zeit offenbar sehr begrenzt ist, lasse ich Sie am besten weiterarbeiten. Und danke, Rowan. Ich weiß, dass ich auf Sie zählen kann.«

Jackman war es zuwider, dass Cade ihn mit Vornamen angesprochen hatte. Die Einzige, die ihn Rowan nannte, war Ruth Crooke, und Cade wollte damit wohl andeuten, dass sie gute Kumpel waren. Dabei hätte sich Jackman nicht einmal mit ihm angefreundet, wenn Cade der letzte Mensch in Lincolnshire gewesen wäre. Außerdem hatte Cade Marie vollkommen ignoriert! Nachdem der Chief Superintendent gegangen war, wandte sich Jackman an seine Kollegin. »Er mag Sie echt gerne, oder?«

»Ist mir nur recht«, knurrte Marie.

Marie saß hinterm Steuer, während Jackman PC Pritchard mit Fragen bombardierte.

»Sie kennen das Mädchen, Gary. Gibt es Ihrer Meinung nach Grund zur Sorge?«

»Es ist seltsam, Sir, aber dieses Mal bin ich tatsächlich beunruhigt. Vielleicht bin ich übersensibel, aber es fühlt sich irgendwie nicht *richtig* an.«

»Inwiefern?«

»Bevor wir den Befehl erhielten, uns zurückzuziehen, konnte ich noch mit Tonis Mutter über die früheren Ausreißversuche ihrer Tochter reden.«

»Und?«

»Der Auslöser war zwar immer ein heftiger Streit mit ihren Eltern, doch sie hat ihre Flucht jedes Mal genau geplant.« Er unterbrach sich, um Marie den weiteren Weg zu beschreiben. »Sie nahm sich genug Zeit, um eine Tasche zu packen und Geld vom Automaten zu holen. Und einmal hatte sie sogar ihren Reisepass dabei. Dieses Mal jedoch nicht«, fuhr er düster fort.

»Dann hatte sie also nicht vor, wegzulaufen?«, fragte Marie.

»Sie ist ein schlaues Mädchen und ziemlich berechnend. Wenn sie wirklich hätte abhauen wollen, hätte sie sich besser vorbereitet.«

Jackman nickte. »Dann ist sie also bloß durchs Fenster geklettert, um ihrem Vater zu demonstrieren, was sie von dem Hausarrest hält? Eine Nacht auf der Piste, um ihren Eltern buchstäblich den Mittelfinger zu zeigen?«

»Genau. Ich bin mir sicher, dass es so war.«

Jackman musste Gary leider zustimmen, und als sie schließlich in den Cameron Court bogen, machte er sich zum ersten Mal tatsächlich Sorgen um Toni Clarkson.

KAPITEL 7

Es stellte sich heraus, dass Neil Clarkson nichts mit Chief Superintendent Cade gemeinsam hatte. Neil und Ellen Clarksons Sorge um ihre eigensinnige Tochter war zweifellos echt. Sie gaben bereitwillig ihre Fehler zu, machten sich Vorwürfe, das Mädchen zu sehr verwöhnt zu haben, und entschuldigten sich wiederholt dafür, dass sie die Zeit der Polizei vielleicht verschwendeten.

»Wir haben schon einmal ein Kind verloren, Inspector Jackman. Bei einem Autounfall. Er war erst vier.« Clarkson fuhr sich durch die dichten, stahlgrauen Haare. »Ich weiß, dass es falsch ist, aber Ellen und ich haben bei Toni einfach überkompensiert.«

Seine Frau lächelte traurig. »Und man sieht ja, wohin es geführt hat. Wir lieben sie von ganzem Herzen, aber sie entwickelt sich immer mehr zu einem Albtraum.« Ellen Clarkson war zu dünn und schlief offensichtlich zu wenig.

»Ja, und wir kommen nicht gerade gut mit der Situation zurecht«, fügte ihr Mann müde hinzu.

Jackman fühlte mit ihnen. Er hatte keine eigenen Kinder, aber er passte öfter auf seinen siebenjährigen Neffen

Robert auf und hatte dabei manchmal das Gefühl, als käme der Junge von einem anderen Planeten, der nichts mit der Erde zu tun hatte. Aber er liebte ihn trotzdem.

Sie notierten sich die Namen von Freunden und Orten, an denen Toni sich gerne aufhielt. Vor allem ihr Ex-Freund Ethan Barley interessierte die Ermittler. Toni hatte sich vor Kurzem von ihm getrennt, und möglicherweise war er wütend und verletzt und auf Rache aus.

»Was können Sie uns über Ethan Barley erzählen?«, fragte Jackman.

»Sein Vater ist der Pfarrer von Fendyke, er selbst ist Student und ein ziemlicher Rebell. Wir haben ihn einmal getroffen und waren nicht sonderlich beeindruckt.« Clarkson warf seiner Frau einen Blick zu.

Ellen nickte. »Er war nicht unser Fall. Ich hatte den Eindruck, er wäre zur falschen Zeit geboren. Er trat sehr vehement für seine Überzeugungen ein.«

»Wir meinten nach dem Treffen, dass er in einer anderen Ära der richtige Anführer für einen Arbeiterstreik gewesen wäre.« Neil Clarkson zuckte mit den Schultern. »Er ist aber kein Schläger oder so. Man merkte durchaus, dass er aus einem anständigen Elternhaus kommt, und seine Manieren waren erstaunlich gut für einen derart leidenschaftlichen jungen Mann.«

Marie fragte nach Toni. War sie leicht zu beeinflussen? Ihre Eltern lachten. Offenbar fand Toni überall einen Grund zur Diskussion, und wenn es das Wetter war. Auf keinen Fall ließ sie sich zu etwas überreden, was sie nicht selbst wollte.

Jackman wollte das Gespräch gerade beenden, als sein Telefon klingelte. Er entschuldigte sich und ging in den Flur.

»Sir? Hier spricht Rosie. Ich bin in der Notaufnahme im Saltern General. Gerade wurde ein Mädchen im Teenageralter eingeliefert, und es ist in einem ziemlich schlechten Zustand.«

»Rosie? Was machen Sie im Krankenhaus? Und wie kommen Sie darauf, dass es sich um unser vermisstes Mädchen handeln könnte?«

»Ich habe einen Funkspruch mitgehört, dass ein Mädchen draußen in den Fens umherirrt. Sie hatte keinen Ausweis dabei und war total durch den Wind. Ich erinnerte mich daran, wie Marie gesagt hatte, dass Sie im Fall eines weiteren verschwundenen Teenagers in der Nähe von Harlan Marsh einspringen sollen, und da bin ich hergefahren, um mal nachzusehen. Können Sie das Mädchen beschreiben, nach dem Sie suchen?«

Jackman warf einen Blick in seine Notizen. »Brünett, schulterlange Haare, schlank, braune Augen. Sie trägt ein enges gelbes Oberteil und Bootcut-Jeans.«

»Wenn das so ist, sollten Sie so schnell wie möglich herkommen.«

»Ich bin gerade bei den Eltern.« Jackman biss sich auf die Lippe. »Sie sagten, sie befände sich ›in einem ziemlich schlechten Zustand‹. Was genau meinen Sie damit? Bevor ich ihre Familie womöglich zu Tode erschrecke.«

»Sie hat am ganzen Körper blaue Flecken und Prellungen und vermutlich auch ein paar gebrochene Rippen. Es ist nicht lebensbedrohlich, aber ihr Zustand ist kritisch. Die Ärzte nehmen an, dass sie Drogen genommen hat. Oder dass ihr welche verabreicht wurden.«

Jackman dachte an Shauna. »Was genau? Ein Halluzinogen oder eine rohypnolbasierte Droge?«

»Das wissen sie noch nicht. Dafür ist es noch zu früh.

Es gibt jedenfalls keine Anzeichen auf sexuellen Missbrauch.«

»Das ist gut. Also, Rosie, sind Sie sich sicher bei der Beschreibung? Soll ich die Eltern mitnehmen?«

»Ja, das kommt ganz gut hin. Ich bin mir ziemlich sicher. Die Kleidung, die Haarfarbe und auch der Körperbau scheinen zu stimmen – aber machen Sie ihnen bitte trotzdem nicht zu große Hoffnungen, falls ich eine Doppelgängerin aufgegabelt habe.«

Jackman kehrte ins Wohnzimmer zurück und versuchte, so schonend wie möglich wiederzugeben, was ihm DC Rosie McElderry gerade erzählt hatte. »Vielleicht hat das Mädchen gar nichts mit Toni zu tun, aber ich muss Sie trotzdem bitten, dass einer von Ihnen – oder auch beide – mit uns kommt. Und bitte verzeihen Sie uns, falls es sich doch nicht um Ihre Tochter handelt.«

Tonis Eltern sprangen auf. »Wir nehmen unseren Wagen, Inspector Jackman. Fahren Sie einfach voraus.«

Marie begleitete die Familie.

Gary und Jackman unterhielten sich, während sie ins Krankenhaus rasten.

»Sieht so aus, als wäre das Mädchen letztlich doch an jemanden geraten, der um einiges stärker und durchtriebener ist, als sie zuerst dachte«, überlegte Gary. »Man kann sein Glück nur so lange überstrapazieren, bis es sich eines Tages gegen einen wendet.« Er warf Jackman einen besorgten Blick zu. »Es gibt da noch etwas, das Sie wissen sollten, Sir. Wir versuchen schon seit einem Jahr, einem illegalen Club auf die Spur zu kommen, in dem massenweise Alkohol konsumiert wird. Es klingt harmlos, ist aber alles andere als das. Jemand versorgt Minderjährige mit Alkohol und weiß Gott was noch. Wir glauben, dass die Kids freien

Eintritt und Gratisgetränke bekommen, solange sie ordentlich Party machen, sich bis zur Besinnungslosigkeit betrinken und mit den zahlenden Besuchern Kontakt pflegen.«

Jackman wurde übel. »Kontakt pflegen?«

Garys Blick verdüsterte sich. »Mhm. Wir sind nicht sicher, welche Formen die Sache annimmt, weil niemand etwas rauslässt. Die Betreiber des Clubs sind extrem clever. Sie sind uns seit Monaten immer einen Schritt voraus.«

»Warum lassen Sie die Räumlichkeiten nicht einfach schließen?«

»Das ist ja das Schlaue an der Sache. Die Partys finden jedes Mal woanders statt. Wir nehmen an, dass die Mitglieder über SMS verständigt werden, wann und wo die nächste Party stattfindet, und zwar erst kurz vor Beginn.« Gary schüttelte den Kopf. »Wir waren schon ziemlich nahe dran, aber bis jetzt haben wir nichts in der Hand. Dabei würde ich die Männer im Hintergrund nur allzu gerne in die Finger bekommen!«

Jackman hielt an einer roten Ampel. »Gary, wir ermitteln im Moment auch im Fall einer ertrunkenen Vierzehnjährigen. Sie hatte Alkohol und Foxy im Blut. Wir nehmen an, dass sie zu einem verlassenen Strand gebracht und dort liegen gelassen wurde. Die Tatsache, dass sie ertrunken ist, war vielleicht ein Bonus für denjenigen, der sie unter Drogen gesetzt hat. Meinen Sie, dass es hier einen Zusammenhang gibt?«

Gary nickte. »Ich glaube schon. Und falls das Mädchen im Krankenhaus Toni Clarkson ist und sie K.-o.-Tropfen im Blut hat, dann hängt das sicher auch damit zusammen.«

»Dann müssen wir den Club aufspüren und uns Zugang verschaffen.«

»Leichter gesagt als getan.«

Jackman beschleunigte erneut. »Nichts für ungut, Gary, aber wir haben bessere Ressourcen als Sie. Ich wette, wir können den Club auffliegen lassen. Was halten Sie von einer zeitweiligen Versetzung in unser Team?«

»Das würde mich sehr freuen, Inspector Jackman.« Gary ließ sich zurücksinken und holte tief Luft. »Ehrlich gesagt, war das letzte Jahr nicht gerade leicht. Ich habe vor ein paar Monaten meine Schwester verloren, und auch wenn die meisten Kollegen ganz okay sind, ist die Stimmung im Revier echt beschissen. Ich habe auch schon über eine Veränderung nachgedacht, aber ich will den Club auffliegen lassen und sicher sein, dass sich unsere Kinder nicht mehr in Gefahr befinden, bevor ich den nächsten Schritt plane.«

»Gut, dann leite ich alles in die Wege. Ich glaube, Saltern-le-Fen kann sich glücklich schätzen, jemanden wie Sie zu haben, PC Pritchard.«

Gary grinste breit.

Sie legten den Rest des Weges schweigend zurück, und Jackman hatte immer mehr das Gefühl, dass der Fall sehr viel abscheulicher werden würde, als sie gedacht hatten.

Rosie wartete im Krankenhausfoyer auf sie. Nach einer kurzen Vorstellung führte sie sie zu dem behandelnden Arzt.

»Die Patientin ist immer noch sehr verwirrt, und das bereitet uns große Sorgen, weil wir nicht wissen, was sie genommen hat.« Der junge Arzt wirkte erschöpft, und sein Hemd war aus der Hose gerutscht.

»Toni nimmt keine Drogen«, erklärte Ellen Clarkson leise. Ihre Stimme klang heiser.

Genauso wenig wie Shauna, dachte Jackman und fragte sich, wie oft er diesen Satz im Lauf seines Berufslebens schon gehört hatte. Die Eltern erfuhren solche Dinge immer als Letzte.

»Das mag ja sein«, erwiderte der Arzt freundlich. »Aber im Moment hat sie sehr wohl Drogen im Blut – und zwar eine ganze Menge, wenn man sich die Symptome so ansieht.« Er wandte sich zur Tür. »Aber sehen wir zuerst mal, ob es tatsächlich Ihre Tochter ist.«

Die Polizisten traten beiseite, während die Clarksons zögerlich zu dem Krankenbett mit dem verwirrten Mädchen gingen.

Jackman hielt den Atem an, bis er schließlich einen leisen Aufschrei der Mutter hörte.

»Liebling! Mein Gott! Was ist passiert?«

»Bingo«, flüsterte Rosie, doch Jackman erwiderte nichts. Irgendetwas war hier faul.

Während die anderen von der Tür zurücktraten und sich angeregt unterhielten, blickte er weiter durch das kleine Fenster.

Das Mädchen halluzinierte noch immer. Einen Moment lang schien sie bewusstlos, doch im nächsten Augenblick warf sie sich von einer Seite auf die andere, schlug um sich und schrie jeden an, der ihr zu nahe kam. Ihre Augen waren weit aufgerissen und die Pupillen so klein, dass sie kaum zu sehen waren. Es war offensichtlich, dass sie ihre Eltern nicht erkannte, weshalb eine Schwester die Clarksons eilig aus dem Zimmer und in den angrenzenden Wartebereich führte, um ihnen weiteren Kummer zu ersparen.

»Darf ich reingehen?«, fragte Jackman den Arzt.

»Natürlich. Aber halten Sie Abstand. Sie hat vorhin eine Spritze bis an die gegenüberliegende Wand geschleudert.«

»Ich will sie nur beobachten.« Sein Blick fiel auf eine Plastiktüte unter dem Bett. »Haben Sie die Kleidung bereits für die Spurensicherung beiseitegelegt?«, fragte er.

»Ja, es ist alles da drin. Nur die Schuhe haben wir getrennt verpackt. Sie waren voller Schlamm.«

Toni schrie und fluchte, während Jackman die Tüte mit den Schuhen musterte.

»War sie allein, als sie aufgegriffen wurde?«

Der Arzt sah ihn verwirrt an. »Ja.«

Jackmans Alarmglocken begannen zu schrillen.

Tonis nackte Beine zuckten und traten nach der nächstbesten Schwester. Ihre Füße waren lang und schmal, aber trotzdem sicher höchstens Größe achtunddreißig. Jackman warf erneut einen Blick auf die schlammverkrusteten Turnschuhe.

»Das sind nicht Tonis«, erklärte er leise. »Warum hatte sie fremde Schuhe an?«

Der Arzt blinzelte. »Da muss ich passen. Allerdings ruft sie ständig nach jemandem namens Emily. Vielleicht besteht da ein Zusammenhang?«

Als hätte sie zugehört, brüllte Toni plötzlich: »Emily!«, und begann zu wimmern. »Wo bringt ihr sie hin?« Im nächsten Augenblick zitterte sie heftig und rollte sich zusammen.

Die Angst schloss sich wie eine eiskalte Faust um Jackmans Brust.

Sie hatten Toni gefunden, und sie war Gott sei Dank am Leben, aber wer zum Teufel war Emily?

Jackman verließ das Zimmer, nahm Tonis Vater beiseite und fragte ihn, ob eine Freundin seiner Tochter vielleicht Emily hieß. Clarkson sah ihn verständnislos an, schüttelte den Kopf und kehrte zu seiner verzweifelten Frau zurück.

Jackmans Gedanken rasten. Was hatte Toni mit »Wo bringt ihr sie hin« gemeint? Gab es noch ein vermisstes Mädchen? Er schluckte. Es war mehr als wahrscheinlich, und wenn man bedachte, was mit Shauna Kelly passiert war, war Emily in großer Gefahr.

KAPITEL 8

Sie konnten nichts unternehmen, solange Toni nicht vernehmungsfähig war. Gary bot an, bei ihr im Krankenhaus zu bleiben, während Jackman und Marie zurück auf die Dienststelle fuhren.

Jackman schwieg beinahe die ganze Fahrt über, und Marie wusste, dass sein Gehirn gerade auf Hochtouren arbeitete. Sie mussten Tonis Angst um Emily ernst nehmen, auch wenn Toni immer noch unter Drogen stand.

»Weder die Eltern noch Gary Pritchard haben schon einmal von einem Mädchen namens Emily gehört, und Gary arbeitet schon lange genug in Harlan Marsh, um sämtliche Halbstarken und Ausreißer zu kennen. Was das Ganze noch viel komplizierter macht, und ich habe keine Ahnung, wo wir anfangen sollen.« Jackman klang müde.

Marie wurde vor einem Kreisverkehr langsamer. »Wir können nur die üblichen Suchläufe starten und hoffen, dass das mysteriöse Mädchen auf die eine oder andere Weise auftaucht.«

Jackman nickte. »Ich werde gleich mal Max vor seinen geliebten Computer setzen, damit er das erledigt.«

Marie nickte. Max kannte sich im Team mit Abstand

am besten mit Computern aus. Sie hielt vor dem Tor der Dienststelle und zog ihren Ausweis durch den Schlitz. »Wir können nur hoffen, dass wir mehr Glück haben als die Kollegen in Harlan Marsh. Wenn wir ebenfalls gegen eine Mauer laufen, müssen wir noch einmal zurück und uns vor Ort umsehen.«

»Ich befürchte, dass es darauf hinauslaufen wird.« Jackman stieg aus und knallte die Autotür zu. »Aber da kann man wohl nichts machen. Jetzt erledigen wir erst mal die Grundlagenarbeit.«

Max fand über zwanzig Mädchen namens Emily. Es waren zum Großteil Teenager, die entweder vermisst wurden oder wegen kleinerer Delikte in der Datenbank auftauchten. Nach unzähligen Telefonaten mit besorgten Eltern, Gefängnissen und Jugendbetreuungseinrichtungen blieben nur noch drei Namen übrig. Eine war inzwischen an einer Überdosis gestorben, die anderen beiden wurden bereits seit Längerem vermisst und stammten auch nicht aus der Gegend.

Marie legte den Hörer auf und verzog das Gesicht. Sie hatte keine Lust, die Straßen von Harlan Marsh abzuklappern, aber sie brauchten dringend mehr Informationen, und das war die einzige Art, um an sie heranzukommen.

»Marie, Sie können erst mal Schluss machen!«, rief Jackman aus seinem Büro. »Wir fahren ins Krankenhaus. Gary Pritchard hat gerade angerufen. Toni geht es einigermaßen gut genug, um mit uns zu sprechen. Ich habe ihm gesagt, dass er bei ihr bleiben und dafür sorgen soll, dass niemand sonst mit ihr redet. Auch nicht ihre Eltern.«

Marie schlüpfte in ihre Jacke und suchte in den Taschen nach dem Autoschlüssel. Wenn ihnen Toni mehr über Emily erzählen konnte, ersparte sie ihnen damit einige Arbeit.

Nach sieben Minuten waren sie im Krankenhaus, und weitere zwei Minuten später standen sie an Toni Clarksons Bett und sahen in ihr blau geschlagenes und tränenüberströmtes Gesicht.

»Toni, das sind DI Jackman und sein Sergeant, Marie Evans. Sie sind hier, um dir zu helfen.« Gary klang freundlich und beruhigend. Er hatte die Zeit bis zu ihrer Ankunft offensichtlich genutzt, um das Vertrauen des Mädchens zu gewinnen.

Dennoch sah Marie Trotz in Tonis Augen aufblitzen.

Jackman zog einen Stuhl heran und ließ sich darauf nieder, um auf Augenhöhe mit dem Mädchen zu sein und es nicht einzuschüchtern. Er versicherte ihr, dass sie keine Schwierigkeiten bekommen würde. Er wollte lediglich herausfinden, wer ihr wehgetan hatte, um denjenigen zu bestrafen.

Der trotzige Ausdruck in ihren Augen verschwand langsam, bis nur noch blanke Angst übrig blieb. »Ich kann mich an nichts erinnern«, wimmerte sie.

»Gut, beginnen wir erst mal mit dem Moment, als du dich am Kriegerdenkmal von deinen Freundinnen getrennt hast«, sagte Jackman ruhig.

Tonis Blick huschte durchs Zimmer. Sie schluckte mehrere Male, sagte aber nichts.

»Du hast ihnen erzählt, dass du an einen Ort willst, an dem du willkommen bist?«

Toni zuckte zusammen und begann trotz der beinahe unerträglichen Hitze im Krankenzimmer zu zittern.

»Bist du dorthin gegangen, Toni?«, fragte Jackman.

Marie war klar, dass Emilys Chancen mit jeder Sekunde

schwanden – falls das Mädchen überhaupt existierte. »Und warst du dort willkommen?«, hakte sie sanft nach. »Gab es Alkohol?«

Toni atmete zitternd aus und nickte bedrückt. »Man bekommt immer Gratisgetränke, wenn man möchte.«

»Wo ist denn dieser Club?«

»Als ob ich das ausgerechnet *Ihnen* verraten würde!« Der streitlustige Ausdruck kehrte in Tonis Augen zurück. »Sie würden mich umbringen, wenn ich sie verpfeife. Außerdem ist es nicht so einfach ...« Sie wischte sich eine Träne von der Wange und zuckte zusammen, als sie den geprellten Wangenknochen berührte.

»Dieses Mal waren Leute da, die ich noch nie dort gesehen hatte.« Sie zog die Decke höher und wiegte sich vor und zurück. »Sie wollten noch auf eine andere Party.«

»Und du bist mit ihnen gefahren?«, fragte Jackman und sah das Mädchen an.

Sie nickte erneut.

»Mit dem Auto?«

»Ja.«

»Was für ein Auto? Ein Geländewagen?«

»Nein, ein ganz normales Auto.«

»Warst du allein?«

»Ich dachte zuerst, es würde noch jemand mitkommen, aber als ich einstieg, waren da nur ich und einer der Männer.«

»Ist schon okay, Toni. Du bist jetzt in Sicherheit.« Jackmans Stimme war sanft. »Wir werden nicht zulassen, dass dir etwas passiert. Weißt du, wo ihr hingefahren seid? Kanntest du den Ort, an dem die Party stattfand?«

»Da war gar keine Party.« Ihre Stimme klang ausdruckslos. »Und ich habe keine Ahnung, wo ich war. Wir fuhren eine Ewigkeit hinaus in die Fens. Es stank nach verfaultem Kohl. Ich hätte mich beinahe übergeben.«

»War es eine Farm?«, fragte Marie. »Oder eine Art Bauernhaus?«

Das Mädchen schüttelte den Kopf. »Ich weiß es nicht, aber ich glaube nicht. Es war ein altes, echt gruseliges Haus.« Sie verzog das Gesicht. »Aber es spielte Musik, also hatte ich keine Angst. Wir gingen in den Keller. Da waren Öllampen und Kerzen und alte Kisten mit Decken als Bänke. Überall standen Weinflaschen herum. Am Anfang fand ich es echt cool ...«

Aber später dann nicht mehr, dachte Marie wütend und betrachtete die Striemen und blauen Flecken auf dem Gesicht des Mädchens. Toni schlang die Arme um den Oberkörper.

»Wie viele Leute waren noch dort, Toni?«, fragte Jackman.

»Am Anfang waren nur ich und der Kerl da, der mich hingefahren hatte. Er meinte, wir wären zu früh dran, und die anderen würden gleich kommen. Er gab mir ein Glas Rotwein.«

»Und du hast es getrunken?«

»Gratiswein?« Toni verdrehte die Augen, als hätte Jackman gerade etwas total Lächerliches von sich gegeben. »Klar.«

»Kannst du den Mann beschreiben, Toni?«

»Er war ziemlich alt, so wie Sie. Aber er hatte coole Haare und modische Klamotten.«

»Groß? Klein?«, fragte Jackman und lächelte, weil er gerade als »alt« bezeichnet worden war.

Toni betrachtete ihn. »Ihre Größe, aber besser gebaut. Mehr Muskeln.«

Marie unterdrückte ein Grinsen. »Was ist mit den Klamotten?«

»Ausgebleichte Jeans, aber nichts Billiges. Ein blaues T-Shirt, Turnschuhe und ein grauer Zip-Hoodie. Echt cool für einen so alten Mann.«

»Würdest du ihn wiedererkennen?«, fragte Jackman.

Toni zuckte mit den Schultern, doch dann schnappte sie nach Luft und presste eine Hand auf ihre gebrochenen Rippen. »Vielleicht. Er sah ganz normal aus und war ein bisschen schüchtern, obwohl er andauernd lächelte. Und er roch gut«, fügte sie hinzu.

Jackman warf Marie einen erstaunten Blick zu. Was auch immer der Kerl Toni angetan hatte, es schien ihr nichts auszumachen, über ihn zu sprechen. Außerdem klang die Beschreibung nicht nach einem finsteren Psychopathen.

»Hat er dir wehgetan?«

Toni schüttelte den Kopf. »Nein, er nicht. Er ging, als die anderen kamen. Danach habe ich ihn nicht mehr gesehen.«

»Die anderen?«

Toni versteifte sich und schluckte. »Ich ...« Verwirrt runzelte sie die Stirn. »Es wurde alles ganz eigenartig. Ich kann mich nicht mehr genau erinnern.«

Maries Herz wurde schwer. Die verdammten Drogen waren wohl im Wein gewesen. Ausgerechnet jetzt, da sie zum entscheidenden Punkt kamen, ließ Tonis Erinnerung sie im Stich.

»Weißt du noch, wie viele Leute es waren?«

»Keine Ahnung. Nicht so viele.«

Jackman betrachtete das Mädchen nachdenklich, dann warf er Marie erneut einen Blick zu. Sie hatten schon zu lange um den heißen Brei herumgeredet. Sein Gesicht wurde ernst. »Toni, als du hierhergebracht wurdest, hast du nach einer Emily gerufen. Erinnerst du dich an sie? War sie mit dir in diesem Keller?«

Toni verzog entsetzt das Gesicht.

»Toni, wer ist Emily? Und was ist mit ihr passiert?«

Ein Gurgeln drang aus der Kehle des Mädchens, und sie stöhnte leise. Marie hoffte nur, dass das Krankenhauspersonal es nicht gehört hatte und besorgt ins Zimmer stürzte.

Jackman beugte sich näher heran. »Hör mal, Toni! Emily ist vielleicht in großer Gefahr. Du musst uns alles sagen, woran du dich erinnerst. Bitte!«

Tränen flossen über Tonis zerschrammte Wangen. »Ich habe doch schon gesagt, dass es danach total eigenartig wurde. Es war wie in einem Albtraum. Es ist alles verschwommen.« Toni schluchzte. »Irgendjemand hat gesungen, und dann hat mich jemand geschüttelt und mir seltsame Fragen gestellt.«

»Welche Fragen?«

»Wann ich Geburtstag habe.«

Das Mindestalter. Marie biss wütend die Zähne zusammen. *Der Mistkerl wollte wissen, ob sie noch minderjährig ist.* »Du meinst, in welchem Jahr du auf die Welt gekommen bist?«

»Nein, er wollte *alles* wissen. Den Tag, den Monat *und* das Jahr.« Gary streckte Toni wortlos ein Taschentuch entgegen, und sie putzte sich die Nase. »Er fragte Emily dasselbe.« Die Tränen begannen erneut zu fließen.

»Im nächsten Augenblick war ich draußen auf dem Feld. Ich hatte solche Angst, und mir war übel. Emily war weg, und ich wusste nicht, wo ich war. Ich wollte zu Mum und Dad. Nach Hause.«

»Wer ist diese Emily, Toni? Wir müssen es wissen!« Jackman schrie beinahe. Marie räusperte sich laut. Sie hatte Angst, dass er alles ruinierte.

»Ich glaube, meine Patientin braucht jetzt Ruhe, Inspector.« Der junge Arzt war wieder da, und er war nicht mehr freundlich.

Jackman nickte knapp, warf Toni ein gequältes Lächeln zu und verließ das Zimmer.

»Ich bleibe noch ein wenig hier«, erklärte Gary. »Zumindest, bis die uniformierten Kollegen mich ablösen.« Er zwinkerte Jackman verschwörerisch zu. »Aber das hat keine Eile. Ich werde versuchen, noch einmal mit ihr ins Gespräch zu kommen, wenn sie sich beruhigt hat.«

Jackman fuhr zurück ins Büro, damit Marie unterwegs Zeit hatte, ihre Notizen zu sichten. Zwei Dinge beunruhigten sie. »Was sollte die Frage nach dem Geburtstag? Ich meine, wenn die Kerle wissen wollten, wie alt sie ist, um ungestraft Sex mit ihr haben zu können, dann war das doch kein Problem. Sie ist immerhin schon sechzehn ...« Sie zuckte mit den Schultern. »Warum haben sie sie dann einfach ausgesetzt und das andere Mädchen genommen?«

Jackman schüttelte den Kopf. »Vielleicht *wollten* sie eine Minderjährige, und Emily ist jünger als Toni. Oder Toni hat zu dem Zeitpunkt bereits halluziniert. Falls jemand allerdings nach einem ganz *bestimmten* Mädchen sucht, ist das genaue Geburtsdatum entscheidend.« Er verzog das Gesicht. »Das ergibt alles keinen Sinn, oder?«

»Nein. Und da ist noch etwas: Was, zum Teufel, meinte sie damit, dass die Sache mit diesem Club nicht ›so einfach‹ ist?«

»Also zumindest diese Frage kann ich Ihnen beantworten.« Jackman fluchte leise und gab Gas, um das Auto vor ihnen zu überholen. »Die Polizei von Harlan Marsh ist einem Club auf der Spur, der ständig den Veranstaltungsort wechselt.«

Marie hörte mit wachsendem Unbehagen zu, wie Jackman ihr von den illegalen Partys erzählte. »Das klingt nach einer ziemlich widerwärtigen Masche.«

»Das ist es mit Sicherheit. Und nachdem der Club ständig weiterzieht, war es bis jetzt schwierig, ihn auffliegen zu lassen. Jedes Mal, wenn sie den Kerlen auf der Spur waren, sind sie einfach umgezogen.«

»Ich verstehe. Das hat Toni also gemeint. Vielleicht erzählt sie uns mehr, wenn ihr klar wird, wie ernst die Lage ist. Es könnte ihr sogar die Augen für einiges öffnen.«

Jackman hob eine Augenbraue. »Wollen wir's hoffen. Ich glaube, es hat ihr eine Scheißangst eingejagt.«

»Ja, und es besteht immer noch die Möglichkeit, dass Gary noch einmal einen guten Draht zu ihr findet. Er ist ein guter Kerl, nicht wahr?«

Jackman nickte. »Er ist zwar noch nicht so alt, aber für mich ist er ein typischer Polizist vom alten Schlag.«

»Genau«, antwortete Marie. »Und das ist mir allemal lieber als die jungen Hitzköpfe.«

»Das bringt mich zu einem anderen wichtigen Punkt, Marie. Ich würde die Superintendentin gerne bitten, Gary vorübergehend zu uns zu versetzen. Was halten Sie davon?«

Marie nickte. »Das ist eine sehr gute Idee, Sir. Seine Kenntnisse der örtlichen Gegebenheiten sind sicher von Vorteil.«

»Okay, dann erledige ich das, sobald wir zurück sind.«

Es dämmerte bereits, als sie in den Ermittlungsraum kamen, wo Max, Charlie und Rosie immer noch vor ihren Computern saßen.

Jackman grinste. »Okay, Leute. Fahrt nach Hause und ruht euch aus, wir sehen uns morgen früh.«

Rosie hob den Blick. »Ich bleibe gerne noch eine Stunde, Sir.«

Marie lächelte. Wie war es möglich, dass eine erwachsene Frau aussah wie ein achtzehnjähriges Schulmädchen?

Jackman schüttelte den Kopf. »Nein danke. Fahren Sie lieber. Nutzen Sie die Gelegenheit, solange Sie noch können.«

Rosie griff nach Jacke und Tasche. »Okay, dann sehen wir uns morgen.« Sie warf einen Blick auf Max, der sich immer noch über die Tastatur beugte. »Kommst du mit?«

Max lehnte sich zurück und streckte die Arme über den Kopf. »Ja, gleich«, stöhnte er. »Die Suche führt sowieso ins Nichts.« Er stand auf. »Warte, meine Hübsche, ich begleite dich zum Parkplatz.«

Jackman blickte den beiden nach und ging dann in sein Büro, um nachzusehen, ob er irgendwelche Nachrichten hatte, bevor er selbst nach Hause fuhr. Marie blieb allein zurück und dachte an den Fall.

Sie war sich inzwischen sicher, dass Emily *tatsächlich* existierte. Aber wo war sie?

Jackman legte gerade den Telefonhörer auf, als Marie zu ihm ins Büro trat.

»Das war Gary. Toni hat sich beruhigt, und nachdem ihre Eltern kurz rausgegangen waren, um sich einen Kaffee zu holen, hatten Gary und sie ›einen kleinen Plausch‹, wie er es nannte.«

Marie lächelte. Sie war froh, dass Pritchard mittlerweile zum Team gehörte. »Und?«

»Erstens hat sie bestätigt, dass Shauna Kelly auf einer dieser Partys war. Sie waren nicht befreundet, aber Toni kannte sie vom Sehen. Und Emily existiert wirklich. Die beiden Mädchen sind sich an dem Abend allerdings zum ersten Mal begegnet, und aufgrund des Alkohols und der Drogen war Tonis Beschreibung ziemlich dürftig. Lange, dunkle Haare und schöne Augen – das war alles, was ihr einfiel. Offenbar wurde der Mann, der sie belästigte, sehr aufgeregt, als Emily ihm ihr Geburtsdatum nannte, und kurz darauf wurde sie davongezerrt. Danach weiß Toni nur noch, dass sie in ein Auto geworfen und mitten im Nirgendwo abgeladen wurde.«

»Okay, zumindest wissen wir jetzt, dass wir keinem Geist hinterherjagen.«

»Genau. Im Moment sind zwei uniformierte Beamte bei Toni. Gary kann später mit einem Freund mitfahren, der in der Notaufnahme arbeitet. Bis dessen Schicht vorbei ist, bleibt er bei dem Mädchen.« Jackman lehnte sich müde in seinem Stuhl zurück.

»Das Wichtigste ist jetzt, dass es Emily tatsächlich gibt. Und es sieht so aus, als wäre sie entführt worden.«

Marie erschauderte. Wenn man erst einmal gesehen hatte, wozu angeblich zivilisierte Menschen fähig waren, war es beinahe unmöglich, sich nicht das Schlimmste auszumalen.

Jackman stand abrupt auf. »Ich weiß, dass es gegen unsere Natur ist, nach Hause zu gehen, obwohl ein Mädchen vermisst wird, aber die Kollegen patrouillieren die Straßen und durchsuchen alle ›alten, unheimlichen Gebäude‹, wie Toni es formuliert hat. Wir sollten uns also besser ein wenig ausruhen.«

Marie nickte. Er hatte recht. Es war wirklich gegen ihre

Natur, aber sie mussten voll konzentriert bei der Sache bleiben, und das funktionierte ohne Schlaf nun mal nicht.

Asher Leyton rollte mit seinem Schreibtischstuhl zurück und streckte sich. Er hatte zwar ursprünglich noch länger arbeiten wollen, aber er konnte sich nicht konzentrieren. Er sah ständig das Gesicht des Mädchens von der Brewer Street vor sich. Dass sie tot war, beunruhigte ihn zutiefst.

Er nahm seinen sündteuren Kugelschreiber von dem glänzenden Schreibtisch, steckte ihn in die Innentasche seines Jacketts und stand auf. Er sollte nach Hause gehen und Lynda überraschen. Vielleicht würde er sie sogar zum Abendessen ins *Lorenzo's* einladen. Das würde ihr sicher gefallen. Sie liebte Luxus, und ihm war natürlich klar, dass sie sich deshalb mit ihm verlobt hatte und auch bereit gewesen war, noch vor der Hochzeit zu ihm zu ziehen.

In Lyndas Gegenwart war er der perfekte Gentleman. Er verhielt sich ehrenhaft und anständig. Genau so, wie sie es sich erwartete und wünschte.

Asher schloss die Augen und stöhnte. Es brachte ihn um. Er hatte gewisse Bedürfnisse, und im Moment waren sie beinahe übermächtig. Er liebte und verehrte Lynda. Er begehrte sie. Aber er wusste, dass sie nur bei ihm bleiben würde, wenn er ihre puritanischen Wünsche akzeptierte, ganz egal, wie schmerzhaft es für ihn war. Sie wirkte zwar wie eine schicke und moderne junge Frau, aber ihre tiefgläubigen Eltern hatten ihr unnachgiebige, altmodische Moralvorstellungen eingeimpft.

Er stöhnte erneut, holte seine Geldbörse aus der Schreibtischschublade und warf einen Blick hinein. Das reichte auf alle Fälle. Er grunzte zufrieden, steckte das Portemonnaie ein und machte sich auf den Weg.

Er würde Lynda zum Essen und auf eine Flasche Champagner einladen und sie anschließend wie der perfekte Gentleman nach Hause bringen. Aber bevor er ihre makellose, porzellanweiße Haut und ihre schimmernden weichen Haare bewundern konnte, hatte er noch eine gänzlich anders geartete Verabredung.

KAPITEL 9

Bevor sie am nächsten Tag die Dienststelle verließen, um Tonis Ex, Ethan Barley, einen Besuch abzustatten, erstellten Jackman und Marie eine Liste mit verfallenen oder verlassenen Häusern, die die uniformierten Kollegen überprüfen sollten.

»In Quintin Eaudyke gibt es ein altes Hebewerk. Und was ist mit diesem großen, alten Haus am Roman Bank?« Jackman betrachtete nachdenklich die immer länger werdende Liste.

»Sie meinen Windrush? Das alte Sanatorium?« Marie grinste. »Ich kenne den Schuppen ziemlich gut. Als junge Polizistin war ich mal eine Woche dort. Die Besitzer vermieteten es zu Trainingszwecken. Such- und Rettungseinsätze, Brandschutz und so. Im Zweiten Weltkrieg wurde es als Truppenunterkunft genutzt, und danach war es ein Tuberkulose-Sanatorium. Extrem unheimlich, aber auch sehr interessant. Der Kurs damals war todlangweilig, deshalb habe ich mich ziemlich intensiv mit der Geschichte des Hauses beschäftigt.«

»Das klingt, als hätten Sie im Sommer als Fremdenführerin dort arbeiten können.«

»Ja, das wäre keine schlechte Idee gewesen.« Marie warf einen Blick auf die Uhr. »Es wird Zeit. Wir müssen zu dem Pfarrer und seinem Sprössling.«

Wider Erwarten war das Pfarrhaus von Fendyke ein schmuckloses Häuschen aus den 1940ern mit vier Schlafzimmern, das auf dem Kirchenareal für den Pfarrer und seine Familie errichtet worden war. Die ehemaligen Bewohner hatten keinerlei Bemühungen unternommen, es heimeliger zu gestalten. Noch ungewöhnlicher war jedoch der Pfarrer selbst. Der Mann, der ihnen die Tür öffnete, war rund einen Meter achtzig groß und genauso breit wie hoch. Sein Vollbart hätte eher zu einem alten Seebären als zu einem Pfarrer gepasst, und Jackman fragte sich, wie sich wohl seine Predigten anhörten.

»Kommen Sie nur herein.« Der Mann trat zurück, und sie drängten sich an ihm vorbei durch die Tür.

Er führte sie einen langen Flur entlang in ein großes, luftiges Wohnzimmer, wo das Blumenmuster der Vorhänge einen ständigen Kampf mit dem bunten Teppich zu führen schien.

Auf dem modernen Ledersofa, das nicht zu den Blumenmustern passte, saßen ein schwarzer Labrador, eine weiße Katze und ein pickeliger Junge.

Alle drei sahen auf, als die Polizisten eintraten, und es war schwer zu sagen, wessen Blick herablassender war.

»Nicholas, hol bitte deinen Bruder.« Der Pfarrer wandte sich an die beiden Detectives. »Ich dachte, es wäre besser, wenn Sie gleich mit beiden Söhnen sprechen.« Er hob eine buschige Augenbraue. »Was auch immer der Grund für Ihren Besuch ist, betrifft zumindest einen, wenn nicht alle beide.«

Der Teenager verließ mürrisch den Raum und brüllte die Treppe nach oben. »Ethan!«

Jackman lächelte beruhigend. »Sie sind nicht in Schwierigkeiten, Sir. Wir brauchen bloß ihre Hilfe bei den Ermittlungen im Fall eines vermissten Mädchens.«

Reverend Barley deutete auf zwei Lehnstühle und hob den widerwilligen Hund vom Sofa. Die Federn quietschten bedenklich, als er sich darauf niederließ.

»Ah, da ist er ja. Das ist Ethan, mein ältester Sohn, und das ist Nicholas, unser Baby.«

Das »Baby« ließ sich wieder auf das Sofa fallen und warf ihnen unter den strähnigen Haaren hervor einen bösen Blick zu.

Ethan schüttelte den Besuchern pflichtschuldig die Hand, bevor er einen riesigen Ledersitzsack vor den Kamin zog und sich lässig darauf niederließ. Er war schlank, hatte ein schmales Gesicht und dunkle Haare. Er trug eine schwarze Designerbrille, und seine Jeans hingen so tief, als würden sie jeden Moment der Schwerkraft nachgeben.

Marie erzählte ihnen in groben Zügen, was Toni zugestoßen war, und fragte die Jungen, ob sie ein Mädchen namens Shauna Kelly kannten oder ob ihnen einmal eine Emily mit langen, dunklen Haaren begegnet war.

Jackman beobachtete die beiden aufmerksam. Nicholas' Gesicht blieb ausdruckslos, doch Ethan zog scharf die Luft ein, als er Tonis Namen hörte.

»Wird sie wieder gesund?«, fragte er.

»Das hoffen wir. Sie hatte Glück, dass sie mit relativ leichten Verletzungen davongekommen ist«, antwortete Jackman.

Die Stimme des Pfarrers klang tief und grollend: »Es war eine gute Entscheidung, dich von dem Mädchen zu trennen. Ich habe dir immer gesagt, dass sie nur Schwierigkeiten macht.«

»Es ist ja wohl kaum ihre Schuld, dass ihr ein Arschloch etwas in den Drink gekippt hat.«

»Achte auf deine Wortwahl, Ethan!«

»Hast du denn eine bessere Bezeichnung für jemanden, der so etwas tut?«

Jackman fiel jedenfalls keine ein, aber er beschloss, sich nicht in die Familienstreitigkeiten einzumischen.

»Was ist mit Shauna und Emily?«

»Nö«, murmelte der jüngere Sohn, und die Blicke der Polizisten wanderten zu Ethan.

»Der Name Shauna sagt mir nichts, aber ein Freund von mir hat vor etwa einer Woche in einem Pub in Harlan Marsh versucht, bei einem Mädchen namens Emily zu landen.« Er zuckte mit den Schultern. »Obwohl das natürlich nicht die Emily sein muss, die Sie meinen.«

»Weißt du, wie sie aussah?«

Ethan schüttelte den Kopf. »Ich habe sie nicht gesehen, aber mein Freund sagte, sie wäre echt heiß gewesen. Er war am Boden zerstört, als sie ihn in die Wüste geschickt hat.«

Marie notierte den Namen und die Telefonnummer des Jungen.

»Mal sehen, ob er sich an etwas erinnern kann, das uns weiterhilft. Habt ihr zwei schon einmal von Partys gehört, auf denen Minderjährige mit Alkohol versorgt werden und die ständig an anderen Orten stattfinden?«

Der Pfarrer beugte sich vor. »Moment mal! Meine Jungen würden so etwas niemals besuchen!«

»Natürlich nicht«, beruhigte ihn Marie. »Aber vielleicht haben sie Gerüchte gehört.«

Der Pfarrer lehnte sich wieder zurück. »Ja, das wäre möglich. Jungs?«

Ethan schüttelte den Kopf. »Ich weiß nichts darüber, aber Toni Clarkson kann Ihnen da sicher weiterhelfen. Sie hat immer von diesen Partys geschwärmt, wo man sich gratis die Kante geben kann. Aber das ist nichts für mich.« Er biss sich auf die Lippe. »Wenn Sie es genau wissen wollen, war das einer der Gründe, warum wir uns getrennt haben.«

»Gut, dass sie dich abserviert hat. Diese billige Schlampe«, murmelte Nicholas, doch Jackman war sein Gesichtsausdruck nicht entgangen. Der jüngere Bruder wusste mehr, als er zugeben wollte.

»Und du, Nicholas? Hast du auch mal von diesen Partys gehört?«

»Nö.« Er rutschte kaum merklich von einer Seite zur anderen. »Keine Ahnung, was Sie meinen.«

Jackman glaubte ihm kein Wort, und er wusste, dass es Marie genauso ging, aber sie hielten sich lieber zurück. Es war besser, wenn der Junge von selbst damit herausrückte. »Reverend Barley, wissen Sie zufällig, wer einen Schlüssel für die alte Kapelle an der Fen Road hat?«

Jackman beobachtete die beiden Jungen aufmerksam. Ethan zeigte keine Reaktion, doch Nicholas zuckte zusammen und versuchte dann eilig, sich nichts anmerken zu lassen.

»Den habe ich. Warum fragen Sie?« Der Pfarrer wirkte verwirrt.

»Wir durchsuchen sämtliche leer stehenden und verfallenen Gebäude in der Gegend«, erklärte Jackman. »Im Zusammenhang mit dem vermissten Mädchen. Wäre es möglich, dass Sie die Kapelle für uns öffnen oder uns zumindest eine Weile den Schlüssel leihen?«

»Natürlich. Ich hole ihn gleich.« Er erhob sich, und das Sofa ächzte erneut. Dieses Mal vermutlich vor Erleichterung.

Er verschwand und kam kurz darauf mit einem Schlüsselring aus Metall wieder, an dem ein abgewetzter Anhänger hing. »Ich kann Ihnen nicht sagen, wann zuletzt jemand dort war, DI Jackman. Wahrscheinlich im letzten Herbst. Der Sturm brachte den Glockenturm zum Einsturz, und wir mussten nachsehen, ob auch innen Schäden entstanden sind. Aber seit damals war niemand mehr dort.«

Da war Jackman sich nicht so sicher. Er nickte und nahm den Schlüssel entgegen.

Der Pfarrer warf einen Blick auf die Uhr auf dem Kaminsims. »Ich würde ja mitkommen, aber ich habe in fünfzehn Minuten einen Termin mit einem Gemeindemitglied.«

»Das ist kein Problem, Sir. Wir bringen den Schlüssel gleich wieder zurück.« Marie wandte sich lächelnd an die beiden Jungen. »Aber vielleicht möchte uns einer Ihrer Söhne begleiten?«

»Auf keinen Fall.« Nicholas sprang unerwartet schnell auf und eilte zur Tür. »Ich habe zu tun.«

Ethan legte sich eine Hand hinters Ohr und lauschte angestrengt. »Stimmt, deine PlayStation ruft verzweifelt nach dir.«

»Du kannst mich mal!«

»Ich komme mit.« Ethan klang zwar nicht begeistert, aber er hatte sich zumindest freiwillig gemeldet.

»Guter Junge«, lobte der Pfarrer. »Haben Sie Kinder, DI Jackman?«

»Nein, aber mein Bruder, und ich verbringe so viel Zeit wie möglich mit ihnen.«

Der Pfarrer schüttelte den Kopf. »Sie sind Segen und

Fluch zugleich. Ich schätze, Nicholas wird seinem Bruder und seiner Schwester nicht an die Universität folgen.«

»Der schafft es doch nicht mal zum Arbeitsamt«, murmelte Ethan missmutig.

Der Pfarrer seufzte. »Wir dürfen ihn nicht aufgeben, mein Sohn. Vielleicht überrascht er uns alle eines Tages.«

Es war offensichtlich, dass Ethan maximal mit einer unangenehmen Überraschung rechnete.

Auf der Fahrt zur Kapelle warf Jackman über den Rückspiegel einen Blick auf Ethan. Der Junge war anders, als er ihn sich vorgestellt hatte, nachdem Neil und Ellen Clarkson sich so abfällig über ihn geäußert hatten. Außerdem konnte er sich Ethan eigentlich gar nicht zusammen mit der streitlustigen, vorlauten Toni vorstellen. Ganz zu schweigen von dem Altersunterschied.

»Du studierst also?«, fragte Jackman lächelnd.

»Ja. Politik und internationale Beziehungen. In Nottingham.«

»Wirst du dich auf einen Bereich spezialisieren?«

»Ja, ich habe vor, im dritten Jahr Globalisierung dazuzunehmen.«

»Interessant. Deine Schwester studiert auch, nicht wahr? Dein Vater hat es erwähnt.«

Ethans ernstes Gesicht verzog sich zu einem Lächeln. »Ja, Dawn ist die Klügste in der Familie. Sie studiert Theologie in Oxford. Dad ist hin und weg. Wenn Nick nicht wäre, wäre er im siebten Himmel.«

»Dir ist doch klar, dass dein Bruder etwas über diese illegalen Partys weiß, oder?«, fragte Marie beiläufig.

»Was? Nick? Nie im Leben!« Ethan lachte. »Nick braucht ein Navi, um seinen Bauchnabel zu finden. Er ist strohdumm. Er würde es nie schaffen, so etwas geheim zu halten.«

»Da wäre ich mir nicht so sicher«, erwiderte Marie. »Er wäre beinahe vom Sofa gefallen, als wir die Partys erwähnt haben.«

»Das glaube ich einfach nicht.«

Jackman zuckte mit den Schultern. »Wir werden es ja gleich sehen. Bitte entschuldige meine Neugierde, aber was hast du eigentlich in Toni Clarkson gesehen? Ihr beide seid doch total gegensätzlich.«

Ethan holte tief Luft. »Lassen Sie sich nicht von ihr täuschen, Inspector. Sie ist sehr viel schlauer, als sie zu erkennen gibt. Sie fragen, was ich in ihr gesehen habe? Ich habe geliebt, wie sie sich selbst treu bleibt, obwohl sie aus einer stinkreichen Familie kommt. Wie sie sich gegen das System auflehnt. Sie ist ein Freigeist, und ich glaube, ich kenne sie besser als sie sich selbst.«

Jackman bog auf die schmale Straße, die zur Kapelle führte.

»Sie wird sicher ruhiger, je älter sie wird.« Ethan klang eher wie Tonis Mentor und nicht wie ihr Ex-Freund. »Sie glauben es vielleicht nicht, aber sie kann echt nett sein, wenn man sie erst mal von ihren Freunden losgebracht hat.«

Jackman parkte und schaltete den Motor aus. In der plötzlichen Stille sagte Ethan: »Es war wohl ziemlich knapp für sie, oder?«

»Ja, Ethan, das war es.« Jackman sah ihn ernst an. »Sehr, sehr knapp. Sie ist anscheinend im letzten Moment einer Entführung entgangen.«

»Darf ich sie besuchen?«

»Vielleicht wird sie heute Nachmittag bereits entlassen, deshalb solltest du lieber vorher anrufen, aber ich glaube, ein freundliches Gesicht würde ihr guttun.«

Sie stiegen aus und gingen zum Eingang. Jackman hatte beschlossen, sich zuerst die Kapelle anzusehen, bevor sie in den Keller gingen.

Ethan wischte sich Staub von der Hose. »Was für eine Bruchbude!«

»Warst du schon mal hier?«, fragte Marie.

»Ja, ich war während des Sturms zufällig gerade zu Hause. Ich bin mit meinem Vater und ein paar Gemeindemitgliedern hergefahren, um den Schaden zu begutachten.«

»War Nicholas auch dabei?«

Der Junge runzelte die Stirn. »Ja, war er – jetzt, wo Sie es sagen. Und das war echt seltsam. Normalerweise hilft er nie irgendwo mit.«

Sie durchstreiften das alte Gemäuer etwa zehn Minuten lang, doch außer bröckelndem Mauerwerk und Taubenkot war nichts zu entdecken.

»Okay, dann gehen wir mal nach unten.«

»Es gibt einen Keller?«, fragte Ethan. »Bei diesem schlammigen Untergrund? Das wusste ich gar nicht.«

Marie nickte. »Es ist eher eine Krypta. Die Tür befindet sich an der Hinterseite der Kapelle.«

Marie und Jackman beobachteten ihn auch dieses Mal aufmerksam, sahen jedoch nur ehrliche Überraschung, die sich noch verstärkte, als Marie die Brennnesseln und die Brombeerstauden beiseiteschob und eine Treppe zum Vorschein kam, die zu einer verborgenen Tür führte.

»Verdammt noch mal!« Ethan schüttelte ungläubig den Kopf. »Ich wette, dass nicht einmal mein Vater davon weiß. Was ist da unten?«

»Finden wir es heraus!« Jackman entschied, dass der Junge ehrlich überrascht auf die Entdeckung reagiert hatte.

Marie versuchte es mit dem kleinsten Schlüssel an dem Ring, und die alte Tür schwang sehr viel müheloser auf, als es eigentlich der Fall hätte sein sollen.

Die Krypta bestand aus einem großen, niedrigen Raum, und der Steinboden war mit Partyüberresten übersät.

Ethan pfiff leise durch die Zähne, und Marie warf Jackman einen Blick zu. »Ich glaube, wir haben gerade einen der Veranstaltungsorte unseres illegalen Clubs entdeckt.«

Jackman sah sich um. Überall lagen Flaschen, Dosen, Plastikbecher, Zigarettenpackungen, Kippen und Dutzende abgebrannte Kerzen herum.

»Das ist echt eklig.« Ethan trat mit seinem blau-weißen Converse-Schuh ein gebrauchtes Kondom beiseite. »Das hier war ein heiliger Ort.«

Jackman sah den Abscheu auf seinem Gesicht. Ethan mochte ja ein radikaler Weltverbesserer sein, doch seine Erziehung hatte er nicht vergessen.

»Das war Medmenham Abbey auch«, erwiderte Jackman. »Aber das hat den Hellfire Club mit seinen Ausschweifungen wenig gekümmert.«

»Es ist trotzdem Frevel.«

»Ja, das ist wahr. Allerdings frage ich mich, wie die Veranstalter zu dem Schlüssel gekommen sind.« Marie sah Ethan mit erhobenen Augenbrauen herausfordernd an.

Seine Augen weiteten sich. »Nick? Aber Sie glauben doch sicher nicht …«

»Doch, ehrlich gesagt, schon.«

Jackman bahnte sich gerade einen Weg durch Bierdosen und liegen gebliebene Chipstüten und rief über die Schulter: »Tut mir leid, Ethan, aber ich muss Marie zustimmen. Ich glaube, dein Bruder ist gerissener, als du ihm zutraust.«

Ethan wurde blass. »Mein Vater bringt ihn um, wenn er das erfährt.«

»Ich hoffe, du meinst das nicht wörtlich.«

Der Junge schwieg.

»Es tut mir leid, aber wir brauchen den Schlüssel wohl doch etwas länger«, erklärte Marie und ließ den Schlüsselbund von ihrem Zeigefinger baumeln. »Wir müssen den Keller versiegeln und die Spurensicherung holen.«

»Die Spurensicherung?« Ethans Augen wurden noch größer.

»Das hier könnte der Ort sein, wo Toni und Emily hingebracht wurden«, erklärte Marie freundlich.

Ethan starrte zu Boden. »Falls Sie Beweise finden, dass mein Bruder etwas damit zu tun hat, steckt er in ernsten Schwierigkeiten, oder?«

»Bis über beide Ohren, fürchte ich.« Marie steckte die Hände in die Taschen. »Es sei denn, du bringst ihn dazu, mit uns zu reden. Dann sind wir möglicherweise etwas nachsichtiger.«

»Außerdem müssen wir wissen, ob es noch weitere Schlüssel gibt«, fügte Jackman hinzu. »Glaubst du, du könntest das für uns in Erfahrung bringen? In der Zwischenzeit werden wir unsere Vermutung, dass Nicholas etwas mit der Sache zu tun hat, für uns behalten.«

»Ich brauche frische Luft.«

Ethan trat langsam durch die Tür, stieg die Stufen hoch und ging mit hängendem Kopf zu der niedrigen Mauer, die das Grundstück begrenzte. Erschöpft ließ er sich darauf sinken.

Jackman setzte sich neben ihn. »Wir können uns auch irren. Aber wir müssen einfach herausfinden, was hier los ist. Das verstehst du doch, nicht wahr?«

Ethan nickte. »Ich helfe Ihnen – für meine Familie, für Toni und das andere Mädchen.« Er sah Jackman an. »Ist diese Emily in großer Gefahr?«

»Was glaubst du, Ethan? Laut Toni wurde Emily unter Drogen gesetzt und fortgezerrt – weiß der Teufel, wohin. Seitdem hat sie niemand mehr gesehen. Gefährlicher kann es kaum werden.«

Der Junge biss sich auf die Lippe und senkte den Blick. »Ich werde mit Nicholas reden.«

Marie kam auf die beiden zu. »Ich verständige die Zentrale, damit sie ein paar uniformierte Beamte herschicken, Sir. Und dann bringen wir Ethan nach Hause.«

Vor dem Pfarrhaus gab Jackman dem Jungen seine Karte. »Du kannst jederzeit anrufen, Tag und Nacht. Okay?«

Ethan nickte und steckte die Karte ein. »Ich hoffe, Sie finden sie.«

Sie fuhren los, und Jackman warf einen Blick auf Marie. »Er ist kein schlechter Kerl, aber sein Bruder verursacht mir eine Gänsehaut. Abgesehen davon, dass kein einziges Mal von der Mutter die Rede war.«

»Ich nehme an, dass sie tot ist«, erwiderte Marie ausdruckslos. »Die Fotos im Wohnzimmer waren alle schon ziemlich alt. Neuere habe ich nicht gesehen.«

»Mhm, ich hatte denselben Gedanken.«

»Vielleicht ist Nicholas deshalb so ...« Marie zuckte mit den Schultern. »Er ist schwer zu beschreiben, oder?«

»Mir fallen durchaus ein paar Worte ein, aber die sind alle wenig schmeichelhaft.« Jackman grinste, wurde jedoch sofort wieder ernst. »Das Ganze wird immer komplizierter, Marie, und dann sollen wir auch noch Zeit finden, um den Fall Kenya Black noch einmal aufzurollen.« Er seufzte. »Wir müssen diesen Club so schnell wie möglich ausheben.

Wenn wir es schaffen, die Hintermänner zu verhaften, haben wir gute Chancen, dass keine weiteren Mädchen verschwinden.«

»Und dass wir Emily wiederfinden.« Marie nickte. »Zumindest haben wir jetzt einen Anhaltspunkt. Die Kapelle wurde auf jeden Fall als Partylocation genutzt, und die Spurensicherung findet sicher jede Menge Spuren, also ...« Sie lächelte. »Das ist doch alles sehr positiv, Sir. Wir bewegen uns in die richtige Richtung.«

Jackman war froh, dass Marie so zuversichtlich war. Er hoffte nur, dass sie nicht auf noch mehr Hindernisse stießen.

Oder schlimmer noch: ein weiteres vermisstes Mädchen.

KAPITEL 10

Max streckte sich und rollte vom Schreibtisch zurück. »Heiße Schokolade?«, rief er Rosie zu, die ebenfalls vor ihrem Computer saß.

Sie sah auf und lächelte. »Ja, gerne. Dafür würde ich glatt einen Mord begehen, wie man so schön sagt.«

Max ging hinaus zum Kaffeeautomaten und warf einen Blick zurück. Rosie starrte auf ihren Bildschirm und wickelte dabei gedankenverloren eine Haarsträhne um den Finger. Er lächelte. Das tat sie oft, wenn sie sich konzentrierte.

Während er die Münzen abzählte, überlegte er, warum Rosie ihm bis jetzt nicht aufgefallen war. Sie hatten zwar verschiedenen Teams angehört, aber sie arbeiteten nun schon mehrere Jahre in derselben Dienststelle, und eigentlich wusste er kaum etwas über sie. Er hatte nur gehört, dass ihre zwei Schwestern auch zur Polizei gegangen waren, aber auf unterschiedlichen Revieren arbeiteten, und dass sie in einer Wohnung über einem Blumenladen in der High Street wohnte. Mehr nicht.

Sie war seine Kollegin, und möglicherweise sogar eine Art Freundin. Vielleicht sollte er sie einmal auf einen Drink einladen?

Max steckte die Münzen in den Automaten. Sie mussten ein vermisstes Mädchen finden, und das erforderte im Moment seine ganze Konzentration. Jetzt war nicht der richtige Zeitpunkt, um Tagträumen nachzuhängen.

PC Andy English und PC Kevin Stoner saßen in ihrem Streifenwagen und musterten das alte Haus vor ihnen.

Das Windrush-Sanatorium war ein riesiges viktorianisches Gebäude inmitten eines überwucherten Parks auf einem Hügel am Rand der Marsch. Zu seiner Blütezeit war es zweifellos herrlich anzusehen gewesen, aber diese Ära war definitiv vorbei.

»Ach, du meine Güte!«, murmelte Andy. »Wir brauchen sicher ewig, um diese Bruchbude zu durchsuchen.«

Kevin antwortete nicht. Er versuchte immer noch, das alte Anwesen als Ganzes zu betrachten. Das Haupthaus war mehr oder weniger intakt, aber offensichtlich wurden die Außengebäude gerade abgerissen. Am Rand des Rasens lagen mehrere Ziegel- und Holzhaufen, und hinter dem Haus stieg grauer Rauch auf.

»Wenigstens ist jemand zu Hause.« Er deutete auf den Rauch. »Gehen wir doch hin und reden mit ihm.«

Andy nickte.

Die beiden Polizisten stiegen aus, traten auf die mit Unkraut überwucherte Kieseinfahrt und machten sich auf den Weg zu den Steinstufen, die zur Eingangstür hochführen. Vor der Treppe stand ein JCB-Radlader, der ein leises Ticken von sich gab.

Andy deutete mit dem Kopf darauf. »Der Motor kühlt aus. Das heißt, es ist tatsächlich jemand hier.«

»Was wohl aus dem Schuppen hier wird?«, murmelte Kevin.

»Keine Ahnung, ich war schon seit Jahren nicht mehr in dieser Gegend.«

Kevin öffnete einen Flügel der schweren Eingangstür, und sie traten in ein riesiges Foyer. »Fenland Constabulary!«, rief er. »Ist jemand da?« Seine Stimme hallte über den von Rissen durchzogenen Marmorboden und das leere Treppenhaus hoch.

»Vielleicht draußen?« Sie gingen um das Haus herum. Auf den Überresten einer weitläufigen betonierten Veranda entdeckten sie einen alten Baucontainer, an dem eine breite Holzplanke lehnte. Ein Bär von einem Mann fuhr sie mit einer voll beladenen Schubkarre mühelos hoch und kippte den Bauschutt laut ächzend in den Container. Anschließend drehte er sich geschickt um und marschierte wieder zurück.

Er runzelte die schweißbedeckte Stirn, als er die beiden Polizisten entdeckte.

Kevin versuchte, Haltung zu bewahren. Das hier war mit Abstand der hässlichste Mann, den er jemals zu Gesicht bekommen hatte. »Ähm, guten Tag, Sir. Sind Sie der Besitzer dieses Hauses?«

Der Riese schien sofort auf der Hut zu sein.

»Nein.« Die Falten auf seiner Stirn wurden tiefer. »Hier gibt es nichts zu sehen. Das ist ein Privatgrundstück.«

»Es tut mir leid, Sir, aber wir suchen nach einer vermissten jungen Frau.« Kevin versuchte, größer und kräftiger zu wirken, als er eigentlich war, gab es aber sofort wieder auf. »Wir überprüfen sämtliche leer stehenden Gebäude in der Gegend, und wir bräuchten die Einwilligung des Besitzers, uns umsehen zu dürfen.«

Ein seltsamer Ausdruck huschte über das Gesicht des riesigen Mannes. Er war schwer einzuordnen, aber die Erwähnung der vermissten jungen Frau hatte auf jeden Fall etwas bei ihm ausgelöst.

»Oh! Das ist etwas anderes.« Er lächelte zwar nicht, aber seine Wut hatte sich offenbar verflüchtigt. »Sie suchen also ein vermisstes Mädchen? Ich war im letzten Monat jeden Tag von Sonnenaufgang bis Sonnenuntergang hier, aber ich habe niemanden gesehen.«

»Aber das Gelände ist doch sehr weitläufig, Sir. Vielleicht hat sie sich ins Haus geschlichen oder wurde von jemandem hierhergebracht, ohne dass Sie etwas bemerkt haben. Wir müssen uns also leider trotzdem umsehen.«

»Ja, natürlich. Ich glaube nicht, dass der Besitzer – Mr Broome – etwas dagegen hätte.« Der Mann wischte sich den Schmutz von den fleischigen Händen und fuhr sich danach noch über die Hosenbeine. »Aber ich muss mitkommen. Es ist gefährlich, und außerdem sind Teile des Hauses verschlossen. Ich muss den Schlüssel holen. Ach ja, und Sie brauchen auch noch Helme – die Sicherheitsvorschriften, Sie wissen schon.«

»Danke, Sir«, erwiderte Andy höflich. »Und Sie sind ...?«

Der Mann sah ihn lange an. »Micah. Micah Lee, Mr Broomes Hausmeister. Er kommt nicht oft hierher, also behalte ich alles im Auge.«

»Und Sie erledigen nebenbei auch noch eine Menge Arbeit«, bemerkte Kevin und sah sich staunend um. »Was soll mit dem Gebäude geschehen?«

»Es ist ein großes Projekt – oder vielmehr ein Traum. Aber da sollten Sie lieber mit Mr Broome persönlich sprechen. Ich gebe Ihnen seine Karte, wenn wir in meinem Büro sind.« Er zog die Nase hoch. »Also, holen wir die Helme.«

Eine Stunde später waren ihre Schuhe und Uniformen

voller Staub, und die beiden Polizisten beschlossen, dass es für heute reichte.

»Hier war niemand, oder?«, murmelte Kevin leise.

»Und wenn doch, dann wäre er vollkommen verrückt«, fügte Andy hinzu und wischte sich den Schmutz von der Hose. »Dieses Haus ist eine richtige Todesfalle.«

Kevin wandte sich an Micah. »Tut mir leid, dass wir Sie von der Arbeit abgehalten haben, Mr Lee. Viel Glück mit dem Projekt.« Er verzog das Gesicht. »Denn das werden Sie sicher brauchen.«

»Oh, eines Tages wird es Wirklichkeit werden, Sie werden schon sehen, Officer. Es dauert seine Zeit, aber Mr Broome wird sich seinen Traum erfüllen.«

Kevin öffnete die Autotür und ließ sich dankbar auf den Fahrersitz sinken. »Das hoffe ich, Sir.« Er startete den Wagen, winkte und fuhr dann eilig die breite Auffahrt hinunter.

»Verdammt noch mal! Das war vielleicht ein hässlicher Kerl, was?«

»Ja, eine Mischung aus Hagrid und Hulk.« Andy schluckte. »Dieses Gesicht beschert mir jetzt schon Albträume. Und hast du die Schwielen an seinen Händen gesehen?«

»Klar. Stell dir vor, der begegnet dir abends in einer dunklen Gasse!«

Andy betrachtete die abgegriffene Visitenkarte, die er in der Hand hielt. »Soll ich diesen Broome anrufen?«

Kevin wurde langsamer und bog auf die verlassene Zufahrtsstraße. »Ich glaube, das wird nicht notwendig sein. Ich habe so das Gefühl, dass der Riese ihm bereits von unserem Besuch erzählt hat.« Er gab Gas, und das baufällige Gebäude verschwand langsam. Dann runzelte er die Stirn.

»Aber wir sollten unbedingt mit Jackman darüber reden. Ich habe irgendwie kein gutes Gefühl. Du etwa?«

Andy pfiff leise durch die Zähne. »Soll ich ehrlich sein? Das letzte Mal, als ich solche Angst hatte, war ich ein kleiner Junge bei den Pfadfindern und wurde nach Sonnenuntergang auf den Friedhof gesperrt.« Er rieb die Handflächen aneinander. »Ich hatte gerade eine Scheißangst, mein Freund. Eine *Scheißangst*.«

Zurück auf der Dienststelle, überprüfte Jackman sofort, ob es Neuigkeiten von der Spurensicherung gab. Clive, der die Sekretariatsarbeiten für ihn erledigte, lächelte fröhlich und durchwühlte die Aktenberge auf seinem unordentlichen Schreibtisch. Innerhalb weniger Sekunden hatte er das richtige Memo gefunden, was Jackman immer wieder überraschte.

»Eine Mitarbeiterin der Spurensicherung hat vorhin von der Kapelle aus angerufen, Chef. Es gibt mehr als genug verwertbare Körperflüssigkeiten, aber leider werden die Tests einige Zeit in Anspruch nehmen. Es dauert über eine Woche, bis die Ergebnisse vorliegen.«

»Verdammt! Was ist mit Fingerabdrücken?«

»Davon gibt es auch jede Menge. Sie macht einen Abgleich mit der Datenbank, sobald sie zurück ist. Falls es irgendwelche Übereinstimmungen gibt, meldet sie sich sofort.«

»Das klingt vielversprechender. Halten Sie mich auf dem Laufenden, ja?«

Jackman ging in sein Büro, wo er erneut mit Marie zusammentraf. »Marie? Hatte einer der Kollegen vielleicht schon einmal das Vergnügen mit Nicholas Barley?«

»Er wurde schon einige Mal aufgegriffen, aber leider waren die Delikte nie so schwer, dass Fingerabdrücke genommen wurden.«

»Egal. Wir holen sie uns trotzdem.«

»Ich kümmere mich darum«, versprach Marie. »Außerdem hätte ich da noch eine Idee ...«

»Schießen Sie los.«

»Glauben Sie, dass Toni Clarkson bereit wäre, mit uns zur alten Kapelle zu fahren? Vielleicht erinnert sie sich, ob die Party dort stattfand oder nicht?«

Jackman nickte. »Ich glaube, sie ist tapfer genug, Sie nicht auch?«

»Ja, das tue ich. Soll ich ins Krankenhaus fahren und sie fragen?«

Jackman schüttelte den Kopf. »Nichts für ungut, aber warum rufen Sie nicht in Harlan Marsh an und bitten Gary Pritchard darum? Er scheint gut mit dem Mädchen klarzukommen.«

»Stimmt. Ich rufe ihn an. Und auch Ethans Freund, von dem er uns erzählt hat.«

Jackman trat in den Ermittlungsraum hinaus und betrachtete Rosie, Max und Charlie, die alle betrübt auf Computerausdrucke starrten. »Wenn ich mir euch so ansehe, gibt es wohl keine Neuigkeiten von Emily?«

Rosie hob den Blick. »Tut mir leid, Chef. Wir wissen bald nicht mehr, wo wir noch suchen sollen.«

»Ich frage mich langsam, ob es nicht doch die Drogen waren. Vielleicht hat Toni halluziniert.« Max verzog das Gesicht.

»Möglich wäre es natürlich, aber jedes Mal, wenn wir mit dem Mädchen sprechen, kommen mehr Erinnerungen hoch. Ich bin mir sicher, dass Emily existiert. Tut mir leid, Leute, aber ihr müsst einfach weitergraben.«

Marie trat zu ihnen. »Ethans Freund hebt nicht ab, aber ich habe ihm eine Nachricht hinterlassen, und er wird sich hoffentlich zurückmelden.«

»Und Gary?«

»Ist bereits auf dem Weg ins Krankenhaus. Er ist sich sicher, dass er Toni zu einem Besuch in der Kapelle überreden kann.«

»Wunderbar. Wir treffen ihn dort und fahren dann mit Toni zur Kapelle. Wenn sie den Keller wiedererkennt, haben wir einen konkreten Zusammenhang zwischen den beiden Fällen. Außerdem werden wir sie fragen, ob ihr noch mehr zu Emily eingefallen ist.«

Jackman straffte die Schultern. »Okay, los geht's! Rosie, Sie überprüfen, ob es in Saltern-le-Fen in der Vergangenheit Probleme mit illegalen Partys gab. Melden Sie sich sofort, wenn Sie etwas finden. Max und Charlie – Sie suchen weiter nach Emily und halten die Ohren offen, falls Ethan Barleys Freund anruft. Bringen Sie so viel wie möglich über das Mädchen in Erfahrung, das er in dieser Bar angequatscht hat.«

Max nickte. »Wird gemacht.«

»Dann los! Wir *müssen* herausfinden, was Toni Clarkson zugestoßen ist, und vor allem, ob noch ein weiteres Mädchen vermisst wird. Außerdem brauchen wir konkrete Hinweise, dass es die hübsche Emily mit den langen dunklen Haaren tatsächlich gibt.«

Jackman warf Marie den Autoschlüssel zu. »Sie fahren. Ich bekomme gerade einen Anruf.«

Er zog sein Handy aus der Tasche und ging zur Beifahrerseite.

»DI Jackman? Tut mir leid, aber ich muss mit Ihnen sprechen.«

Er dauerte einen Moment, bis er Ethan Barleys Stimme eingeordnet hatte. »Gerne, Ethan. Schieß los.«

»Können Sie mir garantieren, dass Sie meinem Bruder helfen, wenn er freiwillig mit Ihnen redet? Ich meine, das Ganze ist doch kein Trick, oder? Ich weiß, dass die Polizei Leute manchmal in die Falle lockt und so. Das passiert immer wieder, also behaupten Sie jetzt nicht das Gegenteil.«

»Ich würde dich niemals anlügen, Ethan. So etwas kann vorkommen, aber *mein* Team arbeitet anders, okay? Wenn Nicholas etwas weiß und es uns freiwillig erzählt, wird ihm das später zugutekommen. Allerdings ist es umgekehrt genauso: Wenn er etwas weiß und es mir *nicht* sagt, dann bekommt er es mit mir zu tun. Verstanden?«

Ethan schwieg eine Weile, dann erwiderte er: »In diesem Fall sollte er unbedingt mit Ihnen reden.«

»Falls weitere Argumente notwendig sind, kannst du ihm gerne sagen, dass wir im Keller jede Menge Fingerabdrücke gefunden haben. Falls seine darunter sind, sieht es nicht gut aus ... Euer Vater wäre sicher nicht allzu begeistert, seinen jüngsten Sohn in Handschellen zu sehen.«

»Ich bringe ihn zu Ihnen«, erklärte Ethan eilig und klang plötzlich ziemlich verängstigt.

»Gut, wir treffen uns in zwei Stunden am Empfang.«

»Einverstanden. Oh, bevor ich es vergesse: Ich habe mit meinem Freund gesprochen. Das Mädchen, das er angequatscht hat, hatte blonde, zu Stacheln gegelte Haare.« Und damit legte Ethan auf.

»Sieht so aus, als wäre Nicholas von seinem älteren Bruder ordentlich in die Mangel genommen worden. Er wird uns noch heute einen Besuch abstatten.«

Marie grinste. »Perfekt! Das erspart uns eine Menge Arbeit.«

»Und falls Toni die Krypta wiedererkennt, löst sich das Rätsel vielleicht schneller als gedacht.«

Doch Jackman klang zuversichtlicher, als er sich fühlte.

Marie überredete die Clarksons, im Auto zu warten, während sie und Jackman mit Toni in die Kapelle gingen. Vermutlich fiel es ihr leichter, die Wahrheit zu sagen, wenn ihre Eltern nicht dabei waren.

Toni hatte sich bei Marie untergehakt, als sie den Schotterweg entlanggingen, und Marie spürte, wie ihre Anspannung mit jedem Schritt größer wurde.

Sie tätschelte die Hand des Mädchens. »Du brauchst keine Angst zu haben, Toni. Sag uns einfach, ob du die Krypta wiedererkennst oder nicht, dann verschwinden wir sofort wieder.«

»Ich hasse es, dass ich mich an nichts erinnern kann. Es ist echt beängstigend. Ich meine, diese verdammten Perversen könnten weiß Gott was mit mir angestellt haben!« Toni zuckte zusammen und fuhr sich mit der freien Hand über die geprellten Rippen.

»Aber das haben Sie nicht, Toni, das darfst du nicht vergessen.« Marie blieb stehen, nahm das Mädchen an den Schultern und sah ihm tief in die Augen. »Es ist schon schlimm genug, dass sie dir wehgetan haben, aber du wurdest nicht sexuell missbraucht, okay?«

Toni nickte und murmelte leise: »Ja.«

Sie gingen zu der kurzen Treppe und sahen nach unten. »Also, bringen wir es hinter uns.«

Toni machte einen Schritt nach dem anderen, und ihre Hand glitt über die Wand, als würde sie Blindenschrift lesen.

Gary wartete unten und streckte ihr die Hand entgegen.

»Gut gemacht«, lobte er sie. »Wir sehen uns nur schnell um, und dann fahren wir gleich wieder.«

Toni blieb am Eingang stehen, starrte in die Krypta und rümpfte die Nase bei dem Geruch.

»Nein, das war es nicht. Hier riecht es nicht nach Kohl, sondern noch schlimmer. Nach Pisse und so.«

»Bist du dir sicher?« Jackman war mehr oder weniger überzeugt gewesen, dass sie richtiglagen.

»Ja, der Raum ist größer, und es wirkt wie in einer alten Kirche. Ich war in einem *richtigen* Keller.« Sie erschauderte. »Es lag Gerümpel herum. Kisten und Kartons und so.«

»Entdeckst du hier irgendetwas, das dich an den Ort erinnert, an den sie dich gebracht haben?«, fragte Gary.

Das Mädchen betrat die Krypta und sah sich erneut um.

»Es standen Flaschen mit Kerzen herum, wie die dort.« Sie deutete auf ein Regal mit leeren Weinflaschen, in denen abgebrannte Kerzen steckten. Sie ging hin und nahm eine Flasche in die Hand.

»Emily hat mir das Etikett gezeigt! Sie fand es witzig, und wir haben beide gelacht.«

»Stell die Flasche bitte wieder hin, Toni«, bat Marie. »Wir müssen vielleicht noch Fingerabdrücke nehmen. Aber du meinst, ihr hättet denselben Wein bekommen?«

Toni nickte wütend. »Den Namen werde ich nie vergessen.«

Über Tonis Schulter hinweg lasen sie das Etikett. *Old Tart* – alte Schachtel.

»Es gab auch einen, der hieß *Old Git* – alter Sack. Da mussten wir noch mal lachen.«

Jackman zuckte mit den Schultern. »Der Wein wird vermutlich hauptsächlich wegen des Etiketts gekauft.«

»Eigentlich sind die Weine überraschend gut, Sir. Einer

ist ein Sauvignon blanc, der andere ein Grenache«, erklärte Gary.

»Ich wusste gar nicht, dass Sie ein Weinkenner sind. Sind die Weine schwer zu bekommen?«

»Nein, Sir. Es gibt sie in vielen Supermärkten.«

»War ja klar«, murmelte Jackman.

»Darf ich jetzt nach Hause? Der Geruch bringt mich gleich zum Kotzen.«

Marie legte Toni einen Arm um die knochigen Schultern und lächelte. »Natürlich. Mir geht es genauso. Danke, Toni, du hast uns sehr geholfen.«

»Haben Sie Emily schon gefunden?«

Maries Lächeln erstarb. »Noch nicht. Aber wenn du erst mal zu Hause bist und zur Ruhe kommen konntest, müssen wir auf alle Fälle noch mal über sie reden.«

»Klar. Obwohl ich nicht weiß, was ich Ihnen sonst noch sagen kann. Ich sehe alles wie durch einen Nebel.«

Marie bemühte sich, möglichst positiv zu klingen. »Hey, du hast dich gerade daran erinnert, dass ihr wegen der Etiketten gelacht habt. Ich bin mir sicher, dass noch andere Dinge zurückkommen werden.«

»Vielleicht.« Toni warf einen Blick auf die Tür, wo ihr Vater nervös von einem Fuß auf den anderen trat.

»Ich hoffe es. Emily war echt nett.«

Gary fuhr Toni und ihre Eltern nach Hause. Marie rutschte hinters Lenkrad und startete den Wagen, während Jackman draußen auf und ab ging und nach einem Handysignal suchte. Sie gähnte und trommelte mit den Fingern aufs Lenkrad, dann wendete sie den Wagen und stellte ihn in Richtung Straße ab. Als sie aufblickte, eilte Jackman auf sie zu.

»Rosie hat zwei Vorfälle aus den letzten Monaten ausgegraben, bei denen Jugendliche auf einer illegalen Party waren und danach im Krankenhaus behandelt werden mussten.«

»Waren sie aus der Gegend?«

»Die Kids ja, aber die Partys fanden außerhalb statt. Das ist alles, was sie bisher hat, aber sie gräbt weiter. Und wir beide fahren jetzt am besten zurück und reden mit den Pfarrerssöhnen. Ich bin schon neugierig, was uns der kleine Bruder zu erzählen hat.«

KAPITEL 11

Was auch immer Ethan zu Nicholas gesagt hatte, es hatte Wirkung gezeigt. Die Informationen sprudelten nur so aus dem Jungen heraus.

»Am Anfang fand ich es cool. Einen Haufen Kohle für einen verfluchten nachgemachten Schlüssel? Wer wäre da nicht sofort dabei gewesen? Aber am Ende bekam ich richtig Angst«, gestand Nicholas.

»Das hättest du dir früher überlegen sollen, du Idiot!«, murmelte sein Bruder. »Was hast du denn geglaubt, dass die da unten machen? Für den Weltfrieden beten?«

»Das war mir doch egal! Die Kapelle ist sowieso ein heruntergekommenes Loch.«

»Was haben dir die Kerle denn erzählt, Nicholas?«, fragte Jackman.

»Sie hatten einfach Unmengen Alkohol und teilten ihn gerne mit uns, wenn wir dafür mit ihnen abhingen. Ohne Verpflichtungen.«

Jackmans Magen zog sich zusammen. »Und was verstanden sie unter ›abhängen‹?«

Nicholas zuckte mit den Schultern. »Trinken, tanzen, ein wenig fummeln und vielleicht auch ein bisschen rumknutschen.« Er biss sich auf die Lippe. »Obwohl einige sicher weiter gegangen sind.«

»Ja, wir haben die Kondome gesehen.«

»Aber ich hatte keine Ahnung, was dort abgehen würde! Die alten Knacker sahen doch nur zu. Ich meine, sie haben uns nie angefasst oder so. Sie saßen bloß im Dunkeln herum und beobachteten uns.« Nicholas senkte den Blick. »Manche Leute wollten den Kerlen für ihr Geld auch etwas bieten. Sie schockieren. Ihnen zeigen, wie weit sie gehen würden.« Er wandte sein pickeliges Gesicht zu Jackman und Marie.

»Es war der Alkohol, oder? Die meisten waren nach kurzer Zeit sternhagelvoll.« Er senkte erneut den Blick. »Für mich persönlich war es vorbei, als ich sah, dass einer einen Camcorder in der Hand hielt. Und in der anderen hatte er seinen Schw...« Er verzog das Gesicht und deutete auf seinen Schritt. »Sie wissen schon ...«

»Tut mir leid, Nicholas, aber wir müssen hier schon deutlicher werden. Einer der Männer hat sich also befriedigt, während er den Jugendlichen zusah?«

Nicholas nickte. »Dieser Wichser.«

»Dir ist aber schon klar, dass wir diesen Partys einen Riegel vorschieben müssen? Bevor einem der Mädchen oder Jungen Gott weiß was passiert.«

»Ja, klar. Aber ich weiß keine Namen.« Er seufzte. »Ich erzähle Ihnen alles, was ich weiß, wenn Dad nichts davon erfährt.«

Jackman entging nicht, wie bedrückt Nicholas war. *Der gute alte Pfarrer verliert wohl schnell mal die Nerven,* dachte er. Der Junge hatte offenbar höllische Angst. »Erzähl uns alles, was du weißt, und dein Vater erfährt nur das, was unbedingt notwendig ist. Außerdem werde ich ihm gleichzeitig versichern, dass du uns sehr geholfen hast.«

»Spuck's schon aus, du Arsch! Und danke dem Himmel dafür, dass du so einfach davonkommst!«, zischte Ethan.

Zwanzig Minuten später ließen sie die beiden Jungen schließlich gehen. Jackman und Marie hatten Personenbeschreibungen und Orte erhalten, an denen die Partys stattgefunden hatten, doch am wichtigsten war, dass Nicholas genau beschrieben hatte, wo der »Hauptverantwortliche« in der Krypta gesessen hatte. So konnten sie sämtliche DNA-Spuren, die sie in diesem Bereich fanden, besser zuordnen.

Jackman schloss die Tür zum Verhörzimmer und seufzte. »Ich kann es kaum erwarten, die neuen Erkenntnisse mit Gary Pritchards bisherigen Ermittlungen abzugleichen. Wir dürfen keine Zeit verlieren. Diese Perversen müssen schleunigst hinter Gitter.«

Marie nickte. »Diese Arschlöcher! Allein beim Gedanken daran, dass diese Schleimbeutel sich am Anblick der Jugendlichen aufgeilen, wird mir übel.«

Jackman dachte an seinen Neffen. »Ja, mir auch.«

Zwei uniformierte Beamte eilten auf sie zu.

»Sir? Hätten Sie einen Moment Zeit?«

Jackman nickte und sagte an Marie gewandt: »Würden Sie inzwischen bitte nachsehen, wie weit die anderen sind?« Sein Blick wanderte zu den beiden Streifenpolizisten. »Klar, Leute. Aber macht schnell.«

»Wir hatten den Auftrag, das Windrush-Sanatorium für Sie zu überprüfen, Sir«, erklärte PC Andy English. Er war ein guter Mann, und Jackman hatte schon mehrere Male mit ihm zusammengearbeitet.

»Ja, genau. Haben Sie etwas gefunden?«

»Nicht direkt«, antwortete der jüngere Officer, PC Kevin Stoner.

Jackman musterte ihn interessiert. Kevin Stoner war ein kluger junger Polizist, und Jackman hatte ihn für eine Ausbildung bei der Kriminalpolizei empfohlen. Doch nachdem Stoner einen neuen, sehr guten Partner zugeteilt bekommen hatte, hatte er beschlossen, noch ein paar Jahre in Uniform Dienst zu tun.

»Wir waren ziemlich lange dort, Sir«, fuhr Andy fort. »Und wir hatten die Sache eigentlich schon abgeschrieben, aber inzwischen sind wir uns nicht mehr so sicher. Wir glauben, dass wir einen zweiten Blick riskieren sollten. Aber mit einigen zusätzlichen Kollegen.«

»Was genau bereitet Ihnen denn Sorgen, Andy?«

PC English rückte seinen schweren Gürtel zurecht und runzelte die Stirn. »Das ist schwer in Worte zu fassen, Sir. Aber ich würde sagen, dass es vor allem der Kerl war, der uns herumgeführt hat.«

»Wir haben das Gefühl, dass er die Orte, die er uns gezeigt hat, ein wenig zu sorgfältig ausgewählt hat, Sir«, fügte Kevin hinzu. »Wir haben nur gesehen, was er uns sehen lassen wollte. Mehr nicht.«

»Wer ist der Mann?«

»Sein Name ist Micah Lee, und er sieht aus wie einer, mit dem man sich besser nicht anlegt.«

Andy holte Luft. »Ich kann Leute ziemlich gut einschätzen, Sir, und der Mann war so gespannt wie ein Flitzebogen. Zuerst war er wütend, weil wir unangemeldet aufgetaucht sind, aber dann hat er sich zusammengerissen. Er war freundlich und zuvorkommend, aber unter der Oberfläche brodelte es.«

»Gehört ihm das Sanatorium?«

»Nein, er ist nur der Hausmeister. Der Besitzer heißt Benedict Broome. Lee wollte zuerst nicht verraten, was Broome mit dem alten Schuppen vorhat, aber während der Führung ist er ein wenig aus sich herausgegangen und meinte, der Besitzer hätte große Pläne. Micah Lee schuftet sich dort dumm und dämlich, und das Haus selbst ist auch verdammt unheimlich.«

»Und gefährlich«, fügte Kevin hinzu. »Am besten wäre, alles abzureißen und noch mal von vorne zu beginnen.«

»Worum handelt es sich bei diesen ›großen Plänen‹?«

»Broome will aus dem Windrush-Sanatorium einen Rückzugsort machen, wo Menschen hinfahren und ihr Leben eine Zeit lang hinter sich lassen können. Gut essen, viel schlafen, sich entspannen. Lee erzählte von Wassergärten, überdachten Innenhöfen zur inneren Einkehr, einem Garten der Stille, Lesezimmern, Musikzimmern, Ruheräumen – alles, was man sich vorstellen kann. Dafür braucht es Millionen.«

»Vielleicht hat Broome die ja.«

Kevin lachte. »Falls es so ist, gibt er sein Geld nicht fürs Personal aus. Sie hätten Micah Lee sehen sollen, Sir! Er arbeitet mit einem uralten Radlader, einem Spaten und einer Schubkarre, und es gab nicht die geringste Spur von anderen Arbeitern oder Hilfspersonal. Es sah so aus, als würde er alles allein machen.«

»Es war echt seltsam, Sir«, stimmte Andy ihm zu. »Allerdings sieht man durchaus, dass schon einiges erledigt wurde.« Er runzelte die Stirn. »Ich würde gerne mal die Pläne und die Genehmigungen sehen.«

»Dann besorgen Sie die Unterlagen so rasch wie möglich, Constable, und kommen anschließend direkt zu mir.« Jackman nahm die abgegriffene Visitenkarte, die Kevin

Stoner ihm entgegenstreckte. »Ich rede in der Zwischenzeit mit Benedict Broome, und dann sehen wir uns das Sanatorium vielleicht noch mal genauer an.«

Jackman sah den beiden Constables nach und hatte plötzlich eine schlimme Vorahnung. Er hatte im Lauf der Jahre gelernt, ein ungutes Gefühl nie zu ignorieren, denn das konnte einem teuer zu stehen kommen.

Auf dem Weg zu den Aufzügen dachte er bei sich, dass Maries Angebot, ihn durch das Windrush-Sanatorium zu führen, vielleicht doch nützlich sein könnte.

Jackman betrat den Ermittlungsraum und winkte Marie zu sich. »Ich habe nachgedacht.«

Marie grinste. »Das ist immer gefährlich.«

»Ja, vielleicht. Aber es beunruhigt mich immer mehr, dass wir keine Zeit für Kenya Black haben. Vor allem, weil ihre Mutter bald eine groß angelegte Medienkampagne plant.«

»Wollen Sie uns klonen?«

»Ich glaube nicht, dass ich Charlie Button in zweifacher Ausführung ertragen würde. Sie etwa?«

»Gott segne ihn – er bemüht sich wenigstens«, meinte Marie lachend, wurde jedoch gleich wieder ernst. »Was haben Sie im Fall Kenya Black denn vor?«

»Ich dachte, wir rufen die Mutter an und statten ihr einen Besuch ab. Von mir aus jetzt gleich, wenn sie zu Hause ist.« Er fuhr sich mit der Hand durch die Haare. »Ich rede mit ihr und verspreche, dass wir den Fall wieder aufrollen werden. Gleichzeitig werde ich ihr aber auch sagen, dass derzeit noch ein anderes Mädchen vermisst wird. Ich will, dass sie unser Problem versteht, ihr aber auch versichern, dass wir Kenya unsere volle Aufmerksamkeit widmen, sobald wir bei diesem Fall den Durchbruch geschafft haben.«

Marie dachte nach. »Ich glaube, Sie haben recht. So haben wir zumindest Kontakt zu ihr aufgenommen und geben ihr etwas, woran sie sich festhalten kann. Außerdem schaffen wir uns damit die Superintendentin eine Zeit lang vom Hals.«

»Dann sage ich Clive, dass er sie anrufen soll.« Er senkte die Stimme. »Wir müssen bei Grace Black sehr vorsichtig sein. Nach allem, was ich in den Akten gelesen habe, hat sie ihre Tochter nie aufgegeben und auch nie eine Möglichkeit ausgelassen, die Polizei zu kritisieren. Was ich ihr, ehrlich gesagt, aber nicht verübeln kann.«

Marie nickte. »Ich habe die Akten auch gelesen, Sir. Bei Grace Black müssen wir uns an sämtliche Regeln halten.«

»Gut, dann sind wir uns ja einig. Was machen die anderen, während wir unterwegs sind?«

»Machen Sie sich wegen ihnen keine Gedanken, sie sind sehr produktiv, einschließlich Gary Pritchard. Er sitzt mit Charlie im Videozimmer und sieht sich die Aufzeichnungen der Überwachungskameras an.«

»Ah, wegen der Info, die uns Nicholas Barley gegeben hat.«

»Genau, sie versuchen, Nick und den Kerl ausfindig zu machen, der sich als Hauptorganisator der illegalen Party herausgestellt hat.«

»Wunderbar«, erwiderte Jackman. »Dann sehe ich mal, ob ich uns einen Termin bei Mrs Black verschaffen kann ...«

Grace Black sagte am Telefon, dass sie noch zwei Stunden lang zu Hause wäre, also fuhren Jackman und Marie gleich los.

Sie führte Jackman und Marie in ein großes Wohnzimmer, das allerdings eher wie ein unordentliches Büro wirkte.

An den Wänden stapelten sich Kartons voller Aktenordner, und überall lagen Ausdrucke, Briefe, Notizbücher und Zeitungsausschnitte herum. Neben dem Fernseher stand ein unordentlicher Stoß Videokassetten und CDs, die jemand mit krakeliger Schrift etikettiert hatte, und Marie entdeckte einen Computer, einen Laptop und mindestens drei Telefone.

In den Akten stand, dass Grace Anfang vierzig war. Sie war dünn und sehnig, hatte stechende braune Augen und kurze dunkle Haare, die sie vermutlich geschnitten hatte, weil sie so weniger Arbeit machten. Grace Black wirkte allgemein wie jemand, der nicht besonders auf sich achtete. Sie nahm sich offensichtlich kaum Zeit für sich selbst.

Sie bot ihnen nichts zu trinken an, sondern forderte sie nur ungeduldig auf, sich zu setzen, was in dem Chaos nicht gerade einfach war.

Marie hob vorsichtig ein Exemplar der Gelben Seiten und ein örtliches Telefonbuch von einem Stuhl und ließ sich umständlich auf der harten Kante nieder, während Jackman seinen groß gewachsenen Körper zwischen einen Aktenstapel und eine Sporttasche mit schmutziger Rugbyausrüstung zwängte.

»Stellen Sie sie auf den Boden. Die steht nur da, damit ich nicht vergesse, die Sachen bis morgen Abend zu sortieren.« Sie schnaubte wütend. »So ein verdammter Tag hat nicht annähernd genug Stunden.«

Jackman lächelte. »Wir wollen Sie nicht lange aufhalten, Mrs Black.« Er hielt die kurze Rede, die er sich im Vorhinein überlegt hatte, und wartete auf Grace Blacks Reaktion.

Auch Marie war gespannt. Sie hätten beide einen Wutausbruch erwartet, doch stattdessen schwieg die Frau. Als sie endlich etwas sagte, war ihre Stimme leise. »Ich höre das alles nicht zum ersten Mal, wissen Sie?«

»Aber von *mir* schon«, erwiderte Jackman ernst. »Wir müssen vorher die laufende Ermittlung zu Ende bringen, aber ich verspreche Ihnen, dass wir dann nicht ruhen werden, bis wir herausgefunden haben, was mit Ihrer Tochter passiert ist.«

»Ich würde Ihnen ja gerne glauben, aber ...«

»Sie können mir ruhig glauben. Ich gebe Ihnen mein Wort.«

»Ehrlich gesagt, bezweifle ich, dass Sie sich in der Position befinden, mir Ihr Wort zu geben. Wenn Ihre Vorgesetzten den Geldhahn zudrehen, werden Sie dasselbe tun wie alle anderen vor Ihnen auch: Sie finden dieselben müden Ausreden und geben auf. Glauben Sie mir, ich kenne sie alle: Personalmangel, das Budget, andere Prioritäten – suchen Sie sich etwas aus.«

»Dieses Mal ist es anders, Mrs Black. Mir wurde versichert, dass ich an dem Fall dranbleiben kann, bis wir ihn gelöst haben. Und ich werde sämtliche mir zur Verfügung stehenden Möglichkeiten ausschöpfen.«

»Entschuldigen Sie meine Skepsis, aber das klingt, als hätten Ihre Chefs diese unangenehme Sache gerne ein für alle Mal vom Tisch. Vermutlich haben sie Wind davon bekommen, dass ich einen neuen Großangriff plane. Die Qualen, die ich und meine Familie leiden, kümmern sie nicht, DI Jackman. Ich bin ihnen peinlich und verursache andauernd Schwierigkeiten, deshalb wollen sie mich zum Schweigen bringen.«

Marie dachte, dass Grace Black da wohl recht hatte. »Aber ist es denn von Bedeutung, aus welchem Grund das alles geschieht, Mrs Black? Die Hauptsache ist doch, dass der Fall noch einmal von Grund auf neu bearbeitet wird *und* dass die Verantwortlichen den besten Detective Inspector der ganzen Region darauf angesetzt haben.«

Sie gab sich große Mühe, Jackman nicht anzusehen. »Außerdem sollten Sie DI Jackmans Versprechen ernst nehmen. Wenn jemand herausfinden kann, was mit Ihrem kleinen Mädchen passiert ist, dann er.«

Grace schwieg einen Moment lang.

»Mein Gott, vielleicht läuft es dieses Mal wirklich anders.«

»Dann dürfen wir also auf Ihre Unterstützung zählen?«, fragte Jackman eilig. »Auch wenn alte Wunden wieder aufgerissen werden?«

»Glauben Sie wirklich, die Wunden wären jemals verheilt?«, erwiderte Grace.

»Nein, natürlich nicht. Aber ich will mir sämtliche Berichte und Zeugenaussagen ansehen. Und zwar von jedem, der damals befragt wurde – es geht mir um die Zeit, den Ort und auch, was derjenige zum Frühstück hatte. Wir werden vielleicht Fragen stellen, die Ihnen irrelevant erscheinen und die sehr wehtun, aber ich will trotzdem eine Antwort darauf. Halten Sie das aus?«

Grace Black straffte die Schultern, und ihr gesamtes Auftreten änderte sich schlagartig. »Ja! Ich schaffe das, und der Rest meiner Familie ebenfalls. Was glauben Sie, wie lange der Fall dauern wird, den Sie gerade bearbeiten?«

Marie wünschte, Grace hätte nicht danach gefragt. Sie hatten gerade so große Fortschritte gemacht.

»Sie sollten wissen, dass es sich auch in diesem Fall um ein vermisstes Mädchen handelt, Mrs Black«, erklärte Jackman. »Sie ist zwar kein kleines Kind mehr, sondern ein Teenager, aber unter diesen Umständen können Sie vielleicht ein wenig Geduld aufbringen? Zu Beginn der Ermittlungen wurden drei Mädchen vermisst, aber wir haben zwei davon wiedergefunden. Eins ist sicher zu seiner Familie zurückgekehrt, das andere ist leider ... Sagen wir, sie ist ebenfalls wieder bei ihrer Familie, aber nicht auf die Art, die wir uns erhofft hatten. Ich bin mir sicher, dass wir auch das dritte Mädchen bald finden, die Spuren sind jedenfalls vielversprechend.«

Grace schüttelte betrübt den Kopf. »In diesem Fall wünsche ich Ihnen alles Glück der Welt – für das vermisste Mädchen, für ihre Familie, und auch für unsere.«

Jackman erhob sich, und Marie verspürte den beinahe überwältigenden Drang, aus dem Zimmer zu stürmen. Viel zu viele Kinder waren aus ihrem Zuhause gerissen worden, viel zu viele Mütter vermissten ihre Töchter, und viel zu viele Familien mit gebrochenen Herzen suchten nach Antworten.

Auf dem Weg zur Tür hielt Jackman noch einmal inne. »Danke, dass Sie Zeit für uns hatten, Mrs Black. Sie hören so schnell wie möglich von uns.«

Grace Black neigte den Kopf und lächelte traurig. »Soll ich Ihnen etwas verraten? Ich habe zur Abwechslung tatsächlich das Gefühl, dass Sie Ihr Versprechen halten werden.«

KAPITEL 12

Charlie Button, Max Cohen und Gary Pritchard saßen in dem dunklen Videoraum und hatten den Blick starr auf die Bildschirme mit den Überwachungsvideos gerichtet.

»Ich hoffe, Sie drei arbeiten und verstecken sich nicht mit einem Big Mac und ein paar Fritten hier unten.«

Jackman ließ sich auf einen freien Stuhl sinken, während Marie sich über Max' Schulter beugte und auf die Bildschirme sah.

»Nein, leider«, erwiderte Max, ohne den Blick abzuwenden. »Wir suchen immer noch nach dem Treffen zwischen Nick Barley und dem Chef dieser kranken alten Säcke.«

»Nun, während ihr weitersucht, habe ich gute Nachrichten für PC Pritchard.«

Gary hielt das Video an und wandte sich zu Jackman herum. »Sir?«

»Sie gehören seit zehn Minuten offiziell zu unserem Team.«

Gary lächelte breit. »Das ist ja toll, Sir! Ich hoffe nur, dass ich Ihnen auch wirklich eine Hilfe sein werde.«

»Da bin ich mir sicher, Constable. Werden Sie weiterhin

pendeln, oder soll ich Ihnen eine vorübergehende Bleibe in Saltern organisieren?«

»Er kann in meinem Gästezimmer schlafen, Chef.« Marie wandte sich an Gary. »Wenn Sie einverstanden sind?«

»Das wäre perfekt. Wenn es Ihnen nichts ausmacht, Sarge?«

Marie lächelte. »Nein, überhaupt nicht. Es wäre nett, mal wieder jemanden im Haus zu haben. Abgesehen von der Katze.« Und sie meinte es auch so. Seit dem Tod ihres Mannes war sie lieber für sich allein, aber manchmal war es deprimierend, wenn die alten Erinnerungen zur einzigen Gesellschaft wurden. Sie mochte Gary und glaubte, dass er nach dem tragischen Verlust seiner Schwester ebenfalls einsam war.

»Gut, dann wäre das geklärt«, freute sich Jackman.

Gary grinste von einem Ohr zum anderen. »Ich packe gleich heute Abend ein paar Sachen zusammen. Wenn es Ihnen recht ist, könnte ich morgen schon einziehen. Es wäre sicher besser, wenn ich im Fall des Falles in der Nähe bin.«

»Ja, das dachte ich auch«, erwiderte Marie. »Obwohl ich Sie vorher noch auf meine etwas exzentrischen Angewohnheiten aufmerksam machen sollte.«

Gary hob eine Augenbraue. »Das klingt interessant, aber ich glaube, ich werde das Risiko einfach eingehen, Sarge. Wenn man erst einmal in Harlan Marsh gewohnt hat, ist einem ohnehin nichts fremd. Dort gibt es Leute – dagegen wirken Exzentriker normal!«

Marie lachte. »Na ja, so schlimm bin ich hoffentlich nicht!«

»Glauben Sie ihr kein Wort!«, sagte Max. »Ich habe da einige Sachen in der Kantine gehört ...«

Marie versetzte ihm einen leichten Schlag auf den Hinterkopf und war mit einem Mal sehr zufrieden mit ihrer neuen Wohnsituation.

»Sarge! Chef!« Gary hielt das Band erneut an und ließ es dann ein paar Sekunden zurücklaufen. »Ich habe sie!«

Marie betrachtete die beiden dunklen Gestalten im Schatten, während Nick Barley nichts ahnend direkt vor der Überwachungskamera stand.

»Verdammt! Das könnte jeder sein«, fluchte sie.

»Nur die Ruhe, Sarge. Der Linke dreht sich gleich um. Sehen Sie? Da!« Gary deutete auf den Bildschirm.

»Der Größere kommt mir irgendwie bekannt vor. Ich glaube, wir kennen ihn«, murmelte Jackman.

»Ja, vielleicht, aber …« Marie kniff die Augen zusammen und versuchte, die Gesichtszüge des Mannes besser zu erkennen.

»Die Qualität ist echt mies. Selbst, wenn er ein stadtbekannter Verbrecher wäre, reicht das nicht, um ihn eindeutig zu identifizieren.«

»Ich lasse ein paar Bilder ausdrucken, vielleicht sehen wir dann mehr.« Gary machte sich auf den Weg in die IT-Abteilung und kam nach ein paar Minuten wieder.

Jackman seufzte. »Die Ausdrucke sind auch nicht besser. Max? Können Sie sie vielleicht noch bearbeiten?«

»Nein, Sir. Der Kollege von der IT hat bereits sein Bestes gegeben. Nick Barleys Gesicht ist sehr gut zu erkennen, aber der Verbrecherboss und sein Gehilfe stehen zu tief im Schatten.«

»Wenn sie von hier sind, wissen sie vielleicht, wie die Kameras ausgerichtet sind«, murmelte Jackman. »Ist das alles, was wir haben?«

»Wir sollten uns die letzten Veranstaltungsorte ansehen, die Nicholas Barley uns genannt hat.« Charlie lächelte müde. »Vielleicht haben wir ja Glück.«

»Okay, aber ihr seid beide seit dem Morgengrauen da. Macht das hier noch fertig, und dann ab nach Hause. Mehr können wir im Moment nicht tun.«

»Fahren Sie auch, Sir?« Marie warf einen Blick auf die dunklen Ringe unter Jackmans Augen.

»Ich muss zuerst noch mit Benedict Broome reden, und dann wollte ich Toni Clarkson besuchen. Vielleicht ist ihr inzwischen noch etwas eingefallen.«

»Ich komme mit«, erklärte Marie.

»Nein, Sie machen hier fertig und nutzen dann um Himmels willen die Gelegenheit, sich ein wenig auszuruhen. Ich habe das Gefühl, dass es langsam brenzliger wird.« Er deutete auf die körnigen Fotos. »Wir kommen immer wieder auf diese kranken Partys zurück, nicht wahr? Nick Barley hat einen der Veranstaltungsorte organisiert, Toni und Emily waren dort, und Asher Leyton hat uns erzählt, dass Shauna Kelly auf einer ungewöhnlichen Party war und noch einmal hinwollte. Wir müssen das beenden, bevor noch mehr Jugendliche verschwinden. Oder sogar sterben!«

Marie dachte an Emily. Die Zeit wurde langsam knapp. Wo auch immer sie war. *Wer* auch immer sie war. »Am besten wäre, wenn wir jemanden einschleusen könnten«, murmelte sie.

»Wenn Sie herausfinden, wo die nächste Party stattfindet, gehe ich hin.« Rosie McElderry stand in der Tür und wirkte fest entschlossen.

»Ja, aber genau das ist das Problem«, erwiderte Gary. »Wir verfolgen die Sache schon seit Monaten, doch wir sind den Kerlen immer noch nicht nähergekommen.«

»Aber Sie hatten nicht die Informationen, die Nick Barley uns geliefert hat.« Rosie betrachtete die Fotos des Jungen. »Solange niemand weiß, dass er auf unserer Seite ist, könnte er unsere Eintrittskarte sein.«

Jackman runzelte die Stirn. »Er hat gesagt, dass er abgehauen ist, als er merkte, dass er es mit einem Haufen Perverser zu tun hat. Möglicherweise lassen sie ihn gar nicht mehr mitmachen.«

»Ja, vielleicht. Aber ich wette, dass er einige Kids kennt, die immer noch hingehen«, beharrte Rosie. »Wir sollten zumindest noch mal mit ihm reden.«

Max runzelte die Stirn. »Warum stürmen wir die Party nicht, sobald wir den nächsten Veranstaltungsort kennen? So setzen wir Rosie keinem Risiko aus und können die Kerle sofort verhaften. Alles erledigt.«

Rosie lächelte. »Es ist nett, dass du dir Sorgen machst, aber denk doch mal nach, Max. Vielleicht ist gar nicht *alles* erledigt, wenn wir die Party mit einem ganzen Wagen voller Einsatzkräfte zum Platzen bringen? Was, wenn die Veranstalter nicht da sind? Ich bezweifle, dass sie jede Party persönlich besuchen. Und falls sie doch da sind, hauen sie vielleicht ab. Ich bin mir hundertprozentig sicher, dass sie sich jedes Mal einen Fluchtplan zurechtlegen. Außerdem laufen dort überall Minderjährige herum, das könnte viel zu brenzlig werden. Wir brauchen einen gut durchdachten Plan.«

»Rosie hat recht«, bestätigte Jackman leise. »Wir müssen jemanden auf eine dieser verdammten Partys einschleusen.«

»Vielleicht kann ich Ihnen dabei helfen, Sir.«

Marie sah auf, und ihr Blick fiel auf Danny Page, der mit versteinertem Gesicht hinter Rosie in der Tür stand. Der Sergeant arbeitete normalerweise am Empfang. Er trat in den verdunkelten Videoraum. »Tut mir leid, dass ich einfach so hereinplatze, aber ich habe da eine Zeugin, die Sie sich anhören sollten, wenn Sie mehr über die Partys erfahren wollen.«

Jackman erhob sich. »Hat sich endlich jemand gemeldet?«

»Gewissermaßen.« Er schob ein blondes Mädchen im Teenageralter ins Zimmer. »Detective Inspector Jackman, das ist meine Tochter Jasmine, und sie hat Ihnen viel zu erzählen.«

Eine halbe Stunde später legte Sergeant Page den Arm um die Schulter seiner Tochter, und sie verließen gemeinsam die Dienststelle. Jackman und sein Team diskutierten inzwischen, wie sie weiter vorgehen sollten.

»Wir brauchen eigentlich nur das Handy von Jasmines Freundin Chloe. Sobald eine Nachricht der Veranstalter eintrifft, wissen wir, wo die nächste Party stattfindet. Sollen Max und ich zu ihr fahren und das Telefon holen, Sir?«, fragte Rosie aufgeregt.

Jackman nickte. »Ja. Laut Jasmine finden jede Woche mehrere Partys statt, das heißt, die nächste könnte kurz bevorstehen. Vielleicht sogar schon heute Abend.« Er wandte sich an Rosie. »Fahren Sie! Und ich muss Ihnen sicher nicht sagen, wie Sie mit Chloe und ihrem Bruder umzugehen haben. Es stehen Leben auf dem Spiel. Sie können ihnen von mir aus ruhig eine Heidenangst einjagen, solange sie mit uns zusammenarbeiten *und* den Mund halten, verstanden?«

Max und Rosie machten sich auf den Weg, und Jackman und Marie kehrten zurück in den Ermittlungsraum, während Gary und Charlie die letzten Überwachungsvideos sichteten.

»Ich bleibe lieber hier, bis Rosie und Max wiederkommen. Es wäre mir lieber, wenn wir uns alle in der Nähe aufhalten, wenn Rosie undercover ermittelt.«

»Es gefällt mir nicht, dass sie dort allein hingeht«, erklärte Marie.

»Nichts für ungut, aber ich glaube nicht, dass noch jemand aus unserem Team als Teenager durchgeht.«

»Warum schicken wir Max nicht mit?«, fragte Marie. »Er schien ziemlich besorgt.«

»Max ist kein guter Undercover-Cop.« Jackman lachte auf. »Erinnern Sie sich, als wir neulich versucht haben, ihn ein wenig heruntergekommener aussehen zu lassen? Er wirkte trotzdem wie aus einem Modemagazin. Er ist ein schicker junger Mann, aber er gehört nicht zu den Leuten, die diese Art Partys besuchen. Er würde auffallen wie ein bunter Hund. Außerdem erregt Rosie allein sicher weniger Aufmerksamkeit.«

»Sollen wir sie verkabeln?«

»Ja, ohne Kabel lasse ich sie sicher nicht gehen. Wir müssen zu jeder Zeit wissen, was sie gerade tut. Sie wird es schaffen, Marie. Sie kennen Rosie doch. Es ist Teil unseres Jobs, so etwas machen wir nun mal. Sie kann hart sein, wenn es darauf ankommt, und sie kann auf sich selbst aufpassen, also hören Sie auf, sich Sorgen zu machen.« Er warf einen Blick auf die Uhr. »Ich werde jetzt Benedict Broome anrufen, und ich will immer noch Toni Clarkson besuchen, aber das hängt wohl davon ab, wann die nächste Party stattfindet. Könnten Sie vielleicht nachsehen, ob PC Andy English inzwischen Broomes Baugenehmigungen auftreiben konnte?«

Jackman ging in sein Büro, nahm die abgegriffene Karte, die er von Kevin Stoner bekommen hatte, und wählte die aufgedruckte Nummer.

Benedict Broome hatte eine tiefe Stimme und drückte sich auffallend gewählt aus.

Jackman stellte sich vor und erzählte ihm kurz von dem vermissten Mädchen und dem Besuch seiner Kollegen auf Broomes Anwesen am Roman Creek.

»Mr Lee hat mich bereits unterrichtet«, erklärte Broome mit leicht amüsiertem Unterton. »Ich hoffe, er hat Ihre Beamten durch seine doch sehr überwältigende Erscheinung nicht irritiert? Und war er auch angemessen höflich? Er kann manchmal etwas empfindlich sein, was das alte Haus angeht.«

»Meine Männer haben seine Körpergröße natürlich erwähnt, Sir. Aber er war sehr freundlich und hat sie herumgeführt.« Er erklärte Broome, dass angesichts der Weitläufigkeit des Windrush-Sanatoriums noch ein weiterer Besuch notwendig sein würde, und bat gleichzeitig um die Erlaubnis, noch einmal hinzufahren.

»Aber natürlich, Detective Inspector! Ich werde Mr Lee sofort davon in Kenntnis setzen. Sie haben meine umfassende Genehmigung.«

Jackman bedankte sich und legte auf. Broome war ausgesprochen freundlich gewesen, und seine Sorge um das Mädchen wirkte echt. Jackman betrachtete das Telefon. Warum hatte er dann trotzdem ein seltsames Gefühl bei der Sache?

Jemand klopfte an die Tür, und Marie trat in Jackmans Büro. »Andy ist bereits gegangen, aber er hat Ihnen das hier hinterlegt.«

Jackman nahm das Memo und las es laut vor:

Betreff: Planungs- und Baugenehmigung
Benedict Broome/Windrush-Sanatorium

Sir, ich werde morgen noch einmal mit dem Leiter der Baubehörde sprechen, dann weiß ich mehr. Ich nehme aber an, dass es Ungereimtheiten gibt. Die Sache ist auf jeden Fall einen zweiten Blick wert.
PC Andy English

Eine innere Stimme drängte Jackman, eine Wagenladung uniformierter Kollegen zusammenzutrommeln und sofort loszulegen. Sie mussten das alte Gebäude nach ihren eigenen Vorgaben durchsuchen und durften sich dabei nicht auf den Hausmeister Micah Lee verlassen.

»Leider ist es heute schon zu spät. Es ist nicht mehr lange genug hell. Aber wir fahren gleich morgen früh. Könnten Sie vielleicht noch mal nach unten gehen und nachfragen, wie viele Uniformierte wir zur Verfügung haben? Das Anwesen ist sehr weitläufig, wir brauchen also ein ziemlich großes Team.«

Marie nickte. »Ich sehe mal, was sich auf die Beine stellen lässt.« Im Türrahmen hielt sie noch einmal inne. »Sie geben mir doch Bescheid, sobald Rosie und Max zurück sind?«

»Natürlich.«

Jackman sah ihr nach. Er verstand ihre Sorge. Junge Frauen waren nun mal der gemeinsame Nenner der Ermittlung, und Rosie war eine sehr hübsche junge Frau, die um einiges jünger aussah, als sie tatsächlich war. Andererseits war sie eine sehr erfahrene und fähige Polizistin, und er bezweifelte nicht, dass sie die Richtige für den Job war. Auch wenn er noch so riskant war.

KAPITEL 13

Nachdem Marie die nötige Unterstützung für eine umfassende Durchsuchung des Windrush-Sanatoriums organisiert hatte, kehrte sie in den Ermittlungsraum zurück, um ihre Jacke und den Schlüssel zu holen. Jackman saß tief in Gedanken auf ihrer Schreibtischkante.

»Ich dachte, Sie wollten zu Toni Clarkson?«

»Ja, aber ich habe noch mal nachgedacht. Würden Sie vielleicht doch mitkommen?«

»Natürlich, aber warum haben Sie Ihre Meinung geändert?«

»Wegen Tonis Vater. Wenn nur ich hinfahre, will er sicher bei dem Gespräch dabei sein. Aber wenn Sie mitkommen, können wir vielleicht allein mit ihr reden.«

»Ja, Sie haben recht. Sie öffnet sich sicher mehr, wenn ihre Eltern nicht zuhören.« Sie sah ihn an. »Gibt es schon Neuigkeiten von Rosie und Max?«

»Heute Abend um halb elf geht's los. Max hat gerade angerufen.«

»Wo findet die Party statt?«, fragte Marie. Ihre Kehle war wie zugeschnürt.

»Offenbar wird der Veranstaltungsort erst eine halbe

Stunde vor Beginn bekannt gegeben. Ich weiß nicht genau, was Max und Rosie zu den Geschwistern gesagt haben, aber Chloe ist stinksauer, während ihr Bruder Luke wie ein Vögelchen singt. Max meinte, er hätte gehört, dass sich vor etwa einer Woche plötzlich etwas geändert hat. Außerdem hat er bestätigt, dass Shauna Kelly mehrmals unter den Partygästen war. Er ist ganz versessen darauf, uns zu helfen.« Jackman grinste trocken. »Er hat Rosie angeboten, seinen Namen zu benutzen, um reinzukommen.«

»Können wir ihm vertrauen?«

»Luke ist schon eine ganze Weile dabei. Er geht zwar nicht zu jeder Party, aber es waren doch einige. Die Veranstalter stufen ihn als ›sicher‹ ein. Was aber nicht bedeutet, dass er viel über sie weiß.«

»Wo ist Rosie im Moment?«

»Sie ist zu ihrer Nichte gefahren, um sich das passende Outfit auszuleihen. Sie kommt um zehn wieder und wartet dann hier im Büro auf die nächste Nachricht.« Jackman warf einen Blick auf die Uhr an der Wand. »Es ist erst sechs, wir haben also mehr als genug Zeit, um Toni zu besuchen, zu Abend zu essen und uns ein wenig zu erholen.« Jackman erhob sich. »Bereit?«

»Bereit.«

Jackman fuhr zügig durch die einsamen Fens in Richtung Harlan Marsh. Die lange, von Reet begrenzte Straße erschien ihm endlos, und er ging ein wenig vom Gas. Er hatte vom ersten Tag an gelernt, dass man die scheinbar harmlosen Straßen nicht unterschätzen durfte. Eine leichte Änderung der Straßenwölbung, eine gewölbte Brücke, eine plötzliche, unerwartete Kurve oder schlichtweg Selbstüberschätzung konnten jederzeit dazu führen, dass man mit der Motorhaube voran im Graben landete.

Die Müdigkeit übermannte ihn beinahe, als er um eine Kurve bog und Harlan Marsh vor ihm auftauchte. Der Besuch hätte wirklich bis zum nächsten Morgen Zeit gehabt, allerdings musste er sobald wie möglich mit der Suchmannschaft ins Windrush-Sanatorium.

Neil Clarkson wirkte nicht gerade erfreut, die beiden Polizisten zu sehen. »Fassen Sie sich kurz, DI Jackman, meine Tochter ist sehr müde.«

Ja, vielleicht, aber sie lebt wenigstens noch, dachte Jackman. *Und sie ist in Sicherheit – im Gegensatz zu Emily.* »Natürlich, Sir. Es dauert nur ein paar Minuten, dann lassen wir Sie in Frieden.«

Clarkson runzelte die Stirn. »Sie wollen allein mit ihr reden?«

»Ja, das wäre besser. Wenn Sie nichts dagegen haben? Jugendliche mögen es nicht sonderlich, wenn ihre Eltern zu viele Geheimnisse kennen.«

Clarkson trat widerwillig zurück und deutete den langen Flur hinunter. »Die dritte Tür rechts. Sie müssen laut klopfen, wahrscheinlich hört sie gerade Musik.«

Tonis Zimmer war eine wilde Mischung aus Kinder- und Jugendzimmer. Zwei kuschelige Teddybären saßen vor einem Poster, das zwei zähnefletschende Vampire in einer blutigen Umarmung zeigte. Jackmans Neffen liebten *Twilight,* aber das hier war düsterer und hatte einen erotischen Unterton. Vermutlich waren Tonis Eltern nicht gerade glücklich über die Wanddekoration ihrer Tochter.

»Was hörst du da?«, fragte er, nachdem Toni die Kopfhörer abgenommen hatte.

»Die Band heißt Taking Back Sunday«, antwortete sie

und sah ihn geduldig an. »Aber das sagt Ihnen wahrscheinlich nichts.«

»Oh! Ich hätte dich nicht für eine Emo gehalten.«

Tonis Augen wurden groß. Sie betrachtete ihn amüsiert, sagte aber nichts, was auch gut war, denn es war reiner Zufall, dass Jackman vor Kurzem ein Interview über die Emo-Szene im Kulturradio gehört hatte.

»Ich habe über Emily nachgedacht«, erklärte Toni. »Habe ich Ihnen schon gesagt, dass sie seltsam gesprochen hat?«

»Du meinst, sie hatte einen Sprachfehler?«, fragte Marie.

»Nein, einen Akzent. Ich glaube, sie kommt ursprünglich aus Osteuropa.« Tonis Finger glitten über das Display ihres Handys, auf dem bunte Bilder erschienen.

»Ich bin mir nicht ganz sicher, aber ich glaube, sie hat von ihren Großeltern gesprochen, die nicht aus ihrem Heimatdorf fortwollten, obwohl es echt schrecklich war. Total heruntergekommen und so.«

Jackman atmete langsam aus. Das konnte der Grund sein, warum sie keine Vermisstenanzeige gefunden hatten. In Greenborough gab es eine große Gruppe EU-Bürger, die als Gastarbeiter im Land waren. Sie blieben meist für sich und misstrauten der hiesigen Polizei.

»Außerdem heißt sie eigentlich gar nicht Emily.« Toni betrachtete das Bild eines düster dreinschauenden Jungen mit gebräuntem, öligem Oberkörper und gebleichten Zähnen. »Sie nannte sich so, weil wir Engländer ihren richtigen Namen nicht richtig aussprechen können. Und Emily gefiel ihr.«

Jackman rieb sich die Stirn und versuchte nachzudenken. Die Sache wurde von Minute zu Minute komplizierter.

»Aber das ist wirklich alles, woran ich mich erinnere.«

Toni wischte den hübschen Jungen vom Display, und ein Pokémon erschien.

»Du hast uns sehr geholfen, Toni«, versicherte Marie.

»Glauben Sie, dass sie tot ist?«

Die Schonungslosigkeit der Frage ließ Jackman erschaudern. »Wir tun unser Bestes, um sie zu finden, bevor ihr etwas zustößt.«

»Ich glaube, dass sie tot ist. Die Männer in dem Keller ...« Toni begann zu zittern. »Ich habe ihre Augen gesehen. Vor allem der eine, der mich geschlagen hat ... Er hatte grauenhafte Augen.«

»Was meinst du damit?«, fragte Marie sanft.

»Sie waren tot. Er war zwar richtig aufgeregt, als er sie nach ihrem Geburtstag fragte und so, aber die Augen waren trotzdem tot. Wie in einem Zombie-Film. Aber ich habe es noch nie bei einem echten Menschen gesehen.«

Jackman spürte, wie sich Kälte über sie legte, während Toni von dem Mann erzählte, der sie mitgenommen hatte. Er hatte dem Mädchen schreckliche Angst eingejagt, und es würde wohl lange dauern, bis die Erinnerungen verblassten.

Marie sah ihn an, und ihm war klar, dass sie dasselbe dachte.

Sie versuchte, von den toten Augen abzulenken. »Toni, als wir uns im Krankenhaus unterhalten haben, sagtest du, dass jemand gesungen hätte. Erinnerst du dich? Kannst du uns erklären, was du gemeint hast?«

Toni verzog nachdenklich das Gesicht. »Das hätte ich beinahe vergessen. Es war echt schräg! Total unheimlich. Wir saßen in dem stinkenden Keller mit den ganzen Kerzen und dem Wein, und plötzlich begann dieser Kerl zu singen, und seine Stimme war ...« Sie hob die Hände, um ihr

Erstaunen zum Ausdruck zu bringen. »Er klang wie ein Chorsänger. Aber irgendwie besser. Kraftvoller. Als hätte er keine Kontrolle über die Lautstärke. Es war ziemlich geil.«

Marie warf Jackman einen Blick zu und zuckte mit den Schultern.

Jackman runzelte die Stirn. Er war sich sicher, dass diese Information extrem wichtig war.

»Danke, Toni. Das war's. Ruh dich ein wenig aus.« Er holte eine Visitenkarte aus seiner Tasche und gab sie ihr. »Vielleicht schreibst du alles auf, was dir noch einfällt, und rufst mich dann an? Egal, wie unbedeutend es auch ist.«

Toni nahm die Karte, und dabei berührten ihre kalten Finger Jackmans Hand. »Ich sehe sie immer noch vor mir. Ihr Gesicht, als sie sie davongezerrt haben.«

Sie legte die Karte auf den Nachttisch und drehte sich langsam um. In ihren Augen standen Tränen.

Marie griff nach Tonis Hand.

Das Mädchen legte eine Hand schützend auf die verletzten Rippen, schlang den anderen Arm um Marie und vergrub den Kopf an ihrer Brust. »Und das alles nur wegen ihres Geburtstags«, schluchzte sie. »Wenn sie an einem anderen Tag geboren wäre, hätten sie vielleicht mich mitgenommen.«

Von der trotzigen Nervensäge war nichts mehr übrig.

Marie streichelte Tonis Haare und redete beruhigend auf sie ein. »Aber das haben sie nicht, okay, Liebes? Du bist zu Hause und in Sicherheit. Du kannst Emily am besten helfen, wenn du alles aufschreibst, was dir einfällt. Wir werden sie finden, Toni, und dann kannst du alles hinter dir lassen und mit deinem Leben weitermachen.«

Das Mädchen weinte noch ein wenig länger, und Jackman bemerkte, dass ihr Vater bereits nervös vor der Tür wartete. Wenigstens bewies er genug Vernunft und kam nicht herein.

Als sie das Haus zehn Minuten später verließen, waren beide überzeugt, dass es dort draußen ein weiteres Opfer gab, das gefunden werden musste. Die Frage war nur, ob tot oder lebendig.

Auf dem Weg zurück zur Dienststelle sagte Jackman: »Ich hoffe, ich täusche mich nicht, aber meine Haushälterin stellt mir normalerweise etwas zum Essen auf den Herd, wenn im Büro viel zu tun ist. Sollen wir es uns teilen?«

Marie hatte schon von Mrs Maynards legendären hausgemachten Gerichten gehört, und ihr Magen knurrte. »Sehr gerne.«

»Wunderbar.« Er lächelte kaum merklich. »Obwohl sie es heute vielleicht zum ersten Mal vergessen hat. Aber in diesem Fall habe ich eine Notfallration Fertiggerichte im Gefrierschrank.«

Er bog von der Hauptstraße ab in Richtung Cartoft. »So können wir während des Essens gleich unseren heutigen Einsatz planen und besprechen, was Toni uns gerade erzählt hat.«

»Und zwar in netterer Umgebung als im Büro.«

Marie liebte Jackmans alte Mühle und fühlte sich dort jedes Mal willkommen. Sie hätte alles für ein solches Haus gegeben, und auch Bill hätte es geliebt. Sie sah ihn vor sich, wie er in der Werkstatt an einem alten Motorradmotor herumschraubte, und seufzte unwillkürlich.

»Alles in Ordnung? Sie machen sich doch nicht immer noch Sorgen um Rosie, oder?«

»Nein, es war bloß ein kleiner Gruß aus der Vergangenheit. Manchmal kommen die Erinnerungen hoch, wenn man es am wenigsten erwartet.«

»Bill?«

Sie nickte. »Ich weiß, dass es nichts bringt, aber wenn jemand so früh stirbt, fragt man sich manchmal, was wohl aus ihm geworden wäre.« Sie rieb gedankenverloren die Hände aneinander. »Ich versuche, mir vorzustellen, wie er mit manchen Dingen umgegangen wäre – mit den modernen Ermittlungsmethoden und der neuen Technik zum Beispiel. Mit Autos, die selbstständig einparken, und Telefonen, die vom Büro aus die Heizung zu Hause steuern.« Sie lachte leise. »Er war neuer Technik gegenüber eher feindselig eingestellt. Vielleicht mochte er alte Motorräder deshalb so gerne. Er liebte Dinge, die nach Öl rochen und die man reparieren und wieder zum Leben erwecken konnte. Er konnte nicht zusehen, wenn ein Auto bloß an einen Diagnosecomputer angeschlossen wurde, um es wieder zum Laufen zu bringen. Ich glaube, er hätte es gehasst, dass Pakete mittlerweile sogar mit Drohnen zugestellt werden können.«

Jackman nickte. »Das kann ich verstehen. Ich finde es natürlich positiv, dass die Wissenschaft uns neue Methoden eröffnet, um Verbrechen aufzuklären, und die Fortschritte im medizinischen Bereich sind unumstritten, aber ich mag die Dinge lieber einfach.«

Marie schob die Gedanken an die Vergangenheit beiseite, als ihr klar wurde, dass sie bereits auf die Zufahrtsstraße zur Mühle gebogen waren.

»Jetzt hoffen wir mal, dass Mrs M. wieder etwas gezaubert hat«, meinte Jackman grinsend. »Und ich glaube, ein Glas Wein zur Entspannung wäre auch nicht schlecht.«

Er parkte, stellte den Motor ab und öffnete die Tür. »Riechen Sie es?«

Marie stieg aus und atmete tief ein. »Es duftet nach Curry. Gibt es in Cartoft ein indisches Restaurant?«

»In Cartoft gibt es absolut gar nichts – und ich meine, wirklich *nichts*, außer einer Kirche und dem Gemeindesaal. Der Geruch ist also ein gutes Zeichen.«

Sie eilten zur Mühle, öffneten die Tür und wurden von einem würzigen Duft begrüßt.

»Ja!« Jackmans Augen begannen zu strahlen. »Sie werden sehen, es schmeckt ganz anders als beim Inder. Mrs M. hält sich nicht an Rezepte, sondern macht lieber ihr eigenes Ding.«

Sie gingen in die Küche, wo ein Zettel auf dem Tisch lag. Jackman las laut vor:

Im Ofen steht ein Hühnercurry, und unter der Folie
ist auch etwas von dem ausländischen Brot,
das Sie so mögen. Sie müssen es nur ein paar Minuten
aufwärmen.
Am Donnerstag kommt der Gärtner zum
Heckenschneiden.
Hetty

Marie lächelte. »Ich hätte auch gerne eine Mrs M. – Leihen Sie sie mir mal?«

»Sie ist Gold wert, glauben Sie mir.« Jackman schlüpfte aus seiner Jacke und warf sie über die Stuhllehne. »Machen Sie es sich bequem. Ich hole den Wein, während ich das Naan aufwärme.« Er öffnete den Kühlschrank und nahm eine Flasche Chardonnay heraus. »Ich weiß nicht, warum, aber der hier passt perfekt zu Hühnercurry.«

»Aber nicht zu viel, sonst müssen wir den heutigen Einsatz abblasen.«

»Keine Sorge, ich halte mich zurück.« Er goss etwas Wein in zwei Gläser und stellte die Flasche wieder zurück in den Kühlschrank.

Wenige Minuten später richtete er das Curry in zwei großen Schüsseln an und stellte einen Teller mit heißem Brot zwischen ihnen auf den Tisch. »Lassen Sie es sich schmecken!«

Während des Essens unterhielten sie sich über Toni und die beunruhigenden Dinge, die sie ihnen erzählt hatte. Falls Emily tatsächlich als Gastarbeiterin im Land war, würde es schwer werden, ihre Identität zu klären, denn es handelte sich um eine sehr verschworene Gemeinschaft.

Nach einer Weile sagte Marie: »Mir ist klar, dass wir morgen das Windrush-Sanatorium auseinandernehmen, aber wir dürfen nicht vergessen, dass wir auch noch mit den Bewohnern von Allenby Creek reden müssen.« Sie schluckte und fuhr fort: »Irgendjemand muss doch irgendetwas gesehen haben! Ein fremdes Auto oder ein Unbekannter fällt an einem so abgelegenen Ort doch sofort auf, oder nicht?«

»Ja, hoffen wir, dass die uniformierten Kollegen bei der Befragung der Anwohner jemanden nicht angetroffen haben, der morgen zu Hause ist.« Jackman erhob sich und nahm die Schüsseln mit. »Mein Gott, wie die Zeit vergeht! Danke Mrs M., es war sehr lecker.«

»Ich danke ebenfalls«, fügte Marie lächelnd hinzu. »Wegen heute Abend ... Ich bin irgendwie ...« Sie brach ab.

»Aufgeregt? Besorgt?«

»Ein wenig von beidem, nehme ich an. Rosies Einsatz könnte uns eine Menge neue Informationen verschaffen, andererseits machen mich solche Männer wahnsinnig wütend, und mir wird richtig übel, wenn ich daran denke.« Marie verzog angewidert das Gesicht.

»Ja, das verstehe ich, und das ist auch der Grund, warum wir sie so schnell wie möglich festnageln müssen.«

Marie nickte. »Schon klar. Ich hoffe nur, dass wir Rosie keiner zu großen Gefahr aussetzen.«

»Wir sind doch alle in der Nähe. Wenn auch nur das geringste Problem auftritt, wissen die Partybetreiber schon eine Sekunde später nicht mehr, wie ihnen geschieht.« Seine Augen wurden schmal. »Außerdem habe ich das Gefühl, dass Rosie heute erst mal nur die Lage checken wird. Sie wird so viele Informationen wie möglich sammeln, ohne dass ihre Tarnung auffliegt, und sich die Option offenhalten, noch einmal wiederzukommen.« Er lächelte Marie zu. »Zur Abwechslung teile ich Ihre Sorge dieses Mal nicht. Ich glaube, Rosie wird ihren Job hervorragend erledigen. Sie hat bereits undercover gearbeitet und war sehr erfolgreich.«

Vielleicht lag es am unterschiedlichen Geschlecht, dass sie ausnahmsweise nicht einer Meinung waren. Marie hoffte jedenfalls inständig, dass sie sich irrte, und freute sich bereits auf Jackmans *»Ich hab's Ihnen ja gleich gesagt!«*.

»Wollen Sie vielleicht noch einen Kaffee, bevor es losgeht?«

»Das wäre perfekt, danke!« Marie atmete tief durch und beschloss, dass der Abend sowieso seinen Lauf nehmen würde und sie sich genauso gut darauf einstellen konnte. »Dann beginnen wir mal mit der Planung!«

Kurz vor zehn Uhr abends spürte Jackman langsam ebenfalls diese seltsame Mischung aus Aufregung und Sorge. Die Ausgangslage war alles andere als perfekt. Nachdem sie keine Ahnung hatten, wo die Party stattfinden würde, gab es keine Möglichkeit, den Ort vorher zu erkunden und die Rückendeckung zu planen.

Rosie trug ein Outfit, das Jackman in jedem anderen Zusammenhang zum Erröten gebracht hätte, und starrte wie gebannt auf Chloes Telefon, während Marie und Max Cohen nervös im Ermittlungsraum auf und ab wanderten. Tatsächlich schien Max sogar noch besorgter als Marie, was ihm gar nicht ähnlich sah. Normalerweise liebte er solche Einsätze.

»Bingo!«, flüsterte Rosie plötzlich und griff nach dem Handy.

Alle hielten den Atem an.

»Jubilee Lane, im alten Ruderclub neben der Mühle.« Rosie sprang auf. »Kennt das jemand? Ich nämlich nicht.«

»Entspann dich«, beruhigte Max sie und gab die Daten in seinen Computer ein. »Das ist nur etwa zwanzig Minuten entfernt von hier, auf der Straße nach Harlan Marsh. Ich war früher ein paarmal mit einem Freund zum Fischen dort. Die Mühle ist verfallen und nicht mehr zugänglich. Ich hole mir gerade die Satellitenbilder auf den Schirm.«

»Soweit ich mich erinnere, wurde das Clubhaus ebenfalls geschlossen. Vor ein paar Jahren hat es gebrannt, und der Ruderclub musste umziehen.« Jackman nickte nachdenklich. »Es gibt keine anderen Häuser entlang der Straße, und die beiden Gebäude sind verlassen – der perfekte Ort für eine Party.« Er wandte sich an Gary. »Geben Sie den uniformierten Kollegen die genaue Adresse. Ich will, dass sie in ausreichender Entfernung Stellung beziehen, sodass sie nicht bemerkt werden, aber trotzdem schnell eingreifen können, wenn wir sie brauchen. Und möglichst leise – kein Blaulicht und auch keine Sirenen!«

»Hier sind die Bilder.« Max rief ein Satellitenbild des heruntergekommenen Clubhauses und der näheren Umgebung auf. »Wenn wir Rosie an diesem Punkt absetzen, kann sie den Fluss entlanggehen und hier auf die Hauptstraße biegen. Die meisten Partybesucher werden wahrscheinlich aus Richtung der Hauptstraße kommen.« Er fuhr mit dem Finger den Flussverlauf entlang. »Am Treidelpfad und bei der alten Mühle gibt es vermutlich genug Deckung. Wir müssen jedenfalls so nahe wie möglich ran.«

Jackman richtete sich auf. »Das sehe ich genauso. Sind alle bereit? Dann legen wir los. Rosie? Wollen Sie es immer noch durchziehen?«

»Klar! Los geht's.«

Jackman lächelte, als er ihr in die leuchtenden, intelligenten Augen unter den langen falschen Wimpern schaute. Dank des Make-ups und des Outfits sah sie tatsächlich aus wie sechzehn. Nur Marie schien nicht sonderlich motiviert zu sein. Sie hatte kaum etwas gesagt, seit sie ins Büro zurückgekommen waren. Jackman machte sich deshalb zwar Sorgen, aber er wusste auch, dass sie hundertprozentig hinter ihnen stehen würde, wenn es brenzlig wurde.

»Okay, überprüfen Sie noch mal die Verkabelung, Max. Wir dürfen nicht riskieren, dass die Verbindung abreißt.«

»Habe ich schon, Chef. Ich habe die Standardausrüstung außerdem noch ein wenig aufgepeppt. Jetzt ist sie top. Rosie hat das beste Signal und die größtmögliche Reichweite.«

Jackman sah sich um. »Dann lasst uns gehen, Leute. Und alles Gute! Wir müssen ein paar echt üblen Kerlen das Handwerk legen.« Er berührte Rosies Schulter. »Seien Sie vorsichtig, Rosie. Sie müssen selbst beim kleinsten Problem sofort verschwinden, und das meine ich ernst. Keine Heldentaten – hauen Sie einfach so schnell wie möglich ab!«

KAPITEL 14

Rosie schloss sich einer Gruppe von etwa fünf Jugendlichen an und versuchte, etwas von ihrem Gespräch mitzuhören. Es war offensichtlich, dass sie bereits ziemlich angetrunken waren. Rosies Wut wuchs. Diese dummen Kids waren leichte Opfer für die Perversen. Sie atmete tief durch. Sie musste sich konzentrieren. Ihr durfte nichts entgehen.

Eines der Mädchen vor ihr hielt sich an einem knochigen Jungen mit zu Stacheln gegelten Haaren fest und stieß ihm mit dem Finger in die Seite, während sie neben ihm herstolperte. »Wehe, du glotzt heute wieder dieser rothaarigen Schlampe hinterher! Ich hab's genau gesehen, Calvin! Dir ist fast einer abgegangen.«

Calvin zuckte mit den Schultern. »Keine Ahnung, von wem du redest. Du, Billy?«

Der andere Junge trat nach einer leeren Bierdose und stapfte mit den Händen in den Hosentaschen weiter. »Nö. Meinst du die Tussi mit dem Arschgeweih?«

Rosie unterdrückte ein Grinsen.

Die anderen beiden Mädchen, die in ihren hochhackigen Stiefeln untergehakt hinterherstolperten, kicherten. »Wir haben’s auch gesehen, Calvin. Du hast ihre Titten nicht aus den Augen gelassen.«

Calvin ging weiter, ohne eine Regung zu zeigen. »Schwachsinn. Ihr wart doch viel zu dicht, um euch noch an irgendetwas zu erinnern.«

Rosie hatte gehofft, als Teil der Gruppe durch die Tür zu schlüpfen, doch als sie das große, im Dunkeln liegende Gebäude sah, ließ sie sich lieber ein wenig zurückfallen. Falls es zu einer Konfrontation kam, war es besser, wenn die Kids nicht mehr in der Nähe waren.

Wie sich herausstellte, war es jedoch relativ einfach, ins Gebäude zu kommen.

»Dich habe ich ja noch nie gesehen.« Hinter der Tür stand ein schlanker, gut gekleideter Mann mit einem kaum merklichen Akzent aus Nordengland. Er packte sie am Handgelenk und hielt sie zurück.

»Ich bin eine Freundin von Luke«, erklärte Rosie mit einem gelangweilten Lächeln. »Er schafft es heute nicht, aber er meinte, ich soll mich trotzdem amüsieren.« Sie sah dem Mann tief in die Augen und ließ ihre Zunge langsam über ihre tiefroten Lippen gleiten. »Glaubst du, das klappt?«

Der Mann ließ ihre Hand los und grinste. »Oh, du hast sicher jede Menge Spaß hier, Schätzchen. Und falls es dir gefällt, kommst du noch mal zu mir, bevor du gehst. Vielleicht setze ich dich dann auf die Gästeliste.«

»Danke.« Rosie warf ihm eine Kusshand zu und verschwand im Bootshaus. »Mann, das war ja einfach«, flüsterte sie, nachdem sie wusste, dass Max und Charlie irgendwo in der Nähe waren und sie hören konnten.

Aus einem Raum vor ihr drang Musik. Sie folgte ein paar anderen Gästen durch einen verlassenen Flur, aus dessen

Wänden Metallhaken ragten. Vermutlich waren hier früher einmal die Ruderboote aufbewahrt worden.

»Da lang!« Ein Mann stand im Schatten und lotste die Teenager in einen großen, gerammelt vollen Raum. Rosie sah mindestens zwölf kleine Tische mit leeren Weinflaschen, in denen Kerzen steckten. Die Musik war ziemlich laut, und der Bass brachte ihren Körper zum Vibrieren. Sie hoffte, dass ihr Mikrofon den Lärm aushielt.

»Was zu trinken? Kostet auch nichts.« Ein weiterer Mann nahm sie am Arm und zog sie zu einem Tisch mit Bier- und Ciderdosen und Dutzenden mit Wein gefüllten Plastikbechern. »Du bist neu hier, oder? Und ganz allein? Ist das mutig oder dumm?«

Rosie prägte sich den Kerl genau ein. Er war um die vierzig und hatte dünne, strähnige Haare, kleine Augen und eine schmale, spitze Nase. Die Taille seines billigen Anzugs kämpfte gegen seine füllige Leibesmitte an. Er hatte ganz offensichtlich einen fürchterlichen Modegeschmack.

»Ich mache, was mir passt«, erwiderte sie abfällig und nahm einen Becher Weißwein, den sie allerdings auf keinen Fall anrühren würde. »Ich brauche keinen Bodyguard.«

»Hier wird es ziemlich wild im Lauf des Abends. Ich hoffe, du kommst damit klar.«

Natürlich, aber nur, wenn ich dich danach hinter Gittern sehe, du Drecksack. Rosie zuckte mit den Schultern. »Ich mag es wild.«

Der Mann musterte sie anzüglich, und sie sah, wie sein Blick an ihrem kurzen, leuchtend roten Minirock hängen blieb.

»Woher weißt du von uns?«, fragte er und nippte an seinem Scotch.

»Von einem Freund.«

»Hat dieser Freund auch einen Namen?« Er fixierte sie mit seinen Schweinsaugen.

»Luke. Auch wenn es dich nichts angeht.«

»Luke Jones?«

Rosie überlegte. Luke und Chloes Nachname war *Perry*, aber es konnte durchaus sein, dass er einen anderen Namen benutzte, wenn er unterwegs war. »Luke mit den schwarzen Haaren und dem blonden Irokesen.«

»Ah.« Der Mann lächelte und trat einen Schritt zurück.

»Dann amüsier dich gut, Schätzchen. Wie heißt du eigentlich?«

»Petra«, erwiderte Rosie. Im nächsten Moment fiel ihr ein, warum sie hier war, und sie fragte: »Und du?«

Der Mann presste die Lippen aufeinander und musterte sie eindringlich. Diese Frage hatte ihm offensichtlich noch niemand gestellt. »Harry.«

»Dirty Harry?« Sie ließ die Finger über das Revers seines billigen Anzuges gleiten, und sein Adamsapfel hüpfte auf und ab. »Manchmal«, erwiderte er mit rauer Stimme.

Rosie beschloss, dass es Zeit war, zu gehen. »Wir sehen uns später, Harry ... Vielleicht ...« *Oder vielleicht auch nicht, du Wichser!*

Rosie ging auf eine Gruppe Jugendlicher zu, die sich auf einer provisorischen Tanzfläche hin und her wiegten. Niemand nahm Notiz von ihr, und sie tanzte an ihnen vorbei, bis sie einen Platz an der gegenüberliegenden Seite des Raumes entdeckte, von dem aus sie alles im Blick hatte.

Sie musste einen Stammgast ausfindig machen und mit ihm ins Gespräch kommen. Sie tat, als würde sie an ihrem Wein nippen, und betrachtete die möglichen Kandidaten. Es musste auf jeden Fall ein Junge sein, denn die Mädchen würden sie wohl eher als Konkurrenz sehen.

Nach einer Weile entdeckte sie einen etwas älter aussehenden Jungen, der allein mit einer Dose Bier auf einem Hocker saß. Soweit sie es beurteilen konnte, hatte er kein Mädchen dabei, und er hatte auch keine Anstalten gemacht, jemanden anzuquatschen oder zu tanzen.

»Ich versuche, mit einem der Gäste ins Gespräch zu kommen«, flüsterte sie ihren unsichtbaren Kollegen zu.

»Ist hier frei?«, fragte sie den Jungen und wartete eine Antwort gar nicht erst ab, sondern ließ sich im nächsten Augenblick bereits auf den Hocker neben ihm sinken und überkreuzte verführerisch die Beine.

»Jetzt nicht mehr.« Einen Moment lang dachte sie, er würde aufstehen und gehen.

»Ich kenne hier niemanden«, gestand sie leise.

»Da versäumst du nicht viel.« Er sah sich um. »Bloß einen Haufen Wichser.«

»Oh. Aber ich habe gehört, dass die Partys echt cool sind.« Sie lächelte schüchtern. »Ich heiße übrigens Petra.«

Der Junge fuhr sich mit der Hand durch die dunklen Haare und musterte sie nachdenklich. »Du siehst gar nicht aus wie die Schlampen, die normalerweise zu diesen Partys kommen. Ich bin Will.«

»Warum bist du hier, wenn es so ein Mist ist?«

»Gute Frage.« Er nahm einen Schluck von seinem Bier. »Ich habe ein Auge auf jemanden, der nicht hier sein sollte, aber sich offenbar unbedingt selbst schaden will.«

»Freundin? Schwester?«

»Ein dämlicher kleiner Bruder.« Er verdrehte die Augen. »Dabei war er mal ein echt netter Junge.«

Will holte eine ungeöffnete Bierdose neben dem Hocker hervor und gab sie ihr. »Hier, falls du was trinken willst.

Lass ja die Finger vom Wein und allem, was dir angeboten wird und bereits offen ist.«

Rosie stellte ihren Weinbecher auf den zerkratzten, bekleckerten Tisch und griff nach der Dose. Sie öffnete sie, wartete, bis der Schaum zusammengefallen war, und nahm einen kleinen Schluck. »Das hätte ich mir denken können! Hast du echt mal gesehen, dass jemand etwas in einen Drink gekippt hat?«

»Klar, andauernd. Das gehört zum Spaßhaben dazu – sagen sie zumindest.«

»Und das dort auch?« Sie deutete mit dem Kopf auf einen langen Tisch im hinteren Teil des Clubhauses, der halb im Schatten verborgen lag.

An dem Tisch saßen drei Männer und beobachteten die Teenager aufmerksam, vor allem ein Pärchen, das sich wie wild auf der Tanzfläche befummelte. Rosie entdeckte ein kleines rotes Licht. Einer der Männer filmte offenbar mit.

»Wie schon gesagt: alles Wichser. Es gibt gar keinen freien Eintritt und auch keine Gratisgetränke, Petra.« Er schnaubte. »Heute Abend wird dir erst mal nichts passieren. Beim ersten Mal lassen sie dich noch in Frieden, aber nach ein paar Besuchen wollen sie, dass du bezahlst. In welcher Form auch immer. Weißt du, was ein Voyeur ist?«

»Besser, als du denkst«, murmelte sie, denn sie wusste, dass er sie über die laute Musik hinweg ohnehin nicht hören konnte. »Wenn die Kerle hier echt so pervers sind, warum macht niemand etwas dagegen?« Sie hoffte, naiv genug zu klingen.

»Sie machen Fotos von den Gästen und drohen, sie ihren Eltern zu schicken. Oder sonst jemandem, vor dem die Kids Angst haben.« Er warf einen traurigen Blick auf die Tanzfläche, wo ein Junge von einem betrunkenen Mädchen befummelt wurde. Sie hatte einen ziemlich irren Haarschnitt und trug genug Make-up, um jeden Paradiesvogel vor Neid erblassen zu lassen.

»Die meisten Idioten sind am Ende halb nackt und hackedicht, und niemand will, dass Mummy und Daddy so etwas zu Gesicht bekommen.«

Rosie folgte seinem Blick. »Dein Bruder?«

Will nickte. »Sean. Er ist erst vierzehn, aber wenn er so weitermacht, kann er von Glück reden, wenn er sich in den nächsten Monaten keine Geschlechtskrankheit einfängt.«

»Warum hört er nicht auf dich?« Rosie gab ihr Bestes, um nicht zu erwachsen zu klingen, aber sie hatte das Gefühl, dass Will auf ihrer Wellenlänge schwamm.

»Er ist süchtig nach diesen Partys. Und nachdem ich ihn nicht zu Hause festbinden kann, komme ich mit und passe auf ihn auf.« Er runzelte die Stirn. »Ich habe keine Beweise, aber ich schätze, dass hier noch sehr viel schlimmere Dinge abgehen, als dass sich ein paar kranke alte Knacker beim Anblick ein paar geiler Mädchen einen runterholen.«

Rosie schluckte. »Was meinst du?«

»Ich will dir keine Angst einjagen, und vielleicht täusche ich mich ja auch, aber ich glaube, dass sie immer wieder Mädchen ›auswählen‹. Du weißt schon. Für andere Dinge.«

»Diese verfluchten Drecksäcke! Meinst du, für Sex?«

»Was denn sonst?«, fragte Will mürrisch. »Ich habe gesehen, wie ein paar Mädchen beiseitegenommen wurden, und dann waren sie plötzlich fort. Verschwunden.« Er wandte sich mit ernstem Gesicht an Rosie. »Du gehörst nicht hierher. Verschwinde, solange du noch kannst. Und komm nicht wieder.«

»Ja, das mache ich vielleicht sogar. Sag mal, Will, kennst du zufällig ein Mädchen namens Emily?«

Will schüttelte den Kopf. »Ich glaube nicht. Warum?«

»Sie ist eine Freundin«, log Rosie. »Es kam mir eine Zeit lang so vor, als hätte sie Geheimnisse vor mir, und jetzt habe ich sie schon ein paar Tage lang nicht mehr gesehen. Ich habe mich nur gefragt, ob sie vielleicht auch auf einer der Partys war, das ist alles.« Sie sah sich erneut um. »Was ist eigentlich mit dir? Die Männer, die das hier veranstalten, merken doch sicher, dass du ... ähm ... nicht mitmachst?«

Will lächelte. »Also, ich bin jedenfalls nicht von der Hüfte an abwärts gelähmt, falls du das meinst. Ich will Sean weiter im Auge behalten, deshalb suche ich mir von Zeit zu Zeit ein halbwegs sexy, hübsches Mädchen und mache ein bisschen rum.«

Rosie lachte. »Ich fürchte, hier gibt es nicht allzu viele sexy, hübsche Mädchen.«

»Nein? Aber eines sitzt mir doch gerade gegenüber.«

Rosie versteifte sich. Der Blick in Wills Augen war nicht schwer zu deuten. Wie weit musste sie gehen, damit ihre Tarnung nicht aufflog?

Charlie Button kicherte leise in der Dunkelheit.

Sie hatten sich in einem kleinen Außengebäude der alten Mühle direkt hinter dem Bootshaus versteckt. Das Signal von Rosies Mikrofon war stark und das Equipment sensibel genug, um sämtliche Hintergrundgeräusche herauszufiltern, sodass Charlie Rosies Stimme klar und deutlich hörte, selbst wenn sie flüsterte.

»Ich glaube, es macht ihr echt Spaß«, bemerkte er.

»Was, zum Teufel, meinst du damit, Charlie?«, fragte Max.

Jackman wandte den Kopf zu den beiden. Max sprach sonst nie so mit Charlie.

»Ich wollte nur sagen, dass sie ihre Sache echt gut macht«, erwiderte Charlie verdutzt. »Sie ist sehr überzeugend als Teenager.«

Jackman merkte, dass Max angestrengt versuchte, nicht die Beherrschung zu verlieren.

»Sie sollte nicht da drin sein.«

Charlie ignorierte ihn. Er hörte Rosie weiter zu und gab zwischendurch immer wieder Informationen an die anderen weiter. Nach ein paar Minuten stand er plötzlich auf. »Sie kommt jetzt raus, Sir. Sie hat jemanden gesehen, den sie kennt.« Er hörte wieder zu. »Sie sagt, wir sollen sie dort abholen, wo wir sie abgesetzt haben. In fünf Minuten.«

Max schoss als Erster aus dem Haus und war bereits in der Dunkelheit verschwunden, bevor Jackman überhaupt aufgestanden war.

Jackman folgte ihm und fragte sich, was eigentlich mit ihm los war. War Max vielleicht …?

Es dauerte ein wenig länger, als Rosie angegeben hatte, aber schließlich eilte sie auf ihre Kollegen zu.

Max lief ihr entgegen. »Ist alles okay? Mann, du hast uns echt einen Schrecken eingejagt.«

Rosie hob die Augenbrauen. »Mir geht's gut. Alles okay, du Schisser. Da war bloß ein Kerl, den ich kannte, und ich konnte ja nicht zulassen, dass er mich sieht.«

»Wer war es?«, fragte Marie, die wie aus dem Nichts neben Rosie aufgetaucht war.

Rosie schüttelte den Kopf. »Ich habe zwar ein verdammt gutes Gedächtnis, aber ich kann mich einfach nicht erinnern, woher ich ihn kenne, Sarge.«

Marie legte einen Arm um Rosie. »Keine Sorge, die Erinnerung kommt wieder, sobald sich das Adrenalin verflüchtigt hat. Gut gemacht, Rosie! Aber jetzt fahren wir erst mal zurück und reden.«

Auf der Rückfahrt beschrieb Rosie den Mann, den sie gesehen hatte: schlecht gekleidet, mit abgetragenen Chinos, einem Poloshirt und einer Trainingsjacke aus Kunstfaser, groß, zurückgegelte Haare, Drahtgestellbrille.

»Vermutlich warst du irgendwann an seiner Verhaftung beteiligt«, meinte Charlie. »Vielleicht hilft ein Blick in die Datei mit den Sexualstraftätern.«

»Ja, das ist eine gute Idee.«

»Ich will dir nicht zu nahetreten, aber es klang, als hättest du ziemlichen Spaß mit dem kleinen Will gehabt«, sagte Charlie grinsend. »Es wurde ganz schön heiß, oder?«

Rosie versetzte ihm einen Schlag gegen den Hinterkopf. »Kümmer dich um deinen eigenen Kram! Will war eine große Hilfe, und ich habe seine Handynummer, falls wir noch etwas wissen wollen.«

»Du könntest seine Mutter sein.«

»Und du einer der alten Säcke, die die Teenager begaffen!«

»Haltet die Klappe!«, knurrte Max. »Das ist nicht witzig, sondern bitterer Ernst!«

»Das wissen wir«, murmelte Charlie. »Beruhige dich wieder. Rosie geht es doch gut.«

Sie legten den Rest der Fahrt schweigend zurück, und Jackman wurde langsam klar, dass er recht gehabt hatte. Max Cohen hatte sich rettungslos in Rosie McElderry verliebt.

KAPITEL 15

Am nächsten Tag war Jackman bereits vor sieben Uhr morgens im Büro. Er hatte nicht gut geschlafen und beschlossen, lieber früh aufzustehen und so viel Papierkram wie möglich zu erledigen. Um acht Uhr schob sich Marie mit dem Rücken zuerst und mit zwei Bechern Kaffee und einer Packung Kekse im Gepäck in sein Büro. Sie drückte die Tür mit der Hüfte zu.

»Ich habe gesehen, dass Sie beschäftigt sind, deshalb habe ich Sie lieber in Ruhe gelassen.«

»Danke, Marie. Und auch für den Kaffee.«

Sie ließ sich in den Besucherstuhl sinken und gab Zucker in ihren Kaffee. »Ich habe über Toni Clarkson nachgedacht. Durch den gestrigen Einsatz war ich total abgelenkt, aber als ich heute Morgen um zwei Uhr aufgewacht bin, habe ich mir plötzlich wahnsinnige Sorgen um sie gemacht.«

Jackman legte seine Unterlagen beiseite. »Wissen Sie, gestern wurde mir zum ersten Mal klar, was Ethan Barley in Toni gesehen hat. Sie ist vollkommen fertig wegen Emily, nicht wahr?«

»Kein Wunder! Wenn man bedenkt, was mit Shauna Kelly passiert ist, hatte Toni großes Glück, dass sie mit dem

Leben davongekommen ist.« Marie stellte ihren Becher auf Jackmans Schreibtisch. »Apropos Shauna. Ihre Schulfreundin hat gegenüber den uniformierten Kollegen bestätigt, dass Shauna ihr von einer Party in einem ›Drecksloch mit jeder Menge hübscher junger Kerle und einem Haufen schmieriger alter Säcke‹ erzählt hat.«

»Dann ist es also so, wie wir vermutet haben. Die arme Mutter.«

Marie schüttelte deprimiert den Kopf, dann fragte sie: »Wann fahren wir nach Windrush?«

»Um elf.«

»Wenn so weit alles vorbereitet ist, dann könnte ich mir doch Max, Charlie oder Rosie schnappen und nach Allenby Creek hinausfahren, oder? Ich will nur schnell ein wenig herumfragen. Vielleicht hat ja jemand etwas gesehen.«

Jackman stapelte seine Akten. »Vergessen Sie unsere Küken. Wenn Sie Ihren Kaffee ausgetrunken haben, komme ich mit. Wir haben mehr als genug Zeit.«

»Wunderbar. Ich organisiere uns einen Wagen.«

Niemand, mit dem sie sprachen, hatte Shauna Kelly gesehen oder wusste irgendetwas über sie, und Jackman befürchtete langsam, dass sie ihre Zeit verschwendet hatten. Das letzte Cottage war eine Bruchbude aus verwittertem Holz, gesprungenen Dachziegeln und bröckelndem Mauerwerk, doch aus dem Schornstein stieg Rauch, und es roch angenehm nach frisch gebackenem Kuchen.

Sie klopften, und eine Frauenstimme forderte sie auf, hereinzukommen.

Die Frau war um die vierzig, mit langen, bereits ein wenig ergrauten Haaren, die sie zu einem unordentlichen französischen Zopf geflochten hatte. Ihr Lächeln war freundlich.

»Es waren vorgestern schon ein paar nette Beamte da, aber ich konnte ihnen leider nicht helfen.« Sie zuckte mit den Schultern und fuhr sich mit der mehligen Hand über die Stirn. »Ich bin morgens zum Markt, und dann habe ich das Cottage nicht mehr verlassen.«

»Leben Sie allein hier, Miss ...?«, fragte Jackman höflich.

»Seale, Megan Seale, Inspector Jackman. Und nein, das Haus gehört meinem Vater. Ich kümmere mich bloß ein bisschen um ihn. Er kommt zwar meistens allein zurecht, aber in letzter Zeit ging es ihm nicht so gut.«

»Haben die Kollegen auch mit Ihrem Vater gesprochen?«, fragte Marie.

»Nein, Sergeant. Dad hat geschlafen, und da wecke ich ihn nicht. Er wird immer vergesslicher und verschwindet auch immer wieder einmal. Ich weiß, dass es furchtbar klingt, aber wenn er schläft, habe ich eine Zeit lang meine Ruhe und kann einiges erledigen.«

Jackman sah sich in der alten Küche um, und sein Blick fiel auf ein paar Zigarettenstummel in einem Aschenbecher neben dem Kamin. »Geht Ihr Vater manchmal abends noch raus, Miss Seale?«

Die Frau klopfte sich etwas Mehl von der Schürze. »Ja, leider. Ich versuche, ihn davon abzuhalten, aber ...« Sie zuckte hilflos mit den Schultern.

»Könnten wir vielleicht kurz mit ihm reden? Ich verspreche, dass wir ihn nicht beunruhigen werden«, sagte Jackman lächelnd.

»Ich glaube, Sie würden nicht viel aus ihm herausbringen. Er kam vorhin in die Küche und hat mir erklärt, dass Winston Churchill bald eine Rede zur Lage der Nation hält. Ich sollte dafür sorgen, dass das Radio auf den richtigen Sender eingestellt ist.«

»Vielleicht nur einen kurzen Moment?« Jackman lächelte noch ein wenig einnehmender.

»Ja, natürlich. Aber Sie sollten sich nicht zu viel erwarten. Oh, und falls er Sie Gordon nennt – das war mein Bruder. Er ist seit zehn Jahren tot, aber Dad hat es verdrängt.«

Jackman hatte großes Mitleid mit der Frau. »Ich werde ihn nicht lange aufhalten, versprochen.«

»Er ist hinten im Anbau. Sein Name ist Stan.«

Marie blieb in der Küche, um sich mit Megan zu unterhalten, während Jackman das baufällige Cottage durchquerte und in einen seltsamen, schmalen Raum trat, der an drei Seiten mit Fenstern verkleidet war. Er wäre als Wintergarten durchgegangen, wenn er sachgemäß gebaut worden wäre. Jackman hoffte nur, dass die Konstruktion noch eine Weile halten würde, bevor sie endgültig in sich zusammenbrach.

»Stan? Hallo, mein Name ist Rowan Jackman. Hätten Sie kurz Zeit?«

Der alte Mann starrte aus dem schmutzigen Fenster auf das Marschland hinaus. Als er Jackmans Stimme hörte, drehte er sich um und sah ihn unbeeindruckt an.

»Ich habe gehört, dass Sie die Gegend hier besser kennen als jeder andere. Ich schätze, Sie leben schon lange hier?«, fragte Jackman.

Stan ließ sich in einen uralten Lehnstuhl fallen, und in dem schwachen Sonnenlicht, das durch das schmutzige Glas fiel, tanzten unzählige Staubkörner um ihn herum.

»Waren Sie in letzter Zeit mal abends unterwegs?« Jackman versuchte, den Akzent seiner Jugend wieder auszugraben, um dem alten Mann näherzukommen.

»Aye, vor ein paar Tagen.« Stan klang wie ein schwerer Raucher.

»Und haben Sie etwas Interessantes gesehen?«

Der alte Mann runzelte die Stirn. »Vielleicht, aber mein Kopf spielt verrückt. Ich hab wohl ein hübsches Mädel gesehen, und einen Wagen, wo sonst nie einer ist. Draußen im Mondlicht. Aber der gehörte da nicht hin.«

»Was für ein Wagen, Stan?«

»Ein großes, schwarzes Ding mit breiten Reifen, viel zu vielen Lichtern und einem brüllend lauten Motor.«

Jackman sah ihn nachdenklich an. »Ein Allradauto? Fürs Gelände?«

»Ja, wahrscheinlich.« Stan verzog das runzelige Gesicht. »Aber der Kerl, der damit rumfuhr, war noch schlimmer. Eine Ausgeburt des Teufels, das sag ich dir. Er hat was zu dem Mädel gesagt, und im nächsten Moment ist sie wie ein Hase auf und davon.«

»Wohin?«

Stan deutete in Richtung Meer, dann wandte er sich plötzlich um und fixierte Jackman. »Und wann reparierst du jetzt endlich die Wasserleitung, Gordon? Das Tropfen in der Nacht macht mich noch verrückt.«

Jackman sah in die glasigen Augen. Das kleine Fenster der Klarheit hatte sich geschlossen. »Ich kümmere mich drum, Dad«, sagte er leise und schlüpfte aus dem modrigen Zimmer.

Kurze Zeit später saßen sie wieder im Auto, und Marie sah ihn aufgeregt an. »Ein Allradauto, sagen Sie?«

»Ja, *und* ein hübsches Mädchen.« Jackman biss sich auf die Lippe. »Aber der Alte ist ziemlich verwirrt und hatte wohl nur einen klaren Moment. Er würde uns wahrscheinlich auch nicht viel mehr erzählen können, wenn wir den ganzen Tag bei ihm sitzen.«

»Schon klar, aber sie war da!«

»Ja, das glaube ich auch. Aber wir können es nicht beweisen.« Jackman trommelte mit den Fingern auf das Lenkrad. »Verdammt! Das ist beinahe noch schlimmer, als im Ungewissen zu tappen.«

Marie warf einen Blick auf die Uhr. »Wir sollten zurückfahren, Sir. Es gibt sicher noch einige Dinge zu erledigen, bevor wir ins Windrush-Sanatorium aufbrechen.«

Jackman murmelte etwas vor sich hin und bog wieder auf die Zufahrtsstraße.

Um zehn Uhr versammelte sich das Team im Ermittlungsraum.

»Haben wir einen Durchsuchungsbefehl für das Sanatorium bekommen, Sir?«, fragte Charlie Button.

Jackman nickte. »Broome hat uns zwar seine Unterstützung zugesichert, aber ich wollte auf Nummer sicher gehen. Ich habe die Sache mit der Superintendentin abgesprochen, und ein Constable hat ihn bereits abgeholt.«

Er wandte sich an Max, der wieder er selbst zu sein schien. »Ich möchte, dass Sie mit Stefan, unserem Polnisch-Dolmetscher sprechen. Vielleicht hat er in der osteuropäischen Community etwas über ein vermisstes Mädchen gehört, das sich Emily nennt. Sagen Sie ihm, dass sie vermutlich in großer Gefahr schwebt. Ihm muss klar sein, dass wir die Leute nicht einfach bloß drangsalieren wollen.«

Max nickte. »Ich erledige das gleich, bevor wir fahren.«

Es klopfte an der Tür, und PC Andy English trat ein. Er hatte eine Mappe mit Unterlagen aus der Bauabteilung und den unterschriebenen Durchsuchungsbefehl dabei.

Er übergab Jackman die Dokumente und sagte: »Falls meine Vermutung richtig ist, was den Riesen betrifft, dann brauchen wir das hier vielleicht. Ich hatte echt eine Gänsehaut. Der Kerl ist sicher nicht ganz dicht, und außerdem ist er ein richtiger Bär. Ich würde mich nicht freiwillig mit ihm anlegen.«

»Benedict Broome hat zugegeben, dass Mr Lee überempfindlich reagiert, wenn es um das alte Haus geht. Ehrlich gesagt, kann ich es kaum erwarten, ihn kennenzulernen. Was steht denn in der Baugenehmigung?«

»Broome hat die Erlaubnis, den Verwendungszweck des Anwesens zu ändern. Er will das alte Sanatorium umbauen, mehrere Anbauten hinzufügen und es schließlich als Hotel für Ruhebedürftige nutzen – genau, wie der Riese es uns erzählt hat. Die meisten seiner Pläne wurden genehmigt, aber es ist auffallend, dass er die Angaben mehrmals geändert hat.« Er warf einen Blick in die Unterlagen. »Der Mitarbeiter der Bauabteilung bezeichnete Broome als Albtraum und glaubt, dass er noch weitere Änderungen einreichen wird, obwohl die Arbeiten bald beginnen sollen.«

»Was wissen wir eigentlich über diesen Broome?«, fragte Jackman. Der Mann schien bereit, Unsummen auszugeben, um das alte Anwesen zu revitalisieren. Doch die allgemeinen wirtschaftlichen Prognosen waren schlecht, und er konnte sich nicht vorstellen, wer in Zeiten wie diesen genug Geld hatte, um derart damit um sich zu werfen. Es war mehr als seltsam.

»Ich habe ihn überprüft, Sir, und er ist bis jetzt nicht polizeilich auffällig geworden. Wir wissen bloß, dass er zusammen mit seiner Haushälterin in einem der großen alten Häuser am Fluss wohnt. Sie wissen schon, diese dreistöckigen viktorianischen Reihenhäuser.«

Jackman dachte an Broomes gewählte Ausdrucksweise. »Sie meinen die Admiralty Row? Das ist eine ziemlich noble

Gegend. Er muss eine Menge Geld haben, wenn ihm ein solches Haus *und* das Windrush-Sanatorium gehören.«

Andy nickte. »Ja, auf alle Fälle. Sie kennen doch die alte Geschichte, oder?«

Jackman nickte. »Darüber, dass der Vorbesitzer das Sanatorium beim Zocken verloren hat? Ist das wirklich wahr?«

»Ja. Broome hat das Anwesen beim Pokerspielen gewonnen.«

Marie grinste. »Und ich gewinne gerade mal einen Zehner im Jahr.«

»Ja, mir geht es genauso, Sarge. Ich habe jedenfalls Kevin Stoner gebeten, sich Broomes Hintergrund noch näher anzusehen.«

Jackman nickte. »Okay, es scheint also alles sauber zu sein. Aber Sie wollen trotzdem, dass wir uns die Sache noch einmal ansehen?«

Andy antwortete: »Auf alle Fälle, Sir. Micah Lee hat uns offensichtlich von einigen Teilen des Gebäudes ferngehalten, und er war auch ziemlich verärgert, dass wir überhaupt aufgekreuzt sind. Wir müssen noch mal zurück und uns nicht nur die zur Besichtigung freigegebenen Räume ansehen.«

Jackman nickte erneut. »Gut, das reicht mir als Begründung, Constable. Trommeln Sie Ihr Team zusammen, wir fahren um elf los.«

KAPITEL 16

Der Himmel über dem Marschland war so blau wie das Mittelmeer, doch über den Polizisten hing eine dunkle Wolke der Vorahnung.

Max und Gary blieben im Büro, um mit dem Dolmetscher zu sprechen und weitere Nachforschungen anzustellen, während sich der Rest des Teams auf den Weg ins Windrush-Sanatorium machte.

Die Hausdurchsuchung selbst wurde von den uniformierten Kollegen durchgeführt, aber Jackman wollte das Anwesen mit eigenen Augen sehen.

Charlie starrte aus dem Autofenster. »Es ist irgendwie seltsam, oder? Obwohl es nahe am Marschland liegt, befindet sich das Gebäude auf einer kleinen Anhöhe.«

Jackman blickte nach vorne. »Ja, Sie haben recht, das ist wirklich ungewöhnlich. Beinahe wie ein Hügel.«

»Ich habe gelesen, dass es einmal eine Insel war«, erklärte Marie. »Als das Land trockengelegt wurde, hieß das Gebiet, das wir mittlerweile unter dem Namen Roman Bank kennen, Romsey. Es bedeutet so viel wie ›trockenes Land in der Marsch, das einem Mann namens Rum gehört‹.«

Jackman betrachtete sie bewundernd. »Sie erstaunen

mich immer wieder, Marie. Hoffen wir, dass uns Ihr Interesse für das alte Gebäude später noch von Nutzen sein wird.«

Marie lächelte, doch je näher sie dem Windrush-Sanatorium kamen, desto nervöser wurde sie.

»Was ist denn los?«, fragte Jackman.

»Es hat sich sehr verändert, seit ich das letzte Mal hier war«, erwiderte sie. »Und zwar nicht zum Guten.« Sie betrachtete das weitläufige, baufällige Sanatorium. »Unglaublich, wie anders es sich anfühlt.«

»Aber das Ganze ist doch schon Jahrzehnte her, oder?«, fragte Rosie lachend und stieß ihren jüngeren Kollegen in die Seite. »Charlie trug damals wahrscheinlich noch Windeln.«

Die uniformierten Beamten waren bereits ausgestiegen, und Andy English wartete auf Jackmans Startzeichen.

Jackman holte den Durchsuchungsbefehl aus der Tasche und nickte. English erwiderte das Nicken und eilte mit ein paar Männern die Treppe zum Eingang des alten Gebäudes hoch.

Das Ermittlungsteam blieb mit dem Rest der Mannschaft zurück, und alle warteten auf den Mann, der einen so starken Eindruck auf PC English und PC Stoner gemacht hatte.

Kurz darauf wurde die Tür geöffnet.

»O Gott, Conan der Barbar lebt«, flüsterte Rosie mit großen Augen.

Micah Lee war ein Bär von einem Mann mit einem Schopf dichter, dunkler Haare und einem Gesicht, das aussah, als wäre es brutal aus einem Brocken Granit gemeißelt worden. Seine Augen lagen tief unter den dichten, überhängenden Augenbrauen, und er war groß und kräftig, aber nicht auf athletische Art. Er hatte seine Kraft nicht durch Sport erworben, sie wirkte vielmehr so ursprünglich wie bei einem Neandertaler. Jackman fiel es schwer, das Alter des Mannes zu schätzen, doch am meisten irritierte ihn die beinahe greifbare Feindseligkeit, die er ihnen entgegenbrachte. Mr Lee hatte vor Wut die Lippen aufeinandergepresst.

»Es war klug von Ihnen, gleich mit einem Durchsuchungsbefehl herzukommen«, sagte Marie leise. »Ich habe das Gefühl, dass wir ihn brauchen werden.«

Jackman starrte zu dem Goliath von Windrush hoch. Einen schrecklichen Augenblick lang befürchtete er, dass sie Micah Lee in Gewahrsam nehmen mussten, und er war sich nicht sicher, wie viele Beamte dafür nötig sein würden.

PC English trat mutig auf den Mann zu, erklärte ihm, dass sie Mr Broomes umfassende Genehmigung hätten, und erwähnte nebenbei auch noch den Durchsuchungsbefehl.

Lee schien in sich zusammenzufallen, und eine Vielzahl an Emotionen huschte über sein zerfurchtes Gesicht. Seine schreckliche Wut verschwand und machte Beklommenheit und einer beinahe kindlichen Angst Platz.

Aber wovor?, fragte sich Jackman.

»Okay, dann macht mal«, erklärte er plötzlich, drehte sich um und stapfte davon.

Jackman sah zu, wie er im Inneren des Hauses verschwand, dann gab er Andy und seinen Leuten den Befehl, mit der Suche zu beginnen. »Gehen Sie das Haus von oben nach unten durch, und achten Sie besonders auf sämtliche unterirdischen Räume wie Keller und so weiter. Suchen Sie nach Räumen, in denen man ein Mädchen verstecken könnte, und rufen Sie mich, sobald Sie etwas haben.«

Ein groß gewachsener, glatzköpfiger Sergeant übernahm das Kommando, und kurz darauf strömten die Männer und Frauen paarweise in das große alte Haus, zu den zahlreichen Außengebäuden und in den Garten.

»Sir!«, rief der Sergeant Jackman zu. »Kommen Sie mit, oder bleiben Sie bei Mr Lee?«

»Wir kommen mit, Sergeant.« Jackman hatte keine Lust, das Kindermädchen für ein unberechenbares Riesenbaby zu spielen. »Welchen Bereich sollen wir übernehmen?«

»Laut den Luftaufnahmen gibt es hinter dem Haus ein kleineres Nebengebäude, das früher als Außenstation des Sanatoriums diente, Sir. Es wurde offensichtlich noch nicht für die Renovierung vorbereitet, also seien Sie lieber vorsichtig. Es könnte gefährlich werden.« Der Sergeant hakte einen weiteren Punkt auf seiner Liste ab und machte sich anschließend auf den Weg.

Sie gingen um das Haupthaus herum zu dem einstöckigen Gebäude. Es war früher weiß gestrichen gewesen, aber jetzt war der Verputz an vielen Stellen abgebröckelt, und die alten Ziegel waren zu sehen.

»Das könnte einige Zeit dauern«, erklärte Rosie und stieg über etwas Schutt. »Das Haus ist größer, als es aussieht.«

Marie nickte. »Es ist ziemlich weitläufig, und es ist eine Schande, dass es derart verfällt. Als ich das letzte Mal hier war, war es zwar auch schon ziemlich heruntergekommen, aber es war zumindest noch bewohnbar.«

Jackman drückte die Tür auf, und sie warfen einen Blick ins Haus.

Die Krankenstation war entlang eines breiten Flures angelegt, von dem zahlreiche Terrassentüren auf eine gepflasterte Veranda hinausführten. Das Sanatorium hatte früher vor allem Tuberkulosepatienten beherbergt, die mitsamt ihren Krankenbetten durch die Türen hinaus an die frische Luft geschoben worden waren.

Mittlerweile waren die meisten Fensterscheiben jedoch zerbrochen, und Putz und verrottetes Holz lagen auf dem Boden verstreut. Staub tanzte in dem Sonnenlicht, das durch die wenigen intakten Glasscheiben fiel. In einer Ecke lagerten wild übereinandergestapelte Krankenbetten, daneben lagen mehrere zerbeulte Nachttische und rostige Stühle. Plötzlich bewegte sich etwas, und Jackmans Blick fiel auf eine Ratte, die eilig in einem dunklen, klaffenden Loch im Holzboden verschwand.

Marie seufzte. »Wir bleiben am besten zusammen. Wir können es uns nicht leisten, dass sich hier jemand den Knöchel bricht oder sich sonst irgendwie verletzt.«

»Micah hat diesen Teil bei seinen Aufräumarbeiten wohl übersehen«, murmelte Charlie Button missmutig. »Im vorderen Teil und im Haupthaus hat er dagegen echt gute Arbeit geleistet.«

»Ich glaube, dieses Nebengebäude soll abgerissen werden«, erklärte Jackman. »Ich habe einen kurzen Blick in die Pläne geworfen, die Andy besorgt hat, und hier soll offenbar ein Garten mit Sitzgelegenheiten und Wasserspielen entstehen. Obwohl ich mir das im Moment nicht vorstellen kann.«

Er atmete tief durch und trat ins Haus. Marie, Rosie und Charlie folgten ihm, und sie begannen mit der Suche. Sie sahen in jedes Zimmer, jeden Schrank und jeden Flur der insgesamt fünf Stationen, die alle identisch aufgebaut waren. Nachdem sie die letzte Station durchquert hatten, sagte Jackman: »Ich glaube, das Gebäude ist sauber. Ist jemand anderer Meinung?«

Rosie und Charlie schüttelten den Kopf, doch Marie schien tief in Gedanken versunken.

»Marie?«

»Ich glaube, wir brauchen die alten Pläne und Karten des Anwesens. Aus der Zeit, als das ursprüngliche Haus gebaut wurde.« Ihre Augen funkelten, als sie Jackman ansah. »Als ich das letzte Mal hier war, kursierten eine Menge Gerüchte. Ich habe mich mit der Geschichte des Hauses beschäftigt, weil ich mich dafür interessierte, aber es gab da auch noch andere Dinge ...«

»Wie zum Beispiel?«, fragte Rosie.

»Geistergeschichten?«, fragte Charlie aufgeregt.

»Eher Legenden und Sagen. Unter anderem ging es um Strandräuber.«

Jackman versuchte vergeblich, sich den Staub vom Jackett zu wischen. »Gab es hier tatsächlich Strandräuber? Ich dachte, die wären eher in Cornwall unterwegs gewesen.«

»Ja, sie trieben auch in Lincolnshire ihr Unwesen. Es ist geschichtlich dokumentiert, dass es in Mablethorpe Strandräuber gab, und falls in den alten Legenden auch nur ein Körnchen Wahrheit steckt, haben sie auch hier ihr Glück versucht.«

Jackman schaute auf das Marschland hinaus. »Direkt hinter der Marsch befindet sich das Mündungsgebiet, wo Shauna gefunden wurde, und dann beginnt die Nordsee. Es wäre möglich, aber andererseits hätten sie ihre illegale Fracht dann ziemlich weit fortschaffen müssen, und ich frage mich, wie sie das angestellt haben.«

Marie rieb sich das Kinn. »Deshalb will ich ja einen Blick in die alten Karten werfen. Vielleicht gibt es ein altes Tunnelsystem oder versteckte Lagerräume.«

»Aber die müssten die Kollegen doch finden, oder? Sie sollen ja vor allem die Keller überprüfen«, wandte Rosie ein.

Jackman nickte. »Ja, aber falls Marie recht hat und das Anwesen tatsächlich von Strandräubern genutzt wurde, sind die Eingänge wahrscheinlich gut getarnt. Wir brauchen also die alten Karten und Pläne.«

Rosie ging in die Hocke. »Vielleicht sollten wir Fred Feuerstein fragen. Er macht hier immerhin die ganze Arbeit.«

Doch Jackman vermutete, dass Micah Lee die Unterlagen nicht hatte. Wahrscheinlich mussten sie sich noch einmal mit Benedict Broome in Verbindung setzen. Doch davor gab es vielleicht noch eine andere Möglichkeit. Er holte sein Handy heraus und rief Max an. Er erklärte ihm eilig, was sie brauchten, dann wandte er sich an Marie. »Er kümmert sich darum und meldet sich, sobald er etwas gefunden hat, dann kann Gary uns die Karten bringen. Falls Max keinen Erfolg hat, können wir immer noch zu Broome fahren, aber in Anbetracht seiner IT-Kenntnisse wird das wohl nicht nötig sein.«

Marie richtete sich auf. »Ich glaube, hier werden wir nichts Ungewöhnliches finden. Vielleicht sollten wir nachsehen, wie es den anderen geht?«

»Schon etwas gefunden?«

Der mit der Suche betraute Sergeant schüttelte den Kopf. »Nichts Wesentliches, Sir. Einige Räume wurden erst vor Kurzem genutzt, aber vermutlich ist Micah Lee über Nacht hiergeblieben. Er hängt an dem Anwesen, obwohl es ihm nicht mal gehört. Und er schuftet hier offensichtlich ganz schön.« Der Sergeant fuhr sich mit seiner breiten Hand über den rasierten Schädel. »Abgesehen davon, gibt es keine Hinweise, dass hier jemand gefangen gehalten wurde. Allerdings ist das Anwesen sehr groß, und wir haben erst an der Oberfläche gekratzt.«

»Das Haus an der Rückseite des Hauptgebäudes ist jedenfalls sauber, das können Sie schon mal abhaken. Außerdem habe ich die Originalpläne des ursprünglichen Gebäudes angefordert und auch die dazugehörigen Landkarten, für den Fall, dass es Lagerräume oder Keller gibt, die im Lauf der Jahre verschlossen wurden«, fügte Jackman hinzu.

»Gute Idee. Vielleicht gibt es hier sogar ein ganzes Netzwerk an unterirdischen Tunneln.«

Marie wurde hellhörig. »Wie kommen Sie darauf, Sergeant?«

»Na ja, vielleicht hat es nichts zu bedeuten, aber sehen Sie das Gebiet dort drüben?« Er deutete über die Felder hinweg auf einen breiten Streifen Marschland. »Es wurde früher Chapel Marsh genannt, weil dort vor einigen Hundert Jahren eine kleine Abtei stand. Die Küste verlief damals noch anders als heute, doch als die Bewohner das Land fluteten, eroberte das Meer ein großes Gebiet zurück, und es blieb nur eine kleine Kapelle übrig, die bis zum Zweiten Weltkrieg von Schmugglern genutzt wurde. Danach wurde sie ebenfalls fortgeschwemmt.«

Maries Augen begannen zu leuchten. »Ja, das habe ich gehört. Aber Sie sprachen vorhin doch von Tunneln?«

»Genau. Offenbar benutzten die Schmuggler Tunnel, um ihre Beute weiter ins Landesinnere zu befördern. Natürlich sind viele durch die Gezeiten und das schlechte Wetter eingestürzt, aber es heißt, dass einige sehr stabil gebaut wurden. Die Einheimischen – zu denen übrigens auch meine Großmutter gehört – glauben, dass es sie immer noch gibt. Vor allem unter dem Roman Bank. Das Gelände befindet sich ja auf einer Art Hügel, deshalb wäre es durchaus denkbar. Sie brauchen nur in ein Pub zu gehen, dann werden Sie eine Menge alte Geschichten hören.«

Aufregung erfasste Marie. »Glauben Sie, dass die Tunnel bis hierher ins Haus führen könnten?«

Der Beamte zuckte mit den Schultern. »Keine Ahnung, Sergeant Evans. Vielleicht existieren sie ja nicht mal, und es handelt sich wirklich nur um ein altes Märchen. Man weiß nie.«

Marie grinste. »O doch, diese Tunnel gibt es, darauf verwette ich meine neue Suzuki. Danke, Sergeant.« Sie wandte sich an Jackman. »Was jetzt?«

»Ich würde vorschlagen, wir lassen die Kollegen hier weitermachen und fahren zurück ins Büro. Mal sehen, was Max ausgegraben hat. Die Suche hier wird garantiert noch dauern, bis es dunkel wird, also ist es sicher besser, wenn wir die Arbeit im Büro erledigen und statt der Schaufel einen Computer zu Hilfe nehmen.«

KAPITEL 17

Im Ermittlungsraum sah es aus wie in einer Kommandozentrale aus dem Zweiten Weltkrieg. Max hatte mehrere Tische zusammengeschoben und die Karten, Diagramme und Pläne sorgfältig gestapelt.

»Oh, fleißig, fleißig!«, meinte Rosie lachend.

Marie warf Max einen raschen Blick zu. War er etwa gerade rot geworden?

Er schob sich die aufgerollten Hemdsärmel noch ein Stückchen weiter hoch. »Ich wollte gerade alles zusammenpacken, damit Gary es zu euch hinausbringen kann. Wir haben einige sehr interessante Dinge gefunden.«

»Ja, das sehe ich«, erwiderte Jackman und klopfte Max anerkennend auf die Schulter. »Gut gemacht! Ich wusste, dass wir uns auf Ihre Computerfähigkeiten verlassen können.«

Der junge Mann lächelte stolz. »Danke, Sir. Ich habe Karten, Baupläne, Urkunden, Baugenehmigungsanträge, geophysikalische Gutachten und sogar Luftaufnahmen des Windrush-Sanatoriums und der näheren Umgebung gefunden.«

»Wir haben alles chronologisch geordnet. Die ältesten

Unterlagen ganz oben bis hinunter in die Gegenwart. Die hier sind besonders interessant.« Gary hielt einen Stapel geophysikalischer Berichte hoch. »Sie wurden vor ein paar Jahren erstellt, als archäologische Ausgrabungen für das Gebiet am Roman Bank geplant waren, die letztendlich aber keine Genehmigung erhielten. Sie zeigen die Bodenbeschaffenheit bis zur Grundstücksgrenze des Windrush-Sanatoriums und auch ein wenig darüber hinaus.«

Marie betrachtete die Unterlagen. »Ich habe keine Ahnung, was das hier ist.«

»Das sind hochauflösende Darstellungen der Bodenstruktur, die Spuren menschlicher Besiedelung anzeigen sollen.«

Gary schien sich offenbar auszukennen, und Marie war beeindruckt.

Er deutete auf ein dunkles Quadrat und eine Reihe grauer Kreise und Linien. »Genau danach haben sie damals gesucht. Die Archäologen glaubten, dass an der Stelle eine antike römische Villa stand, und diese Daten bekräftigen ihre Theorie. Also haben sie den Radius erweitert, um eventuelle weitere Hinweise zu finden, aber dann hat irgendjemand den Stecker gezogen, und danach ist die Sache im Sand verlaufen.«

Marie spürte, wie die Aufregung erneut in ihr hochstieg. »Und die Daten umfassen auch einen Teil des Windrush-Anwesens?«

Gary griff nach weiteren Unterlagen. »Ja, bis zu der dem Marschland zugewandten Hausmauer.«

Jackman warf einen Blick über Maries Schulter. Er runzelte die Stirn und deutete mit dem Finger auf eine der Karten. »Was ist mit diesem Bereich?«

»Soll da auch umgebaut werden?«, fragte Rosie.

Jackman griff nach den Plänen, die Andy organisiert hatte. »Nein. Die Renovierungsarbeiten und die Zu- und Neubauten betreffen nur das Haus selbst und die direkte Umgebung. Die alten Lagerhäuser und die Scheune hier sind durch eine dicke grüne Linie vom Rest getrennt.« Er studierte die Legende in der unteren rechten Ecke der Karte. »Grün bedeutet: Entwicklungsstufe drei. Geplante Änderungen siehe Anhang.« Er faltete den Rest des Plans auseinander. »Aber es gibt keinen Anhang ...«

Marie atmete scharf ein. »Das bedeutet vermutlich, dass für diesen Bereich in näherer Zukunft keine konkreten Pläne vorliegen.«

»Was ihn zum idealen Ort macht, um jemanden zu verstecken«, fügte Jackman hinzu, dann wandte er sich an Gary. »Können Sie wirklich etwas mit diesen geophysikalischen Informationen anfangen?«

»Ja, aber nur sehr oberflächlich, Sir. Es wäre durchaus möglich, dass wir hier die Grundmauern eines ehemaligen Gebäudes auf dem Grundstück sehen. Von einer Scheune oder so.«

»Dann brauchen wir einen Experten.«

»Ich glaube, dabei kann ich Ihnen behilflich sein, mein Freund.«

Das Team drehte sich geschlossen zu Rory Wilkinson herum, der in der Tür stand.

»Tut mir leid, aber ich habe Ihre faszinierende Unterhaltung mitangehört, und zufällig habe ich einen guten Freund an der Universität, der eine Menge über solche Dinge weiß. Er studiert Archäologie, aber lassen Sie sich durch das Wort ›studieren‹ nicht täuschen. Er war schon bei Ausgrabungen auf der ganzen Welt dabei und schreibt gerade eine Arbeit über nichtinvasive archäologische Methoden. Sein Name ist Ted Watchman, und Sie werden ihn bestimmt mögen.« Rory zog sein Handy aus der Tasche. »Ich rufe ihn gerne für Sie an.«

Jackman nickte eifrig. »Wunderbar, ich weiß Ihre Hilfe sehr zu schätzen, Rory, und bitte sagen Sie Ihrem Freund, wie wichtig diese Informationen sind. Das vermisste Mädchen könnte durchaus noch am Leben sein.«

»Wird gemacht.« Rory telefonierte kurz, dann wandte er sich erneut an Jackman. »Soll er hierherkommen oder direkt zum Windrush-Sanatorium?«

»Er soll gleich selbst hinfahren, wir treffen uns dann dort.«

Das Team kam vor dem Experten beim Sanatorium an.

Jackman eilte in die Eingangshalle, und ein Schauer überlief ihn, als er Micah Lees finstere Gestalt entdeckte, der sie aus der Portiersloge heraus beobachtete. Er schien vor allem Marie im Visier zu haben, und auf seinem Gesicht zeigte sich blanker Hass.

Als Jackman die Halle zur Hälfte durchquert hatte, wandte er sich um und sah Lee direkt in die Augen. Es war nicht einfach, diesen hasserfüllten Blick zu erwidern, aber letztlich wandte sich der Riese als Erster ab.

Max' Telefon klingelte, als Jackman zu seinem restlichen Team trat. Er nahm ab, hörte zu und verzog dann das Gesicht. »Der Feuerwehrhauptmann versucht, eine Wärmebildkamera aufzutreiben. Sie teilen sich ein Gerät mit ein paar anderen Feuerwachen, aber die Kamera ist im Moment leider nicht da, wo sie sein sollte. Was wieder mal beweist, dass heutzutage überall der verdammte Rotstift regiert. Er hat versprochen, mich anzurufen, sobald sie auftaucht.« Er steckte das Telefon wieder ein. »Sir, bei alldem Trubel habe ich ganz vergessen, dass ich mit Stefan, dem Dolmetscher, gesprochen habe. Es wird tatsächlich eine junge Frau vermisst. Ihr Name ist Aija. Aija Ozoliņa. Sie kommt nicht aus Polen, sondern aus Lettland, und sie benutzt definitiv einen anderen Namen, wenn sie mit Einheimischen unterwegs ist. Er bemüht sich gerade, herauszufinden, wie dieser Name lautet.«

Jackmans Puls beschleunigte sich. »Wird sie schon länger vermisst?«

»Sie wurde offiziell noch gar nicht bei der Polizei gemeldet, aber ihre Freunde machen sich große Sorgen um sie. Und das Timing würde perfekt passen.«

Sie gingen zu der Stelle mit den undefinierbaren Markierungen, die sie auf der Karte entdeckt hatten.

Der Bereich hinter den alten Lagerhäusern war eine betonierte Ebene, durch die sich struppiges, verwelktes Gras drängte und die von verdorrten Büschen, wilden Brombeerstauden und Unkraut begrenzt wurde. Die alte Scheune und die Lagerhäuser wirkten im Vergleich zum Haupthaus eher schlicht und einfach, denn auch wenn das viktorianische Gebäude dem Verfall preisgegeben worden war, war es immer noch sehr eindrucksvoll.

»Hier sollten wir unbedingt genauer nachsehen, wenn der Freund unseres Professors da ist«, meinte Gary mit einem Blick in die geophysikalischen Aufzeichnungen. »Auch wenn an der Oberfläche nichts zu erkennen ist.«

Sie sahen sich um.

»Nein, da ist absolut nichts«, stellte Rosie enttäuscht fest.

Max trat ungeduldig nach einer heruntergefallenen Dachschindel. »Dieser Ort macht mich depressiv.«

Marie setzte sich ein wenig abseits auf eine niedrige Steinmauer und starrte hinaus auf das Marschland. Es war so anders als damals bei ihrem ersten Besuch als junge Polizistin! Das Anwesen hatte immer schon eine mysteriöse Aura umgeben, aber das war verständlich, denn das Haus war alt, und es waren sicher schon viele Menschen hier gestorben. Immerhin war es auch als Krankenhaus genutzt worden. Die Geschichten über diesen Ort waren von Generation zu Generation weitergegeben worden, bis sie zu Legenden geworden waren. Als sie damals ihren Kurs absolviert hatte, hatten sie diese Erzählungen fasziniert, aber heute lösten sie vor allem Beklemmung in ihr aus. Marie war eine bodenständige Frau, die nichts für Hokuspokus übrig hatte, aber selbst sie spürte den dunklen, unheilsamen Schatten, der sich über das Haus und das ganze Grundstück gelegt hatte.

Eine Schar Graugänse flog über das Marschland, beschrieb einen Kreis und landete auf einem limettengrünen Fleckchen Seggen in der Nähe des Wassers. Ihre harschen Schreie passten perfekt zu der trostlosen Landschaft.

Marie spürte, wie jemand sanft die Hand auf ihre Schulter legte.

»Beschert dir der Ort hier auch eine Gänsehaut?«, fragte Rosie sanft. »Mir nämlich schon.«

»Ja, mir auch«, fügte Gary hinzu, und die beiden setzten sich neben Marie auf die Mauer. Gary betrachtete den Staub auf seinen ehemals glänzend schwarzen Schuhen. »Meine Schwester hat diesen Teil der Marsch gehasst.«

Jackman kam auf sie zu. »Ihre Schwester ist vor Kurzem gestorben, nicht wahr?«

Gary nickte.

»Wollten Sie sich deshalb beruflich verändern?«, fragte Jackman freundlich.

»Ja, zum Teil. Aber vor allem war es die Stimmung im Polizeirevier von Harlan Marsh. Es ist einfach …« Gary seufzte.

»Waren Sie oft hier? Mit Ihrer Schwester, meine ich«, fragte Marie.

»Nur, wenn wir eines der Tiere zum Tierarzt gebracht haben.« Er deutete auf die andere Seite des Roman Banks, wo sich ein kleines Farmhaus hinter ein paar Bäumen versteckte. »Er wohnt gleich dort drüben. Das Vorzimmer war früher seine Praxis. Ich glaube, er lebt noch immer in dem Haus, aber er hat mittlerweile modernere Behandlungsräume in Harlan Marsh übernommen. Er ist ein netter Kerl und kann gut mit Hunden umgehen, aber Anne fuhr trotzdem nur ungern hier heraus.«

Rosie legte den Kopf schief. »Warum das?«

Gary lächelte traurig, dann holte er seine Dienstmarke heraus, hinter der er ein kleines Foto aufbewahrte. »Das war meine Schwester.«

Marie unterdrückte ein Lächeln. Die beiden sahen aus wie Zwillinge.

»Sie wollte schon als kleines Kind nie über Hobs End laufen.« Er deutete auf das Gebiet, das genau vor ihnen lag. »Die Gegend wurde einmal Chapel Marsh genannt, aber im Krieg wurde der Name geändert. Sie hatte immer schon einen schlechten Ruf, und die älteren Einheimischen machen lieber einen großen Bogen um sie.«

Jackman seufzte leise. Jeder hier kannte zumindest eine seltsame oder abenteuerliche Geschichte über Hobs End, und das kam seinen Ermittlungen immer wieder in die Quere. Er hatte keine Zeit für diesen Hokuspokus.

»Welcher abergläubische Quatsch hält sie denn davon ab?«, fragte er. »Hier in der Gegend gibt es das größte Queller-Vorkommen entlang der Küste, und es sollte von Sammlern nur so wimmeln. Also wovor haben die Leute Angst? Vor Irrlichtern oder Boggarts? Vor giftigem Nebel? Oder vielleicht vor dem bösen Wolf?«

Gary grinste und hob abwehrend die Hände. »Ich weiß, ich weiß. Der Aberglaube ist in Lincolnshire allgegenwärtig.« Er wurde wieder ernst. »Aber nicht einmal ich bin gerne hier, und ich glaube ganz sicher nicht an Boggarts.«

»Aber Ihre Schwester schon?«, fragte Rosie und gab ihm das Foto zurück.

»Nein, Anne glaubte auch nicht an solche Dinge. Ich denke, die Geschichten, die sie als Kind gehört hat, haben sie einfach nicht mehr losgelassen, und sie hatte immer schon ein besonderes Gespür für Stimmungen. Es ist schwer zu erklären, aber es gab bestimmte Orte, die sie extrem beunruhigten.« Er ließ den Blick über die Seggen und das Reet gleiten. »Und das hier war einer davon.«

Gary betrachtete das Foto einen Augenblick lang und steckte es dann wieder hinter seine Dienstmarke. »Ich bin zwar überzeugt, dass Anne tatsächlich etwas gespürt hat, aber die Einheimischen hielten sich aus einem anderen Grund von dem Gebiet fern. Man erzählt sich, dass im Dunkeln finstere Gestalten durch das Marschland irren und dass es in der Nacht nur der Teufel höchstpersönlich mit dieser Gegend aufnehmen würde.« Er hob grinsend die Hände. »Wahrscheinlich waren es Schmuggler. Die Marsch grenzt direkt an das Mündungsgebiet, und dahinter beginnt die Nordsee.« Er hob vielsagend eine Augenbraue.

»Und in der Nordsee gibt es möglicherweise Schiffe, die bis obenhin mit illegalen Drogen beladen sind«, fuhr Jackman fort und nickte. »Das haben wir schon besprochen – allerdings eher in einem historischen Zusammenhang.«

»Wir haben den illegalen Handel zum Großteil eingedämmt, aber wir konnten ihn nie ganz unterbinden. Es gibt immer wieder Idioten, die bereit sind, es mit dem Marschland und den unberechenbaren Gezeiten aufzunehmen«, erwiderte Gary.

»Welche Geschichten hat man sich denn früher über diesen Ort erzählt? Und warum hat Ihre Schwester so heftig darauf reagiert?« Rosie lehnte sich gespannt vor und stützte die Ellbogen auf den Knien ab.

»Ich weiß nicht mehr genau, aber in Hobs End kommt es offenbar zu speziellen Naturphänomenen, wenn das Wetter passt – und Sie können sich sicher vorstellen, was die Leute daraus gemacht haben! Lichterscheinungen kommen zwar überall im Marschland vor, aber hier gibt es sie besonders häufig und in großer Anzahl. Außerdem sind immer wieder seltsame Geräusche zu hören, was vermutlich etwas mit unterirdischen Sumpfbewegungen zu tun hat. Jedenfalls gingen wir eines Tages mit unseren Hunden im Mündungsgebiet spazieren, und Anne meinte plötzlich, sie würde ein Flüstern hören. Stimmen, die Dinge sagten, die sie nicht hören wollte. Sie war total verängstigt. Ein paar Jahre später lief mein alter Hund nach dem Tierarztbesuch einfach davon, und wir mussten wieder hierher, um nach ihm zu suchen, und Anne hörte erneut Stimmen.«

»Dasselbe Flüstern wie beim ersten Mal?« Rosie klang wie ein Schulmädchen, das sich mit ihren Freundinnen im Schlafsaal Gespenstergeschichten erzählt.

»Nein, es klang eher wie Kirchenmusik. Sie hörte jemanden singen. Sie war vollkommen fertig und rannte davon.«

»Ein singender Boggart! Das ist mal eine neue Geschichte

für die alten Leutchen hier, wenn sie mit dem Teesud-Lesen fertig sind.« Jackman schüttelte den Kopf. »Wo, zum Teufel, bleibt unser Archäologe? Wir stehen hier und erzählen uns Gruselgeschichten, während Emily vielleicht gerade ihren letzten Atemzug macht.«

»Ich gehe zurück zum Haus und sehe mal nach, Sir.« Rosie wischte sich ein paar getrocknete Grashalme von der Hose.

Max sprang ebenfalls hoch. »Ich komme mit!«

Marie sah den beiden nach, dann ließ sie den Blick erneut über das einsame Marschland gleiten. Sie wollte nur noch weg von hier.

Gary deutete in Richtung Haupthaus. »Sieht so aus, als wäre unser Mann hier, Sarge. Rosie winkt uns zu sich. Sollen wir gehen?«

Ein weißer, schmutziger, verbeulter und kaum noch fahrtüchtiger Van hielt hinter ihrem Wagen, und ein junger Mann mit lockigen längeren Haaren, einer Drahtgestellbrille und wild zusammengewürfelten Klamotten stieg aus. Ted Watchman sah tatsächlich aus wie ein typischer Archäologiestudent.

Nach der Begrüßung trat der Sergeant der Suchmannschaft auf sie zu. »Der Feuerwehrhauptmann hat Ihnen diese Schönheit hier geschickt, Sir. Ein echt tolles Ding!« Er betrachtete die Wärmebildkamera sehnsüchtig, bevor er sie an Jackman weitergab. »Ich hoffe, Sie können sie bedienen?«

»Falls Sie Schwierigkeiten haben, dann kann ich Ihnen helfen, Inspector«, mischte Ted sich ein. »Mann, das hat nichts mit den typischen Handgeräten zu tun, die wir verwenden! Das ist das neueste Modell.«

»Solange sie funktioniert, ist mir das egal«, murmelte Jackman. »Also, woher hat der Feuerwehrmann diese Kamera, wenn es offenbar keine Standardversion ist?«

Der Sergeant grinste. »Ich soll Ihnen sagen, dass Sie darauf aufpassen sollen, als hinge Ihr Leben davon ab. Sie ist eine Leihgabe eines Search-and-Rescue-Teams und kostet angeblich ein paar Tausender mehr als mein Auto.«

Jackman gab die Kamera eilig an Ted weiter. »Dann überlasse ich sie unserem Experten. Danke. Nachdem Sie als Zivilist bei einer Polizeiaktion mitmachen, muss ich Sie natürlich noch über die Risiken aufklären ...«

»Da ich vermutlich der Einzige bin, der mit dieser Kamera umgehen kann, und ich auch schon an ein paar sehr gefährlichen Orten im Einsatz war, Sir, bin ich bereit, sobald Sie es sind«, erwiderte Ted grinsend.

»Das ist zwar nicht die Risikoeinschätzung, die ich gemeint habe, Mr Watchman, aber wir brauchen wirklich dringend Ihre Hilfe.«

Gary reichte Ted die geophysikalischen Unterlagen. »Das ist das Gebiet, das für uns interessant ist, Sir.«

Er deutete mit dem Finger auf die alten Lagerhäuser und die Scheune und sagte finster: »Wir suchen nach einem Raum, in dem ein vermisstes Mädchen gefangen gehalten werden könnte. Es ist wichtig, dass wir sie so schnell wie möglich finden.«

»Nennen Sie mich Ted, und Rory hat mir bereits erklärt, worum es geht.« Der Archäologe warf einen Blick in die Unterlagen. »Hey, hier sollte doch nach einer römischen Villa gegraben werden, oder?« Er ging in die Hocke und breitete die Pläne vor sich aus.

»Ja, genau«, erwiderte Jackman.

»Ich kenne die Pläne. Es war eine Schande, dass die Grabungen gestoppt wurden. Die Universität war damals überzeugt, einer bahnbrechenden Entdeckung auf der Spur zu sein.« Er beugte sich näher heran und pfiff leise durch die Zähne. »Wow! Da hat sich ja eine Menge versteckt.« Er sah zu Jackman hoch. »Könnte ich mir die Sache vor Ort ansehen?«

»Natürlich. Kommen Sie mit.«

Ted ging mit großen Schritten neben Jackman her. »Meine Ausrüstung liegt im Wagen. Ich habe alles eingepackt, was vielleicht nützlich sein könnte.«

»Gut, aber ich muss leider noch einmal betonen, wie eilig wir es haben.«

»Okay, ich sehe mir die Stelle mal genau an, dann hole ich meine Sachen. Die Kamera, die Sie da organisiert haben, könnte uns ein paar Stunden ersparen.«

Jackmans Herz wurde schwer. »Ein paar Stunden sind viel zu viel, Ted. Das hier ist keine archäologische Ausgrabung. Falls sich dort unten tatsächlich ein Mädchen befindet, könnte es sterben, wenn wir es nicht rechtzeitig finden.«

In der nächsten Viertelstunde schritt Ted langsam auf und ab, nahm mehrere Messungen vor, warf immer wieder einen Blick in die Aufzeichnungen und redete leise mit sich selbst. Dann holte er einen A4-Block heraus und begann, eine Skizze anzufertigen.

Jackman hätte ihn am liebsten geschüttelt.

Schließlich seufzte Ted. »Okay, normalerweise würde ich an diesem Punkt noch eigene Messungen durchführen, die elektrische Leitfähigkeit bestimmen und vielleicht sogar noch ein Bodenradar einsetzen, um meine Vermutungen zu bestätigen, aber wenn die Zeit wirklich drängt …«

»Das tut sie, Ted. Glauben Sie mir«, knurrte Marie.

»In diesem Fall würde ich sagen, dass sich das hier unter uns befindet.« Er hielt ihnen die Skizze entgegen. »Hier stand ein weiteres Gebäude, das vermutlich ziemlich groß und lang gezogen war. Die Grundmauern sind noch deutlich zu erkennen und erstrecken sich über die derzeitigen Lagerhäuser und die Scheune hinaus.« Er sah Jackman blinzelnd an und wischte sich eine Locke aus der Stirn. »Vermutlich handelte es sich um ein sehr viel älteres Lagerhaus, das über ein eigenes, weitläufiges Kellersystem verfügte. Der Teil an der Oberfläche wurde abgerissen, bevor die derzeitigen Lagerhäuser und die Scheune gebaut wurden.«

Jackman betrachtete die Skizze eingehend. »Und das hier?« Er deutete auf ein Netzwerk aus parallelen Linien.

Teds Augen funkelten. »Das sind Tunnel, Detective Inspector. Vermutlich sechs Stück – oder sogar noch mehr. Einige führen unter das Haupthaus, andere in Richtung Straße, und ein paar hinaus nach Hobs End.«

KAPITEL 18

Jackman hatte keinen Beweis dafür, dass Emily tatsächlich in dem Tunnelsystem unter dem Windrush-Sanatorium gefangen gehalten wurde.

Er hatte keinen Beweis dafür, dass die Tunnel überhaupt noch zugänglich waren.

Ohne einen konkreten Grund hatte er eine kleine Armee uniformierter Kollegen angefordert, um eine gefährliche alte Bruchbude zu durchkämmen, und er hatte einen seiner Detectives dazu angestiftet, die Feuerwehr zu beschwatzen, damit diese ihnen ihre sündhaft teure Ausrüstung lieh. Sogar die Universität hatte einen ihrer besten Leute geschickt und ihm auch noch genügend Technik mitgegeben, um eine antike Stadt auszugraben.

Und nun hatte er auch noch erfolgreich Verstärkung angefordert, um die Eingänge der sechs unterirdischen Tunnel ausfindig zu machen, die vielleicht nicht einmal existierten.

Er zweifelte langsam an seiner geistigen Gesundheit, doch als er sein Team im Foyer versammelte, stellte sich heraus, dass alle dasselbe vermuteten wie er.

Rosie sah ihn aufgeregt an. »Es passt alles zusammen.

Ich weiß, dass es nur Kleinigkeiten sind, aber sie fügen sich zu einem Ganzen. Sie haben uns doch erzählt, dass Toni Clarkson so etwas wie Chorgesang gehört hat, und Garys Schwester redete von Kirchengesängen. Und wenn man die Karten mit Garys Erzählungen vergleicht, könnten sie tatsächlich direkt über einem der Tunnel gestanden haben.«

»Außerdem verbirgt Micah Lee definitiv etwas vor uns«, flüsterte Charlie Button.

»Ja, schon klar, aber selbst wenn das alles nur ein Haufen Scheiße ist, wissen wir mittlerweile mit Sicherheit, dass sich unter diesem Gebäude noch weitere unterirdische Räume und Tunnel befinden«, wandte Max ein. »Das heißt, dass die Vermisste tatsächlich dort unten versteckt sein könnte. Also fangen wir endlich mit der Suche an!«

Marie tätschelte ihm den Rücken. »Ja, dagegen lässt sich nichts einwenden, oder, Sir?«

Es ergab tatsächlich Sinn. Ein Experte der Universität hatte Hinweise auf unterirdische Räumlichkeiten gefunden, in denen ein entführtes Mädchen untergebracht werden konnte. Außerdem war Jackman überzeugt, dass Emily ganz in der Nähe war. Es wurde also Zeit, auch wenn das Risiko erheblich war ...

Wenn ich mich irre, wird mich die Superintendentin ans Kreuz nageln – und zwar in aller Öffentlichkeit.

Jackman beobachtete die emsigen Vorbereitungen der Suchmannschaften und überdachte seine Position. Er bewegte sich auf sehr dünnem Eis.

Um drei Uhr nachmittags meldeten die Suchmannschaften, dass vier der sechs Tunnel eingebrochen oder nicht mehr zugänglich waren. Doch Jackman glaubte immer noch fest daran, dass sie Emily dort unten finden würden.

Der Anruf kam, kurz bevor die Dämmerung die Marsch in violettes Licht tauchte.

»Wir haben den Eingang gefunden, Sir!« Die Polizistin hatte einen hochroten Kopf und schwitzte. »Es ist der Tunnel, der ins Marschland führt, und er verläuft etwa achthundert Meter weit in Richtung Hobs End.«

Jackman sah die Aufregung, die sich plötzlich auf Maries blassem Gesicht abzeichnete.

»Wo ist er?«

»Da draußen ist ein altes, verfallenes Gebäude, Sir. Eigentlich nicht viel mehr als ein Haufen Ziegel und eingestürzte Wände. Wahrscheinlich sind die Bewohner ausgezogen, als die Gefahr einer Überschwemmung zu groß wurde. Das Cottage liegt kaum höher als der Meeresspiegel, und wir haben eine Falltür entdeckt. Sie führt in einen Keller, und dort ist die Tür in den Tunnel.« Sie wischte sich mit dem Unterarm über die Stirn. »Wir sind bis zur Tür vorgedrungen, aber sie ist verschlossen, und wir können sie nicht einfach so aufbrechen. Wir brauchen doch sicher eine Genehmigung, oder?«

»Wenn es um ein Menschenleben geht, können Sie das sehr wohl, und ich glaube, dass hier tatsächlich jemand in akuter Lebensgefahr schwebt. Sobald der Rest des Teams hier ist, gehen wir mit Ihnen, Constable. Und dann brechen wir sie auf.«

Der Weg durch das Marschland war schmal und holprig. Sie liefen, so schnell sie konnten, auch wenn sie immer wieder ausrutschten und den Halt verloren. Endlich waren sie bei dem verfallenen Gebäude angekommen.

Jackman hielt kurz inne, um wieder zu Atem zu kommen, und sah, wie Marie gedankenverloren die moosbewachsenen Mauerreste und die alten Ziegel betrachtete. Auch sie war sich sicher, dass sie hier richtig waren. Sie zwängten sich nacheinander durch die alte Falltür und fanden sich kurz darauf in einem winzigen Keller wieder. Es roch ekelerregend nach feuchtem Mauerwerk, Schimmel und verrotteten Pflanzen.

Die Tür zum Tunnel war hingegen relativ neu.

Jackman konnte den Blick nicht abwenden. Das Holz schien ziemlich massiv, und das Sicherheitsschloss war erst vor Kurzem geölt worden.

Vor der Tür wartete ein Constable mit einem schweren Rammbock unter dem muskulösen Arm. »Sir?« Er sah Jackman fragend an.

Jetzt war es also so weit.

Jackmans Herz raste. Sein Blick wanderte von einem Kollegen zum anderen, und er sah, dass es seinem Team genauso ging wie ihm.

Selbst Ted Watchman, der seine wertvolle Wärmebildkamera wie ein Neugeborenes in den Armen hielt, sah aus, als wären seine Nerven zum Zerreißen gespannt.

Erst nach etwa einem halben Dutzend Schlägen gab das Schloss nach, und sie konnten in den Tunnel.

Jackman begann zu laufen.

Das Licht der Taschenlampen reflektierte von den Wänden und zeichnete seltsame Muster an die Decke. Jackman fragte sich, wohin der Weg wohl führte.

Ted rannte keuchend neben ihm her. »Wir kommen dem Windrush-Sanatorium immer näher, Inspector. Laut den Plänen müsste der Tunnel bald zu Ende sein.«

»Da vorne ist noch eine Tür, Chef!«, rief Rosie, die vorangelaufen war. »Wir brauchen noch einmal den Rammbock.«

Jackman hob abwehrend die Hand. »Einen Moment, und seid mal alle still!«

Sie hatten keine Ahnung, was sich hinter der Tür befand. Womöglich wartete der Entführer mit einem Messer an Emilys Kehle auf sie. Oder das Mädchen saß auf einer selbst gebauten Bombe. Vielleicht war der Raum aber auch leer.

»Okay, Ted, das ist Ihr großer Moment«, erklärte Jackman finster. »Ich muss wissen, ob hinter der Tür noch irgendetwas am Leben ist.«

Der junge Archäologe stieß zitternd die Luft aus und trat dann näher an die Holztür heran. Er öffnete vorsichtig das Display der Kamera und drückte ein paar Knöpfe. Der Bildschirm erwachte zum Leben, und Ted schwenkte die Kamera von links nach rechts.

Das ganze Team hielt den Atem an.

Ted suchte schweigend weiter, bis er schließlich leise seufzte. Jackmans Herz blieb beinahe stehen.

Dann flüsterte der Archäologe: »Ja. Da ist eine Wärmequelle. Sie ist sehr, sehr schwach, aber sie ist da.«

»Nur eine?«

»Ja, nur eine. Da bin ich mir sicher.« Ted trat zurück. »Inspector, es sieht so aus, als wäre der Raum hinter der Tür sehr groß. Um nicht zu sagen gewaltig.«

»Constable! Brechen Sie die Tür auf!«

Sie traten einen Schritt zurück, um dem muskelbepackten Polizisten Platz zu machen. Übelkeit stieg in Jackman hoch. Vielleicht war es tatsächlich Emily, vielleicht war es aber auch nur eine streunende Katze, die sich hierher verirrt hatte.

Aber falls es Emily war – in welchem Zustand befand sie sich? Und was passierte, wenn es sich doch bloß um eine Katze handelte?

Jackman dachte an die riesige Suchmannschaft und die teure Ausrüstung und hörte bereits das Eis unter seinen Füßen knacken.

KAPITEL 19

Während der Beamte die Tür aufbrach, versuchte Marie, sich auf das Kommende vorzubereiten. Sie hatte keine Ahnung, was sie auf der anderen Seite der Tür erwartete, aber sie befürchtete, dass es sie eine ganze Weile nicht mehr loslassen würde.

Auch die anderen im Team schienen sich zunehmend unwohl zu fühlen. Sie brauchten jetzt keine Zeit, um nachzudenken – sie mussten handeln. Es dauerte viel zu lange, die Tür zu öffnen.

Im nächsten Augenblick gab sie endlich nach. Nur noch wenige Sekunden, dann war es so weit. Marie trat nervös von einem Bein auf das andere und hob den Blick. Über der Tür hing ein hübsches, handgemaltes Schild mit der Aufschrift KINDERSTATION.

»Wir sind durch!« Der Schrei hallte durch den Tunnel, und Maries Herz machte einen Satz. Sie stellte sich neben Jackman und machte sich bereit.

Im flackernden Licht der Taschenlampe schien alles seltsam surreal, und Jackman hatte das Gefühl, in einem furchtbaren Traum gefangen zu sein.

Er hatte erwartet, entweder auf die Leiche eines Teenagers oder auf ein verängstigtes Mädchen zu stoßen, das vermutlich verletzt, aber ganz sicher gefesselt und geknebelt war.

Doch es kam ganz anders.

Die »Kinderstation« war ein großer, etwa fünfundzwanzig Meter langer Raum. Entlang der gegenüberliegenden Wand befand sich eine Reihe Krankenhausbetten. In jedem lag ein Kissen.

Eine Decke.

Ein Patient.

Jackman schlug sich die Hand vor den Mund, und sein Blick wanderte langsam die Reihe entlang. Wie viele Betten waren es, um Himmels willen? Das silberne Licht seiner Taschenlampe fiel auf verfaulendes Fleisch und blanke Knochen.

Er hörte entsetztes Gemurmel, und jemand würgte.

»Alle bleiben, wo Sie sind! Wir dürfen den Tatort auf keinen Fall verunreinigen«, erklärte er bestimmt.

»Da ist eine Glühbirne!« Der Strahl einer Taschenlampe wanderte zur Decke, und ein Kollege rief: »Mein Gott, es gibt hier unten sogar Strom.«

»Hier ist der Schalter.« Jackman erkannte Garys Stimme. »Soll ich, DI Jackman?«

Jackman wusste Gary Pritchards Rücksichtnahme zu schätzen. Gary war sich bewusst, welche Auswirkungen es auf die Kollegen haben konnte, wenn er ohne Vorwarnung das Licht einschaltete.

Jackmans Stimme ließ keine Gefühle erkennen. »Machen Sie's, Gary. Wir sind bereit. Denken Sie an Emily. Wir müssen sie so schnell wie möglich finden.«

Gary drückte den Schalter.

Glücklicherweise war das Licht der von der Decke hängenden Glühbirnen ziemlich schwach, doch leider machte das Dämmerlicht den Anblick nicht weniger schrecklich.

»Schalten Sie die verdammte Kamera wieder an, Mr Watchman!«, rief Jackman. »Wir müssen Emily finden, ohne den gesamten Tatort zu kontaminieren. Wenn Sie dazu in der Lage sind, dann finden Sie schleunigst heraus, wer hier noch am Leben ist. Und wenn nicht, dann geben Sie mir die Kamera.«

Während Ted das Gerät hob, rief Jackman Marie zu sich, und sie ließen die Szene gemeinsam auf sich wirken.

Bis auf ein Bett waren alle belegt, und neben jedem Bett stand ein kleines Nachtkästchen mit einer Vase voller frisch gepflückter Blumen. Einige »Patienten« waren jünger, andere älter, doch alle lagen regungslos in ihren Betten. Ihre Hände waren über der Decke gefaltet, und ihre Köpfe ruhten auf verblassten, staubbedeckten Kissen. Marie zählte laut. Es waren dreizehn.

Einige sahen aus wie schlafende Puppen, von anderen waren nur doch die blanken Schädelknochen übrig. Einige hatten die papierene, durchsichtige Haut einer Mumie, während andere immer noch verwesten und einen grauenhaften Gestank verströmten.

Plötzlich rief Ted: »Ich habe sie gefunden! Sie liegt im dritten Bett von oben!«

»Ruft einen Krankenwagen! Marie! Mir nach.«

Jackman rannte die Reihe entlang, und sein Blick fiel auf das dichte dunkle Haar auf dem frisch bezogenen Kissen.

»Oh, Emily«, hauchte er. »Wir haben dich gefunden. Jetzt haben wir dich endlich gefunden.« Er nahm die Hand des Mädchens und sah zu Marie. »Sie ist kalt. Aber nicht so kalt wie eine Leiche.«

Er wandte sich an Ted: »Schaffen Sie es, auch noch die anderen Betten zu überprüfen? Die meisten sind schon länger tot, aber vielleicht …«

»Ist sie …?«, fragte Ted. »Ich meine, sie strahlt noch ein wenig Wärme aus, sie kann doch nicht …?«

»Ich habe keine Ahnung, Ted«, erwiderte Jackman, legte eine Hand auf Emilys Hals und suchte verzweifelt nach dem Puls. Doch da war nichts. »Sie ist vielleicht noch am Leben, aber sie steht definitiv unter starken Medikamenten. Sie braucht so schnell wie möglich ärztliche Betreuung.«

Die schwere Kamera zitterte, als Ted langsam die restlichen Betten entlangging. »Sie ist leider die Einzige.«

»Okay. Das habe ich mir schon gedacht, aber wir mussten trotzdem sichergehen. Danke, Ted.«

»Das ist nicht die Art Entdeckung, die ich normalerweise mache«, erwiderte der junge Mann zitternd. »Gott sei Dank.«

Jackman richtete sich auf. »Marie, sehen Sie nach, ob es noch einen anderen Weg aus diesem Raum gibt. Der Rest geht durch den Tunnel zurück. Sagen Sie dem Sergeant, dass das gesamte Anwesen – das Haus, sämtliche Nebengebäude und das umliegende Gelände – sofort abgesperrt werden muss. Außer dem Krankenwagen darf niemand mehr hinein, und vor allem niemand mehr *hinaus.*«

Er betrachtete sein Team, das auf weitere Anweisungen wartete.

»Rosie, wir brauchen einen Gerichtsmediziner. Rufen Sie Rory Wilkinson an, er soll so viele Pathologen und Hilfskräfte zusammentrommeln wie möglich. Vermutlich muss er andere Dienststellen um Hilfe bitten. Wir wollen nicht, dass die Spuren vermischt werden, deshalb braucht jedes Opfer ein eigenes Team, das heißt, es werden eine ganze

Menge Leute benötigt. Wir müssen es irgendwie schaffen, Emily in Sicherheit zu bringen, ohne den Tatort zu verunreinigen.«

Er sah auf die regungslose Gestalt auf dem Bett hinunter.

»Gary, ich will, dass Benedict Broome und Micah Lee sofort verhaftet werden. Und zwar wegen des Verdachts der Entführung und des Mordes. Sie dürfen keinesfalls miteinander in Kontakt kommen, also würde ich Broome nach Saltern bringen, wo ich ihn verhören kann. Und Lee soll nach Harlan Marsh. Es gibt dort doch noch eine Verwahrungszelle, oder?«

»Ja, Sir.«

»Okay, dann leiten Sie alles in die Wege.« Er wandte sich an die uniformierten Kollegen. »Sergeant Evans und ich bleiben bei Emily. Alle anderen gehen jetzt. Und kein Wort zu irgendjemandem, vor allem nicht zu den Verdächtigen, verstanden? Es gibt eine Abschlussbesprechung, bevor wir damit an die Öffentlichkeit gehen. Wir wissen immer noch nicht, womit wir es zu tun haben.«

»Mit einem verdammten mordenden Monster«, murmelte eine zitternde Stimme.

»Genau. Und deshalb dürfen Sie mit keiner Menschenseele über das hier sprechen, verstanden?«

Als die letzten Schritte verklungen waren, gingen Jackman und Marie wieder zu Emily und betrachteten ihr blasses Gesicht. Marie berührte sanft ihre Wange.

»Sie hatten recht, und Toni hat die Wahrheit gesagt. Emily gibt es wirklich.«

Jackman griff erneut nach der Hand des Mädchens. »Hoffentlich schwingen die Sanitäter bald ihre Ärsche hierher, denn ich bin mir nicht sicher, ob sie es schafft. Ich kann mir gar nicht vorstellen, welche Qualen die Arme durchlitten hat.«

Marie konnte den Blick nicht abwenden. »Gott sei Dank ist die Entführung noch nicht lange her. Sie hat einige Blutergüsse, aber ansonsten scheint sie unverletzt. Zumindest oberflächlich.« Maries Blick wanderte zu den anderen Betten. »Mein Gott, Sir. Was ist hier bloß passiert?«

Jackman betrachtete die anderen Opfer. »Das weiß wohl nur Gott allein, Marie. Die Dinge, die sich der menschliche Verstand ausdenkt, sind oft unbegreiflich.«

»Sind Sie sicher, dass wir es hier mit einem Menschen zu tun haben?«

Jackman deutete auf die Bettenreihe. »Sehen Sie sich doch um, Marie. Die Betten sind sauber und ordentlich. Die Haare – oder das, was davon übrig ist – sind sorgfältig gekämmt. Jemand hat frische Blumen besorgt, und die Nachtkästchen sind so sauber wie in einer verdammten Putzmittelwerbung. Er hat sich besser um diese armen Seelen gekümmert als manche Leute um ihre kranken Angehörigen.«

»Ja, bloß schade, dass er sie vorher umbringen musste«, knurrte Marie.

»Es ist zu wahnsinnig, um es zu begreifen.«

»Ja, das ist es.« Marie hielt inne, dann sagte sie: »Glauben Sie, dass wir Kenya Black hier irgendwo finden werden?«

Das war eine der ersten Fragen, die Jackman sich gestellt hatte, als er die Leichen gesehen hatte. »Ich glaube nicht. Soweit ich es beurteilen kann, sind keine Kleinkinder unter den Opfern.«

»Aber was ist, wenn sie jahrelang gefangen gehalten und dann hier … entsorgt wurde?« Marie erschauderte und sah zur Tür. »Wo bleiben denn die verdammten Sanitäter?«

»Mir ist klar, dass das hier ein Tatort und somit unser Arbeitsplatz ist, aber wir bekommen nicht genug bezahlt, um einen solchen Albtraum erleben zu müssen«, bemerkte Jackman.

»Ich glaube nicht, dass das richtige Verhalten nach der Entdeckung des verlorenen Königreiches der Toten in unseren Dienstvorschriften steht, Sie etwa?«

»Vielleicht schreibe ich einen Anhang, wenn ich mal Zeit habe.« Er seufzte erleichtert. »Ich höre Schritte.«

Zwei grün gekleidete Sanitäter traten durch die Tür.

»O mein Gott!« Der Erste klemmte sich seine Tasche unter den Arm und bekreuzigte sich.

»Hier drüben!«, rief Jackman. »Sie ist in einem sehr schlechten Zustand.«

Die beiden Sanitäter eilten auf sie zu, und der zweite Mann zog eine Trage hinter sich her. Er sah sich entsetzt um.

»Hören Sie, vergessen Sie einfach, was Sie hier sehen, und konzentrieren Sie sich auf das Mädchen.« Marie senkte erneut den Blick. »Sie heißt Emily, und wir glauben, dass ihr starke Beruhigungsmittel verabreicht wurden.«

Der Sanitäter fasste sich wieder. »Wenn Sie bitte zurücktreten würden, dann kann ich sie mir ansehen. Wissen Sie, was sie bekommen hat?«

Jackman schüttelte den Kopf. »Ein weiteres Mädchen, das vor Kurzem noch mit ihr zusammen war, hatte Benzodiazepine im Blut. Eine neue Art Flunies, die vermutlich unter dem Namen ›Ooblie‹ kursieren, falls Ihnen das weiterhilft?«

»Ach, dieses verdammte Zeug. Es wäre möglich, denn die Symptome passen, aber ich bin mir ziemlich sicher, dass sie noch mehr bekommen hat. Wir werden sehen, was wir hier vor Ort für sie tun können, und dann bringen wir sie raus in den Krankenwagen.«

Sie brauchten zehn Minuten, um einen Zugang zu legen, die erste Infusion zu starten und einen Herzmonitor anzuschließen, dann legten sie Emily vorsichtig auf die Trage, und die Reise aus der Hölle zurück ins Licht begann.

Beim Hinausgehen streckte der Sanitäter aufmunternd einen Daumen in die Höhe.

Stille senkte sich wie ein Mantel über den Raum, und Jackman beschloss, draußen auf den Gerichtsmediziner zu warten.

Hier gab es niemanden mehr, der ihre Hilfe benötigte.

Jackman sah sich ein letztes Mal um, und sein Blick glitt über die toten Jugendlichen, die friedlich in ihren sauberen Betten lagen, als ihm plötzlich etwas ins Auge stach. »Warum ist mir das nicht schon viel früher aufgefallen?«

Marie blieb im Türrahmen stehen. »Was denn?«

»Die Namen über den Betten. Sehen Sie mal. Kleine Plaketten mit dem Vornamen!« Er ging die Reihe der Krankenbetten entlang. »Corrie, Tessa, Annie, Lucy ... Verdammt! Der Mörder hat uns die Namen der Opfer hinterlassen! Ich war so mit Emily beschäftigt, dass ich die übliche Vorgehensweise ganz vergessen habe. Wir müssen jedes Bett überprüfen und nachsehen, ob Kenya hier ist.«

Jackman blieb vor einem der älteren Betten stehen und versuchte, das Schild zu entziffern. »Verflucht! Die meisten Schilder sind mit der Zeit verblasst, wir brauchen also doch die Spurensicherung.« Er seufzte schwer. »Kommen Sie, verschwinden wir von hier.«

Als sie aus dem Tunnel hinaus in den warmen Abend traten, liefen Marie Tränen über die Wangen. Sie hatte im Lauf der Jahre bereits viele schreckliche Dinge gesehen. Aber das hier war unvorstellbar.

Sie musste ihre Mutter anrufen. Sie musste ihr sagen, dass sie sie liebte.

Sie wählte und war ausnahmsweise froh, dass ihre Mum im weit entfernten Wales lebte. Hätte sie gewusst, womit sich ihre Tochter Tag für Tag herumschlagen musste, hätte sie vermutlich nie wieder ein Auge zugetan.

»Mum?« Marie presste das Handy fester ans Ohr und lächelte. »Hi! Und ja, wir stecken bis über beide Ohren in Arbeit. Wie immer.«

»Hattest du einen schlimmen Tag?«

»Den schlimmsten, den man sich vorstellen kann, Mum.«

»Kann ich dir helfen?«

»Das hast du bereits. Erzähl mir irgendetwas Banales, was heute passiert ist. Etwas Langweiliges.«

»Der Hund hat auf meinen schönsten Vorleger gekotzt.«

Marie lachte. »Genau so etwas wollte ich hören.«

»Es kommt noch besser. Der Wind hat letzte Nacht Maeve Henshaws Schuppen davongeweht, und die ganze Pfadfindertruppe ist ausgerückt, um ihre Pilze zu retten.«

Die melodiöse Stimme ihrer Mutter war das perfekte Gegenmittel, und als Marie auflegte, war sie wieder sie selbst. Sie war DS Marie Evans, eine verdammt gute Polizistin, die schon bald den Mörder von mindestens zwölf jungen Frauen und Kindern schnappen würde.

Sie steckte das Telefon zurück in die Tasche und atmete tief durch. Was auch immer als Nächstes passierte, Marie war bereit.

KAPITEL 20

Sogar Rory Wilkinson verschlug es die Sprache, als er sah, was ihn in der unterirdischen »Krankenstation« erwartete.

Nachdem er sich einen Überblick verschafft hatte, wandte er sich an Jackman: »Wenn ich Sie wäre, würde ich jede psychologische Hilfe in Anspruch nehmen, die Ihnen zur Verfügung gestellt wird.«

»Ich komme schon klar, Rory, aber ich weiß, was Sie meinen, und wenn ich den Kerl geschnappt habe, der für das hier verantwortlich ist, dann werde ich vielleicht mit jemandem reden.«

»Sie glauben also, dass es ein Mann war?«, fragte Rory.

Jackman antwortete nicht. War es vielleicht eine Frau? Aber eine Frau würde doch nie ...

»Ich meine nur, weil alles so sauber und ordentlich ist.« Rory sah sich um. »Sehen Sie sich die Blumenvasen an, und wie sorgfältig die Kleider der Opfer fortgeräumt wurden.«

Jackman sah ihn verwirrt an. »Die Kleider?«

»Ja, an der gegenüberliegenden Wand. Sehen Sie die Metallspinde? Alles wurde sorgfältig aufgehängt und beschriftet. Unser Mörder hat uns eine Menge Arbeit erspart. Wir haben nicht nur die Vornamen, sondern auch die Kleider, die diese armen Seelen bei ihrem Verschwinden trugen. Einige sind zwar schon fast zerfallen und nur noch Lumpen, aber andere sehen mehr oder weniger neu aus.« Rory sah sich um. »Die Luft und die niedrige Temperatur hier unten haben den Zerfall gebremst, aber es wird trotzdem eine ganze Weile dauern, bis ich Ihnen Antworten auf Ihre Fragen liefern kann, Inspector.«

Jackman nickte. »Ich weiß, aber derjenige, der das alles zu verantworten hat, war vermutlich heute Morgen noch hier. Jetzt ist er irgendwo dort draußen, wahrscheinlich sogar ganz in der Nähe, und in Anbetracht dessen, was er verloren hat, muss ich Ihnen wohl nicht sagen, wie gefährlich er ist.« Jackman sah den Arzt an. »Ich habe nicht viel Zeit, und falls es Emily nicht schafft, sind Sie der Einzige, der mir helfen kann.«

»Und das werde ich auch. Ich kann Ihnen im Moment nur mit Sicherheit sagen, dass eines der Opfer schon sehr viel länger tot ist als die anderen.«

»Okay, und was bedeutet das?«

»Ich bin mir nicht sicher, aber die Leiche ist mindestens zwanzig oder vielleicht sogar dreißig Jahre alt. Ich kann den Zeitraum nach der Obduktion sicher noch weiter eingrenzen, aber sie liegt definitiv schon am längsten hier. Vielleicht war sie der Grund für all das hier.« Rory rückte seine Brille zurecht und sah sich um. »Ich habe ständig das Gefühl, vor einer dieser seltsamen Kunstinstallationen zu stehen. Selbst einem Künstler fiele wohl nichts Groteskeres ein.«

»Kann ich mal einen Blick in die Spinde werfen?«, fragte Jackman und hob die behandschuhten Hände.

»Natürlich, aber Ihnen wird sofort auffallen, dass es –

einschließlich der einzigen Überlebenden – zwar dreizehn Opfer gibt, aber nur zehn volle Spinde.«

»Wir haben trotzdem unheimliches Glück, Rory, denn durch die Namen und die Kleidung wird die Identifizierung der Opfer sicher wesentlich einfacher.«

Rory nickte. »Eine Sache stört mich an diesem Raum – mal abgesehen von dem Offensichtlichen, natürlich. Wonach riecht es hier Ihrer Meinung nach? Ich meine, wenn Sie den Verwesungsgestank einmal beiseitelassen?«

»Desinfektionsmittel? Bleiche? Industriereiniger?«

»Genau! Alles ist blitzblank. Kein Schmutz, kein Staub, keine Spinnweben. Ich habe mehr Wollmäuse in meinem Wohnzimmer, das kann ich Ihnen sagen.« Rory zuckte mit den Schultern. »Er oder sie hat großen Wert darauf gelegt, dass es hier so steril wie möglich ist.«

»Was bedeutet, dass Sie Schwierigkeiten haben werden, irgendwelche Beweise zu finden, oder?«

»Nein, nicht unbedingt. Unsere Methoden sind mittlerweile sehr weit fortgeschritten. Es ist beinahe unmöglich, keine Spuren zu hinterlassen. Wir müssen uns nur ein wenig mehr anstrengen. Aber jetzt würde ich gerne mein Team hereinholen, wenn Sie nichts dagegen haben.«

Jackman machte sich auf den Weg zur Tür. »Melden Sie sich, falls Sie noch etwas brauchen, Rory. Zusätzliche Beleuchtung, Leute, Fahrzeuge, was auch immer. Niemand wird in diesem Fall ans Budget denken.«

Rory nickte. »Ich melde mich, sobald wir etwas gefunden haben, das interessant für Sie sein könnte.«

Jackman hob dankend die Hand und trat zurück, als die ersten in blaue Kapuzenanzüge gekleideten Gestalten mit ihrer Ausrüstung an ihm vorbeiströmten.

Auf dem Weg durch den Tunnel hörte er Rorys Stimme.

»O nein! Doch nicht so! Bitte! Denken Sie an Eierschalen oder Schmetterlingsflügel, und benehmen Sie sich nicht wie ein Metzger!«

Jackman lächelte in sich hinein. Er war froh, dass Rory Wilkinson die gerichtsmedizinische Untersuchung übernommen hatte. Falls es in der Kammer des Schreckens noch irgendwelche Antworten gab, würde er sie finden.

Er fuhr zur Dienststelle zurück, wo Marie am Empfang auf ihn wartete. »Gary hat Benedict Broome hierhergebracht, wie Sie angeordnet haben, aber es gab leider ein kleines Problem.«

»Warum? Was ist passiert?«

»Oh, es hat nichts mit Broome zu tun, sondern mit seiner Haushälterin, Elizabeth Sewell. Als sie die uniformierten Kollegen auf das Haus zumarschieren sah, ist sie zusammengebrochen und befindet sich inzwischen in der Notaufnahme. Broome meinte, sie hätte ›schwache Nerven‹. Sie ist scheinbar in ständiger ambulanter psychiatrischer Behandlung. Wir lassen sie durchchecken, damit nichts passiert. Vor allem, weil wir sie später ja noch befragen müssen.« Marie holte Luft. »Zwei Beamte sind bei ihr, bis wir sie hierherbringen können, und keiner der beiden wird ihr Fragen zu dem Fall stellen. Die Uhr läuft also erst, nachdem sie aus dem Krankenhaus entlassen wurde.«

Jackman dachte an Rorys Einwand: *Sie glauben also, dass es ein Mann war?*

»Was ist mit Micah Lee?«

»Er sitzt bereits in Harlan Marsh.«

Jackman warf einen Blick auf die Uhr. Sie konnten Broome und Lee sechsunddreißig Stunden in Gewahrsam behalten. Vierundzwanzig Stunden unter seiner und zwölf

Stunden unter der Zuständigkeit der Superintendentin. Nach allem, was sie im Windrush-Sanatorium entdeckt hatten, hatte er keine Bedenken wegen der Verhaftungen, aber er brauchte konkrete Beweise. Leider war die Arbeit für die Gerichtsmediziner und die Spurensicherung so umfangreich, dass er kaum Hoffnung hatte, diese rechtzeitig zu bekommen. Es zählte jede Sekunde – und auch das Glück spielte eine große Rolle.

»Kann ich vor der abschließenden Besprechung kurz mit Ihnen reden, Sir?«

»Natürlich, gehen wir in mein Büro.«

Marie folgte ihm, schloss die Tür und setzte sich.

Jackman lehnte sich in seinem Stuhl zurück. »Schießen Sie los.«

»Als Sie vorhin mit Rory noch einmal nach unten gingen, bin ich eine Zeit lang herumspaziert, um einen klaren Kopf zu bekommen. Nach ein paar Hundert Metern hörte ich plötzlich ein Flüstern. In der Dämmerung und mit unserer schrecklichen Entdeckung im Kopf war es mehr als unheimlich.«

Jackman sah sie an. »Die Geister von Hobs End?«

»Nein, sondern *Sie*, Sir.«

»Ich?«

»Nach einer Weile wurde mir klar, dass Sie und Rory Wilkinson sich direkt unter mir im Tunnel aufhielten. Vermutlich gibt es Belüftungsschlitze oder so etwas, aber sie verzerren die Geräusche, und es klang wirklich schaurig! Jetzt weiß ich, wie Hobs End zu seinem Ruf kam und warum Garys Schwester Geräusche gehört hat und er nicht. Es hängt davon ab, wo man gerade steht.«

»Dann waren das also echte menschliche Stimmen unter der Erde! Gary wird sich freuen, das zu erfahren.«

»Und wir auch, denn das könnte auch den Gesang erklären.«

Jackman nickte, und plötzlich tauchte ein erschreckendes Bild vor seinem inneren Auge auf. »Sie meinen, der Mörder hat gesungen, während er auf dem Weg durch den Tunnel war?«

»Nun, wir wissen, dass er den Tunnel jahrelang benutzt hat, und vor ihm gingen die Schmuggler dort ein und aus. Es würde den Aberglauben der Menschen erklären.«

»Vielleicht ist das auch die Erklärung für die vielen Marschlichter. Wir wissen bereits, dass eine Stromleitung von der Scheune in den unterirdischen Raum verlegt wurde, und wenn es Stellen gibt, an denen Geräusche an die Oberfläche dringen, warum nicht auch Licht?« Jackman grinste. »Gut gemacht, Detective! Sie haben gerade das Rätsel um Hobs End gelöst!«

»Ja, und es fühlt sich echt gut an. Das Gerede über Geister und unheimliche Erscheinungen hat mich in den Wahnsinn getrieben. Ich mag Fakten.«

»Gut, denn bei unserer nächsten Aufgabe geht es ausschließlich um Fakten. Es wird Zeit für die Besprechung. Sind alle da?«

»Ja, Sir. Sie warten im Ermittlungsraum.«

»Okay, wir legen los, sobald ich mit Superintendentin Crooke gesprochen habe, und dann machen wir uns auf den Weg zu Broome.« Jackman durchfuhr ein aufgeregter Schauer. »Ach, Marie? Gute Arbeit!«

Ruth Crooke sah noch angespannter aus als beim letzten Gespräch. »War es so schlimm, wie ich gehört habe?«

»Vermutlich, Ma'am. Vielleicht sogar noch schlimmer. Ich weiß nicht, was man Ihnen erzählt hat.«

»Egal, es tut mir jedenfalls leid, dass Sie eine so schreckliche Entdeckung machen mussten, Jackman.«

Er zuckte mit den Schultern. »Besser ich als ein Familienvater, der selbst eine oder mehrere Töchter hat.«

»Und Broome und sein Hausmeister befinden sich bereits in Gewahrsam?«

»Ja, wir starten gleich nach der Teambesprechung mit den Verhören. Wollen Sie dabei sein?«

»Nein, machen Sie nur. Ich muss mich mit dem Assistant Chief Constable herumschlagen und die Sache mit den Medien klären.«

Jackman schnappte nach Luft. »Aber wir gehen doch noch nicht an die Öffentlichkeit, oder? Verdammt, ich brauche unbedingt noch etwas Zeit, bevor das Affentheater losgeht.«

Sie lächelte müde. »Beruhigen Sie sich, Detective! Ich halte die Informationen so lange wie möglich zurück. Ich möchte nur vorbereitet sein, falls jemand den Mund nicht halten kann. Sie wissen doch, dass sich eine so umfangreiche Ermittlung nicht lange unter Verschluss halten lässt. Die halbe Dienststelle befindet sich im Moment da draußen, und auch wenn Hobs End nicht gerade eine Metropole ist, fällt den Leuten auf, dass etwas nicht in Ordnung ist. Sie reden und werden bald die ersten Fragen stellen, und wenn wir ihnen dann keine befriedigende Antwort liefern, werden sie eins und eins zusammenzählen und zu einem vollkommen falschen Ergebnis kommen.«

Sie hatte recht. Es war gut möglich, dass ein Einheimischer bereits das örtliche Revolverblatt verständigt hatte, nachdem er die Blaulichter gesehen hatte. »Bitte entschuldigen Sie, Ma'am. Ich möchte Sie nur bitten, mir genügend Zeit zu verschaffen, um den Besitzer des Windrush-Sanatoriums zu befragen und ihn entweder hinter Gitter zu bringen oder freizulassen.«

Ruth Crooke nickte. »Ja, das werde ich. Außerdem habe ich die anderen Teams gebeten, ihre derzeitigen Fälle umzuorganisieren, damit sie Ihnen behilflich sein können. Vor allem bei der Identifizierung der Opfer. Sprechen Sie sich einfach mit den Kollegen ab, sie gehören ganz Ihnen.« Sie richtete sich auf und kehrte zu ihrer gewohnten schroffen Art zurück. »Und jetzt bringen Sie Ihre Besprechung hinter sich, und vergessen Sie nicht die neue Arbeitsanweisung hinsichtlich psychologischer Traumata. Es gibt einen vertraulichen Beratungsdienst, den Sie sämtlichen Teammitgliedern, die möglicherweise betroffen sind, ans Herz legen sollen.«

Ja, klar. Machen wir alles nur noch komplizierter und bereiten denjenigen, die allein damit klarkommen, Schuldgefühle, weil sie keine Nervenbündel sind. »Ich werde dafür sorgen, dass alle über die entsprechenden Möglichkeiten Bescheid wissen, Ma'am«, erklärte Jackman und wandte sich ab.

»Und halten Sie mich über sämtliche neuen Entwicklungen auf dem Laufenden, Rowan.«

»Wird gemacht, Ma'am.«

Die Besprechung dauerte nicht so lange, wie Jackman erwartet hatte. Er kannte sich sehr gut mit Körpersprache aus und hatte das Gefühl, dass keiner der Anwesenden übermäßig verstört war. Immerhin waren sie allesamt erfahrene Polizistinnen und Polizisten und kein Haufen leicht zu beeindruckender Schulkinder.

Er hatte Marie gebeten, die Augen offen zu halten, doch ihr war ebenfalls niemand aufgefallen, der nicht mit der Situation zurechtkam. Für die meisten war es bloß ein weiterer Fall, auch wenn er natürlich um einiges grauenhafter war als sonst. Es kursierten sogar schon die ersten geschmacklosen Witze, und in diesem Fall sah Jackman es als gutes Zeichen.

»Wer ist bei Emily im Krankenhaus?«, fragte er Marie.

»Eine uniformierte Kollegin und einer von DI Osbornes Detective Constables. Außerdem hat Stefan einen lettischen Dolmetscher organisiert, falls es sich tatsächlich um das vermisste Gastarbeitermädchen aus Greenborough handelt. Sie rufen sofort an, wenn es Neuigkeiten gibt«, erwiderte Marie. »Im Moment liegt sie im Schockraum, und niemand weiß, ob sie es schaffen wird.«

Jackman hoffte, dass Emily wieder zu sich kommen würde. Nur ein paar Worte, ein Name oder eine kurze Beschreibung, und sie konnten den Mistkerl festnageln, der den Mädchen so viel Leid zugefügt hatte.

Der Raum leerte sich langsam, bis nur noch Jackman, Marie und Rosie übrig waren. Er warf einen Blick auf die Uhr. Es war kurz nach neun. »Es ist schon zu spät, um die Anwohner zu befragen, aber ich will, dass wir morgen früh sofort damit beginnen. Rosie, trommeln Sie ein paar uniformierte Kollegen zusammen, die zum Roman Bank hinausfahren und die Gebäude in der näheren Umgebung abklappern sollen. Es sind nicht viele, aber es ist wichtig, dass sie genau nachsehen.«

Rosie nickte. »Wird gemacht, Chef.«

»Sagen Sie ihnen, dass sie vorsichtig sein sollen. Es ist noch nicht bewiesen, dass Broome oder Lee tatsächlich für die Sache verantwortlich sind. Der Täter könnte im Grunde überall sein, und deshalb müssen die Kollegen jede Ungereimtheit sofort melden.« Er wandte sich an Marie.

»Der Sergeant bei den Verwahrungszellen meinte, wir

könnten heute noch mit Broome sprechen, aber wir müssen uns kurzfassen. Er muss sich an diese verdammten gesetzlichen Vorgaben halten.«

»Dann gehen wir lieber gleich zu ihm.«

KAPITEL 21

Jackman und Marie saßen vor dem Verhörzimmer und warteten darauf, dass Benedict Broome zu ihnen gebracht wurde.

»Bevor wir reingehen, sollten wir uns vielleicht noch mal kurz ansehen, was wir bisher über Broome herausgefunden haben«, meinte Jackman.

Marie öffnete einen dünnen Aktenordner. »Das hier sind die Ergebnisse von Andy Englishs und Kevin Stoners Nachforschungen. Es ist nicht gerade viel.« Sie warf einen Blick in die Unterlagen. »Benedict Broome ist der Besitzer der Luxusimmobilie am Fluss. Er wohnt seit etwa zehn Jahren dort, und seine Haushälterin ist in einem kleinen Anbau untergebracht. Sie ist von Beginn an bei ihm, kümmert sich um den Haushalt, kocht und so weiter. Abgesehen von einem Gärtner, der zweimal die Woche kommt, gibt es kein weiteres Personal.«

»Was macht Broome beruflich?«

»Davon steht hier nichts. Ein Job wird nirgendwo erwähnt.« Sie las weiter. »PC Goode hat versucht, Broomes Stammbaum zurückzuverfolgen, ist aber offenbar nicht weit gekommen.«

»Das klingt nach der richtigen Aufgabe für unseren Max, nicht wahr? Es sei denn, Broome liefert uns selbst ein paar glaubwürdige Antworten. Ich wünschte, Toni Clarkson wäre nicht so high gewesen, dann hätte sie ihn oder Micah Lee womöglich bei einer Gegenüberstellung wiedererkannt. So kann sie sich nur noch an die seltsamen Augen des Mannes erinnern.«

»Das Wort einer Minderjährigen, die vorher eine Handvoll Ooblies bekommen hat, würde ohnehin nicht anerkannt werden.« Marie sah auf. »Ah, gut. Es geht los. Der Sergeant winkt uns zu sich.«

»Okay, dann schauen wir mal, was Mr Benedict Broome uns zu sagen hat.«

Benedict Broome wurde ins Verhörzimmer geführt, doch bevor der Sergeant Jackman und Marie einließ, sagte er leise zu ihnen: »Fassen Sie sich kurz. Es ist schon zu spät für eine ausführliche Befragung, und er will keinen Anwalt dabeihaben.«

Marie zuckte mit den Schultern. »Das ist sein gutes Recht, aber unter diesen Umständen nicht gerade ratsam.« Sie betraten das Zimmer, und Marie fragte sich, was für ein Mensch sie wohl erwartete.

Jackman legte ein Tonband ein, stellte sich vor und bat Marie und Broome, dasselbe zu tun. Anschließend erklärte er, warum das gesamte Verhör aufgezeichnet wurde, und erklärte Broome mehr als deutlich, wie ernst die Lage war.

»Ich muss Ihnen dringend raten, angesichts der Schwere der Anschuldigungen und der Art der Entdeckung unter Ihrem Anwesen einen Anwalt hinzuzuziehen, Mr Broome.«

Broome sah Jackman an. »Detective Chief Inspector, ich bin mehr als bereit, Ihre Fragen zu beantworten. Was Sie dort entdeckt haben, ist schrecklich, und ich bin am Boden zerstört. Ich bin genauso schockiert und überwältigt wie Sie, oder vielleicht sogar noch mehr, denn ich wollte das Sanatorium zu einem Ort der Ruhe und des Friedens machen.« Er stieß ein bitteres Lachen aus. »Aber jetzt, wo ich weiß, welche abscheulichen Taten dieser böse Mensch verübt hat, wird dort wohl niemand mehr Ruhe finden.«

Benedict war gut gebaut, doch man sah ihm an, dass er gerne gut und teuer aß und ebensolchen Wein trank. Seine Kleidung war ebenfalls von gehobener Qualität, und er strahlte das Selbstbewusstsein eines erfolgreichen Geschäftsmannes aus.

»Außerdem will ich die Dinge weder für Sie noch für mich selbst in die Länge ziehen. Selbst, wenn ein Anwalt anwesend wäre, würde ich Ihnen alles erzählen, was ich weiß, und ehrlich zu Ihnen sein.«

Er lehnte sich zurück und faltete die Hände im Schoß. Jackman ließ sich mit seiner Antwort Zeit.

Marie beobachtete die beiden aufmerksam. Broome war überaus gebildet und kannte das Gesetz offensichtlich sehr gut, was ihn deutlich von den anderen »Kunden« unterschied, die ihnen normalerweise in diesem Zimmer gegenübersaßen. Eine Tatsache, die Jackman natürlich in seine Überlegungen miteinbezog.

»In Ordnung, Sir. Darf ich Sie dann fragen, ob Ihnen bereits erklärt wurde, warum Sie heute hier sind?«

Broome bestätigte, dass man ihn darüber informiert hatte, dass eine vermisste junge Frau und mehrere Leichen unter einem der Außengebäude und dem dazugehörigen Gebiet auf seinem Anwesen gefunden worden waren. Aus diesem Grund musste er als Besitzer natürlich befragt werden, und Gleiches galt für seine Angestellten.

»Wussten Sie von den Tunneln unter Ihrem Grundstück, Sir?«, fragte Marie.

»Ich kannte nur die alten Geschichten. Alte Häuser haben nun mal ihre Geheimnisse, nicht wahr? Priesterlöcher, Geheimverstecke, Durchgänge, versteckte Keller und natürlich auch Tunnel. Allerdings wurde mir gesagt, dass es in den Fens sehr wenige Tunnel gibt, nachdem der Mensch dem Meer das Land abgerungen hat. Deshalb ist die Sache ja so ungewöhnlich.« Er kratzte sich gedankenverloren am Kinn. »Im Hauptkeller gab es eine versteckte Tür, aber die wurde zugemauert, lange bevor ich das Gebäude übernahm. Angesichts des Alters des Hauses bin ich mir sicher, dass es nicht die einzige war.«

Marie runzelte die Stirn. »Aber Sie haben doch sicher ein ausführliches Gutachten in Auftrag gegeben, bevor Sie die Pläne für die Umbauarbeiten erstellen ließen?«

»Ja, DS Evans, das habe ich. Aber soweit ich es verstanden habe, befindet sich der Raum mit den Leichen nicht auf dem Teil des Geländes, für das aktuell Veränderungen geplant sind. Wenn das Geschäft gut angelaufen und es finanziell machbar gewesen wäre, hätte ich eventuell noch zwei weitere Ausbaustufen angehängt. Bei diesem Gebiet handelt es sich um Stufe drei, das heißt, es wurden noch keine Pläne angefertigt und demnach auch keine Untersuchungen durchgeführt.« Er seufzte schwer. »Und jetzt wird es wohl nie mehr dazu kommen.«

»Was machen Sie beruflich, Sir?«, fragte Jackman und wechselte damit abrupt das Thema.

»Ich bin am Finanzmarkt tätig. Ich handle mit Aktien.«

»Dann haben Sie also genug Geld?«

»Ich komme gut zurecht, aber genug hat man nie, DI Jackman.« Broome lächelte. »Vor allem mit einem Anwesen, das so viel Geld verschlingt wie das Windrush-Sanatorium.«

»Haben Sie es wirklich beim Glücksspiel gewonnen?«, fragte Marie.

»Ja, das habe ich.«

»Spielen Sie gerne?«

»Ich habe ja bereits erwähnt, dass ich mit Aktien handle. Das heißt, dass ich gerne Risiken eingehe, und man könnte meinen Beruf auch als Glücksspiel bezeichnen.«

Marie betrachtete ihn interessiert. Er klang kultiviert und selbstsicher.

»Stammen Sie aus der Gegend, Sir?«, fragte Jackman.

»Nein, ich wurde weiter im Westen geboren, und meine Familie zog später nach Cambridgeshire.«

»Was ist mit Ihren Eltern?«, fragte Marie, und ihr entging nicht, dass Jackman Broome eingehend musterte.

»Sie sind schon lange tot«, erwiderte Broome ohne eine Gefühlsregung. »Sie starben, als ich noch ein Teenager war.«

»Und wer hat sich danach um Sie gekümmert?«

»Ich bekam Hilfe von Bekannten, und glücklicherweise war genug Geld da. Aber bis zu einem gewissen Grad schlug ich mich allein durch.« Er rutschte nach vorne und stützte die Ellbogen auf dem Tisch ab. »Solche Dinge passieren nun mal. Man muss einfach weitermachen und damit klarkommen. Ich habe überlebt, das ist alles, was zählt.«

»Was hat Sie denn hierher verschlagen?«

»Mein Anwalt und ich brauchten Jahre, um mein komplexes Erbe aufzuschlüsseln, und vor einiger Zeit entdeckten wir, dass mir ein Haus in der Admiralty Row gehört. Es gefiel mir auf Anhieb, und damit war die Sache klar. Ich habe den bisherigen Mietern gekündigt und bin eingezogen.«

Es klang alles durchaus glaubwürdig. Marie wünschte, sie hätte Rosies Fähigkeit, in anderen Menschen zu lesen wie in einem offenen Buch.

Schweigen senkte sich über das Zimmer, während die beiden Polizisten nachdachten, wie sie am besten weiter vorgehen sollten.

Marie warf einen Blick in ihre Notizen. Sollte sie ihn auf den Gesang ansprechen? Sie entschloss sich dagegen. Broome könnte leicht lügen, und sie war noch nicht bereit, diese Karte auszuspielen.

Jackman ließ den Mann nicht aus den Augen. »Reden wir doch über Ihren Hausmeister, Micah Lee. Er schien ziemlich nervös, als wir uns mit ihm unterhalten haben. Haben Sie eine Ahnung, warum?«

»Offenbar hatte Micah Lee als Kind einen schweren Unfall, der massive Lernschwierigkeiten nach sich zog. Er ist ein guter und körperlich fitter Arbeiter, aber geistig kann er nicht mithalten. Er tat mir leid, und der Job auf dem Anwesen gibt seinem Leben einen gewissen Sinn. Außerdem ist er extrem loyal.«

»Wo wohnt er?«

»Auf einer Farm in Fendyke. Sie gehört einem Kartoffelbauern namens Tanner. Micah arbeitet während der Erntesaison für ihn, und ich glaube, er hilft auf dem Hof, wenn er nicht gerade im Sanatorium beschäftigt ist.«

»Mr Broome, wir brauchen Ihr Alibi für die Zeit, in der die junge Frau entführt wurde«, erklärte Marie. »Wo waren Sie letzten Freitag?«

Broome schwieg einen Moment lang. »Zuerst war ich in meinem Büro, das sich in meinem Haus befindet. Einen Großteil der Arbeit erledige ich über Telefon und Internet. Am Nachmittag habe ich meine Haushälterin zu einem

Ambulanztermin ins Krankenhaus gebracht. Soweit ich weiß, habe ich allein zu Abend gegessen. Danach habe ich wahrscheinlich noch einige Telefonate erledigt und bin so gegen ...«, er rieb sich das glatt rasierte Kinn, »... elf Uhr ins Bett gegangen. Es ist mir bewusst, dass es sich dabei um sehr allgemeine Angaben handelt, aber mein Alltag ist nicht gerade aufregend.«

»Und Elizabeth Sewell? Arbeitet sie schon lange für Sie?«

»Sie hat etwa eine Woche nach meinem Einzug begonnen. Sie hat schwache Nerven und ist sehr labil, aber der ruhige Arbeitsplatz tut ihr gut. Außerdem ist sie eine hervorragende Köchin.«

Broomes Antworten waren so banal, dass er – abgesehen von seiner Spielleidenschaft – der langweiligste Mensch der Welt zu sein schien. Aber trotzdem war da noch etwas.

Jackman warf einen Blick auf die Uhr und beendete die Befragung. »Es wird Zeit, dass Sie ein wenig Schlaf bekommen, Sir, aber wir haben morgen sicher noch weitere Fragen an Sie.«

»Natürlich, DI Jackman.« Er hob die Hände. »Ich stehe Ihnen jederzeit zur Verfügung.«

»Emily wurde identifiziert!« Max hechtete beinahe über seinen Schreibtisch, um möglichst rasch bei ihnen zu sein. »Es ist tatsächlich das lettische Mädchen! Aija Ozoliņa. Janis, der Dolmetscher, ist mit ihrem Onkel ins Krankenhaus gefahren, und der hat sie wiedererkannt.«

»Wie geht es ihr?«, fragte Jackman.

»Nicht gut, Chef. Sie ist noch nicht über den Berg und hängt immer noch am Beatmungsgerät.«

»Zumindest ist sie diesem verdammten Höllenloch entkommen.« Jackman nahm sich vor, Toni Clarkson so bald wie möglich über Emilys Rettung zu informieren.

»Außerdem hat sich Professor Wilkinson gemeldet und um einen Rückruf auf dem Handy gebeten.«

Max kehrte an seinen Schreibtisch zurück. »Broomes Hintergrundrecherche treibt mich noch in den Wahnsinn. Egal, von welcher Seite ich es versuche, es kommt einfach nichts dabei heraus. Es sieht aus, als wäre er aus dem Nichts aufgetaucht. So, als würde er gar nicht existieren!«

»Vielleicht tut er das auch nicht.« Marie setzte sich auf Max' Schreibtischkante. »Irgendetwas an dem Kerl kommt mir seltsam vor. Wenn ich du wäre, würde ich die Suche beim nächsten Mal noch erheblich ausweiten.«

»In welche Richtung denn?«, fragte Max.

Marie zuckte mit den Schultern und gähnte. »Keine Ahnung. Ich kann nur nicht glauben, dass er tatsächlich der wohlhabende Langweiler ist, für den er sich ausgibt.«

Jackman konnte ein Gähnen ebenfalls nicht unterdrücken. »Ja, da stimme ich Ihnen zu. Er ist zu perfekt, um wahr zu sein.« Er sah auf die Uhr. »Verdammt! Jetzt ist es schon viel zu spät, um auch noch mit Micah Lee zu sprechen. Wir müssen in Harlan Marsh anrufen und für morgen früh einen Termin vereinbaren. Womöglich brauchen wir einen gesetzlichen Beistand, um seine Interessen zu wahren. Nach dem Gespräch mit Broome bin ich mir nicht sicher, was den geistigen Zustand des Mannes betrifft. Vielleicht ist er geistig behindert, und ich will nicht am Ende erfahren, dass die Befragung nicht zulässig war.«

»Ja, das ist wahr«, murmelte Marie. »Ich rufe sofort in Harlan Marsh an und organisiere alles.«

»Gut, und ich telefoniere mit Rory.« Jackman wählte die Nummer des Pathologen.

»Einen Moment, ich gehe rauf und rufe Sie zurück«, rief Rory, der kaum zu verstehen war. »Wir müssen reden.«

Rory war ziemlich außer Atem, als er sich erneut meldete.

»Also, was haben Sie für mich?«

»Zunächst einmal kann ich sagen, dass die Zeitspanne zwischen den einzelnen Opfern immer kürzer wurde, was für das wachsende Selbstvertrauen eines Serienmörders spricht – auch wenn ich Ihnen das sicher nicht erklären muss. Vor zehn Jahren hat er noch sehr unregelmäßig gemordet, aber in letzter Zeit wurde es häufiger.«

»Hoffentlich haben wir ihn gestoppt, bevor die Sache ausufern konnte.«

»Ich glaube schon. Aber Sie sollten nicht vergessen, dass wir sein kostbares Versteck enttarnt haben. Sie sind sicher nicht sein allerbester Freund. Es wäre sogar möglich, dass er Sie so sehr hasst, dass er nur Ihretwegen erneut mordet.«

»Es sei denn, ich finde ihn, bevor er die Gelegenheit dazu erhält«, murmelte Jackman. »Was haben Sie noch?«

Rory holte Luft. »Es ist nur eine Kleinigkeit, aber sie irritiert mich. Bei der Dokumentation der Kleidungsstücke ist uns aufgefallen, dass die einzige Überlebende falsche Schuhe anhatte. Sie passen ihr auf keinen Fall, aber sie gehören auch keinem der anderen Opfer.«

Jackman erklärte ihm, dass es vermutlich Toni Clarksons Schuhe waren.

»Ah, Sie sind der Held des Tages! Das Rätsel ist gelöst! Ich hasse solche kleinen Ungereimtheiten.« Rory sprach weiter: »Aber jetzt zu einem wichtigeren Punkt: Einer meiner Mitarbeiter vor Ort brachte die Frage auf, wie der Mörder es geschafft hat, die Betten und die anderen Einrichtungsgegenstände nach unten zu schaffen. Er hat sie wohl kaum über das Marschland und anschließend durch den Tunnel geschleppt. Ich nehme an, dass der Besitzer des Windrush-Sanatoriums sich darauf berufen wird, dass der Eingang zum Tunnel und zur Totenkammer im Marschland liegt und daher mehr oder weniger öffentlich zugänglich ist, habe ich recht?«

Jackman bestätigte, dass dieser Punkt bereits zur Sprache gekommen war.

»Das dachte ich mir, und aus diesem Grund habe ich mir den Raum und vor allem die Wände einmal genauer angesehen. Es ist mit bloßem Auge kaum erkennbar, aber der Verputz einer Wand unterscheidet sich von den anderen, und wenn man genau hinsieht, kann man die Umrisse einer Tür erkennen.«

Aufregung packte Jackman. »Das bedeutet, dass die Betten und die restliche Einrichtung durch einen Zugang nach unten gebracht wurden, der direkt auf dem Anwesen liegt?«

»Ja, das vermute ich stark. Ich nehme an, dass der Raum zuerst vollständig eingerichtet und der Eingang danach verschlossen wurde. Entweder, damit niemand im Sanatorium zufällig darüberstolpert, oder um den Anschein zu erwecken, der Besitzer des Anwesens hätte nichts mit der Totenkammer zu tun. Die Betten stammen sicher aus der Zeit, als das Haus noch als Sanatorium geführt wurde.« Rory atmete tief durch. »Wenn wir hier fertig sind, würde ich vorschlagen, dass Sie meinen Freund Ted noch einmal herholen. Vielleicht kann er mithilfe seiner exzellenten Ausrüstung herausfinden, was sich auf der anderen Seite der Wand befindet.«

»Ja, ich werde mit ihm reden, Rory. Er hat uns übrigens noch gar nicht verlassen. Er und einer unserer IT-Profis versuchen gerade, einen neuen Plan des Anwesens mit sämtlichen unterirdischen Tunneln und Räumen zu erstellen.«

»Perfekt! Ted liebt solche Herausforderungen. Und fragen Sie ihn doch bitte auch gleich, ob er einen guten forensischen Anthropologen hier in der Gegend kennt, der uns mit dem ältesten Opfer helfen könnte. Ich habe alle Hände voll zu tun, und ich bin mir sicher, dass das Mädchen eine Menge Geheimnisse für uns bereithält.«

»Ich werde mit ihm reden. Aber was meinen Sie mit ›eine Menge Geheimnisse‹?«

»Nun, ich kann Ihnen zumindest jetzt schon sagen, dass das hier nicht der erste Ort ist, an dem sich die Leiche befand.«

Jackman runzelte die Stirn. »Wurde sie exhumiert? Oder einfach ausgegraben? Könnten Sie vielleicht etwas deutlicher werden? Mir schwirren gerade einige sehr bizarre Bilder durch den Kopf.«

»Die sind vermutlich nicht viel grotesker als die Realität. Das Mädchen wurde definitiv erst einige Zeit nach seinem Tod hierhergebracht. Fragen Sie mich nicht, woher ich das weiß – die Erklärung steht dann in meinem Abschlussbericht.«

Jackman seufzte. »In Ordnung, ich werde Ted auf jeden Fall fragen, ob er jemanden kennt, der Ihnen behilflich sein kann. Wie Sie schon sagten: Das Mädchen könnte der Schlüssel sein.«

»Und ich mache mich wieder auf den Weg in meinen privaten Hades. Ich kann Ihnen gar nicht sagen, wie viel Arbeit wir heute Nacht noch vor uns haben ...«

»Wie kommen Sie denn zurecht, Rory? Es sind schließlich sehr viele Leichen. Die Gerichtsmedizin ist wohl kaum groß genug dafür, und dann sind da ja auch noch Ihre alltäglichen Fälle.«

Rory lachte. »Ich verrate Ihnen jetzt mal ein Geheimnis: Es gibt tief unten in den Eingeweiden des Krankenhauses noch eine weitere Leichenhalle. Es weiß kaum jemand davon, aber sie wurde vor Ewigkeiten eingerichtet, um mit einer schweren Epidemie oder einer Naturkatastrophe zurechtzukommen. Sie wurde zum letzten Mal während der großen Hitzewelle vor ein paar Jahren benötigt, als so viele alte Menschen starben. Im Moment sind meine Techniker gerade vor Ort und nehmen sie wieder in Betrieb. Also keine Sorge, mein Freund, wir haben für alle Platz. Aber jetzt muss ich weitermachen. Wir hören uns später.«

Jackman legte auf und dachte an das erste Opfer. Hatte der Mörder das Mädchen umgebracht und eingegraben und war dann sehr viel später wiedergekommen, um die Leiche zu exhumieren und sie in ein Krankenbett mit hübschen Blumen auf dem Nachtkästchen zu legen? Das konnte er sich irgendwie nicht vorstellen. Er schnaubte und machte sich auf die Suche nach Ted Watchman.

Der junge Archäologe war noch immer mit den alten Karten und Computerausdrucken beschäftigt, und seine Augen begannen zu leuchten, als Jackman ihm von der Wand und einer möglichen Tür erzählte. Er wollte unbedingt zurück zum Tatort und sich die Sache näher ansehen. Außerdem war eine seiner Fakultätskolleginnen eine brillante forensische Anthropologin. Sie hieß Professor Jan Wallace, und er versprach Jackman, sie gleich am nächsten Morgen anzurufen.

Jackman befahl ihm, in der Zwischenzeit nach Hause zu gehen, und kehrte anschließend zu Marie zurück.

»In Harlan Marsh sind sie nicht sonderlich hilfsbereit«, murmelte sie. »Ich hoffe aber, dass sie bis morgen früh alles in die Wege geleitet haben. Die Kollegen meinten, Micah Lee verhalte sich ziemlich eigenartig.«

»Das ist ja nichts Neues.« Jackman runzelte die Stirn. »Ich hätte wirklich gerne noch heute mit ihm gesprochen, aber diese verdammten Vorschriften verbieten es uns.«

»Keine Sorge, wir fahren morgen als Erstes zu ihm.« Marie unterdrückte ein Gähnen.

Jackman versuchte es erst gar nicht, sondern gähnte herzhaft. »Hoffentlich ist er dann gesprächiger.«

Marie verzog das Gesicht. »Er tut, als würde das Haus ihm gehören. Ich habe noch nie so viel geballte Wut erlebt.«

»Vielleicht ist er nach der Nacht in der Zelle zugänglicher.« Jackman seufzte. »Kommen Sie, wir suchen die anderen, und dann fahren wir nach Hause. Es war ein grauenhafter Tag!«

Ihre Kollegen saßen im Ermittlungsraum, und die Erschöpfung war ihnen deutlich anzusehen.

»Okay, Leute, lasst alles stehen und liegen. Die beiden Verdächtigen wurden bereits von den diensthabenden Sergeants ins Bett gebracht, und wir können hier nichts mehr tun. Fahrt nach Hause.«

Marie wandte sich an Gary. »Los geht's, Mitbewohner! Mein Gästezimmer wartet schon. Genauso wie der magere Inhalt meines Kühlschrankes. Oder wollen Sie lieber auf dem Weg noch ein Fertiggericht aus dem Supermarkt holen?«

»Ich habe eine Kühltasche mit Essen im Auto, Sarge. Ich

könnte uns etwas kochen. Ich wette, ich bin schneller, als wenn wir beim Supermarkt haltmachen – selbst um diese Zeit.«

Marie leckte sich über die Lippen. »Wie lange sagten Sie noch gleich, dass Sie hierbleiben werden?« Sie wandte sich an Jackman. »Gute Nacht, Sir. Wir sehen uns in ein paar Stunden.«

Jackman hob die Hand zum Gruß und ging dann langsam in sein Büro. Er wollte nichts lieber, als in sein gemütliches Zuhause in der alten Windmühle zurückzukehren, sich an seinem AGA-Herd wärmen und sich in sein herrliches Bett legen, doch er wusste, dass er die relative Stille nutzen musste, um alles durchzudenken, was bisher passiert war.

Er schloss die Tür. Die Klimaanlage surrte leise, und aus den verschiedenen Abteilungen waren ab und zu lautere Stimmen zu hören, doch im Vergleich zur normalen Dienstzeit war es in seinem Büro so ruhig wie in einer leeren Kapelle.

Er setzte sich, stützte die Ellbogen auf der glänzenden Holzoberfläche ab und legte das Kinn in die Hände. Dann schloss er die Augen, die bereits vor Müdigkeit brannten. Er dachte an die Nachtkästchen mit den kleinen Blumenvasen.

Warum tat ein kaltblütiger Serienmörder etwas so Zärtliches und Liebevolles?

Jackman hatte das Gefühl, dass er nur die Antwort auf diese Frage finden musste, um zu verstehen, was unter dem Windrush-Sanatorium passiert war.

Er wünschte sich einen Profiler. Jemanden, mit dem er über die Motive des Mörders und dessen Psyche reden konnte. Aber nachdem sie in der Vergangenheit schlechte Erfahrungen mit einem Psychologen gemacht hatten, wollte die Superintendentin nichts mehr von einer derartigen Unterstützung hören.

Jackman lehnte sich in seinem Stuhl zurück und starrte an die Decke. Das hier führte zu nichts. Wenn ihm außer den Blumenvasen nichts mehr einfiel, wurde es wirklich Zeit, nach Hause zu fahren.

KAPITEL 22

Entschuldigen Sie, Sir, aber es gibt da ein Problem.« Gary trat in Jackmans Büro und sah ihn besorgt an. »Sie hatten mich ja gebeten, die Bilder der Überwachungskamera zu überprüfen, auf denen Nick Barley mit den Organisatoren der illegalen Partys zu sehen ist.«

Jackman sah ihn an. »Was haben Sie gefunden?«

»Nichts. Die Bilder sind fort.« Gary trat nervös von einem Bein aufs andere. »Na ja, nicht spurlos verschwunden, aber Chief Superintendent Cade hat sie mitgenommen. Als ich nach dem Grund fragte, hieß es, dass das Team in Harlan Marsh ›seine aktuellen Fälle geklärt‹ hätte und ›sich freuen würde, uns hilfreich zur Seite zu stehen‹. Außerdem würde das ursprünglich als vermisst geltende Mädchen aus Harlan Marsh stammen, weshalb die dortigen Beamten die beiden Männer eher wiedererkennen würden als wir.«

Jackman biss wütend die Zähne zusammen. Dazu hatte Cade kein Recht! Nicht ohne Jackmans ausdrücklichen Befehl. Es gab mittlerweile eine nachweisliche Verbindung zwischen den illegalen Partys, den Entführungen der Mädchen und einem Serienmörder, und er fragte sich ernsthaft, was Cade im Schilde führte.

»Sieh mal einer an«, sagte Marie leise und ließ den Autoschlüssel von ihrem Zeigefinger baumeln.

»Dieser verdammte Mistkerl!«, murmelte Jackman. »Warten Sie kurz, Marie. Ich rede noch schnell mit der Superintendentin.«

Jackman stürmte in Ruth Crookes Büro und platzte sofort mit seiner Wut heraus.

»Ich weiß Bescheid«, erwiderte seine Vorgesetzte ruhig. »Und Sie sollten sich besser wieder beruhigen, Rowan, denn Cade hat recht. Sie sind diesen Kerlen schon seit Monaten auf der Spur, daher sind auch die Chancen höher, dass sie die beiden identifizieren.« Sie deutete auf ihren Besucherstuhl, doch Jackman ignorierte sie und wanderte weiterhin ruhelos auf und ab.

»In einem solchen Fall gilt es, den Dienstweg einzuhalten und sich an die allgemeinen Regeln der Höflichkeit zu halten, Ma'am. Aber Cade hat nichts dergleichen getan.«

»Chief Superintendent Cade will Sie doch nur unterstützen! Er meinte, er wäre Ihnen für Ihre Hilfe im Fall des vermissten Mädchens sehr zu Dank verpflichtet, und da Sie nun so viel um die Ohren haben, wollte er Ihnen ebenfalls einen Gefallen tun.« Ihre Augen wurden schmal. »Ich würde daher vorschlagen, dass Sie seine Hilfe annehmen. Da sind zwölf tote Mädchen, die identifiziert werden müssen, und möglicherweise läuft ein Serienmörder frei herum – Sie haben also mehr als genug zu tun.«

»Erinnern Sie mich bloß nicht daran.« Jackman ließ sich in den Stuhl sinken und wollte bereits weitersprechen, als das Telefon der Superintendentin klingelte. Sie meldete sich und gab den Hörer anschließend an Jackman weiter.

»Es tut mir leid, Rowan, aber Aija Ozoliņa – auch bekannt als Emily – ist vor ein paar Minuten verstorben. Der diensthabende Officer im Krankenhaus möchte mit Ihnen sprechen.«

Jackman fühlte sich, als hätte ihm jemand den Boden unter den Füßen weggezogen. Emily hatte so viel durchgemacht und war gerettet worden, nur um dann doch zu sterben. Er biss die Zähne zusammen, um nicht frustriert aufzuheulen.

»DI Jackman.«

»Sir, ich wollte Ihnen nur mitteilen, dass Emily noch einmal das Bewusstsein wiedererlangt hat. Leider waren es nur wenige Augenblicke. Der Arzt meinte, die Drogen hätten einen irreparablen Schaden verursacht. Sie hat einen schweren Herzinfarkt erlitten und konnte nicht mehr wiederbelebt werden.«

»Hat sie ihren Entführer erwähnt, Officer?«

»Emily sprach in ihrer Muttersprache, Sir, aber Janis, der Dolmetscher, war anwesend. Er sagte, sie hätte sich vor allem Sorgen um ihre Familie gemacht, aber sie erwähnte auch, dass jemand für sie gesungen hätte. Dann geriet sie plötzlich in Panik und begann zu brüllen. Irgendetwas über Augen. Ich habe aufgeschrieben, was Janis übersetzt hat, Sir: ›Tote Augen! O mein Gott! Geh weg von mir! Bitte! Schau mich nicht an!‹ Mehr hat sie nicht gesagt. Janis hat versucht, ihr eine Beschreibung des Mörders zu entlocken, aber kurz darauf hörte ihr Herz auf zu schlagen.«

Jackman bedankte sich bei dem Constable und gab Ruth Crooke das Telefon wieder. Seine Trauer verwandelte sich bereits in blanke Wut. »Ich muss jetzt gehen und mit meinen Leuten reden, auch wenn sie die Neuigkeiten vermutlich nicht hören wollen.«

»Rowan, Sie dürfen nicht vergessen, dass wir bereits zwei Verdächtige in Gewahrsam haben und eine weitere

Person im Krankenhaus unter Beobachtung steht. Die Karten stehen sehr viel besser als sonst.«

»Aber meine einzige Augenzeugin ist gerade gestorben, und wenn sich die Verdächtigen als unschuldig erweisen, läuft da draußen ein Psychopath herum.«

Jackman erzählte seinem Team von Emilys Tod, und die Enttäuschung war ihnen deutlich anzusehen. Sie hatten ihre ganzen Hoffnungen in sie gesetzt.

»Was sagt Ihr Bauchgefühl zu den beiden Verdächtigen, Chef?«, fragte Charlie.

»Im Moment noch gar nichts. Wir haben bis jetzt ja erst mit Broome gesprochen. Bei Micah müssen wir äußerst vorsichtig sein.«

»Leider wird aus dem Verhör wieder nichts«, verkündete Marie. »Ich habe gerade eine Nachricht aus der Dienststelle von Harlan Marsh erhalten. Der Amtsarzt hat ihn sich angesehen, und er ist nicht vernehmungsfähig. Auch nicht mit einem gesetzlichen Beistand. Sie rufen an, wenn sich etwas ändern sollte.«

Jackman fluchte. Der Tag entwickelte sich zu einem regelrechten Albtraum. »Na gut, dann kommen wir hier nicht weiter. Aber wir könnten es mit dem Farmer versuchen, bei dem Lee wohnt. Ich glaube, er hieß Tanner.«

»Soll ich den uniformierten Kollegen vielleicht bei der Befragung der Anwohner am Roman Bank helfen?«, fragte Rosie. »Sie haben zu wenige Leute, und dort draußen stehen mehr Häuser, als ich dachte.«

»Gute Idee. Also, so sieht es im Moment aus: Ted Watchman ist ins Windrush-Sanatorium gefahren, um einen möglichen versteckten Eingang zu untersuchen. Der Tatort wurde noch nicht freigegeben. Micah Lee ist nicht vernehmungsfähig, und die Bilder der Überwachungskameras hat ein anderes Revier für sich beansprucht. Das ist zwar kein besonders toller Start in den Tag, aber es bleibt trotzdem genug zu tun.«

Er betrachtete sein Team. »Ich würde sagen, Charlie begleitet Rosie zu der Befragung der Anwohner, und Marie kommt mit mir. Max? Sehen Sie sich bitte Broomes Haus näher an. Nehmen Sie ein paar uniformierte Kollegen mit und versuchen Sie, so viel wie möglich über ihn herauszufinden. Sie sollen das Haus nicht auseinandernehmen, aber sich trotzdem genau umsehen.« Er sah erneut die Blumen neben den Betten der toten Mädchen vor sich. »Und vergessen Sie nicht den Anbau, in dem Elizabeth Sewell wohnt. Ach ja, und finden Sie auch gleich heraus, wie der Gärtner heißt.«

Er wandte sich an Gary. »Sie fahren mit Marie und mir zu Mr Lees Wohnung. Mal sehen, was Mr Tanner zu erzählen hat.« Dann fiel ihm noch etwas ein. Er wandte sich an Clive, der für die Büroarbeit zuständig war. »Ich will, dass Sie Grace Black anrufen und Ihr diplomatisches Geschick einsetzen.« Er verzog das Gesicht. »Versichern Sie ihr, dass wir unsere Verantwortung gegenüber Kenya immer noch sehr ernst nehmen. Sagen Sie ihr, dass der Fall eskaliert ist, aber dass wir uns sehr bald persönlich bei ihr melden werden.«

Clive reckte einen Daumen in die Höhe. »Keine Sorge, Sir. Ich werde diskret, höflich, taktv...«

»Okay, ich verstehe, was Sie meinen.«

Sie hatten die Stadt beinahe hinter sich gelassen, als Jackman sich zu Gary umwandte, der ruhiger als sonst zu sein schien. »Ist es wegen Emily?«, fragte er. »Wir sind alle sehr enttäuscht, weil wir dachten, sie würde uns zu dem Mörder führen.«

Gary schüttelte den Kopf. »Das stimmt zwar, aber das ist es nicht.« Er verzog das Gesicht, und dann platzte es aus ihm heraus: »Wissen Sie, es hat mich echt gewurmt, dass Chief Superintendent Cade einfach unsere Überwachungsbilder konfisziert hat, also habe ich mit einem Freund aus Harlan Marsh geredet.« Er sah Jackman an. »Ich kann mich auf ihn verlassen, und ich weiß, dass er dichthalten wird.«

Jackman legte den fünften Gang ein und wartete gespannt.

»Sobald Cade von den Leichen Wind bekommen hatte, machte er sich auf schnellstem Weg auf nach Saltern und fragte die Superintendentin, wie die Ermittlungen im Fall der illegalen Partys vorangehen – und den Rest kennen Sie ja.«

»Und was schließen Sie daraus?«, fragte Marie vom Rücksitz aus.

»Dass er jemanden kennt, der da mit drinhängt und den er beschützen will.«

»Noch so ein Freund, der bis zum Hals im illegalen Sumpf steckt«, schnaubte Marie. »Aber warum hat er uns dann gebeten, ihm behilflich zu sein? Wenn er wirklich Freunde hat, die in die Sache verwickelt sind, warum lädt er dann ein hoch angesehenes Ermittlungsteam ein, das anfängt herumzustochern?«

»Ehrlich gesagt ...« Gary nagte an seiner Unterlippe. »Ehrlich gesagt, wette ich fünf Pfund, dass er tatsächlich dachte, Toni wäre mal wieder davongelaufen. Er wollte Neil Clarkson beeindrucken, indem er Sie an Bord geholt hat.« Seine Augen wurden schmal. »Ich traue dem Mann alles zu. Und wenn ich zurückdenke, waren unsere Ermittlungen von Anfang an vom Pech verfolgt. Ich hatte schon länger den Verdacht, dass jemand die Organisatoren vorab warnte.« Sein Gesicht wurde hart wie Stein. »Beweise verschwanden plötzlich, Zeugen widerriefen ihre Aussage, und es gab eine ganze Reihe verdächtiger Vorkommnisse.«

Jackman bog von der Hauptstraße auf eine lange, gerade Zufahrtsstraße. Er ließ seinen Blick über die brachliegenden Felder wandern. »Würde Ihr Freund vielleicht noch weitere diskrete Nachforschungen für Sie anstellen?«

Gary nickte. »Er schuldet mir etwas, und diesen Gefallen könnte ich einlösen. Obwohl er es sicher auch freiwillig macht, wenn er dadurch Cades Pläne durchkreuzen kann.«

»Dann bitten Sie ihn, dass er ein Auge auf Cades ›Hilfe‹ bei den Ermittlungen hat.«

Gary zog sein Telefon heraus und rief seinen Freund an, sprach kurz mit ihm und legte auf. »Alles erledigt.« Er lächelte grimmig. »Er ist ein guter Kerl. Er wird sich melden, sobald er etwas herausgefunden hat.«

Ein paar Minuten genossen die drei einfach nur den Sonnenschein, der das silbergraue Wasser im Entwässerungsgraben entlang der Straße zum Funkeln brachte. »Dieses Land ist so wunderschön«, meinte Gary leise. »Wie ist es möglich, dass hier so viel Böses geschieht?«

Lee wohnte in einem für die Fens typischen Bauernhaus. Mit dem steilen Schieferdach, zwei Kaminen auf beiden Seiten, den beiden Erkerfenstern und einer Haustür mit dazugehöriger Veranda in der Mitte erinnerte es Jackman an die Zeichnung eines kleinen Kindes.

Die Scheunen um das Haus waren sauber und gepflegt, aber es war seltsam still.

Niemand kam an die Tür, und Jackman befürchtete bereits, dass sie umsonst hergefahren waren, als ein großer, muskulöser Mann in staubigen Jeans und einer schäbigen Wachsjacke aus einem der Lagerräume trat.

Gary winkte, und der Mann kam auf sie zu.

Gary zeigte ihm seinen Ausweis. »Wir wollen zu Mr Tanner. Ich bin PC Pritchard, und das sind DI Jackman und DS Evans.«

Sie holten ebenfalls ihre Marken heraus, und der Mann warf einen Blick darauf.

»Ich bin Bill Hickey, der Betriebsleiter. Mr Tanner ist leider für ein paar Tage verreist. Geht es um Micah?«

Jackman nickte. »Sie kennen ihn?«

»Ja, ich bin jetzt seit fünf Jahren hier, und da war Micah bereits da. Er ist ein seltsamer Kerl, nicht gerade der Hellste, aber zuverlässig. Außerdem arbeitet er verdammt hart. Er hilft immer beim Sortieren der geernteten Kartoffeln und beschwert sich nie über die schwere Arbeit, sondern macht unermüdlich weiter.«

»Ist er mit Mr Tanner befreundet, oder ist er nur ein gewöhnlicher Mieter?«

»Ich schätze, die beiden sind schon irgendwie befreundet, aber nicht sehr eng. Sie sind Junggesellen und lieber für sich, weshalb die Situation wohl für beide angenehm ist. Micah hat ein eigenes Wohnzimmer und auch ein Schlafzimmer, aber sie teilen sich die Küche.« Hickey steckte die Hände in die Taschen. »Ihre Leute waren vergangene Nacht hier und haben seine Wohnung durchsucht, aber sie wollten nicht sagen, was los ist.«

»Tut mir leid, Sir, aber das können wir auch nicht.« Marie betrachtete den Betriebsleiter interessiert. »Wo ist Mr Tanner eigentlich?«

»In Deutschland, bei einem großen Landmaschinenhersteller.«

»Wann ist er fortgefahren?«

»Vorletzte Nacht. Er kommt morgen zurück.« Hickey sah von einem zum anderen. »Geht es Micah gut? Er hatte doch keinen Unfall?«

»Es geht ihm gut, Sir«, erwiderte Jackman knapp.

»Aber er steckt in Schwierigkeiten, nicht wahr?« Hickey grinste kaum merklich. »Er kann verdammt schnell die Nerven verlieren. Es würde mich nicht wundern, wenn er jemanden zusammengeschlagen hätte.«

Jackman schüttelte den Kopf. »Er hilft uns bei unseren Ermittlungen, Mr Hickey, aber er war in keine Schlägerei verwickelt. Haben Sie einen Schlüssel für das Haus? Wir würden uns gerne Mr Lees Wohnung ansehen.«

Hickey nickte und holte einen großen Schlüsselbund aus der Jackentasche. »Ich bin mir zwar nicht sicher, ob Mr Tanner das gutheißen würde, aber ich denke, es tut niemandem weh. Ist es okay, wenn ich mitkomme?«

»Natürlich. Sie gehen voran.«

Das Haus war sauber und schmucklos, ohne Dekogegenstände, Pflanzen, Fernseher oder Computer. *Und ohne Leben,* dachte Jackman.

Micahs Zimmer war genauso karg, und jeder Gegenstand erfüllte ausschließlich einen praktischen Zweck. Jackman warf Marie einen hilflosen Blick zu. »Das Haus wird es vermutlich nicht auf das Cover eines Einrichtungsmagazins schaffen, oder?«

»Und es liefert uns keinen einzigen Hinweis darauf, was für ein Mensch Micah ist.« Marie wandte sich an Hickey. »Wie würden Sie Micah Lee einschätzen? Woher kommt er?«

Der Betriebsleiter atmete aus. »Ich glaube, da fragen Sie den Falschen, Sergeant. Er hat ziemliche Probleme, aber ich habe keine Ahnung, was die Ursache ist. Er ist lieber für sich, aber er hat mal erzählt, dass er als Kind in Derbyshire gewohnt hat. In der Nähe des sogenannten Pest-Dorfes im Peak District. Fyam heißt es, glaube ich.«

»Wie sieht es mit engen Freunden aus?«

»Soweit ich weiß, hat er keine, und außerdem hat er in letzter Zeit sehr viel Zeit bei seinem anderen Job im Sanatorium verbracht, sodass ich ihn kaum gesehen habe.«

Jackman zuckte mit den Schultern und betrachtete ein letztes Mal die kahlen Wände. »Ich habe genug gesehen. Danke, Mr Hickey.«

»Sie sollten unbedingt mit Toby Tanner über Micah sprechen, Detective. Er kennt ihn besser als jeder andere. Ich werde ihm sagen, dass er Sie anrufen soll, sobald er zurück ist.«

Auf dem Weg zum Auto murmelte Jackman: »Ich hoffe, Charlie und Rosie hatten mehr Glück. Das hier ist ein seltsamer Ort. Es fehlt jegliche Heimeligkeit.«

Gary nickte. »So ist das offenbar, wenn es keine Frau im Haushalt gibt.«

Dem konnte Jackman nicht zustimmen. Immerhin hatte er auch keine Partnerin, aber er hatte sein Haus trotzdem zu einem Zuhause gemacht. Diese Farm war wirklich mehr als eigenartig.

Rosies und Charlies Vormittag verlief wesentlich erfolgreicher.

Zuerst waren sie bei einem älteren Ehepaar gewesen, dessen Eltern im Windrush-Sanatorium gearbeitet hatten, als es im Zweiten Weltkrieg als Soldatenunterkunft gedient hatte. Die beiden hatten eine Menge Geschichten, Tee und echt leckere Plätzchen für die beiden Polizisten bereitgehalten. Zum Schluss erzählte Ernie, der Ehemann, dass er einmal bei einem Spaziergang mit seinen zwei Hunden eine seltsame, unheimliche Stimme gehört hatte, die im Dämmerlicht traurige Lieder sang.

Auch der zweite Besuch war ziemlich informativ gewesen. Der Besitzer des Cottages hieß Ralph Jenkins und war ein kleiner, stämmiger Mann mit zotteligem Vollbart. Er war der örtliche Vertreter der Königlichen Gesellschaft für Vogelschutz und verbrachte viel Zeit in der Marsch, wo er Wat-, Wasser- und Zugvögel katalogisierte. Er erklärte, bereits öfter eine Gestalt draußen im Marschland gesehen zu haben – und zwar bei jedem Wetter. »Dieser Idiot! Ich bin hier geboren und aufgewachsen, Detectives, aber ich würde so etwas nie machen.«

Als Letztes fuhren sie zu dem Haus von Garys Tierarzt und erwischten ihn glücklicherweise an seinem einzigen freien Tag.

»Kommen Sie doch rein! Wollen Sie einen Kaffee?«

Philip Groves, der eine alte Cordhose und ein kariertes Hemd trug, führte sie in ein gemütliches, einladendes Wohnzimmer. Beinahe jede freie Fläche wurde von einem Haustier belagert. Rosie zählte sechs Hunde verschiedenster Rassen und mindestens drei schlafende Katzen.

»Es ist nur leider kein Sitzplatz frei.« Groves lächelte und wandte sich dann an die beiden Jack-Russell-Terrier. »Kommt schon, Jungs! Jacko! Willoughby! Runter da! Macht der Dame Platz!«

Rosie setzte sich, und Willoughby sprang sofort auf ihren Schoß.

»Ach, du meine Güte! Ich hoffe, Sie mögen Hunde, Miss?«

»Ich liebe sie«, erwiderte Rosie und kraulte den kleinen Hund hinterm Ohr.

Charlie schob eine fette, flauschige Katze von einem Lehnstuhl, setzte sich und erklärte, warum sie hier waren.

»Gibt es Probleme in Windrush?«, fragte Groves.

»Ja, Sir, aber mehr können wir Ihnen derzeit leider nicht sagen.«

»Aber der Riese, der dort arbeitet, hatte doch keinen Unfall, oder?« Groves' Gesicht wurde ernst. »Er ist ständig allein unterwegs. Zu jeder Tages- und Nachtzeit. Das ist verdammt gefährlich hier draußen.«

»Nein, Mr Lee geht es gut, Mr Groves«, erwiderte Rosie. »Aber haben Sie außer ihm vielleicht noch jemand anderen in der Nähe des Sanatoriums beobachtet?«

Philip Groves zuckte mit den Schultern. »Ich glaube nicht, dass ich den Besitzer des Anwesens schon einmal gesehen habe. Aber mein Nachbar, Jenkins, ist oft draußen unterwegs. Er beobachtet Vögel. Ernie Coulter geht regelmäßig mit seinem Hund spazieren, und dann ist da noch der eine oder andere Wanderer.« Er runzelte die Stirn. »Jetzt, wo ich darüber nachdenke, habe ich vor etwa einer oder zwei Wochen jemanden weit draußen in der Marsch gesehen. Es ist nicht sonderlich schlau, so weit hinauszugehen, es sei denn, man kennt sich wirklich gut mit den Gezeiten und dem Wetter aus.«

»Dann muss es also ein Einheimischer gewesen sein?«, fragte Charlie.

»Das hoffe ich doch! Es ist sehr gefährlich, wenn man nicht von hier ist. Hier in der Gegend wohnen nicht viele Leute, Detective, aber diesen Kerl habe ich sicher noch nie gesehen.«

»Leben Sie allein, Mr Groves?«, fragte Rosie.

»Ja, abgesehen von der Meute hier.« Er deutete auf seine Haustiere. »Am Anfang hatte ich einen Hund – einen

Mischling – und eine Katze. Die anderen haben im Lauf der Jahre auf die eine oder andere Weise ihren Weg zu mir gefunden. Und jetzt sehen Sie sich uns an ...«

»Haben Sie schon einmal jemanden draußen in der Marsch singen gehört, Sir?«, fragte Rosie.

Groves' Lächeln verblasste, und ein seltsamer Ausdruck trat auf sein Gesicht.

»Ich wusste nicht, dass Sie sich auch für diese Geistergeschichten interessieren.«

»Möglicherweise sind es gar keine Geistergeschichten. Falls Sie etwas gehört haben, gibt es womöglich eine durchaus logische Erklärung dafür.«

»Ich kenne nur die alten Klatschgeschichten«, erwiderte Groves knapp. »Aber mich würde natürlich interessieren, worauf Sie anspielen.«

»Das werden wir Ihnen gerne erklären, Sir, aber im Moment ist das leider noch nicht möglich.« Charlie erhob sich. »Danke, dass Sie sich die Zeit genommen haben.« Er gab Groves seine Karte. »Rufen Sie bitte an, falls Ihnen noch etwas zu dem alten Sanatorium oder der Marsch einfällt.«

Beim Hinausgehen drehte sich Charlie noch einmal um. »Ach, das hätte ich fast vergessen. Wir sollen Ihnen schöne Grüße von einem unserer Kollegen ausrichten, der Sie von früher kennt, Sir. PC Gary Pritchard?«

»Gary! Natürlich! Er und seine wunderbare Schwester kamen früher immer mit ihren Hunden zu mir, bevor ich die Praxis in der Stadt übernommen habe. Gary ist ein guter, ehrlicher Mann. Er liebt seine Hunde und geht zum Abschalten gerne mit ihnen raus. Richten Sie ihm bitte die besten Wünsche aus, ja?« Er warf einen Blick auf Rosie, die Willoughby immer noch in den Armen hielt. »DC McElderry, ich fürchte, der Hund muss hierbleiben. Aber zu meiner Praxis gehört auch eine kleine Auffangstation, die von Freiwilligen und einigen meiner Assistentinnen betreut wird. Wenn Sie einem Hund oder einer Katze ein schönes Zuhause schenken wollen, dann kommen Sie gerne einmal vorbei.«

»Dafür mache ich zu viele Überstunden, Mr Groves. Das wäre nicht fair«, erwiderte Rosie und setzte den kleinen Hund seufzend auf dem Boden ab.

KAPITEL 23

Zurück im Ermittlungsraum, reichte Clive Jackman ein Memo. »Das hier ist vom Gerichtsmediziner. Und ich habe mit Grace Black gesprochen. Sie war sehr verständnisvoll. Ihr ist klar, dass Sie im Moment viel um die Ohren haben, aber sie würde sich über ein Update freuen, wenn Sie die Zeit dafür finden.«

»Ja, selbstverständlich«, erwiderte Jackman und überflog das Memo, bevor er sich an Marie wandte: »Der Tatort wurde noch nicht freigegeben, aber Rory ist einverstanden, dass wir beide uns noch mal umsehen. Ted Watchman hat in der Zwischenzeit bestätigt, dass sich in einer der Wände ein großer Durchgang befand, der sorgfältig verschlossen wurde. Und zwar von einem Tunnel unter dem Haus aus. Das bedeutet, dass die Betten und die andere Einrichtung tatsächlich aus dem Windrush-Sanatorium nach unten geschafft wurden.«

»Was für Benedict Broome sprechen würde«, erwiderte Marie eifrig.

»Oder für den Mann, der schon seit geraumer Zeit auf dem Anwesen arbeitet.«

»Micah Lee.«

»Genau. Wir müssen unbedingt so schnell wie möglich mit ihm reden! Ich werde sofort in Harlan Marsh anrufen und ein Wörtchen mit dem Amtsarzt reden. Sehen Sie doch bitte nach, ob Rosie und Max schon zurück sind, und dann fahren wir gleich noch mal raus ins Sanatorium.«

Rory Wilkinson winkte sie zu sich und deutete auf die kleinen Kärtchen, die über jedem Bett befestigt gewesen waren. Er wirkte erschöpft.

»Nachdem Sie so zuvorkommend waren, meinen Tatort nicht zu verunreinigen, haben Sie die hier natürlich noch nicht von hinten gesehen.« Rory griff mit seinen behandschuhten Fingern nach einer Karte und zeigte ihnen die verblasste handschriftliche Notiz auf der Rückseite.

»Das Geburtsdatum?«, fragte Jackman und dachte sofort an den Mann, der unbedingt wissen wollte, wann Toni Clarkson geboren worden war.

»Ja, zumindest *Teile* davon. Der Wochentag ist auf jedem Kärtchen vermerkt, und auf manchen steht auch noch der Monat oder das Jahr. Andere sind hingegen bereits vollständig verblasst. Aber wie Sie sehen, wurde der Wochentag auf allen Karten unterstrichen.«

Marie trat näher heran. »Die Mädchen wurden alle an einem Mittwoch geboren?«

»Nachdem die älteren Namenskärtchen nicht mehr lesbar sind, können wir es erst nach den Laboruntersuchungen mit Sicherheit sagen, aber auf denjenigen, die wir noch entziffern konnten, steht überall Mittwoch.«

»Montagskind hübsch anzusehen, Dienstagskind anmutig schön ...« Jackman sah Marie Hilfe suchend an, weil er nicht mehr wusste, wie der alte englische Kinderreim weiterging.

»Mittwochskind voll Kummer und Leid!« Marie schüttelte den Kopf.

»Ein guter Psychologe würde das sicher äußerst interessant finden«, erklärte Rory und legte das Schild zurück.

»Ja, wenn wir bloß einen hätten«, murmelte Jackman missmutig.

Rory warf ihm über den Rand seiner Brille einen Blick zu. »Wissen Sie, ich habe da einen Freund. Er ist ein brillanter forensischer Psychologe und außerdem bereits in Rente, weshalb er Ihnen vielleicht als Berater zur Verfügung stehen würde. Soll ich ihn anrufen?«

Jackman dachte an die Aversion der Superintendentin dem Thema Profiling gegenüber und an die Probleme, die sie mit ihrem letzten Berater gehabt hatten, doch dann antwortete er: »Ja, bitte tun Sie das. Ich würde sehr gerne einige Dinge mit ihm besprechen.«

»Gut. Ich bin mir sicher, dass er Ihnen eine große Hilfe sein wird. Außerdem ist er einfach umwerfend! Er ist natürlich schon ein wenig älter, aber ... Mein Gott, wenn ich nicht schon in festen Händen wäre ... Aber ich schweife ab! Bevor ich es vergesse, wollte ich Ihnen noch danken, dass Sie uns eine so wunderbare forensische Anthropologin organisiert haben. Ich werde Sie einander gleich vorstellen, aber die Frau weiß wirklich eine Menge über Knochen.«

Rory wandte sich wieder den Karten zu. »Da ist noch etwas. Es geht um die Handschrift, die darauf zu sehen ist.« Er biss sich auf die Lippe. »Es handelt sich natürlich um keinen eindeutigen Befund, aber der Techniker, der sie katalogisiert hat, ist Grafologe, und er ist sich sicher, dass sie von einer Frau geschrieben wurden.«

Jackman sah Marie an, dass sie dasselbe dachte wie er. Bedeuteten die Blumenvasen, die sorgfältig verstauten Kleider und die gewissenhafte Beschriftung, dass Rory von Anfang an recht gehabt hatte?

Aber was war dann mit dem Mann mit den seltsamen Augen? Und mit dem Sänger? War er vielleicht ein Komplize?

»Haben Sie denn eine weibliche Verdächtige, Jackman?«, fragte Rory.

»Ja, möglicherweise. Sie heißt Elizabeth Sewell«, antwortete Jackman leise. »Aber sie liegt im Moment im Krankenhaus und kann nicht befragt werden.«

»Nun, an Ihrer Stelle würde ich sie definitiv im Auge behalten. Ich schätze, dass sie eine Menge über die Kinderstation weiß.« Er hob eine Augenbraue. »Aber gehen wir doch noch zu unserer ältesten Patientin – und zu Professor Wallace. Wir haben alles erledigt, was vor Ort möglich war, und unser Mädchen gerade für den Transport vorbereitet.«

Rory blieb etwas abseits stehen und stellte sie einander vor, wobei er Jackman und Marie ermahnte, nicht zu nahe heranzugehen, damit sie den Leichnam nicht kontaminierten.

Die Anthropologin war klein, stämmig, hatte große, leuchtende Augen und erinnerte Jackman an seine Tante Hilda. Es bereitete ihr offensichtlich einige Schwierigkeiten, ihre grauen Haare unter der Kapuze des Schutzanzugs unterzubringen, weshalb sie aussah, als hätte sie einen riesigen Kopf.

Jackman kämpfte gegen den Drang an, sie Tantchen zu nennen, und fragte stattdessen, warum das Bein des Skelettes so deformiert wirkte.

»Das kann ich Ihnen erst genau sagen, wenn ich die Knochen im Labor untersuchen konnte, aber ich nehme an, dass sie sich als Kind den Knöchel gebrochen hat. Es muss ein komplizierter Bruch gewesen sein, der auch den unteren Teil des Schienbeins betraf. Die Deformation ist sogar jetzt noch erkennbar. Entweder wurde der Bruch nicht ordentlich behandelt, oder es kam zu einer weiteren Verletzung an derselben, bereits geschwächten Stelle. Wenn Sie morgen zu mir in die Gerichtsmedizin kommen, kann ich Ihnen mehr sagen.«

»Können Sie vielleicht abschätzen, wie alt das Mädchen war, Professor?«, fragte Marie.

»Ich rate zwar nicht gerne, aber wenn es wichtig für Sie ist, dann würde ich sagen, dass sie zwischen vierzehn und sechzehn Jahre alt war. Wir machen noch einige Tests, dann wissen wir mehr.«

»Rory Wilkinson sagte, dass dieses Mädchen schon wesentlich länger tot ist als die anderen Opfer. Können Sie uns vielleicht einen Anhaltspunkt geben, wann sie starb?«

Die Anthropologin legte den cremig-braunen Knochen in ihrer Hand beinahe zärtlich in eine Kiste und betrachtete ihn nachdenklich. »Ich würde sagen, dass es etwa zwanzig Jahre her ist. Vielleicht aber auch länger.«

Jackman fragte sich, wer um alles in der Welt dieses Mädchen war, und warum jemand das Risiko eingegangen war, es aus seinem Grab zu holen und hierherzubringen. Es war mehr als bizarr.

Rory reichte Jackman einen Ausdruck. »Ich habe einen meiner Mitarbeiter gebeten, das hier für Sie vorzubereiten, damit Sie nicht auf den Abschlussbericht warten müssen. Vielleicht hilft es Ihnen bei den ersten Nachforschungen.« Es war eine Liste der Namen und Daten auf den Kärtchen und eine Beschreibung der Kleidungsstücke, die so sorgfältig aufbewahrt worden waren, dass sie jedem Opfer zugeordnet werden konnten. Das war nicht nur wegen der

Spuren wichtig, die zweifellos noch erhalten waren, sondern auch für die Identifizierung der Opfer. Die Eltern wussten sicher noch ganz genau, was ihre Kinder am Tag ihres Verschwindens getragen hatten.

»Danke, Rory. Das weiß ich sehr zu schätzen.« Jackman steckte den Zettel vorsichtig in seine Tasche.

»Keine Ursache. Ich schätze, dass wir den Tatort heute Abend freigeben können. Vorausgesetzt, die Logistiker finden einen Weg, meine Patienten aus der Marsch zu transportieren. Sie wollen mit ihren Geländewägen so nahe wie möglich an den Eingang fahren, und dann sollen die Leichen von mehreren Männern auf Bahren aus dem Tunnel und zu den Fahrzeugen getragen werden. Es klingt wie die Evakuierung eines Schützengrabens im Ersten Weltkrieg! Wie auch immer, wir haben alles fotografiert, dokumentiert und sauber gemacht und sämtliche Beweisstücke eingepackt und etikettiert. Ich hoffe, dass meine Patienten noch heute Abend bei mir im Krankenhaus ankommen, und dann können wir mit der richtigen Arbeit beginnen.« Er trat einen Schritt zurück. »Und nun muss ich Sie bei allem Respekt bitten, sich endlich zu verziehen und mich weiterarbeiten zu lassen.«

Jackman grinste, bedankte sich erneut, und sie machten sich auf den langen Rückweg durch den Tunnel.

Gary sprang auf, als Jackman und Marie den Ermittlungsraum betraten, folgte ihnen in Jackmans Büro und schloss die Tür hinter sich. »Tut mir leid, Sir, aber ich glaube, dass die Sache in Harlan Marsh langsam außer Kontrolle gerät.«

»Hat es etwas mit Cade zu tun?« Marie spie den Namen beinahe aus.

Gary ließ sich in den Stuhl gegenüber seinem neuen Vorgesetzten sinken. »Er wird sich ab sofort persönlich um die Ermittlungen rund um die illegalen Partys kümmern und lässt kaum einen anderen heran. Mein Freund wurde zur Verstärkung in sein Team bestellt.«

»Glaubt er, dass Cade jemanden deckt?«, fragte Jackman.

»Das dachte er schon von Anfang an, aber langsam macht er sich wirklich Sorgen. Sehen Sie sich das hier mal an. Er hat eines der Bilder eingescannt, die Cade sich geschnappt hat, und es mir anschließend gemailt.« Gary zog einen Ausdruck aus der Tasche, faltete ihn auseinander und reichte ihn über den Tisch. »Erinnern Sie sich daran? Das ist Nick Barley mit den beiden Organisatoren.«

»Das Bild, bei dem sowohl Sie als auch Marie dachten, jemanden wiederzuerkennen?«

Gary nickte. »Sehen Sie genauer hin, Sir. Dieser Mann, der da im Schatten des Hauses steht. Ich glaube nicht, dass es sich um einen von Cades Kumpels handelt. Es ist Cade selbst.«

Gary senkte die Stimme. »Und wissen Sie, was? Kurz nachdem mein Freund es in den Händen hatte, ist das Original verschwunden. *Und* das Band aus der Überwachungskamera wurde zufällig beschädigt.« Er deutete auf das Bild. »Niemand weiß davon, Sir. Das hier ist die einzige Kopie.«

Jackman griff eilig nach dem Ausdruck und betrachtete ihn eingehend. »Mein Gott! Es ist zwar nicht eindeutig genug, um ihn damit zu konfrontieren, aber ich würde sagen, Sie haben recht!«

Marie lehnte sich vor und nahm ihm das Bild aus der Hand. »Ich wusste, dass der Kerl mich an jemanden erinnert«, murmelte sie. »Dieser Drecksack!« Sie sah auf. »Sir, es gibt da eine neue Software, die die Gesichtskonturen des

Mannes auf dem Bild mit einem anderen Foto vergleichen kann. Das Bild muss nicht einwandfrei sein, es sollte lediglich ein Teil des Gesichts erkennbar sein. Wir bräuchten nur ein zweites Foto von Cade, dann könnten wir ihn identifizieren.«

»Besitzen wir diese Software?«

»Wir nicht, aber die Universität. Ted hat mir davon erzählt.«

Jackman runzelte die Stirn. »Damit würden wir uns extrem weit aus dem Fenster lehnen und müssten sehr vorsichtig sein. Können Sie sich den Aufruhr vorstellen, wenn das herauskommt? Und was, wenn wir uns irren? Wir würden alle unsere Jobs verlieren.«

»Ja, die Situation ist mehr als brenzlig, aber wenn ein leitender Beamter korrupt ist, dann müssen wir etwas unternehmen.« Marie wandte sich an Gary. »Sie haben doch für ihn gearbeitet. Wir wissen alle, dass er ein schleimiger Mistkerl ist, aber glauben Sie wirklich, dass er einen so schwerwiegenden Verstoß begehen würde?«

Gary zögerte keine Sekunde. »Ja, Sarge, das tue ich. Ich verwette sogar meine Rente darauf.«

Jackman sah aus, als hätte er in eine Zitrone gebissen. »Dann stellt sich als Nächstes die Frage, wie weit er darin verwickelt ist. Ist er nur ein einfacher Konsument, der sich daran aufgeilt, anderen beim Sex zuzusehen, oder ist er sehr viel mehr? Ich kann irgendwie nicht glauben, dass er etwas mit den Entführungen zu tun hat. So tief würde doch nicht mal Cade sinken, oder?«

»Toni erzählte, dass sie vor der Entführung auf einigen Partys war, aber den Kerl, der sie schließlich zu der zweiten ›Party‹ mitgenommen hat, hat sie vorher noch nie gesehen.« Gary hob die Augenbrauen. »Ich frage mich, ob sie

Cade wohl wiedererkennen würde, wenn wir ihr ein Foto zeigen.«

»Das können wir nicht machen, Gary«, erwiderte Marie. »Wenn jemand dahinterkommt, sind wir geliefert. Sie würden uns vorwerfen, Toni beeinflusst zu haben. Außerdem kennt sie ihn sowieso. Er ist immerhin ein Freund ihres Vaters.«

»Ich wette, dass Cade nur mit Neil Clarkson befreundet ist, weil er der Dienststelle regelmäßig Geld spendet. Ich kann mir nicht vorstellen, dass sie sich auch privat treffen, dazu sind sie zu unterschiedlich«, wandte Jackman ein.

»Dann schlagen Sie also vor, dass wir Toni das Foto zeigen, Sir?«, fragte Marie.

»Es ist ziemlich riskant, und wir können es auf keinen Fall vor ihren Eltern machen. Wir haben so viele Leichen, dass wir keine Zeit für so etwas haben, aber ...« Jackman zuckte mit den Schultern. »Ich glaube, wir sollten es trotzdem tun.«

Er wandte sich an Gary.

»Das ist alles streng inoffiziell, und Sie müssen auch nicht mitmachen. Wenn Sie auffliegen, steht Ihr Job auf dem Spiel.«

Gary atmete tief durch und straffte die Schultern. »Das Risiko gehe ich ein, Sir. Ich weiß Dinge über Cade, die nur Leute wissen, die bereits mit ihm zusammengearbeitet haben. Ich bin bereit.«

»Okay, wenn Sie sich wirklich sicher sind ... Toni mochte Sie sehr und hat Ihnen mehr als allen anderen vertraut. Reden Sie mit ihr – aber diskret.« Jackman hielt kurz inne. »Ich glaube nicht, dass Sie ihr von Emily erzählen sollten, es sei denn, sie spricht Sie direkt darauf an. Aber ich überlasse die Entscheidung Ihnen.«

Gary nickte. »Ich werde sehen, wie es sich ergibt. Darf ich noch etwas sagen, bevor ich mich auf den Weg mache?«

»Natürlich.«

Gary holte tief Luft. »Die Sache mit dem Foto ist schön und gut. Wir müssen ihr natürlich nachgehen, und ich bin mir sicher, dass wir beweisen können, dass es sich um Cade handelt, aber ich kenne ihn. Er wird sich irgendwie herausreden. Ich glaube, wir müssen ihn auf frischer Tat ertappen. Wir müssen noch einmal auf eine der Partys und ihn vor Ort verhaften.«

Es folgte langes Schweigen, dann seufzte Jackman. »Holen Sie Max und Rosie.«

»Aber Sir?« Marie wollte aufstehen, doch dann setzte sie sich wieder.

»Ich weiß, dass Ihnen die Sache nicht gefällt, Marie. Und Max ebenso wenig. Aber ich bin mir sicher, dass Gary recht hat. Wir müssen noch einmal dorthin.«

Wie erwartet, war Max tatsächlich nicht sehr glücklich, während Rosie sofort ihren neuen Freund Will anrief, den sie auf der Party kennengelernt hatte, und ein Treffen vereinbarte.

»Er liebt seinen Bruder und möchte den illegalen Club genauso gerne auffliegen lassen wie wir.« Sie sah Jackman an. »Ich vertraue ihm. Er ist ein netter Junge, und ich glaube, er verzeiht mir, dass ich ihn angelogen habe. Ich bin mir sicher, dass er uns helfen wird.«

»Nachdem mir leider kein besserer Weg einfällt, werde ich Rosie dieses Mal begleiten«, erklärte Max. »Und keine Sorge, ich werde alles tun, damit ich nicht auffalle.«

»Gut, dann warten wir auf die nächste Nachricht. Es wird vielleicht noch ein paar Tage dauern, aber sobald wir wissen, wann und wo die nächste Party steigt, sind wir bereit.«

»Und falls Cade tatsächlich vor Ort ist, stürmen wir den Laden mit jedem verfügbaren Officer, den wir auftreiben können«, fügte Marie grimmig hinzu. »In der Zwischenzeit werde ich mit Ted reden, damit wir auch das Foto als Beweis vorlegen können.«

»Das klingt schon eher nach dem Sergeant, den wir alle kennen und lieben«, bemerkte Jackman.

»Ehrlich gesagt, werde ich auf den Tischen tanzen, wenn wir Cade aus dem Verkehr ziehen können, Sir.«

Gary schloss die Tür von Jackmans Büro hinter sich, und ihm wurde mit einem Mal klar, wie sehr er Chief Superintendent Cade hasste. Er arbeitete schon so lange mit ihm zusammen, dass er gelernt hatte, mit ihm zu leben wie mit einer Behinderung oder einer schweren Krankheit. Cades Dienstrang und die mächtigen Männer, mit denen er sich umgab, hatten ihn beinahe unantastbar gemacht. Gary hatte gedacht, dass sich das niemals ändern würde, doch jetzt hatten sie plötzlich eine echte Chance, ihn zu Fall zu bringen.

Er ging zu seinem Schreibtisch und schaltete den Computer an. Er wusste genau, was er zu tun hatte, und wenn er das hier schaffte, konnte er sehr viel Unrecht wiedergutmachen.

Ein entschlossenes Lächeln breitete sich auf seinem Gesicht aus.

Er war wirklich froh, dass er jetzt für DI Jackman in Saltern-le-Fen arbeitete.

Jackman hoffte, dass er das Richtige tat. Seinen eigenen Job zu riskieren, war eine Sache, aber anderen zu erlauben, dasselbe zu tun, war etwas ganz anderes. Er sah Marie besorgt an. »Vertrauen Sie Ted Watchman?«

Marie nickte eifrig. »Ja, Sir.«

»Dann fragen Sie ihn, was er für die Fotoidentifikation braucht, und erklären Sie ihm, dass das niemandem zu Ohren kommen darf, weder hier noch sonst wo. Okay?«

Marie nickte erneut und verließ das Zimmer.

Jackman wandte sich an Max und Charlie. »Sie beide trommeln so viele Mitarbeiter wie möglich aus den anderen Teams zusammen. Wir müssen diese Liste hier mit unseren Vermisstenfällen abgleichen.« Er gab Max Rory Wilkinsons Aufzeichnungen. »Hier sind die Kleider, Vornamen und Teile des Geburtsdatums der Opfer vermerkt. Wir müssen so schnell wie möglich mit der Identifizierung beginnen. Sagen Sie den Kollegen, dass ich über jeden Treffer sofort informiert werden will. Max, Sie konzentrieren sich auf das Mädchen mit dem deformierten Bein. Wir glauben, dass sie vor etwa zwanzig Jahren die Erste war.« Er holte Luft.

»Charlie, bitten Sie Clive, den diensthabenden Beamten in Benedict Broomes Haus anzurufen. Wir brauchen eine Handschriftenprobe von Elizabeth Sewell. Und ich habe die wenig beneidenswerte Aufgabe, die Superintendentin zu informieren, dass wir einen Psychologen hinzuziehen wollen. Sie wird sicher nicht begeistert sein.«

Auf dem Weg zum Aufzug warf Jackman einen schnellen Blick auf die Uhr. Der Amtsarzt von Harlan Marsh hatte versprochen, sich zu melden, sobald Micah Lee vernehmungsfähig war, aber er hatte immer noch nichts von ihm gehört. Aufgrund der neuesten Entwicklungen fragte sich

Jackman, ob die Verzögerung etwas mit Cade zu tun hatte. Er verstand immer noch nicht, warum der Mann so viel riskierte – einen Job mit jeder Menge Einfluss, riesigen Zusatzzahlungen und einer verdammt guten Rente –, bloß um ein paar Teenagern beim Fummeln zuzusehen. Andererseits wollte er es auch nicht verstehen, denn er hatte immerhin einen psychopathischen Serienmörder, dreizehn ermordete Jugendliche und zwei Verdächtige zu stemmen. Im nächsten Augenblick blieb Jackman wie angewurzelt stehen.

Ach, du meine Güte! Hatte er Micah Lee nach Harlan Marsh und damit in die Hände eines Mannes geschickt, der alles über ihn wusste?

Sein Mund war staubtrocken, als er zum Büro der Superintendentin eilte. Dieser Fall führte ihn in tiefe und sehr gefährliche Gewässer, und es lag an ihm, sie sicher zu durchschiffen. Er hoffte nur, dass er den Anforderungen gewachsen war.

KAPITEL 24

Gary trat mit einem zufriedenen Lächeln zurück auf die Straße. Toni hatte Cade, ohne zu zögern, aus einer Gruppe von zehn willkürlich zusammengestellten Männern herausgepickt.

Er war gerade auf dem Weg zu seinem alten Suzuki, als ein zweites Auto vor dem Haus der Clarksons hielt.

»Ethan Barley! Was führt dich denn zu dieser hübschen jungen Dame?«, rief Gary.

Ethan grinste breit. »Ich bin wieder mit Toni zusammen.«

»Bäh!« Nick Barley, der auf dem Beifahrersitz saß, verzog angewidert das Gesicht.

»Und du bist nicht damit einverstanden?«, fragte Gary grinsend.

»Ach, es ist eigentlich ganz okay. Dann lässt er mich vielleicht wieder in Ruhe.«

Ethan bat seinen Bruder, im Auto zu warten, und machte sich eilig auf den Weg ins Haus. Gary betrachtete Nick nachdenklich und entschied sich, das Risiko einzugehen und ihm die Fotos zu zeigen. »Würdest du mir vielleicht einen Gefallen tun?«

Nick sah ihn misstrauisch an.

»Ich will nur wissen, ob du einen der Männer hier wiedererkennst.«

Gary war sehr vorsichtig gewesen. Er hatte ein Porträtfoto von Cade aus einem Polizeimagazin ausgeschnitten, eingescannt und die Uniform entfernt. Nun sah Cade aus wie ein ganz normaler Zivilist. Anschließend hatte er nach dem Zufallsprinzip neun Fotos aus alten Fällen ausgewählt und die Bilder auf einer Seite zusammengestellt.

»Na, jemand dabei?«

Nick betrachtete den Ausdruck genau. »Nur einer. Den Penner da. Aber so gestriegelt war er nicht.«

Garys Herz machte einen Sprung. Der Junge hatte Cade ebenfalls wiedererkannt!

Nick gab ihm die Fotos zurück. »Er war öfter mit dem Kerl zusammen, für den ich den Schlüssel besorgt habe. Und er war auf der Party in der Krypta.«

»Wie sah er aus?«

»Immer gleich. Zurückgegelte Haare, Brille, schmuddelige schwarze Chinos, dunkles Poloshirt und eine schwarze Trainingsjacke.«

Gary wurde übel. Genau so hatte Rosie den Mann beschrieben, den sie auf der Party wiedererkannt hatte, aber nicht zuordnen konnte. Sie hatte tatsächlich Cade gesehen! Hoffentlich hatte er Rosie nicht erkannt!

»Dieser Drecksack«, knurrte Nick. »Hat er etwas in den Drink von Ethans Braut gekippt?«

»Das könnte durchaus sein, Nicholas. Und vielleicht hat er sogar noch etwas sehr viel Schlimmeres getan.« Gary hielt einen Moment inne. »Würdest du vor Gericht gegen ihn aussagen?«

»Was? Vor Gericht? Verdammte Scheiße!« Der Junge riss die Augen auf.

»Es würde uns sehr helfen. Unsere Chefin wäre dir sehr dankbar, und sie hat eine Menge Einfluss. Wenn sie mit dir zufrieden ist, wird sie sicher dafür sorgen, dass sich der Ärger mit deinem Vater in Grenzen hält.«

Der Junge holte tief Luft. »Ich weiß nicht. Ich glaube schon, dass ich das machen würde, aber ...«

Gary lächelte. »Guter Junge, ich wusste, dass ich mich auf dich verlassen kann.«

Er wandte sich ab, doch Nick rief ihm nach. »Da war doch auch noch ein zweites Mädchen, oder? Emily?«

»Ja, aber das bleibt unter uns, verstanden? Ich will nicht, dass Toni davon erfährt.« Gary hielt inne. »Emily ist tot.«

Nicholas' blasses Gesicht wurde noch bleicher. »Tot? Warum denn? Wurde sie ermordet?«

»Sie wurde von einer der Partys verschleppt. Man hat sie unter Drogen gesetzt, eingesperrt, höchstwahrscheinlich vergewaltigt und ihr unsägliche Qualen zugefügt. Dann hat man sie sich selbst überlassen. Also, ich würde so etwas als Mord bezeichnen, und du?«

Nick atmete tief ein und schien den Tränen nahe. Dann erklärte er leise, aber bestimmt: »Okay, ich sage vor Gericht für Sie aus.«

Marie wanderte im Foyer auf und ab. Es war bereits nach sechs, und die Universität hatte vor einer halben Stunde angerufen, dass Ted Watchmans Ergebnisse per Kurierdienst zu ihr unterwegs waren. Endlich hielt ein Motorradfahrer in Ledermontur vor dem Gebäude, nahm den Helm ab und klingelte. Marie trat ihm entgegen, unterschrieb die Empfangsbestätigung, bewunderte seine Yamaha und gab ihm einen Fünfer.

Anschließend öffnete sie den großen braunen Umschlag

und warf einen Blick hinein. Es waren noch andere Polizisten im Foyer, weshalb sie es nicht wagte, den Inhalt herauszuholen, aber sie sah, dass es sich um mehrere Fotos handelte. Sie zog das kurze Begleitschreiben heraus, überflog es eilig und stieß einen leisen Jubelruf aus.

Sie war sich anfangs so sicher gewesen, doch je mehr Zeit vergangen war, desto mehr hatte sie an ihrer Überzeugung gezweifelt. Jetzt allerdings hielt sie die Bestätigung in der Hand, dass auf den Fotos derselbe Mann zu sehen war.

Sie dachte an Valerie, ihre ehemalige beste Freundin und erste Partnerin. Das freche Grinsen, die blonden, schulterlangen Haare, die eindrucksvollen grünen Augen und die glatte Haut. Marie sah vor sich, wie Valerie hinter ihr auf ihr Motorrad sprang und sie zu neuen Geschwindigkeitsrekorden anspornte. Wenn sie freigehabt hatten, waren sie oft die Küste hinaufgefahren und am Strand spazieren gegangen. Es war eine glückliche Zeit gewesen – bevor Cade in ihr Leben getreten war.

Maries Augen wurden schmal, als sie einen weiteren Blick auf die Fotos warf. »Deine Zeit ist um, Arschloch«, murmelte sie, schob alles wieder in den Umschlag und verließ eilig das Foyer.

Sie stürzte in Jackmans Büro.

»Ich glaube, ich muss nicht fragen, was herausgekommen ist«, bemerkte Jackman langsam.

»Es ist das Ergebnis, auf das wir gehofft haben …«

Jackman zog das Begleitschreiben und die Fotos zur Hälfte aus dem Umschlag, warf einen Blick darauf und schob sie wieder zurück. Dann versperrte er das Kuvert in seiner Schreibtischschublade. »Das bleibt hier drin, bis wir es brauchen.« Er befestigte den kleinen Schlüssel an seinem Schlüsselbund und schob ihn tief in die Tasche. »Das ist unsere Versicherung. Wir werden sämtliche Beweise brauchen, die wir bekommen können, um Cade festzunageln.«

Marie gähnte. »Es ist halb sechs. Soll jemand etwas zu essen holen?«

Jackman nickte. »Ja, gleich. Aber vorher muss ich noch ein paar Dinge erledigen. Könnten Sie in der Zwischenzeit Clive fragen, ob das Labor sich wegen der Handschriftenproben gemeldet hat?«

Marie erwischte Clive gerade noch rechtzeitig, der schon den Computer herunterfuhr.

»Ich gehe jetzt, Sarge.« Er gab ihr einen Stapel Memos. »Die hier sind alle für den DI. Das Telefon hat in der letzten halben Stunde ununterbrochen geklingelt. Der Großteil eilt nicht, abgesehen von dem pathologischen Bericht ganz oben.« Clive schaltete den Drucker aus und versperrte seine Schreibtischschublade. »Bis morgen früh, Sarge.«

Marie wünschte ihm einen schönen Abend, nahm den Bericht und kehrte in Jackmans Büro zurück.

»Sehen Sie mal, Sir! Die Handschrift auf den Schildern über den Betten ist zu hundert Prozent identisch mit den Proben, die Max in Elizabeth Sewells Wohnung sichergestellt hat.«

Jackman las den Bericht und stöhnte laut auf. »Das ist doch verrückt! Es ergibt überhaupt keinen Sinn. Wie kann eine labile, sensible Frau, die bekanntermaßen physisch und psychisch angeschlagen ist, in einen Mordfall dieser Größenordnung verwickelt sein?«

»Sie hat die Kärtchen für ihren hochgeschätzten Arbeitgeber Benedict Broome beschriftet. Eine andere Erklärung kann es eigentlich nicht geben.« Marie runzelte die Stirn.

»Wichtig ist jetzt vor allem, dass wir eine direkte Verbindung zwischen ihr und dem Tatort herstellen konnten. Wir sollten sie also lieber unter strengere Bewachung stellen, oder?«

Jackman griff bereits nach dem Telefon. »Ja, das sollten wir. Ich lasse sie vom allgemeinen Krankenhaus in die psychiatrische Klinik überstellen. Außerdem müssen wir dringend noch einmal mit Benedict Broome sprechen.«

Während Jackman Elizabeth Sewells Verlegung in die Wege leitete, ging Marie hinaus in den Ermittlungsraum, um ihnen zwei Becher starken Kaffee zu holen.

Max hielt ein paar Ausdrucke in die Höhe, als sie an seinem Schreibtisch vorbeikam.

»Sarge, hast du kurz Zeit? Es sieht gar nicht mal so schlecht aus. Die Spurensicherung konnte das Namensschild der ältesten Leiche entziffern. Das Mädchen hieß Fleur. Sie arbeiten noch an den anderen unleserlichen Beschriftungen, aber sie nehmen an, dass sie uns bald weitere Namen zur Verfügung stellen können. Die anderen Teams recherchieren bereits. Wir konnten ein Mädchen namens Hebe Brock identifizieren. Sie war eine Angehörige der schottischen Travellers, die vor fünf Jahren verschwand. Das Geburtsdatum stimmt, und in der Vermisstenanzeige steht, dass sie bei einem Unfall eine Fingerspitze verloren hat, was ebenfalls zu der gefundenen Leiche passt. Außerdem haben wir eine fünfzehnjährige notorische Ausreißerin aus Calne in Wiltshire. Sie heißt Sophie Berry und wird seit sieben Jahren vermisst. Das Geburtsdatum, der Vorname, die rote Jacke und das Armband mit den Anhängern passen zu den Angaben auf der Liste. Das dritte identifizierte Mädchen hieß Tessa Avery. Ihre Eltern nahmen an, dass sie mit ihrem Freund nach Spanien durchgebrannt ist, aber sie haben seitdem nichts mehr von ihr gehört. Sie wird seit drei Jahren vermisst und stammte aus Surrey.«

»Hm, interessant. Bis jetzt sind keine aufsehenerregenden Entführungsfälle darunter und auch keine einheimischen Vermissten.«

»Emily war aus der Gegend«, wandte Max ein. »Der Mörder scheint selbstbewusster zu werden.«

»Ja, und deshalb können wir von Glück reden, dass wir sein Versteck ausgehoben haben. Gute Arbeit, Max!« Marie klopfte ihm auf die Schulter. »Sonst noch etwas?«

»Ich habe sämtliche Daten in den Computer eingegeben, es könnten also jeden Moment neue Übereinstimmungen auftauchen.«

»Dann solltest du vielleicht die Gelegenheit nutzen und nach Hause fahren.«

»Nein, ich möchte noch ein wenig mehr über Fleur, das älteste Skelett, herausfinden. Das Mädchen mit dem komplizierten Knöchelbruch. Nachdem sie schon so lange tot ist, habe ich sicher nicht so viel Glück wie die anderen, aber ich würde gerne noch ein wenig daran arbeiten.« Max tippte eine weitere Suchanfrage ein. »Außerdem möchte ich abwarten, ob der Computer in der nächsten Stunde noch etwas Interessantes ausspuckt. Wir haben ihn mit einigen sehr vielversprechenden Parametern gefüttert.«

»Na gut, aber bleib nicht die ganze Nacht hier.«

Auf dem Weg zur Kaffeemaschine fragte sich Marie, wie Max' Sozialleben eigentlich aussah. Hatte er überhaupt etwas in der Art? Obwohl er verdammt gut aussah, glaubte Marie, dass ein idealer Abend für ihn aus einem Take-away, einer Kanne Kaffee und einer schnellen Internetverbindung bestand.

Sie balancierte drei volle Styroporbecher mit heißem

Kaffee an Max' Tisch, stellte einen davon ab und nahm die beiden anderen mit in Jackmans Büro.

Jackman legte gerade den Telefonhörer auf die Gabel, als sie eintrat. Er wirkte gereizt.

»Stimmt etwas nicht?«

»Hier stimmt überhaupt nichts!« Wut und Verzweiflung machten sich auf seinem Gesicht breit. »Elizabeth Sewell wird heute noch verlegt, aber ich habe gerade mit dem Amtsarzt von Harlan Marsh gesprochen und ihm erklärt, dass wir unbedingt mit Micah Lee reden müssen. Er meinte, es sei ein ständiges Auf und Ab. Einen Moment lang wirkt Micah vollkommen klar und vernünftig, im nächsten geht er die Wände hoch.« Jackman starrte wütend auf das Telefon. »Ich habe aber keine Zeit, um hinzufahren und zu warten, bis er wieder einen seiner ›klaren‹ Momente hat.«

»Könnte das nicht ein Officer aus Harlan Marsh übernehmen? Jemand, der vor Ort ist und sich nach Lees Zustand richten kann?«

»Sie wollen doch nicht ernsthaft einem von Cades Gefolgsleuten vertrauen, oder?«, bellte Jackman.

»Nein, aber ich vertraue Gary«, erwiderte Marie leise. »Und damit auch allen, für die Gary die Hand ins Feuer legt. Die Leute dort können doch nicht alle korrupt sein! Ein fauler Apfel macht doch nicht gleich das ganze Fass unbrauchbar.«

Jackman legte den Kopf in die Hände. »Sie haben recht. Es tut mir leid, Marie. Würden Sie Gary bitte herholen?« Er richtete sich auf. »Nein, warten Sie! Bestellen Sie gleich das ganze Team in den Ermittlungsraum. Wir müssen reden.«

Jackman saß auf der Tischkante direkt vor einem der Whiteboards, auf dem mittlerweile auch die Liste der identifizierten Opfer hing, die langsam immer länger wurde. Jede Minute kamen neue Namen, Fotos und Orte hinzu, an denen die Mädchen und jungen Frauen verschwunden waren. Die Fotos von Tessa Avery, Sophie Berry und Hebe Brock hingen bereits länger dort, und vor Kurzem hatten sich Annie Crane und Lucy O'Connell zu ihnen gesellt.

Ganz oben stand der Name Windrush, darunter Benedict Broome, Elizabeth Sewell und Micah Lee.

Jackman erhob sich und deutete auf Elizabeth Sewells Namen. »Diese Frau ist unsere direkte Verbindung zur Kinderstation. Allerdings konnte Rory uns bereits bestätigen, dass einige der Mädchen schwer misshandelt und höchstwahrscheinlich auch vergewaltigt wurden, was bedeutet, dass sie entweder einen Komplizen hatte oder irgendwie ...«, er zuckte mit den Schultern, »... unabsichtlich in die Sache hineingerutscht ist.«

»Aber sie hat auf jeden Fall eine Verbindung zu Broome, und damit auch zu Lee, da beide für Broome arbeiten.« Marie spitzte die Lippen. »Was, wenn ihr Arbeitgeber von ihr verlangt hat, die Karten zu beschriften? Sie hätte dieser Anweisung wohl kaum widersprochen, aber deshalb muss sie doch noch lange nicht wissen, wozu er sie brauchte.«

»Genau das meinte ich mit ›hineingerutscht‹«, erwiderte Jackman. »Vielleicht hätte sie es sogar für einen guten Freund getan. Wir müssen mit ihr reden, sobald die Ärzte in der Psychiatrie sie untersucht haben. In der Zwischenzeit brauchen wir erneut Ihre Hilfe, Gary. Gibt es in Harlan Marsh einen erfahrenen Detective, der Micah Lee für uns befragen kann? Idealerweise, ohne dass Cade davon Wind bekommt?«

»Da fällt mir nur einer ein, Sir. DI Jim Salmon.«

»Jim Salmon? Der war doch vor ein paar Jahren in unserer Hundestaffel, oder? Und jetzt ist er Detective?« Jackmans Augen wurden groß. »Perfekt, ich rufe ihn an, sobald wir hier fertig sind.«

Er wandte sich noch einmal zum Whiteboard um. »Mit wem haben wir sonst noch geredet?«

»Mit Broomes Gärtner, Sir. Er heißt Len Curtis.« Max warf einen Blick in seine Notizen. »Er ist ziemlich schweigsam und hat kaum zwei Worte hintereinander herausgebracht. Aber er war ein paarmal im Windrush-Sanatorium, um Micah Lee eine Nachricht oder eine Warenlieferung vorbeizubringen. Er wohnt nur wenige Kilometer davon entfernt.«

Jackman schrieb den Namen auf die Tafel. »Okay, wer noch?«

»Philip Groves, der Tierarzt, der ganz in der Nähe des Sanatoriums wohnt. Und zwei weitere Nachbarn: ein Vogelbeobachter namens Ralph Jenkins und ein Paar namens Ernie und Betty Coulter«, erwiderte Rosie.

»Außerdem haben wir auch noch mit Bill Hickey gesprochen, dem Betriebsleiter der Farm, auf der Micah Lee wohnt.«

Jackman hielt kurz inne. »Genau, aber der Farmer selbst war unterwegs. Wie hieß er noch gleich, Gary?«

»Toby Tanner, Sir. Er soll morgen aus Deutschland zurückkommen.«

»War's das?«

»Nein, Sir«, erwiderte Charlie. »Es wohnen noch einige andere Leute in der näheren Umgebung, aber bei den meisten handelt es sich um ältere Damen. Abgesehen von einem Paar, das ein Ferienhaus etwas weiter die Küste hinauf besitzt. Die uniformierten Kollegen meinten, dass keiner der Nachbarn einen zweiten Besuch wert wäre, und außerdem sind die Entfernungen zu groß. Das Windrush-Sanatorium liegt ziemlich abgelegen.«

Marie hob die Hand. »Vielleicht sollten wir auch Asher Leyton auf die Liste setzen. Die Verbindung ist zwar nur sehr vage, aber er kannte Shauna Kelly, die wiederum definitiv auf einer der Partys war. Außerdem hat er die Angewohnheit, fremde Mädchen auf der Straße anzuquatschen.«

Jackman schrieb Asher Leytons Namen auf das Whiteboard.

»Okay, dann reden wir jetzt erst mal mit Benedict Broome, Elizabeth Sewell und Micah Lee und bereiten uns gleichzeitig auch auf den Besuch einer weiteren illegalen Party vor.«

Nachdem noch andere Kollegen in der Nähe waren, brachte er die Ermittlungen auf den Partys ausschließlich mit den beiden entführten Mädchen – Toni und Emily – und den Opfern auf der Kinderstation in Verbindung. »Die Organisatoren haben vielleicht nicht direkt etwas mit den Entführungen zu tun, aber wir müssen sie trotzdem festnehmen, verhören und diesen verdammten Partys ein Ende bereiten.«

Er sah in die müden Gesichter seines Teams. »Und jetzt gehen alle nach Hause und ruhen sich aus. Wir machen morgen weiter.«

»Der Kerl da drin ist total verrückt«, erklärte der diensthabende Beamte, nachdem er die Tür zum Verhörzimmer von Harlan Marsh hinter sich geschlossen hatte. »Er gehört jetzt ganz dir. Hoffen wir, dass du etwas Vernünftiges aus ihm rausbekommst!«

DI Jim Salmon fragte sich, ob er sich vielleicht doch zu

schnell bereit erklärt hatte, DI Jackman zu helfen. Sogar Chief Superintendent Cade hatte bereits versucht, den »verrückten Micah« zu befragen, wie ihn mittlerweile alle nannten. Doch Cade hatte den Versuch schon nach wenigen Minuten abbrechen müssen, und Jim hoffte nur, dass er nichts von der neuerlichen Befragung erfahren würde – wenigstens hatte er bis morgen früh dienstfrei.

Er winkte seinem Sergeant, DS Terry Langer, und dem Sozialarbeiter zu, den sie eilig angefordert hatten, um die Interessen des Gefangenen zu wahren, und trat zögerlich in den kleinen Raum.

Micah Lee saß steif auf dem Stuhl, seine Augen waren weit aufgerissen, und seine Nasenflügel bebten vor Wut.

Bei seinem Anblick beschloss Jim Salmon augenblicklich, dass Jackman ihm dafür einen Riesengefallen schuldete.

Er seufzte tief, aktivierte das Aufnahmegerät und nannte die Namen der am Verhör beteiligten Personen.

»Mr Lee, wir müssen uns über den Raum unterhalten, der unter dem Windrush-Sanatorium gefunden wurde. Das Anwesen gehört Benedict Broome, und Sie arbeiten schon seit geraumer Zeit dort.« Jim bemühte sich, möglichst emotionslos und ruhig zu klingen, denn er wusste, dass Micah außer sich geriet, wenn sein Gegenüber zu fordernd wurde.

»Sie sind hier, weil Sie schon lange im Sanatorium arbeiten, und wir denken, dass Sie das Anwesen sehr gut kennen. Wir hoffen, dass Sie uns helfen können.«

»Was für ein unterirdischer Raum? Davon weiß ich nichts!«, dröhnte Micah, und Jim sah, wie die Ader an seinem Hals pulsierte.

»Aber Sie wissen doch sicher, dass ein versteckter Tunnel von der Hinterseite des Hauses zu der alten Scheune und den Lagerhäusern führt?«

Der Riese sah aus wie ein wildes Tier hinter Gittern. Er biss sich immer wieder in die Unterlippe und trommelte mit den Fingern auf die Tischplatte. »Ich weiß nichts von einem Tunnel. Nein, da ist kein Tunnel ...«

Jim rang sich ein Lächeln ab. »Okay, aber wissen Sie vielleicht ...?«

Im nächsten Moment stieß Micah ein wildes Heulen aus, das den winzigen Raum zum Beben brachte. Die Anwesenden sprangen auf, Jims Stuhl fiel nach hinten, und der Sozialarbeiter schrie auf. Bevor jemand etwas unternehmen konnte, schnappte Micah einige Male keuchend nach Luft, kippte nach vorne und stürzte schließlich zu Boden.

Jim drückte den Alarmknopf. »Hilfe!«, brüllte er und kniete sich neben den ohnmächtigen Micah. »Wir brauchen einen Krankenwagen.«

»Der Amtsarzt ist gerade im Haus!«, rief Langer. »Ich habe ihn vorhin gesehen. Er musste zu einem Junkie.« Er lief zur Tür. »Ich hole ihn!«

Kurze Zeit später war der Arzt bei Micah.

»Vermutlich eine Panikattacke. Er schwitzt, und sein Herz rast. Wahrscheinlich hat er hyperventiliert und ist deshalb in Ohnmacht gefallen, aber ...« Der Arzt überprüfte noch einmal Micahs Puls. »Er muss zu Beobachtung ins Krankenhaus, und zwar nicht nur, damit uns niemand drankriegen kann, Detective Inspector Salmon. Ich mache mir ernsthafte Sorgen. Es kann durchaus sein, dass sein Zusammenbruch eine neurologische Ursache hat, und das dürfen wir keinesfalls vernachlässigen.«

»Der Krankenwagen ist schon unterwegs, Boss«, erklärte der Sergeant, der gerade den Kopf zur Tür hereinsteckte. »Und ein uniformierter Kollege organisiert die Begleitmannschaft.« Er sah auf Micah hinunter. »Ich kann nicht gerade sagen, dass es mir leidtut, dass er von hier verschwindet. Er ist echt furchterregend!«

Jim sah zu, wie die Trage in den Krankenwagen geschoben wurde, und fragte sich, wie er DI Jackman erklären sollte, dass er seinen Verdächtigen versehentlich ins Krankenhaus befördert hatte. Und wie würde vor allem Cade reagieren, wenn er es morgen herausfand?

Es war schon spät, als Jackman und Marie Benedict Broome zum zweiten Mal befragten. Er stritt höflich, aber nicht weniger bestimmt ab, von irgendwelchen Arbeiten gewusst zu haben, die von einem unterirdischen Tunnel aus durchgeführt worden waren. Er wusste nichts von einem derartigen Tunnel oder von den Namensschildern, die seine Haushälterin angeblich geschrieben hatte.

Am Ende ließen sie es gut sein. Jackman hatte beschlossen, ihm noch nicht zu verraten, dass der Mörder offenbar für seine Opfer gesungen hatte. Er stimmte mit Marie überein, dass sie dieses Detail noch für sich behalten würden, bis sie es effektiver einsetzen konnten.

»Ich frage mich, ob Broome als Kind in einem Chor gesungen hat«, überlegte Marie. »Aber da er nicht aus der Gegend stammt, wird sich das nur schwer herausfinden lassen.«

»Aber einen Versuch wäre es auf jeden Fall wert.« Jackman gab den Sicherheitscode ein, und die Tür schwang auf. »Aber jetzt brauchen wir vor allem etwas Schlaf. Schicken Sie die anderen nach Hause. Und dann sammeln Sie Ihren Untermieter ein und verschwinden ebenfalls.« Er grinste. »Wie geht es Ihnen eigentlich als Vermieterin?«

»Super! Gary kocht sogar ein englisches Frühstück, bevor er zur Arbeit fährt! Er ist umgänglich und ein wahrer Zauberer in der Küche. Ich überlege ernsthaft, ihn zu behalten.«

»Na, dann muss sich Mrs M. aber warm anziehen. *Ich* bekomme kein warmes Frühstück.«

Marie grinste ebenfalls und wollte bereits etwas erwidern, als Jackmans Handy klingelte.

»Ah, Jim! Was haben Sie für mich?«

Jackmans gute Laune war mit einem Mal verflogen.

»Scheiße! Wie zum Teufel …? Nein, Jim, Sie trifft keine Schuld. Es tut mir nur leid, dass ich Sie da mit hineingezogen habe. Das heißt, er ist jetzt im Pilgrim Hospital in Boston? Ja. Stellen Sie sicher, dass er rund um die Uhr von mindestens zwei Beamten bewacht wird. Haben Sie genug Leute, oder soll ich jemanden vorbeischicken? Okay, danke, dass Sie es versucht haben. Gute Nacht, Jim. Oh, und wenn der Chief Probleme macht, dann schicken Sie ihn zu mir.«

Er legte auf und wandte sich wütend an Marie. »Micah Lee hat bestritten, etwas von dem Tunnel und dem unterirdischen Raum gewusst zu haben, und dann ist er zusammengebrochen. Er wurde zur neurologischen Untersuchung ins Krankenhaus gebracht, was bedeutet, dass zwei von drei Verdächtigen nicht mehr unter unserer direkten Obhut stehen, und das gefällt mir überhaupt nicht.«

Marie stimmte ihm zu, aber im Moment konnte sie kaum noch klar denken. Sie war viel zu erschöpft. »Ich gehe noch mal zu den anderen, und wir sehen uns morgen früh, Sir. Mal sehen, was der neue Tag so bringt.«

»Wo wir gerade von morgen sprechen: Ich muss Benedict Broome bis morgen um acht Uhr entweder gehen lassen oder Anklage erheben, das heißt, ich sollte mich so schnell wie möglich mit dem Gericht in Verbindung setzen und eine Verlängerung beantragen. Und angesichts dessen, was wir unter dem Anwesen dieses Mannes gefunden haben, werde ich das so lange fortsetzen, bis wir die verdammte Wahrheit herausgefunden haben.«

KAPITEL 25

Nach einer unruhigen Nacht stand Jackman früh auf, nahm sich ein Beispiel an Gary und kochte sich ein reichhaltiges englisches Frühstück. Er versperrte gerade die Haustür, als sein Handy klingelte.

»Marie? Sie sind doch nicht etwa schon im Büro, oder?«

»Doch. Und es tut mir leid, dass der Tag schon wieder mit einer schlechten Nachricht beginnt, aber wir haben ein Problem.«

»Was ist denn jetzt schon wieder?«

»Micah Lee ist aus dem Krankenhaus getürmt.«

»Was? Wie, zum Teufel, konnte das passieren?«

»Niemand hat direkt Schuld daran, Sir. Außer, dass man scheinbar seine Kraft unterschätzt hat.«

Jackman sprang in sein Auto und knallte die Tür zu. Es hatte *immer* irgendjemand Schuld daran, wenn einem Gefangenen die Flucht gelang. Es passierte nicht häufig, aber im Großteil der Fälle war derjenige zuvor ins Krankenhaus eingeliefert worden. »Okay, schießen Sie los. Und sagen Sie ja nicht, dass irgendjemand seinen Posten verlassen hat, um auf die verdammte Toilette zu gehen, sonst werden Köpfe rollen.«

»Nein, nichts dergleichen. Sie dachten, er wäre ohnmächtig, als sie ihn in die Radiologie brachten. Es waren zwei Constables und zwei Schwestern bei ihm, doch als er aus der Röhre kam und sie ihm die Handschellen wieder anlegen wollten, geriet er völlig außer sich. Einer der beiden Constables wurde schwer verletzt, der andere hat eine Gehirnerschütterung, und die beiden Schwestern wurden zu Boden geschleudert.«

»Nein!« Jackmans Wut wich ehrlicher Sorge. »Wie schlimm ist es?«

»Verdacht auf Schädelfraktur, Sir. Offenbar hat er die Köpfe der beiden zusammengeschlagen. PC Bladon hat es böse erwischt, PC Smythe hat eine leichte Gehirnerschütterung.«

»Und die Schwestern?«

»Sind erschüttert und haben ein paar blaue Flecken davongetragen.«

»Und wo ist er hin? Haben die Überwachungskameras alles aufgezeichnet?«

»Ja. Er lief zum Hintereingang, schlug einen Pfleger nieder und nahm seine Kleidung und die Geldbörse mit. Dann ist er über die Mauer gesprungen, durch ein paar angrenzende Gärten gelaufen und schließlich in Richtung West-Fen-Entwässerungskanal verschwunden.«

»Dann haben wir ihn also verloren?«

Jackman hörte, wie Marie scharf einatmete und seufzte. »Ja, wir haben ihn verloren.«

»Okay, ich bin in fünfzehn Minuten im Büro. Machen Sie mir einen starken Kaffee, und dann reden wir weiter.«

Jackman legte auf und stieß ein bitteres Lachen aus. Und er hatte tatsächlich geglaubt, dass heute alles besser laufen würde!

Als Jackman in den Ermittlungsraum trat, war sein Ärger verflogen. Er hatte vielmehr das Gefühl, dass ihm die Dinge langsam aus der Hand glitten.

Marie war als Einzige bereits im Büro, und sie sah in etwa so fröhlich aus, wie er sich fühlte.

Sie streckte ihm einen Kaffeebecher entgegen und sagte: »Max hat uns eine Nachricht hinterlassen. Der Computer konnte zwei weitere Opfer identifizieren. Die Bestätigung aus dem Labor steht zwar noch aus, aber die Vornamen und die Geburtsdaten stimmen überein. Corrie Anderson kam aus Bristol, Charlotte King aus Hull.«

»Und keiner der Namen kommt mir bekannt vor. Unser Mörder hielt sich also ausschließlich an kaum beachtete Vermisstenfälle aus einem ziemlich breiten Umkreis. Keiner der Fälle war so spektakulär, dass er es in die Medien geschafft hat.«

Marie sah Jackman ratlos an. »Mir ist das mit den Geburtstagen ein Rätsel. Warum wird man zum Mordopfer, nur weil man an einem Mittwoch geboren wurde?«

Jackman schüttelte langsam den Kopf. »Das werden wir wohl erst erfahren, wenn wir den Fall gelöst haben. Im Moment ist es vor allem wichtig, dass wir den ›verrückten Micah‹ wiederfinden.« Er atmete tief durch. »Würden Sie bitte in der Psychiatrie anrufen und nachfragen, ob Elizabeth inzwischen vernehmungsfähig ist, während wir darauf warten, dass die anderen aufkreuzen?«

Marie machte sich auf die Suche nach der Telefonnummer. Während sie ihre Unterlagen durchblätterte, sagte sie: »Wohin ist Micah Ihrer Meinung nach geflüchtet?«

Das war die Preisfrage. »Wenn Benedict Broome nicht hier in der Verwahrungszelle säße, hätte ich viel Geld darauf verwettet, dass Micah bei ihm ist, aber ...«

»Glauben Sie, dass er nach Hause geflohen ist? Er ist psychisch labil, vielleicht braucht er eine gewohnte Umgebung?«

»Aber er weiß doch sicher, dass beide Häuser unter Beobachtung stehen. Auf der Farm sind bereits Beamte stationiert, und im Windrush-Sanatorium wimmelt es nur so von Polizisten und Leuten von der Spurensicherung.«

Jackman sah immer noch die Wut in Micahs zerklüftetem, hässlichem Gesicht vor sich, als sie mit der Durchsuchung des Sanatoriums begonnen hatten. Vielleicht hatte er damals schon gewusst, dass das Ende der Kinderstation nahte, und den Gedanken daran nicht ertragen.

Marie hatte mittlerweile mit dem Krankenhaus telefoniert. »Wir haben grünes Licht, Sir. Sie sind zwar nicht begeistert, aber es ist okay, solange ein Arzt dabei ist und wir uns kurz fassen.«

Jackman dachte einen Augenblick lang nach. »Vielleicht wäre es besser, wenn Sie fahren und Rosie mitnehmen. Falls die Frau wirklich so labil ist, ist es womöglich nicht sinnvoll, wenn ihr ausgerechnet ein Mann unangenehme Fragen stellt.«

»Ja, da haben Sie recht, Sir. Rosie ist gerade gekommen, wir können also gleich losfahren, bevor die Ärzte ihre Meinung noch einmal ändern.«

Marie und Rosie eilten vom Parkplatz auf die schwere Glaseingangstür der psychiatrischen Klinik zu. Marie drückte den Knopf an der Gegensprechanlage und nannte ihren Namen. Die Tür summte, und das Schloss öffnete sich mit einem Klicken.

Es gab keine Wärter mit klirrenden Schlüsselketten, keine massiven Schlösser und keine scheppernden Eisentüren, sondern bloß Besucherausweise und Tastenfelder zur Eingabe der Sicherheitscodes.

»Dr. Mason erwartet Sie bereits, ich bringe Sie hinunter in seine Abteilung.« Der Portier war ein etwa dreißigjähriger Mann in einer akkuraten Uniform. Er hatte kurze Haare, war groß und muskulös und sah aus, als sollte man sich lieber nicht mit ihm anlegen.

Elizabeth war in einem Einzelzimmer untergebracht, vor dem zwei Constables Stellung bezogen hatten. Dr. Leonard Mason und ein Krankenpfleger waren gerade bei ihr und öffneten Marie und Rosie die Tür. Das Zimmer war makellos sauber und spartanisch eingerichtet.

Der Arzt hatte Marie gewarnt, dass Elizabeth ein leichtes Beruhigungsmittel bekommen hatte. Sie war vollkommen klar im Kopf, aber dennoch labil, weshalb der Psychiater und der Pfleger während des gesamten Gespräches anwesend sein würden.

Marie hatte vorab beschlossen, nur allgemeine Fragen zu stellen, falls der Arzt ihnen frühzeitig den Stecker ziehen würde. Sie traten der möglichen Komplizin des gesuchten Serienmörders so sanft und freundlich wie möglich gegenüber.

Elizabeth betrachtete Marie mehr oder weniger emotionslos, bis ihr Blick auf Rosie fiel. »Was für ein hübsches Mädchen«, sagte sie, und ein seltsames Lächeln umspielte ihre Lippen. »Sie erinnern mich an ... Nein, ihre Haare waren blonder.« Das Lächeln blieb, doch Marie hatte noch nie so traurige Augen gesehen. Sie fragte sich, woran die Frau wohl dachte.

»Elizabeth, Ihr Arbeitgeber Benedict Broome lässt Sie grüßen. Wir sollen Ihnen ausrichten, dass es ihm gut geht und Sie sich keine Sorgen machen sollen. Er sagt, Sie dürfen offen mit uns reden. Wir sind nur hier, um die Wahrheit herauszufinden. Verstehen Sie?«

Elizabeth legte den Kopf schief. »Ah, Mr Broome. Benedict.« Sie zog an ihren Ärmeln, bis sie ihre schlanken Finger beinahe vollständig bedeckten.

»Ist er ein netter Chef?«, fragte Rosie. »Behandelt er Sie gut?«

»O ja! Ich könnte mir nichts Besseres wünschen. Er ist sehr nett. Ich weiß gar nicht, was ich ohne ihn machen würde.«

Die Finger, die unter den Ärmeln gerade noch herausschauten, zuckten ohne Unterlass. »Aber was wollen Sie von mir? Warum bin ich hier?«

»Wir würden Ihnen gerne etwas zeigen. Vielleicht erkennen Sie es wieder.« Marie legte eine durchsichtige Beweistüte vor Elizabeth hin. Sie enthielt ein Namensschild aus dem versteckten Keller. Der Name »Lucy« war deutlich zu sehen. »Ist das Ihre Handschrift?«

»Ich glaube schon.« Sie kniff die Augen zusammen, um besser lesen zu können. »Ja, ich bin mir sicher, dass ich das geschrieben habe.«

Marie hörte, wie Rosie nach Luft schnappte. »Was sind das für Kärtchen, Elizabeth? Wofür haben Sie sie angefertigt?«

Elizabeth antwortete nicht, und Marie kämpfte gegen den Drang an, sie an den Schultern zu packen und zu schütteln. »War es Ihre Idee, oder hat Sie jemand gebeten, sie für ihn zu schreiben?«

Elizabeths Finger zuckten. »Nein, meine Idee war es nicht.« Sie runzelte die Stirn. »Aber wer ...?«

»Mr Broome vielleicht?«, fragte Rosie mit vollkommen ruhiger Stimme.

»Ja, so muss es wohl gewesen sein, nicht wahr?« Sie schob die Beweistüte von sich.

»Oder ein Freund?«, fragte Marie.

»Ich ... ich bin mir nicht sicher.«

Marie biss sich auf die Lippe und merkte, dass der Arzt sie fixierte.

»Vorsicht!«, sagte er kaum hörbar. »Drängen Sie sie nicht!«

Sie betrachtete die mausgraue Frau genauer, die nicht annähernd so alt war, wie sie aussah. Sie war sehr dünn, hatte zarte Knochen und eine porzellanweiße Haut, aber etwas in diesen traurigen Augen sagte Marie, dass sie nicht so zerbrechlich war, wie sie den Anschein erweckte. Marie beschloss, ihre Taktik zu ändern.

»Micah Lee ist verschwunden, Miss Sewell.«

Elizabeth schlug sich die zitternde Hand vor den Mund und schnappte nach Luft. Da meldetet sich Dr. Mason zu Wort. »DS Evans, könnte ich vielleicht kurz mit Ihnen sprechen?«

Genau auf diese Reaktion hatte Marie gehofft. Sie erhob sich und folgte dem Arzt nach draußen, während Rosie bei Elizabeth sitzen blieb. Sie hatte nun die Chance, die Reaktion der Frau genau zu beobachten.

Marie hörte zu, wie der Arzt sie ermahnte, zurückhaltender zu sein, und warf dabei immer wieder einen Blick durch das Fenster in der Tür. Sie sah, wie Rosies Lippen sich bewegten und wie ihre Kollegin lächelte. Nachdem mittlerweile nur noch der Pfleger und »das hübsche Mädchen« im Zimmer waren, fühlte sich Elizabeth Sewell nicht mehr bedroht. Marie beschloss, ein wenig mit dem Arzt zu diskutieren, sodass sich das Gespräch in die Länge zog.

Sie schlug ganze fünf Minuten heraus, ehe der Arzt ihr

die Erlaubnis erteilte, noch einmal mit der Patientin zu sprechen. Marie fragte Elizabeth nach den Tunneln, doch dieses Mal schien sie tatsächlich nicht zu wissen, wovon die Rede war. Mr Broome hätte nie irgendwelche Tunnel oder unterirdischen Räume erwähnt. Sie war mehrere Male zusammen mit ihm dort gewesen, aber nie allein.

Marie legte die Beweismitteltüte noch einmal vor Elizabeth hin und hob fragend die Augenbrauen. »Ist Ihnen dazu vielleicht noch etwas eingefallen?«

»Philip!«, rief Elizabeth plötzlich. »Die waren für die Käfige in seiner Tierklinik – für die Tiere in der Auffangstation, die keiner wollte.«

Maries Gedanken rasten. *Philip*? Philip Groves? »Woher kennen Sie den Tierarzt?«

»Ich arbeite für ihn.« Elizabeth lächelte zum ersten Mal übers ganze Gesicht. »Aber natürlich nur als Freiwillige. Ich helfe schon seit Jahren in meiner Freizeit in der Auffangstelle aus.«

»Und Sie haben dieses Schild hier für Philip Groves geschrieben?«

»Ich bin mir nicht sicher«, murmelte Elizabeth. »Ich dachte, es wären Namen wie Fluffy oder Rocky gewesen. Und auf den Karten waren kleine Knochen und Hundepfoten abgebildet. Mein Gott, ich bin total verwirrt.« Ihre Finger begannen erneut zu zucken.

»Ich glaube, das reicht jetzt.« Dr. Mason erhob sich, und Marie hätte am liebsten frustriert aufgeschrien.

Die beiden Polizistinnen bedankten sich bei Elizabeth und verließen das Zimmer.

Während sie auf den Portier warteten, der sie zum Ausgang begleiten würde, sagte Rosie leise: »Rate mal, an wen ich sie erinnere?«

Marie hob eine Augenbraue. »An Buffy, die Vampirjägerin?«

»Sehr witzig. Nein, ich erinnere sie an jemanden namens Fleur.«

»Das erste Opfer!«, hauchte Marie. »Aber was ist die Verbindung zwischen ihr und Elizabeth Sewell?«

»Ich weiß es nicht, aber sie war ziemlich wütend auf sich selbst, dass sie es mir verraten hatte. Als ich sie nach Fleur fragte, machte sie sofort dicht und redete nur noch von Micah.«

»Was hat sie über ihn gesagt?«

»Sie will unbedingt, dass wir ihn finden, und dann hat sie etwas ziemlich Seltsames gesagt.« Rosie runzelte die Stirn. »Sie meinte, du und ich sollten ihn lieber den Männern überlassen, die würden sich schon um ihn kümmern.«

»Und das heißt?«

»Dass er eine Gefahr für Frauen ist, schätze ich.«

»Na ja, das ist ja nichts Neues. Er ist eine Gefahr für alle.«

Rosie senkte die Stimme, als der Portier auf sie zukam. »Ich glaube nicht, dass sie das gemeint hat. Ich bin mir sicher, dass sie mich warnen wollte.«

Zurück an der frischen Luft, öffnete Marie die Autotür und warf ihre Tasche auf den Rücksitz. »Okay, wir fahren zurück zur Dienststelle, und dann rufst du als Erstes in Philip Groves' Praxis an und überprüfst, ob die ›armen Tiere‹ kleine Namenskärtchen mit hübschen Pfotenabdrücken haben, die von unserer freiwilligen Helferin Elizabeth Sewell geschrieben wurden.«

»Wird gemacht, Sarge. Und dann?«

»Dann versuchen wir, so viel wie möglich über Fleur herauszufinden. Ihre Verbindung zu Elizabeth überrascht mich, und es könnte eine wichtige Spur sein, wenn wir sie erst identifiziert haben. Setz dich dafür bitte mit Max zusammen.«

Im Stadtzentrum kamen sie nur langsam voran, und Marie fragte Rosie, was sie von Elizabeth hielt.

»Ich glaube, sie ist ehrlich verwirrt, und das beunruhigt sie. Vermutlich sind die Medikamente schuld, aber ich kann mir einfach nicht vorstellen, dass sie in ein so furchtbares Verbrechen verwickelt ist. Andererseits bin ich mir sicher, dass sie sich Benedict Broome gegenüber bis zu ihrem letzten Atemzug loyal verhalten wird. Sie ist ein wenig irre, aber ich könnte schwören, dass sie nicht absichtlich lügt.«

Das entsprach in etwa Maries Einschätzung, aber die Notwendigkeit, den Mörder so schnell wie möglich zu finden, ließ ihr kaum Zeit für derartige Mutmaßungen. »Falls wir sie noch einmal befragen müssen, würde ich vorschlagen, dass du allein hinfährst, Rosie. So wirst du am meisten aus ihr herausbekommen.«

Rosie grinste. »Ich glaube, dein Dienstgrad hat sie abgeschreckt, Sarge. Sie hatte auch Probleme mit dem Arzt, aber der Pfleger und ich waren ihr egal. Sie hat vermutlich Schwierigkeiten mit Autoritätspersonen.«

»Was wohl mit ihr los ist? Warum ist sie so ein nervöses Wrack?«

Marie bog in eine Seitenstraße und fuhr dann bis zum Parkplatz der Dienststelle. »Vielleicht frage ich Broome. Wenn er seine kostbare Zeit opfert, um sie für eine ambulante Behandlung ins Krankenhaus zu fahren, weiß er vermutlich ganz genau, was ihr fehlt.«

Sobald sie durch die Tür ins Foyer getreten waren, rief jemand Maries Namen. Es war Jackman, der sie zu sich winkte. Er stand gerade neben Superintendentin Crooke, die sich angeregt mit einem großen, schlanken Mann mit einem akkurat geschnittenen Bart und einer Brille mit schwarzem Rahmen unterhielt.

»Ah, gut, Sergeant Evans, dann kann ich Ihnen gleich Professor Henry O'Byrne vorstellen. Er ist ein Freund von Rory Wilkinson, und Sie haben ihn bereits erwartet.«

Marie hielt verblüfft inne und warf Jackman einen Blick zu. Die Superintendentin lächelte, und zwar ungewohnt warmherzig.

»Zufälligerweise ist Henry ein alter Bekannter. Er ist ein angesehener Experte für Kindesmissbrauch.« Sie sah ihn an und lächelte bewundernd. »Er war mit einigen der schwierigsten Fälle hier in der Gegend betraut, und jetzt gehört er ganz Ihnen, denn ich muss leider zu einer Sitzung.« Sie wandte sich an Jackman. »Die Presse hat Wind davon bekommen, dass in der Leichenhalle im Krankenhaus um einiges mehr los ist als sonst. Ich muss ihnen leider ein paar Brocken liefern, aber ich werde mich bemühen, so viel wie möglich zurückzuhalten.« Sie entfernte sich kopfschüttelnd, dann rief sie noch einmal über die Schulter hinweg: »Aber es wird nicht mehr lange dauern, bis die Bombe platzt. Sie sollten also unbedingt darauf gefasst sein.«

Das musste wohl passieren. Das tat es immer.

Marie schüttelte dem Professor die Hand, und sein Lächeln wirkte freundlich und einnehmend. Jackman hatte ihr erzählt, dass Rory ihn als »auf reife Art umwerfend« bezeichnet hatte, und Marie wusste genau, was er damit gemeint hatte.

»Gehen wir doch in mein Büro, Professor«, schlug Jackman vor. »Dort ist es ruhiger, und der Kaffee ist besser.«

Sie machten zuerst noch im Ermittlungsraum halt, wo sie dem Psychologen die Fotos zeigten und den Fall kurz für ihn zusammenfassten.

Henry O'Byrne betrachtete die Bilder und Notizen lange, bevor er einen Schritt zurücktrat, um das Whiteboard als Ganzes in sich aufzunehmen. Schließlich folgte er Jackman in dessen Büro.

»Ich weiß, es ist viel verlangt, Sir, aber könnten Sie uns vielleicht eine Art Profil erstellen, welche Art Mensch zu so etwas fähig wäre?« Marie wusste nicht, wie viel Zeit der Professor den Ermittlungen opfern konnte, aber sie musste die Frage einfach stellen.

»Sosehr ich Fernsehkrimis liebe, muss ich Ihnen leider sagen, dass ich nicht glaube, dass so etwas im wahren Leben funktioniert. Solche Gutachten sind nicht zuverlässig, und es kann sehr gefährlich werden, wenn man sich irrt. Ich weiß natürlich, dass mir die FBI-Profiler in Quantico widersprechen würden, aber die Fakten sprechen für mich. Egal, was die Drehbuchautoren Ihnen weismachen wollen, die Chancen, dass es durch ein solches Profil zu einer Verhaftung kommt, sind äußerst gering. Manchmal wäre es sogar zielführender, die Namen aus einem Hut zu ziehen.«

Er sah Jackman und Marie entschuldigend an. »Ich sehe, dass Sie enttäuscht sind, aber Sie schnappen Ihren Mann – oder Ihre Frau – wohl eher durch solide Ermittlungsarbeit und die Unterstützung eines guten Pathologen und seines Labors.« Er warf ihnen über den Rand seiner Brille einen Blick zu. »Allerdings würde ich Ihnen trotzdem raten, auf einige einfache psychologische Fakten zu vertrauen. Das kann durchaus informativ sein.«

»Wunderbar!« Jackmans Gesicht hellte sich auf. »Damit

kann ich leben – und um ehrlich zu sein, stimme ich Ihnen vollkommen zu.«

Wenn Jackman damit zufrieden war, war es Marie ebenso. Sie nickte, und ihre Laune stieg erheblich.

»Also, was wollen Sie wissen?«, fragte Jackman.

»Dürfte ich vielleicht den Tatort sehen? Ich will dieselbe Luft atmen wie der Mörder und dasselbe sehen wie er.«

»Sie klingen wie Rory. Er möchte auch immer als Erster am Tatort sein und einige Zeit allein mit den Leichen verbringen. Er meint, dass sie dabei oft ihre Geheimnisse mit ihm teilen würden.«

»Ja, das verstehe ich vollkommen. Andererseits haben wir auch sonst einiges gemeinsam«, erwiderte der Professor grinsend.

Warum sind es bloß immer die netten, gut aussehenden Männer?, dachte Marie.

»Wir fahren raus, nachdem ich mit meinem Team gesprochen habe.« Jackman erhob sich. »Sind Sie bereit für eine Fahrt ins nebelverhangene Marschland?«

Henry strahlte ihn an. »Liebend gern!«

Rosie legte gerade den Telefonhörer auf die Gabel, als Marie an ihren Tisch trat. »Philip Groves' Sprechstundenhilfe hat bestätigt, dass mehrere Tiere in der Auffangstation handgeschriebene Schilder an den Käfigen haben. Sie wurden von Elizabeth Sewell angefertigt, die tatsächlich als freiwillige Helferin in der Station arbeitet.«

»Hm, das klingt nicht gerade nach einem Hobby für einen Mörder, oder?«

»Ich bin mir sicher, dass sie nichts mit der Sache zu tun hat. Sie hat die Kärtchen für jemanden geschrieben, ohne zu wissen, wofür sie verwendet werden sollten.«

»Ja, das ist durchaus möglich, aber es wäre trotzdem

hilfreich, wenn sie sich erinnern könnte, wer sie darum gebeten hat. Egal, wie nett und verrückt sie wirkt, wir sollten sie trotzdem noch nicht von der Liste streichen.«

»Soll ich noch mal mit ihr reden?«

»Noch nicht. Hilf zuerst Max bei der Suche nach Fleur. Sie ist die entscheidende Verbindung.«

»Wird gemacht, Sarge.«

»Wir fahren jetzt mit dem Psychologen, Professor O'Byrne, ins Windrush-Sanatorium, aber ruf mich bitte sofort auf dem Handy an, falls ihr etwas herausfindet.«

»Klar. Eine Sache noch, bevor ihr losfahrt.« Sie gab Marie einen braunen Umschlag. »Der hier ist für DI Jackman. Von der Spurensicherung.«

Marie brachte das Kuvert zu Jackman, der gerade in ein Gespräch mit Charlie Button vertieft war.

»Würden Sie ihn bitte für mich öffnen, Marie? Wir sind hier gleich fertig.«

Marie überflog den Bericht, und erneut stieg Enttäuschung in ihr hoch. Es waren die Ergebnisse der Proben aus der alten Kapelle, und keine einzige stimmte mit einem der polizeibekannten Verbrecher überein. Aber zumindest hatten sie so neue Proben in den Akten und konnten sie verwenden, um Verdächtige zu identifizieren – vielleicht sogar jemanden aus den eigenen Reihen.

»Wir sind so weit!«, rief Jackman dem Professor zu. »Machen Sie sich auf etwas gefasst.«

KAPITEL 26

Auf dem Weg zum Roman Bank unterhielten sich Jackman und Henry O'Byrne über Mörder und die Faktoren, die dazu führen, dass jemand einen anderen Menschen tötet. Jackman hörte hauptsächlich zu.

Als sie auf die Zufahrtsstraße zum Sanatorium bogen, meinte Henry: »Ich glaube nicht, dass jemand böse auf die Welt kommt, aber manche Menschen können die Konsequenzen ihrer Taten nicht erkennen. Wenn jemand in früher Kindheit – also in einem sehr beeinflussbaren Alter – Gewalt erfährt und dann auch in weiterer Folge Vernachlässigung, Grausamkeit oder Missbrauch ausgesetzt ist, wird er desensibilisiert und lernt, dass Gewalt eine angemessene Art ist, aufgestaute Wut abzubauen.«

»Glauben Sie, dass es bei unserem Mörder so sein könnte?«, fragte Jackman.

Der Professor schüttelte den Kopf. »Das war lediglich eine allgemeine Einschätzung. Ich muss noch sehr viel mehr über den Fall erfahren, um eine Beurteilung abzugeben.«

Ein uniformierter Beamter winkte sie durchs Tor.

Marie wirkte nachdenklich. »Ich mache diesen Job schon lange und habe viele schreckliche Dinge gesehen, aber ich bin immer noch erstaunt, was Menschen einander antun können.«

Der Professor wandte sich zu ihr um und sah sie traurig an. »Sergeant Evans, wenn einem Menschen die Empathie fehlt und er andere als Objekte und nicht als menschliche Wesen wahrnimmt, dann ist er zu allem fähig und wird keine Reue empfinden.«

Jackmans Blick glitt über die Landschaft. Der Mensch war wirklich eine komplizierte Spezies. »In unserem Job haben wir es hauptsächlich mit einfachen Kriminalfällen zu tun«, sagte er schließlich. »Aber Sie arbeiten täglich mit Leuten, die sich in Zuständen schwerer geistiger Verwirrung befinden. Wie kommen Sie damit klar?«

Henry O'Byrne lächelte. »Auf dieselbe Art wie Sie. Es ist ein Job, der Miete, Kleidung und Essen bezahlt. Wir empfinden eine große Leidenschaft dafür, aber er macht nicht unser ganzes Leben aus. Wir haben gute Freunde und eine Familie und verbringen gerne Zeit mit ihnen.« Sein Lächeln wurde breiter. »Außerdem kennen wir den Unterschied zwischen Richtig und Falsch – was übrigens auf die meisten Leute zutrifft. Ein Großteil der Menschheit ist durchaus anständig, und wir haben es nur mit einer verschwindend kleinen Minderheit zu tun.«

Jackman öffnete die Tür und stieg aus. »Es ist schön, einmal einem Optimisten zu begegnen – und ziemlich erfrischend. Bei der Polizei gibt es davon nicht viele.«

Sie traten ins Haus, und der Professor sah sich staunend um. »Das hier war sicher einmal ein herrliches Anwesen. Schade, dass es derart heruntergekommen ist.«

Jackmans Telefon klingelte.

»Jackman? Hier ist Rory Wilkinson. Haben Sie kurz Zeit für mich? Es gibt Neuigkeiten.«

»Schießen Sie los. Ich bin gerade mit Ihrem Freund Henry O'Byrne am Tatort angekommen.«

Rory klang aufgeregt. »Jackman, ich bin mir ziemlich sicher, dass keines der Opfer in dem unterirdischen Raum getötet wurde. Sie wurden an einem anderen Ort ermordet und durch den Tunnel in den Keller gebracht. Und zwar mit dem alten Handwagen, der neben der Tür stand. Der Boden des Gefährts besteht aus Holz, und in den abstehenden Splittern haben sich Stoffreste verfangen.«

»Dann suchen wir also nach einem zweiten Tatort?«

»Ich fürchte, ja.«

Jackman stellte die Frage, vor der er sich schon die ganze Zeit über gefürchtet hatte: »Wissen Sie bereits, ob die Opfer sexuell missbraucht wurden?«

»Bei den älteren Leichen lässt sich das im Moment noch unmöglich feststellen, obwohl Jan Wallace bereits einen sehr ausführlichen Bericht über das erste Opfer verfasst hat. Bei ihr sind die Umstände vollkommen anders, aber das soll Jan Ihnen dann persönlich erklären. Einige der späteren Opfer wurden auf jeden Fall sexuell missbraucht, vermutlich sogar vergewaltigt, aber bei Weitem nicht alle. Die jüngeren Opfer scheinen diesem Schicksal entkommen zu sein.«

»Aber warum war Emily noch am Leben? Sie wurde unter Drogen gesetzt und hat sich offenbar gegen den Angreifer gewehrt, wenn man sich die Wunden an den Füßen und die zerrissenen Kleider ansieht, aber sie war nicht tot, als er sie in den Keller gebracht hat.«

»Ich glaube, der Mörder dachte, er hätte sie umgebracht. Sie haben ja selbst gesagt, dass ihre Vitalzeichen kaum erkennbar waren.«

Das stimmte allerdings. Jackman hatte keinen Puls gespürt.

»Jan Wallace meinte gerade, dass sie Sie später anrufen wird, ist das in Ordnung?«

»Ja, falls wir gerade in der unterirdischen Kammer sind, soll sie es bitte im Ermittlungsraum versuchen. Die Kollegen sagen mir dann Bescheid. Ach, und Rory? Wir haben mittlerweile mehrere Mädchen identifiziert, aber wir können erst zu hundert Prozent sicher sein, wenn wir die DNA-Proben haben. Können Sie vielleicht schon abschätzen, wann es so weit sein wird?«

»Es ist nicht gerade einfach, die DNA zu isolieren, aber nachdem es so viele Opfer sind, habe ich die Universität und ein privates Labor an Bord geholt. Normalerweise machen sie dort hauptsächlich Vaterschaftstests, aber sie haben sich einverstanden erklärt, mir unter die Arme zu greifen. Ich kann Ihnen nicht genau sagen, wann die Ergebnisse da sein werden, aber ich hoffe, es dauert nicht lange, und ich werde selbstverständlich die dringenderen Untersuchungen vorziehen.«

»Bitte geben Sie Fleur oberste Priorität.«

»Die hat sie bereits. Aber das wird Ihnen Jan Wallace dann genauer erklären.«

Jackman beendete das Gespräch und hatte plötzlich ein ungutes Gefühl.

»Okay, Henry. Dann sehen wir uns mal den Tatort an.«

Der Professor zog einen imaginären Hut. »Gut, gehen wir.«

Sie verbrachten beinahe eine Stunde unter der Erde, und der Psychologe schwieg beinahe die ganze Rückfahrt über.

»Es ist so wohlüberlegt!«, bemerkte er plötzlich. »Alles

wurde ganz genau geplant und perfekt ausgeführt. Das spricht für einen aufgeräumten, methodischen Geist. Sogar die Betten stehen im selben Abstand.«

»Und was sagt uns das?«, fragte Jackman.

Henry O'Byrne holte tief Luft. »Eine Menge. Die ganze Szenerie sprach Bände.« Er wandte sich zu Marie um, und seine Augen funkelten. »Ich denke, ich kann Ihnen um einiges mehr über diesen Mann erzählen als jeder Profiler. Ich hätte nie gedacht, ein so wunderbares Abbild seines Geistes vorzufinden.«

»Sie sprechen von einem Mann. Sind Sie sich sicher?«, fragte Jackman.

»Ja, ohne jeden Zweifel«, erwiderte Henry, bevor er für den Rest der Fahrt erneut in Schweigen versank.

Zurück im Ermittlungsraum, verkündete Max, dass »die Archäologin« angerufen hatte. Marie rief sofort zurück.

»Mir ist klar, dass Sie sehr beschäftigt sind, Detective«, begann Jan Wallace, »aber vielleicht wäre es trotzdem möglich, dass Sie in die Gerichtsmedizin kommen? Ich habe eine Menge Informationen über Fleur, unser erstes Opfer, und einiges ist ziemlich kompliziert, sodass ich es Ihnen gerne vor Ort erklären würde.«

Marie zuckte zusammen. »Ich werde es versuchen, aber vielleicht beschränken Sie sich erst mal auf die grundlegenden Dinge, und ich komme dann so bald wie möglich vorbei? Wir stecken hier bis zum Hals in Arbeit.«

Jan Wallace antwortete: »Das verstehe ich, aber vielleicht interessiert es Sie, dass ich siebenundzwanzig Knochenverletzungen gefunden habe. Außerdem habe ich bei genauerer Untersuchung festgestellt, dass das Mädchen unter einem massiven Mineralstoffmangel litt. Darüber hinaus lagen schwere Unterernährung und Blutarmut vor, weshalb ich annehme, dass sie verhungert ist.«

Das hätte Marie nicht erwartet. »Außerdem kann ich bestätigen, dass sie exhumiert wurde, wobei es ziemlich bemerkenswert ist, dass der Großteil des Skeletts nach wie vor vorhanden ist. Es fehlen lediglich ein paar kleinere Knochen. Sie war fünfzehn, als sie starb, was mit den Angaben auf dem Namensschild übereinstimmt. Wir haben natürlich noch eine Menge anderer Dinge herausgefunden, Sergeant, aber diese Ergebnisse waren am bemerkenswertesten.«

»Danke, ich weiß Ihre Hilfe sehr zu schätzen, Professor Wallace. Trotzdem muss ich zuerst noch einiges in die Wege leiten, bevor ich zu Ihnen kommen kann.«

Marie beendete das Gespräch, und ihre Gedanken rasten. »Sie ist verhungert und wurde exhumiert?«, murmelte sie. »Was soll das alles?«

Rosie ließ sich neben ihr nieder. »Du siehst ziemlich sprachlos aus.«

»Ja, und du wirst es auch gleich sein.« Marie rief Max und Charlie zu sich und erzählte ihren drei Kollegen, was sie gerade von Jan Wallace erfahren hatte.

»Verdammt noch mal«, fluchte Max. »Ich bin zwar Detective, aber ich habe echt keinen blassen Schimmer, was das alles zu bedeuten hat.«

Keiner wusste darauf eine Antwort.

Sobald Jackman aus seinem Büro trat, brachte Marie auch ihn auf den neuesten Stand.

»Okay, organisieren Sie doch bitte einen kleinen Imbiss für den Professor, und bitten Sie die anderen in mein Büro. Der Professor möchte uns gerne seine Einschätzung näherbringen, und danach sollten Sie unbedingt zu Jan Wallace fahren.«

Kurz darauf hatten sich alle in Jackmans Büro versammelt, und der Professor begann mit seinen Ausführungen.

»DI Jackman hat mich vorhin gefragt, was die offensichtliche Detailverliebtheit des Täters zu bedeuten hat. Nun, es gibt einen großen Unterschied zwischen Mördern, die organisiert vorgehen, und solchen, die es nicht tun. Der organisierte Mörder ist normalerweise durchschnittlich bis überdurchschnittlich intelligent, weiß über die polizeiliche Ermittlungsarbeit Bescheid und entscheidet sich nach sorgfältigen Überlegungen für einen Tatort, an dem er sich wohlfühlt. Er wählt den Zeitpunkt sehr genau, ist gut vorbereitet und behält gerne die Kontrolle. Der nichtorganisierte Mörder ist hingegen nur mäßig intelligent, agiert spontan und nimmt alles an, wie es sich ergibt, wodurch der Tatort sehr oft seinen unorganisierten Charakter widerspiegelt.«

»Dann ist unser Mann also ein organisierter Mörder?«

Der Professor legte den Kopf schief. »Ja, und zwar zwanghaft. Er kümmert sich um seine Opfer, und in dem Raum gibt es keine Folterinstrumente, Fesseln oder anderen Dinge, die ihnen Angst machen oder eine Bedrohung darstellen könnten. Alles ist sauber und ordentlich, bis hin zu den Blumen und den sorgfältig verstauten Kleidern. Den Fotos nach zu urteilen, lagen die Leichen bequem und friedlich in ihren Betten.«

»Das stimmt mit der Einschätzung des Pathologen überein. Die Spurensicherung fand keinerlei Hinweise, dass die Mädchen vor Ort umgebracht wurden«, erklärte Jackman.

»Ja, alles in dem Raum spricht gegen die Tatsache, dass sie unter Drogen gesetzt, entführt, geschlagen, sexuell missbraucht oder vergewaltigt und dann umgebracht wurden.«

»Könnte es sich um eine gespaltene Persönlichkeit handeln?«, fragte Charlie.

Der Professor nickte. »Multiple Persönlichkeitsstörungen sind äußerst selten, aber es wäre eine Möglichkeit. Vielleicht haben die beiden Persönlichkeiten verschiedene Charaktereigenschaften und Fähigkeiten und wissen nicht voneinander.«

Jackman massierte sich nachdenklich die Schläfen. »Was könnte den Wechsel von einer Persönlichkeit zur anderen auslösen?«

»Eine Art Trauma, vermutlich.«

»Das würde passen«, erwiderte Jackman. »Nachdem er das Opfer ermordet hat, ist der Schock über die Tat so groß, dass die zweite, fürsorgliche Persönlichkeit das Kommando übernimmt.«

»Das wäre sehr, sehr ungewöhnlich, aber nicht unmöglich.«

»Aber wohin bringt er seine Opfer, nachdem er sie unter Drogen gesetzt hat?«

»Ich würde sagen, dass sich dieser Ort irgendwo in der Nähe befindet, aber nicht im Haus selbst. Dort war aufgrund der Bauarbeiten sicher zu viel los, und jemand hätte ihn womöglich entdeckt. Wir wissen, dass er den Tunneleingang in der Marsch genutzt hat, um in den unterirdischen Raum zu gelangen, also würde ich in etwa zwei Kilometern Umkreis vom Tunneleingang suchen.«

»Und falls Micah Lee tatsächlich unser Mörder ist, dann versteckt er sich vielleicht dort«, meinte Marie.

»Ich kann mir nicht vorstellen, dass er zurückgekehrt ist, immerhin ist die halbe Polizeidienststelle dort draußen unterwegs«, erwiderte Jackman. »Aber wir dürfen das Risiko trotzdem nicht eingehen. Wir brauchen eine Suchmannschaft, die die Marsch und die umliegenden Felder durchkämmt, und zwar, bevor es dunkel wird.« Jackman warf einen Blick auf die Uhr. »Das heißt, wir haben nicht mehr viel Zeit.«

Max sprang auf. »Ich gebe sofort den uniformierten Kollegen Bescheid.«

»Gut, aber sie sollen unbedingt sicherstellen, dass das Windrush-Sanatorium und die umliegenden Gebäude weiterhin streng bewacht werden. Wir können es uns nicht leisten, dass dort etwas passiert.«

»Geht klar, Sir.«

Marie sah Jackman an. »Und was ist mit Jan Wallace?«

»Die muss wohl warten, bis wir die Suche in die Wege geleitet haben.«

Max eilte aus dem Büro, und Jackman wandte sich wieder an den Professor. »Glauben Sie wirklich, dass wir es mit einem Mann mit zwei Persönlichkeiten zu tun haben, Henry?«

»Es würde eine Menge Fragen beantworten. Aber ich würde gerne wissen, wie alles angefangen hat, und deshalb ist es wichtig, dass wir so viel wie möglich über Fleur in Erfahrung bringen. Vor allem, falls sie eines natürlichen Todes starb.« Er atmete tief durch. »Und noch etwas zu Ihrer Einschätzung, dass der Mörder nicht mehr ins Sanatorium zurückkehren wird: Es ist nicht nur bewiesen, dass es Mörder gerne an den Ort ihres Verbrechens zurückzieht, Sie sollten auch wissen, dass ein organisierter Mörder irgendwann die Kontrolle verliert. Er schafft es nicht, unentwegt alles zu planen und dem permanenten Druck standzuhalten, weshalb er schließlich zusammenbricht. Er beginnt, Fehler zu machen, und wird letzten Endes geschnappt.«

»Dann glauben Sie also, dass er zurückkommt?«

»Er erlebt zurzeit eine starke innere Unruhe und eine Mischung aus Wut, Hass und Verwirrung. Die Welt hat sich gegen ihn verschworen, und er weiß, dass es kein Happy End geben wird. Er wird zurückkehren, weil er nirgendwo sonst hinkann. Und selbst wenn er dem Zusammenbruch nahe ist, besteht durchaus die Möglichkeit, dass er sich einredet, es mit dem gesamten Polizeiaufgebot aufnehmen zu können.«

Jackman versuchte gerade, diese neuen Informationen zu verarbeiten, als Rosies Telefon klingelte. Sie sprach kurz mit dem Anrufer und trat dann eilig zu ihm.

»Das war Gary, Sir. Ethan Barley hat seinen Bruder offenbar von einer zwielichtigen Kneipe in die nächste geschleppt, um den Kerl zu finden, der ihm den nachgemachten Schlüssel zur Kapelle abgekauft hat.«

»Hatten sie Erfolg?«, fragte Jackman aufgeregt.

»Ja, Sir! Gary hat von einem heruntergekommenen Laden in der East Street in Harlan Marsh aus angerufen. Er hat sich an die Fersen des Mannes geheftet, aber er will ihn nicht einkassieren, weil die nächste Party dann womöglich abgesagt wird und wir keine Möglichkeit mehr haben, Cade zu schnappen. Deshalb verfolgt Gary den Kerl weiter und versucht herauszufinden, wer er ist und wo er wohnt.«

»Sehr gut, aber er muss sehr, sehr vorsichtig sein. Nichts davon darf zu Cade durchdringen, sonst sind wir erledigt. Und das wäre eine Katastrophe.«

Jackman merkte, dass Marie ihn fixierte. Sie wollte offenbar unbedingt, dass Cade für etwas aus der Vergangenheit bezahlte, und er hätte zu gerne gewusst, worum es sich dabei handelte.

KAPITEL 27

Nachdem sichergestellt war, dass ein Team aus uniformierten Beamten die Gegend am Roman Bank durchkämmte, versammelten sich Jackman und seine Leute wieder im Ermittlungsraum.

»Sollten wir vielleicht den Tierarzt herholen?«, fragte Max und kaute nachdenklich auf seinem Sandwich herum. »Wir sind uns einig, dass Elizabeth Sewell nicht die Mörderin sein kann, aber sie kennt jemanden namens Fleur, die von ihr beschrifteten Karten befanden sich in der Kammer des Schreckens, und sie hat beinahe identische Schilder für die Käfige in Philip Groves' Auffangstation geschrieben.«

»Max hat recht, Sir«, stimmte Rosie ihm zu. »Auch wenn ich mir nicht vorstellen kann, dass Groves ein kaltblütiger Mörder ist.«

Jackman betrachtete sein Sandwich und legte es zurück auf den Tisch. »Aber vielleicht sollten wir das. Er wohnt ganz in der Nähe, und falls wir es wirklich mit einer Persönlichkeitsspaltung zu tun haben, wer weiß? Woher sollen wir wissen, wonach wir suchen?« Er musterte Marie, die ein wenig abseits saß und ins Leere starrte. »Was denken Sie?«

Sie sah auf. »Es ist alles so verwirrend.« Sie lehnte sich zurück und streckte sich. »Wir haben zwölf tote Mädchen, die alle an einem Mittwoch geboren wurden. Im selben Raum lag aber auch noch ein weiteres totes Mädchen, das im Gegensatz zu den anderen verhungert ist. Und dann ist da noch Toni, die entführt wurde, aber überlebt hat. Im Gegensatz zu Shauna, die starb – wenn auch unter vollkommen anderen Umständen. Die beiden Überlebenden erzählten von einem Mann mit toten Augen. Aber hat jemand von uns einen Mann mit toten Augen gesehen? Nein. Micah Lee hat ein Furcht einflößendes Gesicht, aber seine Augen sind dunkel und sehr ausdrucksstark, Benedict Broome hat vollkommen normale Augen, und Elizabeth Sewell ist eine Frau. Keiner, mit dem wir bis jetzt gesprochen haben – und es waren tatsächlich eine Menge –, hatte seltsame Augen.« Sie stöhnte. »Und wer, zum Teufel, ist Fleur?«

»Die Spuren führen immer wieder zu ihr zurück, nicht wahr?«, bemerkte Jackman.

»Aber es gibt keine einzige Vermisstenmeldung mit diesem Namen«, klagte Max.

»Hallo, habe ich was versäumt?« Gary trat mit einem Lächeln auf den Lippen zu ihnen, das jedoch sofort verblasste, als er sich umsah. »Hm, die Stimmung ist ja nicht gerade gut. Aber zumindest habe ich den Namen und die Adresse eines der Kerle, die die Partys organisieren. Er heißt Brendan Keefe und wohnt am Rand von Harlan Marsh. Wir können ihn jederzeit festnehmen, wenn wir so weit sind.«

»Gute Arbeit, Gary. Er hat nicht zufällig seltsame Augen?«, fragte Jackman hoffnungsvoll.

»Gerissen, durchtrieben, schweinchenartig. Aber nicht seltsam.«

»Schade. Setzen Sie sich.« Er schob Gary sein Sandwich zu, das er nicht angerührt hatte, und erklärte: »Wir überlegen gerade, wer Fleur sein könnte.«

Gary griff nach dem Sandwich, biss dankbar hinein und kaute gemächlich. »Fleur ist nicht gerade ein gebräuchlicher Name, aber ...«

Eine zivile Angestellte trat ins Zimmer.

»Entschuldigen Sie die Störung, DI Jackman, aber ich soll vom Beamten am Empfang ausrichten, dass die Leiche eines männlichen Weißen am Rand der Marsch gefunden wurde. Es sieht so aus, als hätte er sich erhängt. Aber der Kollege dachte, dass Sie es sich aufgrund der Lage des Fundortes vielleicht ansehen möchten.«

Jackman richtete sich ruckartig auf. »Wo wurde er gefunden?«

»In der alten Mühle am Goshawk End.«

»Die kenne ich«, rief Gary. »Sie liegt zwischen Roman Bank und Hurn Point und damit in dem Gebiet, das wir gerade nach Micah Lee durchkämmen.«

Jackman war bereits auf halbem Weg zur Tür hinaus.

»Gary, Sie kommen mit. Und Max auch. Ein wenig frische Luft wird Ihnen guttun. Sie sollten nicht immer nur vor dem Computer hocken.« Er warf Marie ein Lächeln zu. »Und Sie bekommen eine Leichenpause. Suchen Sie mit Rosie zusammen weiter nach Fleur, und reden Sie noch einmal mit Jan Wallace. Vielleicht gibt es Neuigkeiten.«

»Ob Micah sich wohl umgebracht hat?«, murmelte Marie.

»Das könnte durchaus sein. Aber keine Sorge: Falls es so ist, rufe ich Sie sofort an.«

In der alten Mühle gab es nicht viel zu sehen, aber der Anblick, der sich ihnen bot, war durchaus überraschend.

Die Leiche baumelte nicht an einem knarrenden Balken, sondern lag zusammengekrümmt auf dem schmutzigen Fußboden, umgeben von einem Haufen zerbrochener Gemüsekisten.

»Der Mann ist definitiv tot und hat sogar noch das Seil um den Hals. Aber es ist nicht Micah Lee«, murmelte Jackman.

»Sieht aus, als wäre es zu einem Kampf gekommen, wenn man das Chaos hier so betrachtet«, meinte Max.

Doch Gary schüttelte den Kopf. »Nein, das glaube ich nicht. Er ist auf die Kisten geklettert und ... Nein, so kann es auch nicht gewesen sein. Dafür liegen sie zu weit weg.«

»Und wie ist das Seil von dem Balken gerutscht?« Max sah nachdenklich nach oben. »Er sieht doch sehr stabil aus und hängt auch nicht nach unten.«

Jackman betrachtete den Toten. Der Körper war vollkommen verdreht und das Gesicht glücklicherweise leicht abgewendet. »Ich glaube, wir sollten uns vor allem die Frage stellen, wie es ein Toter geschafft hat, das Seil um seinen gebrochenen Hals zu lösen?«

»Genau! Also, wer war bei ihm?«, fragte Max.

»Es könnte doch sein, dass jemand versucht hat, ihm zu helfen?« Jackman ließ den Blick über die verstreuten Kisten, den Balken und die Leiche wandern. »Ich würde sagen, dass ihn jemand gefunden hat, auf die Kisten geklettert ist und das Seil vom Balken geknüpft hat. Und nachdem kein Notruf einging, war es vermutlich jemand, der nichts mit der Polizei zu tun haben will.«

»Da das hier nicht Micah Lee ist, könnte es doch sein, dass Micah den Mann gefunden hat, oder?«, fragte Gary.

»Wie lange er wohl schon so daliegt? Wir sollten auf jeden Fall die Kollegen verständigen, dass Lee sich irgendwo in der Nähe herumtreibt. Es gibt nicht viele Orte, zu denen er von hier aus unbemerkt gelangen kann.« Gary machte sich auf den Weg zur Tür.

»Wäre es möglich, von hier aus zu Fuß ins Sanatorium zu gehen?«, fragte Jackman.

»Ja, aber man muss dabei ein ziemlich unwegsames Stück Marschland durchqueren, und das sollte man nur riskieren, wenn man die Gegend gut kennt.«

»Micah hat immerhin hier in der Nähe gearbeitet«, wandte Max ein.

»Und wenn er die Marsch so gut kennt, dann kann es auch durchaus sein, dass er von dem Tunnel wusste«, überlegte Jackman. »Wir fahren am besten gleich wieder zurück. Hier können wir ohnehin nichts ausrichten. Die uniformierten Kollegen werden den Tatort absperren, bis einer unserer heillos überarbeiteten Pathologen die Zeit findet, sich den armen Kerl anzusehen. Wir wissen nicht einmal, wer er ist. Er hat keinen Ausweis bei sich.«

Auf dem Weg zum Auto überlegten sie, warum der Mann sich das Leben genommen hatte, und das Wort »Schuld« kam dabei immer wieder zur Sprache. Schuld oder Verzweiflung. Es war sicher kein Zufall, dass sich jemand in unmittelbarer Nähe zum Tatort umgebracht hatte. Es musste eine Verbindung geben. Vielleicht hatte er es aus Verzweiflung getan, weil er seine kostbaren Mädchen verloren hatte?

»War es eigentlich wirklich ein Selbstmord?«, fragte Max leise. »Oder hat jemand nachgeholfen?«

»Ich glaube nicht. Der v-förmige Abdruck am Hals des Opfers stammt definitiv von dem Seil, daher würde ich sagen, dass es ein gewollter – und in diesem Fall auch erfolgreicher – Selbstmord war.«

Jackman warf einen letzten Blick auf die verfallene Mühle, von der nur noch die Mauern und die verwitterte Holztür übrig waren. Natürlich hatte sie früher ein Segel gehabt, doch das war schon lange fort. Und glücklicherweise erinnerte sie ihn in keiner Weise an sein eigenes gemütliches Zuhause.

»Marie, dort drüben wartet jemand auf dich.« Der diensthabende Beamte am Empfang deutete auf eine junge Frau, die im Foyer saß.

Marie wollte ihm bereits sagen, dass sich ein Kollege um die Frau kümmern sollte, als sie Asher Leytons Verlobte, Lynda Cowley, wiedererkannte.

Marie ging zu ihr und setzte sich neben sie. Außer ihnen waren kaum noch Leute hier. »Miss Cowley, nicht wahr?«

Die junge Frau nickte. »Es tut mir leid, wenn ich Sie störe, Sergeant Evans, aber er ist verschwunden.« Sie kämpfte gegen die Tränen an. »Asher ist gestern Abend nicht nach Hause gekommen und war heute auch nicht im Büro.« Sie tupfte sich mit einem Taschentuch das perfekte Augen-Make-up trocken. »Das sieht ihm gar nicht ähnlich. Er ist sonst so aufmerksam und fährt nie weg, ohne es mir zu sagen. Irgendetwas ist passiert, das weiß ich.«

Marie überlegte eilig. Asher Leyton hatte sich mehrmals mit Shauna Kelly unterhalten, die mittlerweile tot war. Außerdem war er einige Male verwarnt worden, weil er vom Auto aus offensichtlich Ausschau nach Frauen gehalten hatte. Sie hatten sich mit ihm über Shaunas Tod unterhalten, und nun war er verschwunden.

»Wann haben Sie ihn zum letzten Mal gesehen beziehungsweise mit ihm gesprochen?«

»Gestern Mittag. Er sagte, er hätte noch einen Termin am späten Nachmittag, aber er wollte zum Abendessen zu Hause sein.« Sie begann zu schluchzen. »Ich war wirklich lange wach, aber er ist nicht gekommen.«

Marie versprach, sich umzuhören. »Ich werde sehen, was sich machen lässt, aber er ist ein erwachsener Mann, weshalb ich ihn noch nicht als vermisst melden kann, das verstehen Sie doch, oder?«

Lynda nickte und verließ weinend die Dienststelle.

Marie ging zu dem Kollegen am Empfang. »Danny, schick bitte einen deiner Leute zu den Nutten an der Dock Lane. Er soll sich nach Asher Leyton umhören – mal sehen, was sie so erzählen. Und vielleicht könntest du auch eine Fahndung nach ihm rausgeben. Ich würde mich gerne in aller Ruhe mit dem jungen Mann unterhalten.« Sie gab ihm eine Beschreibung des Vermissten und machte sich anschließend auf den Weg zu den Aufzügen.

Der Fall kam immer mehr ins Rollen, und zwar so sehr, dass er sie beinahe unter sich begrub. Sie musste so schnell wie möglich mit Jackman sprechen und ihm von der letzten besorgniserregenden Entwicklung erzählen.

Als es Abend wurde, ging ein weiterer Anruf ein.

Gary nahm ihn entgegen und verkündete dann mit ernster Stimme: »Die uniformierten Kollegen haben vermutlich den zweiten Tatort gefunden, Sir. Es ist ein alter Wohnwagen auf dem Nachbargrundstück. Allerdings sind sie nur darauf gestoßen, weil er in Flammen steht. Wir haben mehrere Männer vor Ort und auch einen Feuerwehrmann, aber es ist unmöglich, mit einem Feuerwehrwagen hinauszufahren. Dort gibt es nur Schlamm und Kohlfelder.«

»Wem gehört das Grundstück?«

»Einem Farmer namens Smith, aber er hat es auch nur gepachtet. Der Wohnwagen stand schon dort, als er es übernommen hat.«

»Befand sich jemand in dem Fahrzeug?«

»Ich glaube nicht, aber es lässt sich kaum feststellen, bevor jemand hineingehen kann. Der Farmer versucht, mit einem Traktor und einem Bewässerungsschlauch durchzukommen, aber das braucht alles seine Zeit.«

Jackman sah vor sich, wie sein Tatort in Rauch aufging. »Kommen Sie, Gary. Selbst, wenn alles niederbrennt – wir müssen es uns trotzdem ansehen.«

»Okay, Chef. Ich sage den Kollegen, dass wir unterwegs sind.«

Auf der Fahrt hatte Gary das unbestimmte Gefühl, etwas Wichtiges übersehen zu haben. Die anderen unterhielten sich und jonglierten mit verschiedenen Theorien, doch er schwieg. Der Fall entglitt ihm, und er geriet immer mehr ins Hintertreffen. Sie parkten den Wagen und stapften über das gepflügte Feld. Es war nicht mehr viel zu sehen außer einem ausgebrannten Wrack, verbogenen Metallteilen und verzogenen Vertäfelungen.

Der Feuerwehrmann trat mit finsterem Gesicht auf sie zu. »Ich fürchte, es sieht nicht gut aus, Sir.«

»Irgendwelche Leichen?«, fragte Jackman.

»Nein, das nicht. Aber ich habe Blutspuren entdeckt, und den Utensilien im Inneren des Wohnwagens nach zu schließen, sind hier fürchterliche Dinge passiert.« Er verzog das Gesicht. »Auch wenn nicht mehr viel übrig ist.«

»Welche Utensilien?«, fragte Marie.

»Das Feuer hat großen Schaden angerichtet, aber wir haben jede Menge Lederfesseln gefunden, eine schwarze Gesichtsmaske und noch andere seltsame Dinge. Am Boden des Wohnwagens sind Ketten befestigt, um Gefangene an Händen und Füßen zu fixieren. Es kommt immer mehr zutage, aber es glüht noch alles, und es ist zu gefährlich, sich länger im Inneren aufzuhalten.«

»Ich nehme an, dass das Feuer absichtlich gelegt wurde?«, fragte Jackman mit leicht zitternder Stimme.

»Ja, definitiv. Wir haben eine Gasflasche mit geöffnetem Ventil gefunden, und es sieht so aus, als wäre vor allem im Bereich des Schlafzimmers ein Brandbeschleuniger benutzt worden.«

Dann hat also jemand aufgeräumt, dachte Gary. Irgendjemand wollte alle Beweise loswerden, um entweder sich selbst oder jemand anderen zu schützen. Er betrachtete die glühenden Überreste und roch den beißenden Gestank von verbranntem Gummi.

»Es passt alles zusammen, nicht wahr?«, bemerkte Marie. »Er bringt die Mädchen in den Wohnwagen, vergeht sich an ihnen und tötet sie anschließend.« Ihr Gesicht war vor Wut verzerrt. »Und dann bringt das Arschloch die Leichen über das Marschland zum Eingang des Tunnels, lädt sie auf den Wagen und fährt sie auf die Kinderstation.«

»Damit sie dort bis in alle Ewigkeit ruhen«, flüsterte Gary. »Das dachte er zumindest.«

»Wissen Sie, was ich beunruhigend finde?«, sagte Jackman leise. »Dass das Ungeheuer, das hier gewütet hat, vielleicht in diesem Moment gerade zusieht, wie die Flammen seine Folterkammer verschlingen.«

Sie wandten dem ausgebrannten Wohnwagen den Rücken zu und kehrten zum Auto zurück.

»Wir sollten ins Sanatorium fahren und den uniformierten Kollegen Bescheid geben. Es ist nicht mehr notwendig, nach dem zweiten Tatort zu suchen, aber es wäre sicher vernünftig, die Einsatzkräfte vor Ort zu verstärken, um das Haus und die Tunnel zu bewachen. Bloß für den Fall, dass der Psychologe recht hat und der Mörder in sein Versteck zurückkehrt.«

KAPITEL 28

Marie hatte die Abende im Marschland schon immer geliebt. Der Himmel bot ein atemberaubendes Farbenspiel, und die nebligen Schatten, die über das Wasser zogen, schienen nicht von dieser Welt. Sogar die Geräusche waren friedlich. Das Rufen der Vögel, das Scharren kleiner Tiere im Unterholz und der Wind, der das Reet tanzen ließ.

Aber heute Abend war alles anders. Hinter jedem Schatten versteckte sich eine mögliche Gefahr, und Marie spürte, dass der Wind, der vom Meer hereinwehte, etwas Dunkles, Böses mit sich brachte.

Jackman und Gary besprachen gerade mit dem befehlshabenden Sergeant die Lage, während sich Rosie und Max mit ein paar uniformierten Kollegen unterhielten.

Marie ging zu der niedrigen Mauer, die den Garten umgab und von der man einen herrlichen Ausblick über das Marschland und die Grenze zum Mündungsgebiet hatte. Dutzende Lichter tanzten über den Horizont, und sie sah die Silhouetten der Polizisten, die von ihrer Suche nach dem zweiten Tatort zurückkehrten.

Sie setzte sich in den Schatten einer der riesigen alten Eichen, die eine natürliche Grenze zwischen dem Garten und der Landschaft dahinter bildeten, und betete, dass dieser schreckliche Fall bald ein Ende haben würde.

Vor allem hoffte sie inständig, dass es ihnen bald gelingen würde, Fleur zu identifizieren.

Ihr Telefon meldete sich. Der melodiöse Klingelton klang wie sanfter Regen und erinnerte sie an die Hügel von Wales.

»Ich wollte nur hören, dass es dir gut geht.«

Die Stimme ihrer Mutter zauberte ihr ein Lächeln aufs Gesicht. »Ja, deiner Tochter geht es gut.«

»Und ich will, dass es auch so bleibt, Schatz. Ist es gerade ungünstig?«

»Nein, es passt schon. Ich würde jetzt mit niemandem lieber reden als mit dir, glaub mir.«

»Ich habe das Gefühl, dass sich der komplizierte Fall langsam in einen richtigen Albtraum verwandelt. Oder irre ich mich?«

»Nein, du hast vollkommen recht, Mum. Dieses Mal wünsche ich mir wirklich, dass es bald vorbei ist.«

»Mir ist klar, dass du nicht darüber reden darfst. Aber soll ich vielleicht ein paar Tage zu dir kommen?«

»Nichts lieber als das, aber ich muss dir trotzdem einen Korb geben, Mum. Wir haben so viel zu tun, dass ich dich kaum sehen würde.«

»Dann pass gut auf dich auf, und denk immer daran, dass ich dich liebe.«

»Immer«, erwiderte Marie. »Und ich liebe dich auch.« Sie lächelte in sich hinein und legte auf.

Marie hatte sehr gute Instinkte, ein hervorragendes peripheres Sehvermögen, eine ausgezeichnete Auge-Hand-Koordination und verfügte über die Fähigkeit, eine Situation blitzschnell einzuschätzen und dementsprechend zu reagieren. Mit anderen Worten war sie eine ausgezeichnete Polizistin und Motorradfahrerin, und als sie plötzlich eine kurze Spiegelung auf dem Handydisplay sah, wusste sie sofort, dass etwas nicht stimmte.

Jackman stand etwas abseits und unterhielt sich mit den uniformierten Kollegen, Gary hatte sich gegen den Wagen gelehnt und telefonierte, und Rosie und Max standen neben dem Haus. Eigentlich hätte sie allein sein sollen – aber das war sie nicht.

Marie machte einen Satz zur Seite und hoffte, dass sie sich damit ein Stück von demjenigen entfernt hatte, der hinter ihr lauerte. Doch im nächsten Moment stürzte er mit der Wucht eines Nashorns auf sie. Ihre abrupte Bewegung hatte ihn aus dem Gleichgewicht gebracht, und sie landeten auf dem Boden neben der Gartenmauer.

Micah war als Erster wieder auf den Beinen und bewegte sich überraschend schnell. Er hechtete mit ausgestreckten Händen auf sie zu und zielte auf ihren Hals.

Sie wand sich unter ihm heraus und drehte sich zur Seite, doch er packte sie und hielt sie an den Handgelenken umklammert. Sein Griff fühlte sich an wie ein Schraubstock.

Marie stieß einen Schrei aus, doch im nächsten Augenblick presste Micah ihr eine Hand auf den Mund und brachte sie zum Schweigen. Sie spürte, wie sich ihre Zähne in das empfindliche Fleisch ihrer Lippe gruben.

»Du Schlampe! Du hast alles kaputt gemacht! Aber jetzt werden wir mal sehen, wie es deiner Familie gefällt, wenn sie auseinandergerissen wird.«

Marie bekam kaum Luft. *Jetzt sterbe ich,* dachte sie. *Einfach so.*

Doch plötzlich verlor seine Umklammerung immer mehr an Kraft, und das Blut, das durch ihre Adern schoss, dröhnte in ihren Ohren. Die Hand auf ihrem Mund begann zu zittern und löste sich langsam, und Marie schnappte nach Luft.

Als sie röchelnd aufblickte, sah sie Gary, der Micah zu Boden rang und ihm Handschellen anlegte. Micahs Gesicht war eine schmerzverzerrte Maske. Er wiegte sich vor und zurück und stöhnte, als hätte er unerträgliche Schmerzen.

Dann rollte er sich trotz der Handschellen zu einem Ball zusammen und schluchzte. »Nein! Bitte, bitte nicht!«

Gary zog ihn hoch und rief Jackman zur Hilfe. Die beiden führten Micah zu einem Streifenwagen, und kurz darauf wurde er abtransportiert. Jackman hatte darauf bestanden, dass er dieses Mal nicht zurück nach Harlan Marsh gebracht wurde.

Marie blieb einen Moment lang sitzen, rang nach Atem, tupfte ihre blutende Lippe trocken und versuchte zu begreifen, was gerade passiert war. Micah hatte sie töten wollen, aber als Gary ihn gepackt hatte, hatte er sich in ein weinendes Kleinkind verwandelt. Und das war nicht die Reaktion, die sie erwartet hatte.

»Verdammt! Jetzt wissen wir, wer unser Mörder ist, nicht wahr?«, bemerkte Jackman, kniete sich neben sie und legte ihr einen Arm um die Schultern. »O Marie, es tut mir so leid! Ich hätte in Ihrer Nähe bleiben sollen. Wir wussten ja, dass er irgendwo dort draußen ist. Ist alles in Ordnung?«

»Es war meine Schuld«, krächzte sie. »Ich habe es herausgefordert. Ich habe mich von den anderen entfernt.« Sie hustete, ihre Kehle schien in Flammen zu stehen.

Jackman half ihr behutsam hoch. »Ich bringe Sie sofort in die Notaufnahme.«

»Nein, nicht ins Krankenhaus!«

»Aber Sie sollten unbedingt von einem Arzt durchgecheckt werden.«

»Sie brauchen nicht weiterzureden, Sir. Sie verschwenden bloß Ihren Atem.« Sie lächelte gequält. »Und glauben Sie mir: Ich weiß, wie wertvoll Luft zum Atmen ist.«

»Ihre Lippe sieht aus, als hätten Sie zu viel Botox erwischt. Sie muss vermutlich genäht werden.«

»Dafür habe ich keine Zeit, Sir. Hier stimmt irgendetwas nicht! Ich möchte so schnell wie möglich zurück ins Büro, wo mir hoffentlich jemand einen starken Kaffee mit jeder Menge Zucker kocht.«

»Hat Ihnen schon mal jemand gesagt, dass Sie die sturste, unnachgiebigste Frau sind, die ...«

»Ja, Sir. Sie. Letzte Woche. Und ein paar Tage vorher ...«

»Halten Sie die Klappe, Marie, sonst lasse ich sie Ihnen zunähen!«

Bill Hickey war mit seiner Arbeit im Verzug. Nachdem der Boss unterwegs war, waren einige Dinge liegen geblieben, vor allem der Papierkram. Er hatte ein kleines Büro in einem umgebauten Lager neben einer der Scheunen, und obwohl es schon spät war, wollte er noch mal nach den Rechnungen sehen. Bill war ein methodischer Mensch, und ein Berg ungeöffneter Briefe machte ihn nervös.

Er warf gerade den letzten aufgerissenen Umschlag in den Papierkorb, als er ein Licht im Farmhaus entdeckte.

Die Polizisten waren bereits vor einiger Zeit gegangen, nachdem sie ihm erklärt hatten, dass Micah Lee inzwischen gefasst worden war, und Mr Tanner war noch nicht zu Hause – was war da los? Bill sprang auf, griff nach dem Schlüsselbund und lief um die Scheune herum zum Haus.

Die Eingangstür war unverschlossen. Bill hatte sie persönlich überprüft, nachdem die Polizisten fortgefahren waren, und da war sie noch ordnungsgemäß versperrt gewesen. Er runzelte die Stirn, holte tief Luft und schlüpfte ins Gebäude.

Hinter der Eingangstür hielt er inne. Aus dem oberen Stockwerk drangen Geräusche. Es klang, als wäre der Eindringling in Tanners Schlafzimmer.

Einen Moment lang wusste Bill nicht, was er tun sollte. Am besten wäre wohl gewesen, die Polizei zu verständigen, aber er war neugierig, wer sich ins Haus geschlichen hatte.

Angst hatte er keine. Er war eine Zeit lang bei der Armee gewesen und hatte sich auch seither fit gehalten. Er ging leise die Treppe nach oben und beschloss, die Polizei zu rufen – aber erst, nachdem er den Einbrecher gestellt hatte.

Bill bewegte sich langsam über den Flur im Obergeschoss. Er hatte recht gehabt, der Dieb war wirklich in Tanners Schlafzimmer. Die Tür stand offen, und Bill sah eine gebeugte Gestalt, die den Strahl einer Taschenlampe auf den großen Holzschreibtisch in der Ecke richtete.

Bill war bei ihm und fixierte den Einbrecher von hinten, bevor dieser überhaupt merkte, was passiert war.

Der Mann schrie auf und versuchte, sich zu befreien, aber er hatte keine Chance. Bill zerrte ihn zur Tür und schaltete das Licht an.

»Was, zum Teufel, machen Sie da?«, knurrte Bill.

Er starrte in das verängstigte Gesicht eines jungen Mannes.

»Ich ... ich ...« Seine Lippen zitterten.

Bill runzelte die Stirn. Das war nicht gerade die Reaktion, die man von einem Einbrecher erwartete. Er lockerte seinen Griff ein wenig. »Also, wonach haben Sie gesucht? Geld vielleicht?« Er deutete mit der freien Hand auf den durchwühlten Schreibtisch. »Denn Sie haben ja offensichtlich etwas gesucht.«

Er bekam auch dieses Mal keine Antwort. Der junge Mann schien den Tränen nahe.

Bill runzelte noch stärker die Stirn. Der Einbrecher hatte nichts bei sich, und auch die Taschen seines alten, karierten Jacketts waren leer. Er schien ziemlich schlecht ausgerüstet. Dann erinnerte sich Bill an die Haustür. Sie war offen gewesen, aber nicht aufgebrochen.

Er schob eine Hand in die Tasche des Einbrechers und zog einen altmodischen Hausschlüssel hervor. Er sah genauso aus wie das Exemplar an seinem Schlüsselbund.

»Wer, zum Teufel, sind Sie?«, fragte Bill und drängte den Mann zurück zum Tisch. »Warum haben Sie einen Schlüssel? Und was haben Sie mit den Sachen vom Boss zu schaffen?« Er brach ab, als sein Blick auf die Gegenstände auf dem Tisch fiel.

Kreditkarten, eine geöffnete Geldbörse, ein Terminplaner, ein Siegelring ... und ein *Reisepass?*

Als er den Namen Tanner auf dem Dokument entdeckte, packte Bill seinen Gefangenen wieder fester und griff nach dem Telefon.

»Bill Hickey ist am Apparat, Sir. Er will mit Ihnen sprechen.«

Jackman lauschte dem eiligen Bericht und sagte dann: »Bleiben Sie, wo Sie sind. Ich schicke sofort ein paar Beamte vorbei.« Er legte auf und wandte sich an die anderen. »Das war der Betriebsleiter der Farm, auf der Micah wohnt. Er hat einen Einbrecher gestellt.« Er stürzte seinen Kaffee hinunter und nahm seine Jacke. »Gary, die uniformierten Kollegen sollen einen Wagen hinschicken. Aber nach dem, was Hickey mir erzählt hat, sollten wir unbedingt auch selbst hinfahren. Schaffen Sie das, Marie?«

»Noch zwei Paracetamol, und ich bin bereit«, krächzte Marie.

Der Einbrecher saß mit hängendem Kopf auf der Bettkante, und sie erkannten ihn sofort.

»Asher Leyton?«, fragte Jackman ungläubig. »Jetzt schulden Sie uns aber definitiv eine Erklärung.«

Asher Leyton hob langsam den Blick. Sein Gesicht war kalkweiß, seine Haare ungekämmt, die Augen gerötet. »Ich habe nichts zu sagen«, murmelte er.

»Das sehe ich aber anders«, erwiderte Jackman. »Woher kennen Sie Toby Tanner? Und was hatten Sie mit seinen Sachen vor? Vor allem mit dem Reisepass?«

Asher schüttelte den Kopf und schwieg.

»Sir?« Marie hatte Handschuhe übergezogen und nahm die Gegenstände auf dem Tisch genauer unter die Lupe. »Im Terminkalender steht nichts von einem geplanten Auslandsaufenthalt, und da sind keine Tickets, kein Boardingpass und auch sonst keine Flugunterlagen.«

Jackmans Blick wanderte zu Bill Hickey. »Sie meinten doch, dass Mr Tanner nach Deutschland geflogen ist?«

Der groß gewachsene Mann zuckte mit den Schultern und sah ihn verwirrt an. »Ja, das hat er zumindest gesagt. Er hat solche Dinge immer selbst geregelt, also ... Ich verstehe das alles nicht.«

»Vielleicht können *Sie* es uns erklären, Mr Leyton?«, forderte Jackman den jungen Mann kühl auf. »Ach ja, und Ihre wunderbare Verlobte war übrigens bereits bei uns. Das arme Mädchen macht sich schreckliche Sorgen. Sie freut sich sicher, dass es Ihnen gut geht.« Er hielt kurz inne. »Wobei sie sich über den versuchten Einbruch wahrscheinlich nicht so freut.«

Asher starrte auf seine Hände, die er im Schoß umklammert hielt. »Ich habe nichts zu sagen.«

Während Jackman versuchte, ihn doch noch zum Reden zu bringen, sah sich Marie erneut Tanners Unterlagen auf dem Schreibtisch an. Es gab keinen einzigen Hinweis, dass er ins Ausland geflogen war. Sie legte alles wieder an seinen ursprünglichen Platz zurück, damit die Spurensicherung es in Tüten verpacken und etikettieren konnte, und griff nach dem goldenen Siegelring. Er sah aus, als hätte ihn jemand lange Zeit getragen, aber warum ließ derjenige ihn dann zurück, wenn er verreiste? Und warum hatte er ihn überhaupt abgenommen?

»Marie?«

»Entschuldigen Sie, Sir«, murmelte sie und legte den Ring zurück auf den Tisch.

Jackman winkte die beiden Constables zu sich, die an der Tür warteten. »Bringen Sie Mr Leyton bitte nach Saltern in die Verwahrungszelle.« Er warf Asher einen kühlen Blick zu. »Vielleicht wird er gesprächiger, wenn er die Unterbringung sieht. Es ist nicht gerade Granary Court.« Er wandte sich an Bill Hickey. »Das Haus gehört ab jetzt der Spurensicherung, und ich muss Sie bitten, ebenfalls auf die Dienststelle zu fahren, um Ihre Aussage zu machen, Sir.«

Hickey nickte und begleitete die beiden Polizisten und Asher Leyton die Treppe hinunter.

Jackman wandte sich stirnrunzelnd an Marie und betrachtete den Reisepass auf dem Schreibtisch. »Tanner ist gar nicht ins Ausland geflogen, oder?«

»Nein. Und er ist in etwa zu der Zeit verschwunden, als wir den unterirdischen Raum entdeckt haben. Ich glaube, dass Toby Tanner und Micah Lee da gemeinsam drinstecken.«

Jackman sah sie an. »Und was, zum Teufel, hat unser kleiner Straßenstrichfreier damit zu tun?«

Marie blinzelte. »Hey! Was ist, wenn sie alle als zahlende Gäste auf den illegalen Partys waren?«

»Ja, das wäre durchaus möglich.« Jackmans Augen wurden groß. »Eine der Prostituierten an der Dock Street hat bestätigt, dass Leyton regelmäßig zu ihr kommt. Vielleicht ist das Leben mit seiner hübschen jungen Verlobten nicht erfüllend genug?«

»Weshalb er den Kick bei älteren Nutten und auf illegalen Sex-Partys sucht!« Marie grinste und zuckte im nächsten Moment zusammen. Ihre Lippe war wieder aufgeplatzt. Sie tupfte das Blut ab, grinste aber immer noch.

»Und Tanner?« Jackman betrachtete den Siegelring und kniff nachdenklich die Augen zusammen. »Ich frage mich ...« Er sah Marie an, und ihm kam eine Idee. »Der Tote in der Mühle. Er trug derbe Arbeitskleidung und robuste Schuhe, und er hatte keinen Ausweis und auch keinen Schmuck bei sich. Allerdings war da eine blasse Linie um seinen kleinen Finger.« Er deutete auf den Ring. »Vielleicht davon?«

Marie atmete aus. »Tanner ist nicht nach Deutschland geflogen, sondern hat sich umgebracht! Entweder, weil er nicht mehr mit der Schande leben konnte, oder ...«

»Oder, weil er wusste, was sich unter dem alten Sanatorium befindet!«, rief Jackman. »Es wird Zeit, dass wir ins Büro zurückfahren, aber zuerst ...« Er trat neben den Nachttisch, nahm den Wecker und ließ ihn in einen Beweismittelbeutel fallen. »Ich werde Rory bitten, die Fingerabdrücke auf dem Wecker mit denen der Leiche zu vergleichen.« Er sah Marie an. »Wenn sie übereinstimmen, dann gehe ich jede Wette ein, dass Tanner seinen kleinen Freund Asher Leyton angerufen und ihm gesagt hat, dass er sich umbringen will. Keine Ahnung, woher Asher wusste, dass er zur Mühle gehen würde, aber das wird er uns sicher erzählen, wenn er erst mal in der Verwahrungszelle sitzt.«

Marie sah sich ein letztes Mal in dem Schlafzimmer um. »Asher hat Tanners Ausweis und auch den Rest mitgenommen, damit wir nicht gleich wissen, um wen es sich handelt. Es kann oft ewig dauern, eine unbekannte Leiche zu identifizieren, deshalb ist mir durchaus klar, warum er es getan hat. Aber warum hat er die Sachen hierher zurückgebracht?«

Jackman zuckte mit den Schultern. »Vielleicht wollte er sie gar nicht zurückbringen? Vielleicht hat er nach etwas gesucht und wollte alles mitnehmen, bevor er ging?« Er folgte Marie zur Tür. »Wenn nötig, nehmen wir das ganze Haus auseinander.«

KAPITEL 29

Immer mehr Beamte verließen den Ermittlungsraum, um nach Hause zu gehen, doch Rosie, Max, Charlie und Gary arbeiteten weiter.

Rosie legte den Telefonhörer auf. »Jackman und Marie sind auf dem Rückweg. Dann bestelle ich jetzt mal die Pizza, oder?«

»Ja, klar«, erwiderte Max. »Für mich bitte mit extra Käse und ohne Anchovis.« Er wandte sich an Gary. »Und du, Gazza?«

»Ähm, ja, ich nehme das, was ihr nehmt.«

»Du bist heute so still, Gary. Sehnst du dich zurück nach Harlan Marsh?«, fragte Max grinsend.

Gary lehnte sich zurück und streckte die Arme von sich. »Nein, nicht mal im Traum. Aber ich habe das Gefühl, etwas zu übersehen, Kumpel. Und das macht mich verrückt.« Er sah sich im Zimmer um. »Warum gräbt jemand eine Leiche aus und bringt sie woandershin?«

»Weil er nicht will, dass sie gefunden wird?«, vermutete Max.

»Aber Fleur starb an Unterernährung.«

Rosie, die gerade die Pizza bestellt hatte, bemerkte: »Vielleicht hat er sie absichtlich verhungern lassen. Das wäre ebenfalls Mord.«

Gary atmete tief durch. »Ja, wahrscheinlich ...«

»Oder ...«, begann Charlie, ohne den Blick vom Computer abzuwenden, »er *musste* sie fortschaffen.«

Gary blinzelte. »Weswegen?«

Charlie betrachtete ihn nachdenklich. »Mir ist nur gerade der Hund eines Freundes eingefallen. Er hat ihn im Garten bestattet, doch dann ist die Familie umgezogen, und er wollte ihn nicht zurücklassen. Also hat er die Schachtel wieder ausgegraben und mitgenommen.«

Rosie nagte an ihrem Daumennagel. »Ja, das wäre möglich. Vielleicht waren an dem Ort, wo sie begraben lag, irgendwelche Bauarbeiten geplant.«

Gary stand auf, wanderte langsam auf und ab und blieb dann vor den Whiteboards stehen. »Ja, das ist ein sehr guter Ansatz.«

Das Telefon klingelte. Rosie hob ab und legte dann eine Hand über die Sprechmuschel. »Das ist das Labor. Rory Wilkinson hat eine dringende Nachricht für Jacko.«

»Dann rede ich am besten gleich mit ihm, nicht wahr?«, meinte Jackman, der gerade mit Marie ins Zimmer kam.

»Bitte um Entschuldigung, Sir«, stammelte Rosie mit glühenden Wangen und reichte ihm das Telefon.

»Jackman hier.«

Das ganze Team beobachtete den Chef, wie er mit dem Pathologen telefonierte, und als er auflegte, waren fünf Augenpaare auf ihn gerichtet.

»Rory hat in dem unterirdischen Raum zwei identische – und auch brauchbare – Fingerabdrücke gefunden. Wir haben leider keine passenden Abdrücke im System, aber aufgrund ihrer Position ist er fast zu hundert Prozent sicher, dass sie vom Mörder stammen.«

»Wo hat er sie gefunden?«, fragte Marie.

»Einer befand sich an der Unterseite eines Krankenhausbettes, der andere auf einer Kleiderstange.« Jackman zog einen Stuhl heraus und setzte sich. »Marie und ich haben ihm gerade die Abdrücke aus Toby Tanners Haus geschickt, das heißt, wir haben vielleicht bald eine Antwort.« Er wandte sich an Marie. »Ich würde Sie ja bitten, den anderen zu erzählen, was dort passiert ist, aber wenn ich Sie mir so ansehe, tut Ihnen das Sprechen immer noch weh, oder?«

Marie hob die Augenbrauen und berührte ihre Lippe. »Da haben Sie leider verdammt recht, Sir.«

Gary hörte Jackman gespannt zu, doch das Gefühl, dass er etwas übersah, ließ ihn immer noch nicht los. Der Gedanke war vorhin beinahe in greifbare Nähe gerückt, doch dann waren der DI und Marie aufgetaucht, und er hatte sich wieder in Luft aufgelöst.

»Heißt das, wir müssen Benedict Broome gehen lassen?«, fragte Max. »Wir haben seine Fingerabdrücke abgenommen, als er hergebracht wurde.«

»Nein, er bleibt. Nur, weil seine Abdrücke nicht in dem unterirdischen Raum zu finden sind, bedeutet das nicht, dass er nichts mit der Sache zu tun hat. Außerdem müssen wir noch auf den Bericht der Spurensicherung warten, damit wir wissen, was in dem Wohnwagen geschehen ist.« Jackman erschauderte. »Und auf diese Lektüre freue ich mich ganz und gar nicht.«

Die Pizza wurde geliefert, und sie aßen an ihren Schreibtischen. Die erste Aufregung nach dem Fund der Fingerabdrücke war bereits wieder verebbt. Jetzt mussten sie den Verdächtigen finden, zu dem die Abdrücke passten. Außerdem spürte Marie langsam die Nachwirkungen von dem Zusammenprall mit dem Elefantenbullen Micah Lee.

Essen tat höllisch weh, doch sie brauchte etwas im Magen. Also versuchte sie, wenigstens ein kleines Stück hinunterzuwürgen, und dachte währenddessen über Jan Wallaces Bericht nach. Fleur hatte diverse Knochenbrüche und andere Verletzungen erlitten, was auf schwere Misshandlung hindeutete. Aber wo begann man mit der Suche, wenn das Opfer bereits seit zwei Jahrzehnten tot war?

Sie schaffte einen Teil des zähen Belags, schwemmte ihn mit Kaffee hinunter und beschloss, auf den knusprigen Boden zu verzichten. Sie musste immer wieder an Micahs Worte denken. *»Du hast alles kaputt gemacht.«* Und: *»Aber jetzt werden wir mal sehen, wie es deiner Familie gefällt, wenn sie auseinandergerissen wird.«* Was für eine Familie? Meinte er die Mädchenleichen?

»Sie sollten wirklich nach Hause fahren.«

Sie war so in Gedanken versunken gewesen, dass sie nicht bemerkt hatte, dass Jackman sie beobachtete. »Es ist schon viel besser, Sir, und es kommt nicht infrage, dass ich die Dienststelle vor Ihnen verlasse.«

»Erinnern Sie sich daran, was ich vorhin über Ihre Sturheit gesagt habe?«

»Kaum.«

Plötzlich drang ein Aufschrei aus dem Ermittlungsraum. Marie warf einen Blick durch die offene Tür und sah gerade noch, wie Gary aufsprang. Sie schob ihre kaum angerührte Pizza beiseite und trat hinter Jackman aus dessen Büro.

Garys Stimme zitterte vor Aufregung. »Tut mir leid, Sir, Sarge. Aber ich bin gerade zu einem echt schrecklichen

Schluss gekommen.« Er schluckte, und seine Kollegen starrten ihn an. »Es geht um Fleur und den Hund von Charlies Freund. Und um die neue Zwiebelverarbeitungsanlage.«

Jackman blinzelte. »Ist alles in Ordnung mit Ihnen, Gary? Das hörte sich jetzt nicht gerade logisch an.«

Gary ließ sich in seinen Stuhl fallen. »Wir haben vorhin über die Gründe gesprochen, warum jemand eine Leiche wieder ausgräbt, und da kam der Hund von Charlies Freund ins Spiel. Rosie überlegte, ob vielleicht irgendetwas mit dem Grundstück passiert ist, auf dem sich das ursprüngliche Grab befand, und ich habe mir seitdem den Kopf darüber zerbrochen, wo in der Nähe ein Haus abgerissen wurde, um etwas Neues zu bauen – und da fiel mir plötzlich die Zwiebelverarbeitungsanlage ein. Es ist weit hergeholt, aber das alte Haus, das auf dem Gelände stand, hatte einen kleinen Familienfriedhof.«

»Sollte die Anlage nicht an der Straße nach Hurn Point errichtet werden?«, fragte Rosie nachdenklich.

»Ja. Es wurde alles dem Erdboden gleichgemacht, aber dann kam es zu Verzögerungen.«

Rosie nickte. »Genau! Die Anwohner hatten Angst vor dem Gestank. Das Verfahren läuft schon seit einer Ewigkeit.«

Gary kratzte sich am Kopf. »Ja, und mir ist vorhin endlich eingefallen, was sich früher auf dem Gelände befand.«

Rosie runzelte die Stirn. »Es war kein Wohnhaus, sondern ein Reitstall, der pleiteging, nicht wahr? Aber wie passt das zusammen?«

»Ich habe versucht, mich zu erinnern, was *vor* dem Reitstall war. Auf dem Nebengrundstück stand ein großes Haus, das schon vor langer Zeit abgerissen wurde. Alderfield.«

Marie zuckte zusammen und sah Jackman an. Sie kannte den Namen leider nur zu gut.

Gary fuhr tonlos fort. »Alderfield gehörte Simeon und Charlotte Mulberry. Simeon tötete seine Frau und erschoss sich anschließend vor den Augen seiner Kinder.«

Schweigen senkte sich über den Raum, und Maries Gedanken rasten.

Jackman fand als Erster die Sprache wieder. »Waren Sie damals bei den Ermittlungen dabei, Gary?«

»Nicht im eigentlichen Sinn, Boss. Ich war zwar bereits in Harlan Marsh, aber der Fall war so heikel, dass die meisten von uns über die genauen Einzelheiten im Dunkeln gelassen wurden.«

»Wir müssen alles ausgraben, was wir über diesen verdammten Fall finden. Vor allem müssen wir klären, wie Fleur in die Sache hineinpasst.« Jackman sah Gary an. »Kennen Sie jemanden, der uns helfen könnte? Jemanden, der an den ursprünglichen Ermittlungen beteiligt war?«

»Ja, möglicherweise, aber ich weiß nicht, ob er über die Sache reden will.« Gary biss sich auf die Lippe. »Es war damals eine echte Katastrophe, Sir. Harlan Marsh war zwar für den Fall zuständig – zumindest, soweit es den Kollegen erlaubt wurde –, aber eines Abends stand plötzlich eine Sondereinheit vor der Tür, und das war's dann. Sie haben sämtliche Beweise, Berichte und Zeugenaussagen eingepackt, einschließlich des DIs, der die Ermittlungen leitete. Er wurde über Nacht in eine andere Dienststelle versetzt, und einen Monat später war es, als wäre nie etwas geschehen.«

»Warum?«, wollte Jackman wissen.

»Wir haben nie nachgefragt, Boss. Uns wurde von Anfang an klargemacht, dass es besser ist, wenn wir die Sache auf sich beruhen lassen.« Er zuckte mit den Schultern. »Wir wussten, dass sie es ernst meinten, als der DI – der als Einziger Fragen gestellt hatte – versetzt wurde. Und zwar wirklich weit weg.«

»Wissen Sie, wo er jetzt ist?«

»Er ist vor ein paar Jahren in Rente gegangen und letzten Herbst wieder hierher zurückgekehrt. Er wohnt in Fosdyke, in einem kleinen Haus am Fluss.«

»Warum war der Fall denn so sensibel?«, fragte Max.

»Die Kinder, Max. Sie haben gesehen, wie Simeon ihre Mutter erschoss und sich danach selbst richtete. Man wollte die Kinder schützen.«

Rosie runzelte die Stirn. »Aber da muss doch noch mehr gewesen sein, oder? Es wird doch nicht einfach eine Sondereinheit eingesetzt. Es sei denn, es gibt hausinterne Ermittlungen oder jemand hat den Fall ernsthaft verbockt.«

»Das fragen wir am besten Garys alten Kollegen. Wie heißt der Mann?«

»Duncan Hewitt, Sir.« Gary fuhr sich mit der Hand durch die Haare. »Aber machen Sie sich keine allzu großen Hoffnungen. DI Hewitt hat sehr unter dem Fall gelitten, und was ich so gehört habe, knabbert er immer noch daran.«

Marie sammelte die leeren Pizzakartons ein und warf sie in den Mülleimer. »Aber wenn wir herausfinden wollen, ob Fleur etwas mit der Familie Mulberry und Alderfield zu tun hat, dann müssen wir ihn wohl dazu bringen, mit uns zu reden.«

»Das erledigen wir morgen«, erwiderte Jackman. »Für heute haben wir genug getan. Wir fahren morgen früh zu ihm, nachdem wir mit Asher Leyton, Benedict Broome und Micah Lee gesprochen haben – falls er überhaupt schon wieder vernehmungsfähig ist.«

»Darf ich einen Vorschlag machen, Sir?«, meldete Gary sich zu Wort. »Es wäre vielleicht gut, wenn Sie Alderfield, die Mulberry-Morde und DI Hewitt Superintendentin Crooke gegenüber noch nicht erwähnen würden.«

Jackman verengte die Augen. »Keine Angst, das hatte ich auch nicht vor. Es ist schon schwer genug, ihr die einfacheren Dinge zu erklären, da werde ich ihr sicher nicht auf die Nase binden, dass wir in einem abgeschlossenen und sehr kontroversen Fall herumstochern. Egal, was die Leute sagen: Ich bin nicht lebensmüde.«

KAPITEL 30

Der Sonnenaufgang tauchte die grünen Felder in einen warmen goldenen Schimmer. Jackman hatte beschlossen, Marie und Gary zu dem pensionierten Polizisten zu schicken. Gary, weil er ein freundliches Gesicht hatte, das der Mann vermutlich wiedererkannte, und Marie, weil sie eine verdammt gute und ehrliche Polizistin war. Hoffentlich würde Hewitt das ebenfalls erkennen.

Sie stellten den Wagen auf einem kleinen Parkplatz direkt an der Hauptstraße ab und gingen den Rest zu Fuß. Der Treidelpfad führte am River Welland entlang, der an dieser Stelle ziemlich breit und reißend war. Vor Jahren hatte es hier einige baufällige alte Anlegestellen aus Holz gegeben, aber sie waren offenbar schon lange verschwunden.

»Als mein Dad noch lebte, bin ich hier gerne mit dem Hund entlangspaziert«, erzählte Marie leise.

»Das ist der beste Start in den Tag«, erwiderte Gary und verscheuchte eine Fliege. »Ich nehme an, dass die heutigen Befragungen keine neuen Ergebnisse gebracht haben?«

»Asher Leyton schweigt immer noch, und Micah Lee sitzt mittlerweile wegen des Angriffs auf mich in Haft. Es war bereits ein Arzt bei ihm, und er hat sich inzwischen zwar beruhigt, aber wir haben trotzdem beschlossen, ihm noch ein wenig Zeit zu geben.« Marie berührte ihr blutunterlaufenes Gesicht. »Aus Benedict Broome werde ich einfach nicht schlau. Er war bestürzt, dass Micah mich angegriffen hat, aber noch mehr, weil wir seine Haushälterin befragt haben.«

»Glaubst du, dass Broome bei den illegalen Partys mitmischt?«

Marie trat nach einem Stein. »Ich glaube nicht.«

Gary sah einem Kormoran zu, der langsam den Fluss entlangsegelte und einen dunklen Schatten auf das grüne Wasser warf. »Mein Freund in Harlan Marsh meinte, Cade sei im Moment ›mit anderen Dingen beschäftigt‹. Scheinbar ist er nicht mehr so erpicht darauf, uns zu helfen.« Er schnaubte. »Er wurde ziemlich wütend, als er hörte, dass Jim Salmon versucht hat, Micah Lee zu befragen. Aber seltsamerweise hat er die Sache auf sich beruhen lassen, nachdem er gehört hatte, dass Salmon nichts aus Lee herausgebracht hat.«

»Was für eine Überraschung.« Maries Blick fiel auf ein kleines Cottage, das zwischen zwei großen, rechteckigen Feldern lag. »Ist es das?«

Gary nickte. »Jetzt müssen wir ihn nur noch dazu bringen, mit uns zu reden.«

Als Duncan Hewitt die Tür öffnete, wusste Marie sofort, dass es nicht leicht werden würde.

Hewitt war groß, ein wenig übergewichtig, und seiner roten Nase nach zu schließen trank er gerne. Er hatte noch immer dichte Haare, trug Outdoorkleidung – eine grüne Cargohose, ein kariertes Hemd und eine abgetragene, kakifarbene Weste – und machte ihnen mehr als deutlich, dass sie nicht willkommen waren.

Zuerst war sich Marie nicht sicher, wie sie die Sache angehen sollte. Wenn sie zu nett war, würde er denken, sie wäre herablassend, doch wenn sie ihm genauso unfreundlich begegnete wie er ihr, würde er ihnen mit Sicherheit die Tür vor der Nase zuschlagen.

Schließlich entschied sie sich für ein ehrliches Gespräch zwischen zwei Polizisten und warf ihm ein paar Brocken hin, die hoffentlich sein Interesse wecken würden.

Und es funktionierte. Zehn Minuten später saßen Gary und Marie in zwei Korblehnstühlen in einem ordentlichen, sechseckigen Wintergarten und tranken starken Schwarztee.

»Ich habe mir geschworen, nie mehr über den Fall zu sprechen«, erklärte Hewitt. »Aber ...«, er seufzte verbittert, »diese verdammten Erinnerungen verschwinden einfach nicht, also, was soll's.«

»Unser Fall ist auch grauenvoll«, erwiderte Marie mitfühlend. »Wir haben dreizehn tote junge Frauen.«

Duncan Hewitt pfiff durch die Zähne. »Das ist übel. Also, was wollen Sie wissen?«

»Was ist damals wirklich in Alderfield passiert, Sir?«, fragte Gary leise.

Hewitt schnaubte. »Das würde ich selbst gerne wissen!« Er stellte seinen Becher auf den Tisch und lehnte sich zurück. »Ich werde Ihnen verraten, was ich gesehen habe, und auch, welche Schlüsse ich daraus gezogen habe. Was Sie dann mit den Informationen anstellen, liegt bei Ihnen. Aber ...« Er fixierte Marie. »Aber Sie haben das alles nicht von mir erfahren, verstanden?«

Marie und Gary nickten.

»Alderfield war ein großes Landhaus mit einigen Hektar Land. Als wir den Notruf erhielten, waren wir nicht sicher, was uns erwarten würde, denn er kam von einem der Kinder.« Hewitt schluckte. »Simeon Mulberry lag in der Diele, eine doppelläufige Schrotflinte neben sich. Seine Frau Charlotte befand sich am Fußende der Treppe. Beiden war in den Kopf geschossen worden. Die Waffe war leer, und die Patronenhülsen lagen ganz in der Nähe.«

»Und die Kinder?«, fragte Marie, obwohl sie nicht sicher war, ob sie die Antwort wirklich hören wollte.

»Sie standen daneben. Es war totenstill. Sie hatten kalkweiße Gesichter, und blankes Entsetzen stand in ihren Augen. Einige waren voller Blutspritzer.« Hewitt starrte ins Leere, als wäre er noch einmal in das Haus zurückgekehrt und würde alles erneut vor sich sehen. »Es hat uns fertiggemacht, Sergeant Evans. Vollkommen fertig.«

»Wie viele Kinder waren es?«

»Sechs. Fünf Jungen und ein Mädchen. Der älteste war beinahe zwanzig, der kleinste hatte wohl vor Kurzem noch Windeln getragen.«

»Weiß man, warum Simeon die Nerven verlor und seine Frau umbrachte?«

»Vielleicht sollte ich Ihnen mehr über diesen Mann erzählen, bevor wir weiterreden.« Hewitts Blick wurde düster. »Für die Außenwelt war Simeon Mulberry ein cleverer Geschäftsmann, der aus Dreck Gold machen konnte und sich schlauerweise mit zahlreichen wichtigen Leuten angefreundet hatte. Aber in Wahrheit war er ein perverser Sadist, der seine schrecklichen Taten hinter einer ausgeklügelten Fassade versteckte.« Hewitt sah die beiden an. »Simeon war der bösartigste Mensch, dem ich jemals begegnen musste.«

»Sie kannten ihn also?«, fragte Gary schockiert.

»O ja, ich hatte ihn bei mehreren formellen Anlässen getroffen, die wir beruflich besuchen mussten. Er sah aus wie ein Filmstar und war überaus charmant, aber sein Herz war schwarz wie die Nacht. Es tut mir bloß leid, dass er nie vor Gericht gestellt wurde und ins Gefängnis wanderte, denn dort hätte er mit Sicherheit für seine Taten bezahlt. Dafür hätten seine Mithäftlinge schon gesorgt.«

Marie sah die mit Blut bespritzten Kinder vor sich. »Was war er für ein Sadist?«

Hewitt sah sie angewidert an. »Der Schlimmste, den man sich vorstellen kann. Unter dem Haus befand sich ein Keller mit vergitterten Fenstern und einem Türschloss, das selbst einem wild gewordenen Stier standgehalten hätte. Dort haben wir eine Reihe selbst gebauter Käfige gefunden, Sergeant.«

Marie wurde übel. Es klang wie aus einem abscheulichen Horrorfilm. Aber Hewitt war noch nicht fertig.

»Die Kinder redeten nicht über ihr Martyrium, aber ihre geschundenen Körper sprachen Bände. Ihr Vater hatte sie auf alle erdenklichen Arten misshandelt. Es war kaum feststellbar, wie groß das Trauma war, unter dem sie litten. Nach außen hin schienen sie ausnehmend angepasst, und sie waren alle sehr intelligent. Abgesehen von einem Jungen. Er hatte in früher Kindheit eine Schädelverletzung erlitten – vermutlich durch die Hand seines eigenen Vaters.«

»Was ist aus ihnen geworden?«, fragte Gary. »Wir haben nie etwas erfahren.«

»Sie wurden fortgebracht und standen eine Zeit lang unter Polizeischutz. Dann bekamen sie neue Namen und ein neues Leben. Ich habe gehört, dass sie jahrelang psychologisch betreut wurden, aber irgendwann zogen sie weiter.«

Marie starrte aus dem Fenster auf die Felder hinaus. Das war sicher nicht das Ende der Geschichte.

Duncan Hewitt lächelte wissend. »Sie warten auf die Fortsetzung, nicht wahr?«

Marie nickte. »Sie wären nie in eine weit entfernte Dienststelle versetzt worden, bloß weil Sie Ihren Job erledigt haben. Also hatte es vermutlich mit den ›wichtigen Leuten‹ zu tun, deren Freundschaft Simeon sich gesichert hatte, oder?«

»Sehr gut kombiniert! Es handelte sich dabei um Politiker, Berater, Rechtsanwälte, Finanziers *und* Polizisten. Simeon hatte alle auf seiner Seite. Ihn als Monster zu enttarnen, wäre schrecklich peinlich gewesen – und auch sehr gefährlich für einige Leute in wichtigen Positionen.« Er klang bitter. »Sie kehrten die Sache unter den Teppich, und ich muss zugeben, dass es eine wahre Meisterleistung war. Ich war damals überzeugt, dass ich kurz davorstand, eine Verbindung zwischen Simeon Mulberry und einem leitenden Polizeibeamten nachzuweisen. Und das bin ich immer noch.« Er warf Marie einen bitteren Blick zu. »Irgendetwas war faul, und meine Nase hatte mich bereits sehr nahe an die Quelle des Gestanks herangeführt.« Hewitt verzog das Gesicht. »Also wurde ich entfernt. Aber das war nicht der alleinige Grund. Ich war der Einzige, der Zweifel andeutete, dass Simeon tatsächlich Selbstmord begangen hatte. Er hatte ›Hilfe‹, das schwöre ich, so wahr ich hier sitze.«

»Hilfe?« Maries Augen weiteten sich.

Hewitt wirkte plötzlich müde. »Sie wissen sicher, wie das mit dem Instinkt eines Polizisten so ist, Sergeant Evans. Man hat ein bestimmtes Gefühl – und meines sagte mir, dass etwas an dem Tatort faul war.« Er seufzte. »Ich konnte es nicht beweisen, aber alles schien vollkommen falsch. Die Leichen, die Kinder, die Waffe. Es war alles so, wie man es erwartet hätte, aber ...« Er zuckte mit den Schultern. »Ich war nicht der Einzige, der stutzig wurde, aber der Einzige, der dumm genug war, es auszusprechen.«

»Um was auszusprechen?«, fragte Gary leise.

»Wir glaubten, dass die Kinder den Tod ihrer Mutter mitansehen mussten und danach den Tod ihres Vaters herbeiführten.«

»Die Kinder?« Marie wurde leicht schwindelig.

»Wer sonst? Und kann man es ihnen wirklich verübeln? Dieses Monster hatte sechs Kinder, und er hat jedes einzelne missbraucht und misshandelt.« Duncan stand abrupt auf. »Wenn Sie wollen, können Sie den Karton mit meinen Aufzeichnungen mitnehmen.«

Er ging, und Marie wurde plötzlich kalt, obwohl die Sonne in den Wintergarten fiel. So etwas hatte sie nicht erwartet, und sie hatte keine Ahnung, wie es mit Fleur und den Toten im Windrush-Sanatorium zusammenhing.

Sie war so in Gedanken versunken, dass sie kaum bemerkte, wie Hewitt zurückkam. Er reichte ihr einen großen Karton. »Hier, bitte, es gehört alles Ihnen, Sergeant. Meine Aufzeichnungen, ein paar unerlaubte Andenken, viele interessante Kleinigkeiten, die ich nicht wegwerfen konnte.« Er holte tief Luft. »Ich hoffe, sie helfen Ihnen weiter, aber ich muss Sie warnen: Es ist keine angenehme Bettlektüre. Ach ja, und ich will sie nicht wiederhaben. Ich hatte vor, sie zu verbrennen, und wenn Sie sie nicht mitnehmen, werde ich es tun.« Er sah sie ernst an. »Außerdem wäre es mir lieber, wenn Sie nicht noch einmal vorbeikommen. Jetzt, wo der Karton fort ist, kann ich die Mulberrys vielleicht endlich hinter mir lassen.«

Marie umklammerte die Kiste und stand auf. »Wer war der leitende Beamte mit den Verbindungen zu Mulberry?«

Hewitt öffnete die Tür. »Ich schätze die wenigen Jahre, die mir in diesem Leben noch bleiben, und nachdem sein Samen immer noch sprießt und gedeiht, behalte ich seinen Namen lieber für mich. Leben Sie wohl, Detective Sergeant Marie Evans, und viel Glück.«

Jackman rief das Team in sein Büro, und Marie erzählte ihnen, was Gary und sie von Hewitt erfahren hatten.

Einen Moment lang sagte keiner ein Wort, dann meinte Rosie: »James Cade stammt doch aus einer Polizistenfamilie, oder?«

»Vielleicht sollten wir diesen Weg besser noch nicht einschlagen. Arbeiten wir lieber mit dem, was wir haben. Alles andere kann warten, bis die Zeit reif ist.« Jackman klang ernst. »Laut Gerichtsmedizin wurde Fleur schwer misshandelt, und nachdem sich der aufgelassene Friedhof in unmittelbarer Nähe zu Alderfield befand, liegt die Vermutung nahe, dass sie Mulberrys Tochter war.«

Gary blätterte in DI Hewitts Notizbuch. »Aber das ist unmöglich. Das einzige Mädchen wurde Pflegeeltern übergeben, und das Alter stimmt nicht.«

»Wie hießen die Kinder?«, fragte Rosie.

Gary schüttelte den Kopf. »Sie hatten nur Nummern, keine Namen. Es sei denn, Duncan wusste mehr?« Er nahm ein weiteres Notizbuch aus dem Karton und schlug es auf.

»Ich mache das schon«, sagte Max eifrig. »Kann ich Ihren Computer benutzen, Sir?«

Jackman stand auf. »Nur zu.«

Max ließ sich in Jackmans Stuhl fallen, und sie beobachteten, wie seine Finger über die Tastatur flogen.

»Seltsam.« Er starrte auf den Bildschirm und gab noch ein paar Befehle ein. Wenige Sekunden später seufzte er.

»Hier stimmt was nicht, Chef. ›Zugriff verweigert‹ bei einer einfachen Anfrage. Warum?«

»Weil wir gerade gefährliches Terrain betreten haben, fürchte ich. Schließen Sie das Programm, Max. Wir müssen extrem vorsichtig sein, was den Mulberry-Fall angeht.«

»Kein Problem, Sir. Es gibt noch andere Mittel und Wege, jetzt, wo ich weiß, dass ich aufpassen muss.«

Gary betrachtete Max interessiert. »Das klingt vielversprechend.«

Max grinste. »Ich liebe Herausforderungen.«

»Seine Hacker-Fähigkeiten sind legendär«, fügte Rosie hinzu. »Aber sag's keinem. Sonst rennen sie ihm die Türen ein – im Job zumindest.«

»Ich wusste gleich, dass dieses Team anders ist«, erwiderte Gary. »Im Grunde ...«

Es klopfte.

»DI Jackman!« Clive lehnte sich aufgeregt zur Tür herein. »Sir, Sie sollen sofort zum Kollegen am Empfang kommen. Es war gerade ein Mann bei ihm, der behauptet, für die Funde unter dem Windrush-Sanatorium verantwortlich zu sein.«

Jackman und Marie gingen direkt zu den Verwahrungszellen, wo ihnen der diensthabende Sergeant erklärte, dass er den Mann über seine Rechte aufgeklärt und verhaftet habe. Sie konnten sofort zu ihm.

Vor dem Verhörzimmer blieb Jackman noch einmal stehen und wandte sich an Marie: »Beobachten Sie ihn genau. Mal sehen, was uns seine Körpersprache verrät.«

Marie nickte. Sie öffnete die Tür, und die beiden traten in den düsteren Raum.

Philip Groves war sauber und adrett gekleidet. »Ich wäre

schon früher gekommen«, erklärte er. »Aber ich musste noch sicherstellen, dass meine Tiere gut versorgt sind. Ich weiß, dass ich nicht mehr nach Hause zurückkehren werde.« Seine Stimme klang sanft und kultiviert.

»Mr Groves, Sie haben angegeben, für ein Verbrechen verantwortlich zu sein. Können Sie mir sagen, worum genau es sich handelt?«

»Die Kinderstation unter dem Sanatorium ist mein Werk.«

Jackman schluckte. Abgesehen von den Polizisten, den Gerichtsmedizinern und der Spurensicherung wusste niemand, was sich unter dem Windrush-Sanatorium befand. Er bat Groves, ihm mehr darüber zu erzählen.

»Es ist ein unterirdischer Raum, der durch einen alten Tunnel erreicht werden kann. Ich habe Ihren Detectives gesagt, dass ich in der Nacht jemanden in der Marsch gesehen hätte, aber da war niemand. Nur ich.«

Jackman betrachtete Philip Groves und versuchte, sich vorzustellen, dass er einem skrupellosen Killer gegenübersaß. Es gelang ihm nicht.

»Ich habe die Mädchen auf einem Karren durch den Tunnel geschoben und sie dann in ihre Betten gelegt.«

Marie war die Verwirrung deutlich anzusehen. »Haben Sie ... haben Sie dabei gesungen?«

»Manchmal. Ich habe den Raum vor Jahren eingerichtet. Das Sanatorium stand lange Zeit leer, bevor es beim Glücksspiel an einen neuen Besitzer ging. Ich war oft dort. Auf einem meiner Streifzüge fand ich den Tunnel und kurz darauf die Betten und die Schränke. Ich war sicher, dass sie niemand vermissen würde, also nahm ich sie mit in den unterirdischen Raum und richtete die Station ein. Leider musste ich den Durchgang zumauern, nachdem ich fertig war. Ich wollte nicht, dass der neue Besitzer darüberstolpert.«

Jackman warf Marie einen Blick zu. Groves wusste viel zu viel. Aber warum verspürte er bei dem Geständnis kein absolutes Hochgefühl? Immerhin war der Mörder gerade zur Tür hereinspaziert und hatte sich ergeben.

»Wir müssen Ihre Fingerabdrücke nehmen und auch eine DNA-Probe, wenn Sie einverstanden sind.«

»Ja, ich habe nichts dagegen.«

»Und Sie haben natürlich das Recht auf einen Anwalt. Sie können entweder selbst einen engagieren, oder es wird Ihnen ein Pflichtverteidiger zugeteilt.«

Groves hielt den Blick gesenkt. »Ich brauche keinen Anwalt, Detective Inspector.«

»Das ist Ihre Entscheidung, aber ich würde Ihnen dringend dazu raten.« Jackman betrachtete Groves, und obwohl er in ihm keinen Mörder sah, sah er sehr wohl den Mann, der die Vasen mit den Blumen neben die Betten der Opfer gestellt hatte. »Was befand sich auf den Nachtkästchen neben den Betten, Mr Groves?«, fragte er beiläufig.

Groves seufzte leise und sah Jackman mit traurigen grauen Augen an. »Ich weiß, was Sie meinen. Ich habe ihnen frische Blumen gebracht. Sie brauchen nur in meinem Garten nachzusehen, Detective. Dort werden Sie die Blumen finden, die auch in den kleinen Vasen steckten.«

»Eine letzte Frage noch: das erste Opfer. Ihr Name war Fleur. Was können Sie uns über sie erzählen?«

Philip Groves richtete sich ein wenig auf. »Es tut mir leid, aber ich habe nichts mehr zu sagen.«

KAPITEL 31

»Nein, nein, nein. Hier stimmt doch was nicht!« Jackman wanderte in seinem Büro auf und ab.

Professor Henry O'Byrnes Blick folgte ihm. »Aber was ist mit seiner Aussage? Die ist doch überaus belastend.«

Dessen war sich Jackman natürlich bewusst, aber seine Alarmglocken schrillten dennoch. »Klar, er wusste alles über den unterirdischen Raum. Er war ganz offensichtlich dort. Das beweisen auch die Fingerabdrücke, die Rory gefunden hat. Aber Philip Groves hat diese Mädchen nicht unter Drogen gesetzt, missbraucht und brutal ermordet. Er schützt jemanden.«

»Vielleicht hatte Ihr junger Detective recht, und es handelt sich tatsächlich um eine multiple Persönlichkeit. Dann schützt er sein zweites Ich.« Der Professor kratzte sich am Kopf. »Wenigstens hat er eingewilligt, dass ich beim nächsten Verhör anwesend sein darf. Vielleicht kann ich etwas Licht in die Angelegenheit bringen.«

Marie lehnte an der Wand und schien tief in Gedanken versunken. »Jan Wallace, unsere forensische Anthropologin, meinte, dass derjenige, der Fleurs Skelett auf dem

Krankenbett drapiert hat, über ausgezeichnete Anatomiekenntnisse verfügt haben muss.«

»Wie zum Beispiel ein Tierarzt«, murmelte Henry O'Byrne.

»Genau. Wie ein Tierarzt.«

Jackman warf die Hände in die Höhe. »Vielleicht hat er die Mädchen wirklich dorthin gebracht! Aber das bedeutet nicht, dass er sie auch getötet hat.« Er wanderte weiter auf und ab. War es wirklich möglich, dass Groves die Mädchen ermordet hatte?

»Sie glauben, dass ein Mann, der kleine Kätzchen und kranke Welpen behandelt, niemanden umbringen kann, oder?«, fragte der Professor.

»Wäre möglich.«

»Dann sollten Sie nicht vergessen, dass derselbe Mann Tieren tödliche Injektionen setzt und ihnen beim Sterben zusieht.« Der Professor ließ Jackman nicht aus den Augen. »Er schneidet das weiche Fell mit einem Skalpell auf und beobachtet, wie warmes Blut aus den Wunden fließt. Unterschätzen Sie Philip Groves nicht, DI Jackman. Das könnte ein großer Fehler sein.«

Jackman seufzte laut. »Ich weiß, ich weiß. Ich möchte es doch nur verstehen. Ich habe noch immer das Gefühl, dass Fleur der Schlüssel zu allem ist. Wenn wir sie doch nur identifizieren könnten.«

»Ja, Sie haben recht«, erwiderte Marie, lehnte sich über Jackmans Schreibtisch und holte ein leeres Blatt Papier aus seinem Drucker. Dann zog sie einen Stift aus der Tasche und schrieb »Fleur« in die Mitte des Blattes.

»Brainstorming«, rief der Professor. »Gute Idee!«

»Ich wollte bloß die Verbindungen zwischen den einzelnen Personen deutlich machen.« Marie zeichnete einen

Pfeil von Fleur zu Elizabeth Sewell. »Sie sagte, Rosie würde sie an Fleur erinnern …« Danach schrieb Marie Philip Groves' Namen dazu und verband ihn mit Fleur und Elizabeth. Kurz darauf folgten Benedict Broome, Micah Lee, Toby Tanner und Asher Leyton, und schon bald war das Blatt voller Namen und sich überkreuzender Linien.

»Und das soll uns weiterhelfen?«, fragte Jackman säuerlich.

Marie schob das Blatt von sich. »Nein, eigentlich nicht. Ich sehe mal nach Max und Rosie. Vielleicht hatten sie mehr Glück.«

Nachdem Marie gegangen war, zog der Psychologe das Blatt näher heran und ließ seinen Finger über das Labyrinth aus Linien gleiten. »Oh, welch verworren Netz wir weben, wenn wir nach Trug und Täuschung streben …« Er legte den Kopf schief. »Ich frage mich, was Sir Walter Scott zu diesem Wirrwarr gesagt hätte. Keiner hängt mit den anderen zusammen, und doch sind sie alle miteinander verbunden.«

Max benutzte seinen eigenen Laptop für den inoffiziellen Ausflug auf verbotenes Terrain. Eine ständige Abfolge an Ziffern, Codes und Buchstaben lief über den Bildschirm, und er sah immer wieder zu Rosie, die an ihrem Schreibtisch arbeitete.

Hoffentlich war dieser grauenerregende Fall bald vorüber, denn je näher er Rosie McElderry kennenlernte, desto mehr wurde ihm klar, wohin seine Gefühle für sie führten. Aber im Moment hatte er leider wichtige Arbeit zu erledigen.

Rosie hatte gerade den Hörer aufgelegt und wandte sich an Marie: »Das war die Spurensicherung, Sarge. Der Tote in der Mühle ist Toby Tanner. Die Fingerabdrücke stimmen überein. Und das ist noch nicht alles. Sie haben auch noch einen zweiten Treffer. Dieselben Fingerabdrücke wurden auch in der Fendyke-Kapelle gefunden.« Sie senkte die Stimme zu einem Flüstern. »Unser angesehener Farmer hat sich mit Cade und seinen perversen Freunden herumgetrieben.«

Max stieß die Faust in die Luft und grinste. »Dann hatten wir also recht! Er hatte tatsächlich etwas mit den Partys zu tun.«

Rosie grinste ebenfalls. »Wahrscheinlich hat er sich deshalb umgebracht.«

»Hast du auch Asher Leytons Abdrücke gefunden?«, fragte Marie.

»Nein, nur die von Tanner. Asher war an dem Abend nicht in der Kapelle. Vielleicht hatte er keine Zeit.«

Marie wollte gerade etwas erwidern, als sie merkte, dass Max gebannt auf den Bildschirm starrte. »Sarge! Ich hab's geschafft. Sieh mal!« Er streckte ihr einen Ausdruck entgegen. »Du wirst es nicht glauben!«

Marie nahm das Blatt und überflog die Liste der Namen und Daten unter der Überschrift VERTRAULICH. »Was? Um Himmels willen! Jackman muss das unbedingt sofort sehen. Kommt mit, ihr beide!«

Maries Stimme zitterte vor Aufregung. »Die Mulberry-Kinder hießen ... Benedict, Tobias, Micah, Philip, Elizabeth und Asher!« Sie reichte Jackman den Ausdruck. »Sie wuchsen in Pflegefamilien auf, aber schließlich sind sie alle wieder hierher zurückgekehrt.«

»Weil ihnen nichts anderes übrig blieb«, erklärte der Psychologe leise. »Die armen Vögelchen mussten ins Nest zurück. An den einen Ort, an dem sie wieder vereint sein konnten. Sie hatten keine andere Wahl. Trotz der Bemühungen der Sozialarbeiter und Gerichte brauchten sie vor allem einander. Wie Motten das Licht.«

Jackman stieß die Luft aus. »Wir müssen unbedingt mit Benedict reden. Kein Wunder, dass er sich Sorgen um Elizabeth macht! Sie ist seine Schwester.«

»Und Asher!«, rief Rosie fassungslos. »Er hat seinen eigenen Bruder tot in der alten Mühle gefunden! Das erklärt, warum er so durch den Wind war.«

»Und warum er einen Schlüssel zum Farmhaus hatte«, fügte Marie hinzu. »Immerhin wohnten seine beiden Brüder dort. Ich wette, er wollte nachsehen, ob Tobys Unterlagen ihn womöglich mit den Mulberrys in Verbindung bringen.«

»Sie sind alle Geschwister ...«, murmelte Jackman und wandte sich an den Psychologen. »Wie kaputt ist diese Familie? Ich meine, Benedict und Philip scheinen ihren Platz in der Gesellschaft gefunden zu haben. Der eine als Finanzier, der andere als angesehener Tierarzt.«

Der Professor zuckte mit den Schultern. »Das spielt keine Rolle. Sie sind alle traumatisiert. Einige natürlich mehr als andere – aber ich kann Ihnen versichern, dass keiner normal tickt.« Er lehnte sich zurück. »Sie wissen ja, dass Opfer von Misshandlungen sehr oft zu Tätern werden, und haben es sicher schon Tausende Male gesehen.«

»Eines der Geschwister, Asher, leidet offenbar unter einem gesteigerten sexuellen Verlangen. Meinen Sie das?«

»Auf jeden Fall. Je nach geistigem Zustand, den Möglichkeiten, die sich eröffnen, und dem Ausmaß der Traumatisierung kann es mit der Zeit durchaus eskalieren.«

»Bis hin zur Vergewaltigung?«

»Angefangen bei sexueller Belästigung über Vergewaltigung, bis hin zum Mord.«

Jackman rieb sich die Augen. »Wenn ich das so höre, frage ich mich, ob die Kinderstation als krankes Familienprojekt geführt wurde.« Er sah sich um. »Wo ist Max?«

Marie sah zur Tür hinaus. »Er sitzt noch immer vor dem Computer.« Sie rief ihm zu: »Max? Gibt es noch mehr?«

»Einen Moment noch, Sarge.«

Sie warteten schweigend, bis Henry O'Byrne Maries Gekritzel von zuvor aufhob. »Verworrene Netze, Trug und Täuschung. Es ist alles da.«

»Abgesehen von Fleur«, sagte Rosie düster.

»Da irrst du dich.« Max trat ins Büro und reichte Jackman einen weiteren Ausdruck.

»Eine Geburtsurkunde?«

»Es war nicht einfach, weil das Geburtsdatum nicht stimmte, aber ich habe nur ein Mädchen in der näheren Umgebung gefunden, das auf den Namen Fleur getauft wurde, und raten Sie mal, wer seine Mummy und sein Daddy waren?«

Jackman las die Namen. »Simeon und Charlotte Mulberry, Alderfield. Mein Gott! Sie ist ihre Schwester! Es gab sieben Kinder!« Er wandte sich an Max. »Würden Sie bitte auch nach der Sterbeurkunde suchen?«

»Das habe ich schon, Chef, aber da ist nichts. Es gibt keine offizielle Bestätigung, dass sie tot ist.«

Jackman erhob sich. »Max, Sie haben brillante Arbeit geleistet. Gut gemacht!« Er winkte Marie zu. »Kommen Sie, Sergeant, es wird Zeit, dass wir ein Wörtchen mit Benedict *Mulberry* reden.«

KAPITEL 32

Sir, wir wissen über Ihre tragische Vergangenheit und Ihre Familie Bescheid. Über Ihre *richtige* Familie, meine ich. Ich kann durchaus verstehen, warum Sie beschlossen haben, uns nichts davon zu erzählen. Sie haben alle ein neues Leben begonnen und eine neue Identität angenommen. Aber mittlerweile ist die Situation leider ein wenig anders. Ihre Familie steht im Mittelpunkt einer Mordermittlung.« Jackman hielt kurz inne. »Sind Sie Benedict Mulberry, ältester Sohn von Simeon und Charlotte Mulberry?«

Marie beobachtete Benedict genau. Sein Gesicht blieb ausdruckslos, bis Jackman den Namen seines Vaters erwähnte. Erst da begann eine Stelle neben seinem rechten Auge zu zucken.

Er schwieg lange, und Marie fragte sich, welche Gedanken ihm wohl durch den Kopf gingen. Seine Erinnerungen waren zweifellos Stoff für Albträume.

Als er schließlich sprach, klang er bestimmt. »Ja, ich *war* Benedict Mulberry. Aber vielleicht wären Sie so freundlich und würden mich weiter Benedict Broome nennen.«

Jackman nickte. »In Ordnung.«

»Sie wissen also von den anderen?«, fragte Benedict.

»Ja, Sir«, antwortete Jackman. »Aber wir dachten, es wäre besser, zuerst mit Ihnen zu reden.«

»Das ist gut, das ist gut.« Benedict klang unglaublich müde und schien um Jahre gealtert. »Sie können auch mit Philip und Asher sprechen. Erklären Sie ihnen, dass Sie von uns wissen und dass ich gesagt habe, dass es okay ist, wenn sie die Wahrheit erzählen. Sie werden verstehen, dass wir keine andere Wahl haben. Aber wenn es sich vermeiden lässt, dann konfrontieren Sie bitte weder Micah noch unsere Schwester damit. Elizabeth erträgt die Erinnerungen nicht, und Micah ... Er ist sehr explosiv, wie Sie sicher schon bemerkt haben.«

Die beiden nickten.

»Und Toby. Er wirkt zwar nach außen zäh wie Leder, aber er ist so zart wie ein Schmetterling. Ich möchte Sie bitten, besonders mitfühlend zu sein, wenn Sie mit ihm sprechen, Inspector. Jetzt ist er ein gestandener Farmer, aber in seinem Inneren ist er immer noch ein verängstigtes kleines Kind.«

Jackman warf Marie einen Blick zu. Er musste Benedict wohl oder übel erzählen, was mit seinem Bruder passiert war.

»Benedict, ich fürchte, ich habe schlechte Nachrichten. Wir haben heute eine Leiche gefunden. In der verfallenen Mühle, in der Nähe Ihres alten Zuhauses. Es tut mir sehr leid, aber wir haben Grund zu der Annahme, dass es sich um Ihren Bruder Toby handelt und er Selbstmord begangen hat.«

Benedict schloss die Augen und legte die Hände aufeinander, als wollte er beten. Seine Stimme klang sanft. »O nein, der arme Toby. Ich war immer der Meinung, dass er als Erster gehen würde – es sei denn, Micah hätte einmal zu oft die Geduld verloren, und sein Gegner hätte ihn im Kampf getötet.« Er seufzte. »Kann ich ihn sehen?«

»Noch nicht, Sir«, erwiderte Jackman. »Sie verstehen sicher, dass zuerst gewisse Untersuchungen durchgeführt werden müssen. Außerdem muss seine Identität noch offiziell bestätigt werden.«

»Wie hat er sich umgebracht? Mit einer Schrotflinte, nehme ich an? Er hatte zwei davon auf der Farm.«

»Er hat sich erhängt.«

»Oh. Ich hätte gedacht, er hätte sich für die Flinte entschieden.«

Wie sein Vater, dachte Marie.

»Ich bin froh, dass er zur Mühle gegangen ist«, erklärte Benedict. »Sie war immer unser Zufluchtsort, wenn es zu Hause zu schlimm wurde. Wenn ich mich umbringen wollte, würde ich auch zur Mühle gehen.«

»Leider hat ihn ausgerechnet Asher gefunden. Wir haben uns bereits gefragt, woher er wusste, wo er suchen musste.«

Benedict seufzte erneut. »Der arme Junge.«

Marie dachte an den Mann, der seine hübsche Verlobte zu Hause warten ließ, während er in den Armen einer Prostituierten lag.

»Was ist mit Fleur passiert?«

Jackmans Frage überraschte sogar Marie.

Benedict sah ihn an, und sein Gesicht wurde kalkweiß. »Sie ist gestorben. Sie wurde krank und starb. Warum, um alles in der Welt, interessieren Sie sich für Fleur?«

»Weil wir ihre Leiche in dem Raum unter dem Windrush-Sanatorium gefunden haben.«

»Wie bitte? Unser Vater hat uns erzählt, dass sie eingeäschert wurde!« Benedict Broome rutschte mit dem Stuhl zurück und starrte sie an.

»Fleur war eine der dreizehn jungen Frauen, die wir da unten entdeckt haben, Benedict«, erklärte Jackman.

Benedict schlug sich die Hände vor den Mund. »Aber das ist unmöglich!«

»Ich denke, Sie sollten uns zuerst mal von dem Windrush-Sanatorium erzählen. Sie wollten es doch nicht wirklich zu einem Rückzugsort für zahlende Gäste umbauen, oder?«

»Das sollte es tatsächlich werden – aber nicht für zahlende Gäste, sondern für uns.« Benedicts Stimme klang heiser. »*Unser* Rückzugsort! Unser Zuhause. Ein Ort, an dem wir wieder zusammen sein würden. Wo wir hingehörten.«

»Und die Leichen? Wie passen die vielen toten Mädchen ins Bild, Benedict?«

»Ich wusste nichts davon, das schwöre ich.«

»Ihr Bruder Philip wurde bereits wegen Mordes verhaftet. Hat er vielleicht vergessen zu erwähnen, was sich unter Ihrem neuen Zuhause verbirgt?«

»Philip? Ach, kommen Sie! Bitte entschuldigen Sie, aber da irren Sie sich gewaltig.« Benedict lachte. »DI Jackman, Philip ist der sanfteste Mann, dem ich je begegnet bin.«

»Er hat gestanden.«

Benedict schüttelte den Kopf. »Dann müssen Sie noch einmal mit ihm reden. Ich weiß nicht, warum er so etwas Schwachsinniges getan hat, aber Philip ist sicher nicht Ihr Mörder.«

»Nachdem wir jetzt wissen, dass unsere Verdächtigen miteinander verwandt sind, müssen wir sie wohl oder übel in getrennten Dienststellen unterbringen.« Jackman massierte sich die schmerzenden Schultern. »Aber nach allem, was wir bis jetzt erlebt und inoffiziell herausgefunden haben, will ich sie keine Sekunde aus den Augen lassen.« Er runzelte die Stirn. »Wir müssen Asher gehen lassen. Jetzt, wo feststeht, dass sich der Schlüssel für Toby Tanners Haus rechtmäßig in seinem Besitz befand, haben wir nicht viel gegen ihn in der Hand.«

Marie und Jackman warteten darauf, dass Philip Groves ins Verhörzimmer gebracht wurde, und Marie sagte leise: »Bis jetzt wissen nur das Team und der Professor von den neuesten Entwicklungen. Belassen wir es lieber dabei, bis wir mit Philip gesprochen haben.«

»Ah gut, ich komme nicht zu spät«, rief Professor O'Byrne und eilte den Korridor entlang auf sie zu.

»Darf ich dabei sein? Wir haben ja Mr Groves' – oder besser gesagt, Mr Mulberrys – Einverständnis.«

Jackman legte einen Finger an die Lippen. »Nennen Sie ihn lieber Groves, okay? Und ja, wir wären sehr dankbar für Ihre Einschätzung. Aber ich muss Sie bitten, sich ruhig zu verhalten und nur zu beobachten.«

Philip Groves – den Marie nicht einmal in Gedanken *Mulberry* nennen konnte – saß ihnen gegenüber und wirkte, als wäre sämtliches Leben aus ihm gewichen.

Jackman erklärte, was sie alles über seine Vergangenheit wussten, und berichtete ihm vom Tod seines Bruders Toby.

Schließlich antwortete Philip: »Sie haben recht, ich habe die Mädchen nicht getötet. Ich habe ihre Leichen lediglich gefunden und sie in Sicherheit gebracht.« Seine Stimme klang leise, sanft und unendlich müde. »Mehr habe ich nicht getan. Ich habe sie aus einer Welt voller Schmerzen gerettet, wo sie nicht anständig behandelt wurden. Ich habe mich um sie gekümmert.«

»Die Mädchen hatten Familien, Philip. Menschen, die sie liebten und vermissten«, entgegnete Marie leise.

»Nein, das hatten sie nicht, Sergeant«, erwiderte Philip ebenso ruhig. »Hätten ihre Familien sie wirklich geliebt, wären sie nicht fortgelaufen oder so verletzlich gewesen, dass sie irgendein Mann entführen, schänden und umbringen konnte. *Ich* war ihre Familie. Und am Ende war ich alles, was sie brauchten.«

»Wie sind Sie auf die Leichen gestoßen, Philip?«, fragte Jackman. »Die liegen doch nicht einfach so herum.«

»Der Mörder hat sie in der alten Ruine direkt in der Marsch abgelegt, in dem kleinen Keller, der in meinen Tunnel führt.«

»Und wer war es? Sie haben doch sicher gesehen, wie er die Leichen deponierte, und er muss ebenfalls von Ihnen gewusst haben. Er lässt eine Leiche zurück, und wenn er ein paar Monate später mit der nächsten wiederkommt, ist die erste wie von Zauberhand verschwunden.«

Philip schüttelte den Kopf. »Ich habe ihn nie gesehen und auch keine Ahnung, was er glaubte, wohin die Mädchen verschwunden waren, oder ob er es überhaupt bemerkt hat. Sie haben das Haus doch selbst gesehen! Wahrscheinlich hat er einfach die Tür aufgemacht und sie hineingeworfen.«

»Es tut mir leid, Philip, aber ich glaube, Sie wissen sehr wohl, wer der Mörder ist. Sie haben ihn vielleicht nicht gesehen, aber aufgrund der Dinge, die er den Mädchen angetan hat, wussten Sie es.«

Philip hielt den Blick auf die Tischplatte gerichtet.

»Kommen Sie! Sie sind doch ein gebildeter Mann, Philip.

Sie und Ihre Geschwister haben durch die Hände Ihrer Eltern schreckliche Dinge erlebt. Ihnen ist mit Sicherheit klar, dass einer Ihrer Brüder so schwer traumatisiert wurde, dass er fähig ist, mehrere Menschen zu ermorden.«

»Sie haben bloß hinter ihm sauber gemacht, nicht wahr? Sie haben ihn beschützt. Das tun Benedict und Sie schon die ganze Zeit über«, fügte Marie hinzu.

»Ich weiß nicht, wer meine Mädchen getötet hat, und ich will es auch nicht wissen. Ich habe sie bloß nach Hause gebracht und ihnen ihre Würde zurückgegeben.«

»Und Fleur? Haben Sie sie auch ›nach Hause gebracht‹?«

Philip riss die Augen auf, und sein Kopf schoss hoch.

Schließlich erklärte er: »Ich habe ihn gesehen. Ich habe gesehen, wie unser Vater das Loch im Garten ausgehoben hat. Dort, wo wir sonst immer unsere Tiere begruben.«

»Sie haben geschen, wie er Ihre Schwester begraben hat?«

Groves nickte. »Sobald er das Grab geschlossen hatte, versprach ich Fleur, sie eines Tages nach Hause zu holen. Sie würde in einem ordentlichen Bett mit weichen Laken liegen, und auf ihrem Nachttisch würden duftende Blumen stehen. Sie würde keine einzige Nacht mehr in einem stinkenden Käfig auf dem kalten Kellerboden verbringen.«

Jackman warf Marie einen Blick zu. Sie war den Tränen nahe.

Warum gräbt man eine Leiche aus?, hatte Gary gefragt. Jetzt wusste er es.

»Sie haben sie also geholt, als feststand, dass Alderfield dem Erdboden gleichgemacht werden sollte?«

»Ich bin zurück, nachdem Benedict das alte Sanatorium gewonnen hatte. Ich wollte es schon früher tun, aber ich kannte keinen Platz, wo sie sicher und für immer ruhen konnte.«

»Waren Sie allein?«

»Ja«, murmelte Philip. »Ich habe den anderen nie etwas von dem Grab erzählt.«

»Warum nicht? Sie standen sich doch so nahe, die anderen hätten es sicher verstanden.«

»Ich wollte ihnen nicht noch mehr wehtun. Ich wollte ihnen nicht noch einmal das Herz brechen. Sie haben uns gesagt, dass sie krank war und starb. Das war genug – vor allem für die Kleinen. Ich war der Einzige, der wusste, dass unser Vater sie umgebracht hat. Diese Last musste ich allein tragen.« Philip wandte sich an Marie. »Wir haben alle unsere Geheimnisse, Sergeant. Wir sind traumatisiert und werden immer anders sein als der Rest der Welt. Deshalb brauchten wir einen Platz, der nur uns gehört. Einen Ort, an dem wir nicht verurteilt werden würden, egal, was wir taten. Wo die Welt vor uns sicher wäre, und wir vor ihr. Denn es wird nie jemand verstehen, in welche Wracks uns unsere Eltern verwandelt haben. Und das Windrush-Sanatorium sollte dieser Rückzugsort werden.«

Es gab immer noch einige Dinge, die Jackman nicht verstand. »Aber Philip, Sie waren an der Universität. Sie sind Tierarzt. Das erfordert sehr viel Arbeit und ein jahrelanges Studium. Sie sind ein Fachmann, intelligent, mitfühlend und ...« Ihm gingen die Worte aus.

»Ich bin kein böser Mensch, Inspector. Aber ich bin in einem bösartigen Umfeld aufgewachsen. Ich bin ein Freak.«

»Aber wenn Sie diese Mädchen tatsächlich nicht umgebracht haben, woher stammen dann die Namensschilder über den Betten? Woher kannten Sie ihre Namen und das Geburtsdatum? Woher wussten Sie, dass alle an einem Mittwoch geboren worden waren?« Maries Stimme war so kalt, dass selbst Jackman stutzte.

Philip schluckte. »Ich ...«

»Ich helfe Ihnen auf die Sprünge.« Marie beugte sich vor. »Sie sind derjenige, der immer alles ausbügelt, nicht wahr? Der alles wiedergutmacht. Sie wissen alles über Ihre Brüder. Sie wussten genau, welcher von ihnen die Kontrolle verloren hat und warum. Aber dieses Mal konnten Sie es nicht wieder geradebiegen. Und je älter er wurde, desto gefährlicher wurde er, nicht wahr?« Marie starrte ihn an. »Er war besessen von den Mädchen, und es war egal, wie alt sie waren, solange sie an einem Mittwoch geboren worden waren. Wie er und seine Schwester Fleur.«

Jackman sah sie erstaunt an.

»Es war Toby, oder? Er ist nicht so zerbrechlich, wie Benedict uns weismachen wollte. Er war ein psychotischer und unglaublich gefährlicher Jäger.«

Philip seufzte, und sie spürte, wie erleichtert er war. »Wissen Sie, Toby hat von uns allen am meisten gelitten. Abgesehen von Fleur. Ich wusste, dass er nie einen Platz in der Gesellschaft finden würde, und Benedict und ich haben unablässig versucht, ihn von sämtlichen Problemen fernzuhalten. Micah wohnte auf der Farm, um ein Auge auf ihn zu haben, aber wir wussten, dass wir ihn so schnell wie möglich nach Windrush bringen mussten. Und wir hatten es fast geschafft ...«

Als er Marie ansah, standen Tränen in seinen Augen. »Aber jetzt ist er tot, und es ist wie die Antwort auf unsere Gebete. Ich würde gerne glauben, dass er oben im Himmel ist und für unseren Schöpfer singt, aber ich bezweifle es sehr. Sie haben gefragt, ob ich singe, und ich habe es bejaht. Wir können alle singen, aber Tobys Stimme klang wie das Weinen eines Engels. Leider war das das einzig Schöne an ihm. Ich hätte ihn schon vor Jahren erlösen sollen. Immerhin wusste ich Bescheid und hätte die Möglichkeit gehabt, aber ich brachte es einfach nicht über mich.«

Marie dachte an die Blumen und glaubte ihm.

Während Marie den Verhörraum verließ, um Philip ein Glas Wasser zu holen, fragte Jackman ihn nach Asher und seiner perfekten Verlobten.

»Asher? Er ist eigentlich ein guter Junge. Er kam mit den Qualen, denen wir ausgesetzt waren, zurecht, indem er seltsame, altmodische Moralvorstellungen entwickelte, obwohl er ein Problem mit Sex hat. Er vergöttert seine Verlobte und respektiert ihre Wünsche, aber aufgrund seines gesteigerten Verlangens geht er regelmäßig zu Prostituierten.«

»Und auf Sex-Partys?«

Philip schüttelte den Kopf. »Nein, Asher nicht. Die Partys waren Tobys Jagdrevier.«

»Können Sie uns vielleicht mehr darüber erzählen, Philip?«, bat Jackman und hielt fürs Protokoll fest, dass Sergeant Evans gerade zurückgekehrt war.

»Eigentlich nicht, ich kenne nur wenige Veranstaltungsorte. Ich habe versucht, ihn davon abzuhalten, aber er hat ein zu großes Geheimnis daraus gemacht. Er bekam einen Anruf oder eine Nachricht und verschwand.« Philip seufzte. »Ich konnte nur beten, dass er kein Mädchen treffen würde, das an einem Mittwoch geboren worden war.«

Jackman beschloss, das Verhör langsam zum Ende zu bringen. Er erklärte Philip, dass er zwar angeklagt werden würde, aber keinesfalls wegen Mordes.

Doch Philip schien es egal zu sein. Er war nur noch eine leere Hülle. Als sie aufstanden, fragte er: »Was geschieht mit meiner Schwester?«

»Mit Fleur? Wenn alles vorbei ist, wird sie ein angemessenes, würdevolles Begräbnis erhalten.«

»Das ist gut. Und meine andere Schwester? Was ist mit Elizabeth? Ist sie in Sicherheit?«

»Sie befindet sich in der Psychiatrie. Sie ist also nicht in Gefahr.«

»Sie verletzt sich selbst, das war schon immer ihr Problem. Aber Benedict hat sich um sie gekümmert.«

Natürlich, dachte Marie. Die langen Ärmel, die sie bis zu den Fingern hinuntergezogen hatte. Der lange Rock, der ihr trotz der Hitze im Krankenzimmer bis zu den Knöcheln reichte. Sie hätte es wissen müssen.

Jackmans Finger lag bereits auf dem Aufnahmeknopf. »Philip? Wie viel wussten die anderen? Vor allem Benedict?«

Philip sah auf. »Worüber?«

»Über die Kinderstation? Die Entführungen? Die Drogen? Die Mittwochs-Mädchen? Und darüber, was Toby ihnen in dem Wohnwagen in der Marsch angetan hat?«

»Nichts, Inspector. Sie wissen gar nichts. Bens ganzes Leben dreht sich darum, Elizabeth zu beschützen und genügend Geld aufzutreiben, um Windrush wieder bewohnbar zu machen.« Philip zuckte mit den Schultern. »Er wird allerdings nicht sonderlich überrascht sein, wenn er es erfährt.« Er seufzte schwer. »Es wäre besser gewesen, man hätte uns damals an Ort und Stelle erlöst. Wie einen Wurf unerwünschter Kätzchen. Es hätte jedem klar sein sollen, dass wir in der normalen Welt nicht überlebensfähig sein würden. Vor allem, nachdem einige langsam ahnten, was wirklich in Alderfield passiert war.«

»Sie meinen den Tod Ihrer Eltern?«, fragte Jackman.

Philip nickte.

»Die Polizei glaubte, dass Sie dafür verantwortlich waren, nicht wahr?«, fragte Marie.

»Nach allem, was uns mein Vater *und* meine Mutter angetan hatten, waren wir für nichts mehr verantwortlich.« Philip stieß ein trockenes Lachen aus. »Aber ja, sie haben uns tatsächlich verdächtigt. Das Problem war nur, dass die Polizisten Dinge sahen, die niemand hätte zu Gesicht bekommen sollen. Der Schrecken, den sie in dem Haus entdeckten, trübte ihr Urteilsvermögen. Wir waren schon damals krank, Detectives, und es gab keine Heilung mehr. Man hätte uns fortsperren und nie wieder freilassen sollen. Dann wären diese zwölf Mädchen noch am Leben.«

Ein kleines Detail lag Marie noch im Magen. »Darf ich Ihnen noch eine allerletzte Frage stellen, Philip? Wir haben kein einziges Foto von Toby gefunden. Weder im Farmhaus noch sonst wo. Warum?«

Philip lächelte kaum merklich. »Es gibt von uns allen kaum Fotos, Sergeant, aber Toby hatte seltsame Augen. Sie waren so hell, dass es bei bestimmten Lichtverhältnissen aussah, als hätte er keine Pupillen, und auf Fotos war das meistens der Fall. Er sah aus, als wäre er blind. Oder tot.«

Tote Augen.

Als Jackman und Marie das Verhörzimmer hinter sich ließen, drang ein Schlaflied durch die verschlossene Tür. Die Stimme war glockenklar, doch dieses Mal verwandelte sie ihre Herzen nicht in Eis, sondern ließ sie vor Trauer schmelzen.

KAPITEL 33

Heute Abend ist es so weit! Um halb elf. Der Ort wird noch bekannt gegeben.« Rosie klappte das Telefon zu. »Wir sind drin.«

Rosie und Max stiegen aus dem Wagen und verschwanden entlang der dreispurigen Straße in der Dunkelheit. Marie sah ihnen nach, ihr Herz raste. Ihre beiden Kollegen würden sich gleich in eine unglaublich gefährliche Situation begeben – und einer Frau, die ihr sehr viel bedeutete, würde vielleicht endlich Gerechtigkeit widerfahren.

Jackman rückte seine Stichschutzweste zurecht. »Bereit?«

»Ja. Alle sind auf ihren Positionen.«

»Sie wirken heute sehr viel entspannter, Marie.«

»Das bin ich auch. Manchmal sind extreme Maßnahmen notwendig, vor allem, wenn man es mit jemandem zu tun hat, der glaubt, über dem Gesetz zu stehen. Wenn Rosie und Max bereit sind, bin ich es auch.«

»Geht mir genauso.« Jackman stieg aus dem Wagen und bewegte sich auf die Ansammlung baufälliger alter Schuppen und Nebengebäude zu, die auf dem Gelände des alten Getreidesilos standen.

Marie trat neben ihn. »Max hat eine echt tolle Ausrüstung organisiert«, sagte sie leise.

»Ja, der Junge hat nichts dem Zufall überlassen. Im Bügel seiner Brille ist eine Kamera versteckt, und die Kollegen im Van sehen alles, was er sieht, und können es auch gleich aufzeichnen. Einschließlich dem, was wir über Rosies Mikrofon hören.«

»Gut, dann ist der Köder also ausgelegt. Wir können nur hoffen, dass der große Fisch sich heute Abend auch ins Becken wagt.«

Der Getreidesilo stand schon seit Jahren leer, und Rosie nahm an, dass die Veranstalter ihn ausgewählt hatten, weil es weit und breit keine Nachbarn gab.

Sie warf dem Türsteher ein laszives Lächeln zu. »Ich habe doch gesagt, dass ich wiederkomme.«

Er nickte und starrte ihr ungeniert in den Ausschnitt.

»Mein Freund ist auch dabei. Das ist doch okay, oder?« Sie deutete mit dem Kopf auf Max, der sich desinteressiert umsah. »Es macht sicher mehr Spaß, wenn ich wen zum Spielen habe.«

»Du hättest doch auch zu mir kommen können, Süße.« Er ließ den Finger über ihren nackten Arm gleiten. »Wir hätten uns sicher amüsiert.«

»Du warst doch viel zu beschäftigt, mein Hübscher.« Sie lehnte sich näher heran und flüsterte: »Soll ich ihn das nächste Mal zu Hause lassen?«

»Ja, das ist eine gute Idee, Schätzchen.«

»Petra.«

»Hübscher Name. Ich bin Lenny.«

»Das werde ich mir merken.« Rosie warf ihm eine Kusshand zu und legte einen Arm um Max' Schulter.

Nach einer halben Stunde mit übermäßig Alkohol und Trance-Musik wurden die Partygäste langsam lockerer. Max hatte einen Platz gefunden, wo sie alles gut im Blick hatten. Vor allem die älteren Männer im Schatten.

»Tut mir leid, Detective, aber wir müssen entweder tanzen oder rumknutschen, sonst fallen wir auf.« Rosie legte einen Arm um seine Mitte und zog ihn an sich. »Du darfst es dir aussuchen.«

»Nichts für ungut, aber wenn wir knutschen, sehe ich nicht, wer durch die Hintertür kommt und geht.«

»Kein Problem. Dann tanz mal los.«

»Verdammt, war es beim letzten Mal auch so?«, fragte Max mit Blick auf zwei Jugendliche, die kaum älter waren als zwölf und auf einer der Bänke übereinander herfielen.

»Das ist noch gar nichts, Maxi.« Rosie nippte an ihrem Dosenbicr. »Aber unsere verdammte Zielperson habe ich immer noch nicht gesehen.«

»Vielleicht kommt er nicht. Er weiß, dass Toby Tanner tot ist und dass wir ihn mit den Partys in Verbindung gebracht haben.«

Rosie lehnte sich an seine Schulter. »Ich glaube, er ist erleichtert, dass Tanner von der Bildfläche verschwunden ist. In Harlan Marsh tanzt wieder alles nach seiner Pfeife, und er glaubt, dass wir viel zu beschäftigt mit den Leichen aus dem Sanatorium sind, um uns über irgendetwas anderes Gedanken zu machen.« Rosie bewegte sich im Takt der dröhnenden Musik. »Er wird sein dreckiges kleines Nebengeschäft sicher nicht sich selbst überlassen.«

Weitere zwanzig Minuten vergingen, und Rosie fragte sich langsam, wie Max und sie sich die Zeit vertreiben konnten, ohne für die nächsten fünf Jahre das Hauptgesprächsthema in der Kantine zu werden.

Plötzlich murmelte Max: »Jackpot«, und rückte näher an sie heran. Er schlang die Arme fester um sie und drehte sie ein wenig, sodass sie die beiden Männer sah, die gerade durch die Hintertür getreten waren.

»Cade«, murmelte Max. »Ich hoffe, ihr seht das, Jungs.«

Rosie tanzte um Max herum. Sie erkannte ihn sofort. Die zurückgegelten Haare und die Brille waren eine schlechte Tarnung. »Jetzt müssen wir ihn nur noch in einer Situation erwischen, aus der er sich nicht mehr herausreden kann.«

Die Musik dröhnte, andere Tänzer wanden sich um sie herum. »Rosie! Schau!«

Rosie ging in die Hocke und tat, als wollte sie eine Dose aufheben. Sie blieb einen Moment lang unten und beobachtete Cade. Er nahm einige zusammengerollte Geldscheine von dem Mann neben ihm entgegen und steckte sie ein. Dann winkte er ein tanzendes Mädchen zu sich und schob es sanft in die Richtung des Mannes. Der legte dem Mädchen eine Hand auf die Schulter, und sie verschwanden durch die Hintertür.

»Können wir loslegen?«, fragte Max nervös.

»Geduld.« Rosie hatte zwei schwer alkoholisierte Mädchen entdeckt, die gerade auf Cade zutanzten.

»Ja, gut so! Immer schön weitermachen! Mal sehen, wie er reagiert. Hast du ihn im Visier, Max?«

»Ja, klar. Es ist, als hätten wir es geplant.«

Sie sahen zu, wie die beiden Teenager mit dem älteren Mann flirteten, und zu Rosies Genugtuung reagierte er auf ihre Annäherungsversuche. Ein Kuss hier, eine Hand auf dem Hintern dort. Bis Cade schließlich die Hand unter den engen, glänzenden Minirock eines Mädchens gleiten ließ.

»Jetzt haben wir dich, du Wichser! Zugriff! Alle Einheiten!«

Rosie und Max warfen ihre Bierdosen zu Boden und eilten an den anderen Tänzern vorbei auf Cade zu.

»Kommen Sie bitte mit, Sir.«

Sie warteten erst gar nicht auf eine Antwort, sondern drängten ihn durch die Tür ins Hinterzimmer. »James Cade, ich verhafte Sie …«

»Einen Teufel tust du!« Cade schwang wie ein Besessener herum und schleuderte Rosie gegen die Wand. Sämtliche Luft wich aus ihren Lungen, und sie krümmte sich vor Schmerz zusammen.

»Max! Lass ihn nicht entkommen«, keuchte sie und schlang die Arme um den Oberkörper, doch Max zögerte und sah sie entsetzt an. »Kümmer dich nicht um mich, du Idiot! Mir ist nur kurz die Luft weggeblieben. Hol dir den Scheißkerl!«

Es herrschte das totale Chaos. Blaulichter blitzten, Männer und Jugendliche rannten in alle Richtungen davon, und unter die Technomusik, die noch immer aus dem alten Silo dröhnte, mischten sich das Quietschen der Reifen und das Heulen der Motoren. Cade rannte über den asphaltierten Platz hinter dem Silo zu seinem versteckt parkenden Wagen. Max war dicht hinter ihm. Er war fitter und schneller, aber nicht so verzweifelt wie Cade.

Im nächsten Moment blieb Cade vor einem Berg Gerümpel stehen, packte eine Zaunlatte aus Holz, schwang sie hoch und versetzte Max einen Schlag ins Zwerchfell.

Max ging zu Boden wie ein verwundetes Tier, und Cade lief weiter – um im nächsten Moment Sergeant Marie Evans gegenüberzustehen.

Marie stürzte sich auf ihn und brachte ihn mit einem perfekten Rugbyangriff zu Fall.

Er landete auf dem Asphalt und versuchte verzweifelt, unter ihr hervorzukriechen. Sie wich kaum merklich zurück, um ihm die Möglichkeit zur Flucht zu geben, und als er es versuchte, schlug sie ihn nieder.

Sie spürte den Schlag von ihren Fingerknöcheln bis hinauf zur Schulter, und es war ein großartiges Gefühl. Sie rieb sich die noch immer zur Faust geballte Hand und starrte hinunter auf den Bewusstlosen. »Es ist nicht viel, Val«, murmelte sie, während sie die Handschellen herausholte. »Aber ich hoffe, dass du dich jetzt ein wenig besser fühlst. Ich tue es auf jeden Fall.«

Als sie sich über Cade lehnte und die Handschellen klickten, schien sich endlich eine dunkle Wolke zu lichten. Sie hatte bis zuletzt geglaubt, dass Cade nie für das würde bezahlen müssen, was er im Schutz seiner Dienstmarke getan hatte. Marie starrte mit kaltem Blick auf ihn hinunter. »Mal sehen, wie Sie sich da herauswinden, *Chief* Superintendent.«

In diesem Moment trat Gary neben sie. »Ich hoffe, du hast recht, aber ich glaube es erst, wenn ich einen neuen Namen auf seiner Bürotür sehe.«

Rosie kam immer noch keuchend auf sie zu und wurde dabei von Max gestützt, der ebenfalls ziemlich mitgenommen aussah. »Wo, zum Teufel, hast du so einen Schlag gelernt?«

»Beim Antiaggressionstraining, ob du es glaubst oder nicht. Funktioniert super!« Marie betrachtete ihre Kollegen. »Und ihr beide habt auch saubere Arbeit geleistet. Gut gemacht!«

Max verzog das Gesicht. »Es war uns ein Vergnügen! Dieser Schlag war ein paar gebrochene Rippen wert, Marie.« Er grinste bewundernd. »Und er hat mich wieder mal daran erinnert, mich ja nie mit dir anzulegen.«

»Ja, das kann ich unterschreiben!« Jackman musterte sie erstaunt. »Man nennt Sie nicht umsonst Amazone, oder?«

»Ich hatte einen guten Grund.«

»Gut, wir bringen hier erst mal alles in Ordnung, und dann fahren wir ins Büro. Und vielleicht können Sie mir dann erzählen, worum es sich dabei handelt?«

Marie lächelte. »Ja, jetzt kann ich es.«

Marie und Jackman saßen in seinem Büro, und zwischen ihnen standen eine halb leere Flasche Scotch Whiskey und zwei Gläser.

»Ich trinke nie, wenn ich im Dienst bin, aber in Cades Fall mache ich eine Ausnahme.« Jackman goss jedem etwas von der goldenen Flüssigkeit ein, lehnte sich zurück und genoss den ersten Schluck. Er seufzte erleichtert. »Schießen Sie los, Marie! Sie haben angedeutet, dass Cade die Karriere Ihrer Freundin zerstört hat. Aber da war noch mehr, oder?«

Marie umklammerte ihr Glas und starrte hinein. »Er hat sie belästigt, schikaniert, gedemütigt und sämtliche Chancen zunichtegemacht, die sich ihr eröffneten, bis er sie schließlich gebrochen hatte. Und das nur, weil sie nicht auf seine schmierigen Avancen eingegangen ist.« Sie nahm einen großen Schluck und zuckte zusammen, als der Alkohol über ihre aufgeplatzte Lippe floss. »Valerie war eine der klügsten Polizeineulinge damals. Sie war voller Optimismus und Hoffnung, Dinge verändern zu können. Sie war intelligent und sah gut aus, aber Cade hat sie fertiggemacht. Wie viele Kollegen genehmigte sie sich nach der Schicht zu Hause noch den einen oder anderen Drink, und langsam nahm der Alkohol sie in Besitz. Ihr passierten immer mehr Fehler, und schließlich wurde ihr klar, dass sie den Job nicht mehr lange machen konnte. Sie warf das Handtuch und zog fort.«

»Marie, das tut mir leid! Ich wusste nicht, dass es so schlimm war.«

»Sie war meine beste Freundin und hätte meine Trauzeugin sein sollen. Sie hat sich auf Anhieb mit Bill verstanden, und sie hat sich so für mich gefreut, als wir uns verlobten. Ich habe sie nach ihrem Umzug schrecklich vermisst – und das tue ich heute noch.«

»Wieso machen Sie sie nicht ausfindig und besuchen sie?«

Marie schüttelte langsam den Kopf. »Dafür ist es leider zu spät, Jackman. Eines Abends stolperte sie völlig betrunken auf die Straße und wurde überfahren. Ironischerweise war es ein Streifenwagen auf dem Weg zu einem Verkehrsunfall. Sie starb auf dem Weg ins Krankenhaus.« Eine Träne lief über Maries Wange. »Cade hat sie zwar nicht im herkömmlichen Sinn umgebracht, aber er war für ihren Tod genauso verantwortlich, als hätte er ihr die Hände um den Hals gelegt und zugedrückt.«

»Wie furchtbar! Kein Wunder, dass Sie dem Arschloch einen solchen Schlag verpasst haben.«

Marie betrachtete ihre aufgeschürften Knöchel. »Ich habe schon lange nichts Befriedigenderes mehr getan.«

»Ich bin mir sicher, dass es ihm noch jahrelang im Gedächtnis bleiben wird.«

»Das hoffe ich doch!«

Ein Sergeant steckte den Kopf zur Tür herein. »DI Jackman, es tut mir leid, wenn ich störe, aber die Superintendentin lässt ausrichten, dass sie morgen früh gleich als Erstes eine Pressekonferenz abhalten muss. Sie bittet, dass Sie Grace Black darauf vorbereiten.«

Jackman streckte sich und stöhnte. »Ach, du meine Güte! Ja, natürlich rede ich mit ihr.«

»Gut«, bemerkte Marie. »Es wäre schön, wenn wir der armen Frau Gewissheit verschaffen könnten, aber wir kennen inzwischen die Namen aller Leichen – und es war keine Kenya darunter.«

»Zumindest können wir ihr versprechen, dass wir uns ab jetzt auf ihre Tochter konzentrieren werden. Ich rufe sie an, vielleicht ist sie noch wach.«

Als Grace Black abhob, fragte Jackman, ob sie Zeit für ein Gespräch hätte.

»Sie sind zu spät dran, Inspector. Ich habe bereits gehört, dass *maßgebliche Entdeckungen* gemacht wurden, wie Sie es nennen.« Sie stieß ein trockenes Lachen aus. »Ich habe immer noch meine Quellen.«

»Es tut mir leid. Wir wollten nicht, dass Sie es aus zweiter Hand erfahren, Mrs Black.«

»Ich vermute allerdings, dass Ihre Entdeckungen nichts mit meiner Kenya zu tun haben, oder? Denn sonst hätten Sie mich wohl schon viel früher informiert.«

»Das ist richtig, Mrs Black. Aber von nun an hat Kenya oberste Priorität.«

»Dann melden Sie sich wieder, sobald die Ermittlungen angelaufen sind. Und ich bin bereit für alles, was die Medien in nächster Zeit verbreiten werden.«

»Ich wünschte, das könnte ich auch von mir sagen«, erwiderte Jackman finster. »Ich würde an Ihrer Stelle in nächster Zeit keine Zeitung lesen und keine Nachrichten ansehen.«

»Wenn es um mein eigenes Kind ginge, wäre es etwas anderes. Aber da es nicht so ist, habe ich immer noch ein Fünkchen Hoffnung.«

Jackman dankte ihr und legte auf. »Ich glaube, die langen Jahre der Ungewissheit haben die arme Frau hart gemacht.«

Bevor Marie etwas erwidern konnte, klopfte Gary an die Tür und trat zusammen mit Ted Watchman in Jackmans Büro.

»Mein Gott, Sie sind noch immer da? Nach allem, was Sie in letzter Zeit erlebt und gesehen haben, dachte ich, Sie hätten bereits Reißaus genommen.«

Ted wischte sich eine Haarsträhne aus dem Gesicht. »So leicht werden Sie mich nicht los. Vor allem, solange es noch einige ungelöste Fragen gibt. Ich habe mir die Karten und die Bodenanalysen des Windrush-Sanatoriums noch einmal vorgenommen, und ich befürchte, dass wir etwas übersehen haben.«

Jackman warf Marie einen Blick zu. »Ich glaube, noch mehr Überraschungen ertrage ich nicht.« Er wandte sich wieder an Ted. »Das, was Sie zu sagen haben, wird mir nicht gefallen, oder?«

Ted zuckte mit den Schultern. »Vermutlich nicht. Aber ich sage es trotzdem.«

Jackman spürte, wie sich Erschöpfung in ihm breitmachte. »Okay, schießen Sie los!«

»Es geht um das Pförtnerhaus an der Einfahrt zum Sanatorium.«

Marie legte den Kopf schief. »Aber das wurde doch bei der Suche nach Micah bereits doppelt und dreifach überprüft. Es stehen nur ein paar Möbel herum, die von den ehemaligen Bewohnern zurückgelassen wurden, sonst nichts. Es gibt keinen Keller, und auf dem Dachboden liegt nur Gerümpel. Außerdem war seit Jahren niemand dort, wenn man sich den Staub und die Spinnweben so ansieht.«

»Tut mir leid, Sergeant Evans, aber da muss ich Ihnen

widersprechen. Die geophysikalischen Untersuchungen zeigen, dass sich unter dem Gebäude sehr wohl ein Raum befindet. Ich habe es früher schon erwähnt, aber da dachte ich, es wäre ein einfacher Keller, der mit dem Haus durchsucht worden wäre.«

»Das wurde er auch. Ich habe persönlich mit den Kollegen gesprochen.« Marie sah ihn verwirrt an.

»Könnten wir vielleicht selbst noch einmal nachsehen?«, fragte Ted. »Ich habe nämlich herausgefunden, dass ein kurzer Tunnel unter das Haus führt. Ich kann mich auch täuschen, aber ich glaube, dass es sich um eine Abzweigung des Tunnels handelt, den die Strandräuber früher benutzten.«

Jackman stieß die Luft aus. »Es ist fast Mitternacht, das heißt, wir müssen bis morgen warten. Wenn Sie der Meinung sind, dass wir uns die Sache noch einmal ansehen sollen, dann kommen wir natürlich gerne mit Ihnen. Aber jetzt fahren erst mal alle nach Hause und versuchen, ein wenig zu schlafen.«

Während sie langsam alles zusammenpackten, wurde Jackman bewusst, dass an Schlaf wohl noch lange nicht zu denken sein würde. Dafür pulsierte immer noch viel zu viel Adrenalin durch seine Adern.

KAPITEL 34

Hätten wir doch bloß die Wärmebildkamera dabei«, murmelte Max.

»Die ist leider ein bisschen zu teuer, um zwischendurch einfach so herumzuliegen«, erwiderte Gary. »Wir müssen uns auf unsere Augen verlassen.«

Zahlreiche Beamte bezogen hinter den Bäumen und Büschen um das ehemalige Pförtnerhaus Stellung. Falls sie noch mehr böse Überraschungen erwarteten, würden sie dieses Mal besser vorbereitet sein.

Jackman unterhielt sich leise mit Ruth Crooke, die darauf bestanden hatte, den Einsatz zu leiten. »Ted Watchman hat einen weiteren unterirdischen Raum entdeckt. Er ist sehr viel kleiner als der erste, aber angesichts der schrecklichen Dinge, die hier vorgegangen sind, besteht die Chance, dass sich dort noch mehr Leichen befinden.«

»Wie kommt man in den Raum?«, fragte sie.

»Von einem Tunnel aus, der von dem bereits bekannten Gang abzweigt. Wir haben einige bewaffnete Sondereinsatzkräfte an der Abbiegung stationiert – bloß für den Fall.«

Der befehlshabende Sergeant der uniformierten Kollegen kam auf sie zu und wandte sich an die Superintendentin. »Der Rest des Sanatoriums ist sauber, Ma'am. Soweit wir es beurteilen können, gibt es keine vom Haus aus betretbaren Geheimgänge mehr. Weder ober- noch unterirdisch. Nachdem das Pförtnerhaus ebenfalls durchsucht wurde, muss der Kellereingang sehr gut versteckt sein.«

»Es gehen hier seit Tagen Beamte ein und aus. Glauben Sie wirklich, dass sie etwas übersehen haben?«

Jackman sah sie an. »Ted ist sich sicher, und das reicht mir. Der Bursche versteht etwas von seiner Arbeit.«

»Nach allem, was wir in dem ersten unterirdischen Raum gefunden haben ...« Die Superintendentin schluckte. »Wir wissen zwar, dass der Mörder tot ist, und zwei weitere Mulberry-Kinder befinden sich in Gewahrsam, aber wir haben trotzdem keine Ahnung, was wir dort unten vorfinden werden. Geben Sie gut auf sich acht.«

»Natürlich. Wir haben zwei bewaffnete Kollegen dabei, und ich werde mein Team nicht in Gefahr bringen.«

»Viel Glück, Rowan.«

»Wir sind bereit, Ma'am. Alle sind auf ihren Positionen, und es könnte nicht mal mehr eine streunende Katze aus dem Haus schleichen, ohne dass wir es bemerken. Wir warten nur noch auf Ihren Einsatzbefehl, Ma'am.«

»Dann legen Sie los, Inspector.«

Jackman trat zusammen mit Marie, Max und Charlie ins Haus, und sie bewegten sich so leise wie möglich durchs Erdgeschoss. Ihr Ziel bestand ausschließlich darin, den Eingang zu dem verborgenen Keller zu finden. Sie würden nicht versuchen, ihn zu öffnen, denn sie wollten vorerst keinen Lärm verursachen. Ihr effektivstes Werkzeug waren ihre Augen.

Dieses Mal hatten sie zumindest den Vorteil, ganz genau

zu wissen, dass es einen Keller gab. Sie mussten nur einen Hinweis auf den versteckten Eingang finden.

Als es endlich so weit war, verstand Jackman sofort, warum man ihn zuerst übersehen hatte.

Er befand sich in der schäbigen, düsteren Diele, in der ein modriger Gestank in der Luft hing. Zwei Wände waren mit dunklem Holz vertäfelt, auf den anderen beiden klebte eine mit Wasserflecken übersäte Tapete. Auf einer der vertäfelten Wände waren mehrere Garderobenhaken angebracht, auf der anderen ein trüber Spiegel mit vergoldetem Rahmen.

Zur Überraschung aller war es ausgerechnet Charlie Button, der den Eingang fand.

Sie befanden sich bereits auf dem zweiten Rundgang, als er mit verdutztem Blick vor der Holzvertäfelung innehielt. Er ließ die Finger über das Brett mit den Mantelhaken gleiten und wandte sich dann aufgeregt an Jackman. Seine blassblauen Augen funkelten. »Dieses Brett hat eine andere Oberfläche und ist kaum merklich erhöht. Ich glaube, dass sich eine Druckfeder darunter befindet. Wenn Sie fest drücken, springt sie auf, und die Tür gleitet zur Seite.«

Er sprach so leise, dass Jackman ihn kaum verstehen konnte, doch als er neben ihn trat und das Brett ebenfalls berührte, spürte er sofort, was Charlie meinte.

Jackman winkte den anderen zu, und sie verließen lautlos das Haus und gingen zurück in den überwucherten Garten.

Während Charlie den Kollegen die genaue Lage des geheimen Eingangs verriet und sie überlegten, wie sie den Tunnel am besten stürmen konnten, fragte sich Jackman, was sich wohl unter ihnen befand.

Er dachte an die grauenhaften Dinge, die sie in dem ausgebrannten Wohnwagen gefunden hatten. Hand- und Fußfesseln, Ledermasken ... Er schüttelte den Gedanken eilig ab.

In ein paar Minuten würde er einer der Ersten sein, die diesen Keller betraten, und er musste auf wirklich alles gefasst sein. Er atmete einige Male tief durch, straffte die Schultern und machte einen Schritt nach vorne.

Der Einsatz verlief ruhig, aber überaus effektiv.

Die Tür öffnete sich in ein schmales Treppenhaus, das parallel zu der kleinen Diele nach unten führte und in einem winzigen Kellerraum mit tief hängender Decke endete. Ihr Blick fiel auf klapprige Regale mit rostigen Farbdosen und löchrige Säcke und Kartons, die vom Schimmel oder kleinen Nagern zerfressen waren. Der Boden war voller Unrat, und der modrige Geruch war überwältigend.

An der gegenüberliegenden Seite befand sich eine weitere Tür, die ganz normal aussah. Die Farbe blätterte bereits ab, und sie war mit einem einfachen Schloss versperrt.

»Aufbrechen!«

Der Rammbock schwang erneut vor und zurück, und dahinter warteten zwei bewaffnete Einsatzkräfte auf ihren Einsatz.

Die Tür gab nach, und sie stürmten in das Zimmer dahinter – doch im nächsten Augenblick hielten sie abrupt inne.

Der Raum war makellos sauber. Vor einem täuschend echt aussehenden, auf die Wand gemalten Fenster hingen hübsche, geblümte Vorhänge. Das Zimmer war mit einem Bett mit einer bunten Überdecke und einem kleinen Schreibtisch mit Stiften und Papier eingerichtet. Eine Wand wurde von einem gut gefüllten Bücherregal eingenommen, auf einer hohen, weiß gestrichenen Kommode saßen zahllose Teddybären, und in der Ecke stand ein Stapel bunter Puzzles.

Über dem Bett hing ein Bild, das zwei junge Tiger beim Spielen zeigte, und über dem mit pinkfarbenem Stoff gepolsterten Kopfende war ein Holzrahmen befestigt, von dem kleine, rosafarbene Lichter baumelten, die einen glitzernden Kranz bildeten.

Es war das Letzte, was Jackman erwartet hatte.

Er bewegte sich langsam durch das Zimmer und versuchte zu verstehen, was das alles zu bedeuten hatte, als Marie ihm eine Hand auf die Schulter legte und schweigend mit dem Kopf auf die gegenüberliegende Wand deutete.

Eine schmale Falttür führte in einen angrenzenden Raum, und sie bewegte sich kaum merklich.

Die beiden Einsatzkräfte stürzten in ihrer schweren Schutzausrüstung und mit ihren automatischen Waffen durch die Tür.

Einen Moment lang hielten Jackman und Marie den Atem an, dann hörten sie eine glockenhelle Stimme: »Bitte tun Sie mir nichts! Bitte!«

Ein weiterer Beamter schloss zu seinen Kollegen auf und riss die Tür beiseite.

Dahinter befand sich ein sauberes Badezimmer mit einer Toilette und einer kleinen, alten Badewanne, die mit einer modernen Dusche ausgestattet worden war. Und daneben kauerte ein junges Mädchen.

Sie saß auf dem pinkfarbenen Vorleger, hatte die Arme um die Knie geschlungen und sah mit ängstlichen, weit aufgerissenen Augen zu ihnen hoch.

Jackman musste sich zwingen, nicht zu ihr zu laufen und sie in die Arme zu schließen.

Marie fand als Erste die Sprache wieder. »Kenya?«

»Asher! Ich will zu Asher!« Die zitternde Stimme klang bereits ein wenig fester. »Bitte! Holen Sie Asher! Ich will zu Asher!«

Die Vorschriften in einem solchen Fall waren sehr streng. Jackman wusste, dass sie das Mädchen nicht einfach aus seinem »Zuhause« herausreißen konnten. Er musste zuerst ein speziell ausgebildetes Kriseninterventionsteam für jugendliche Gewaltopfer anfordern, um die Situation zu beurteilen. Doch obwohl ihm das alles natürlich durchaus klar war, beunruhigte ihn im Moment vor allem die Tatsache, dass das Kind nach Asher Leyton rief.

»Da ist noch eine versteckte Tür im Bettwäscheschrank, Sir! Sie steht offen und führt in einen Tunnel. Wir hören Geräusche und nehmen sofort die Verfolgung auf.«

Als die beiden Beamten durch die Tür stürzten, begann das Mädchen zu brüllen: »Asher! Tun Sie ihm nichts! Bitte tun Sie ihm nichts!«

Marie kniete sich mit etwas Abstand zu dem hysterischen Mädchen auf den Boden. »Ist schon gut. Wirklich! Wir wollen nur mit ihm reden. Wir tun ihm nichts.« Sie holte ihren Ausweis aus der Tasche und hielt ihn hoch, damit das Mädchen ihn sehen konnte. »Du verstehst doch, dass wir von der Polizei sind? Wir sind hier, um dir zu helfen, das ist alles. Ich bin Marie, und das ist Jackman. Und du bist Kenya Black, oder?« Sie lächelte freundlich. »Ich kann dir gar nicht sagen, wie sehr ich mich freue, dich endlich kennenzulernen.«

Das Mädchen wiegte sich vor und zurück und vermied jeglichen Blickkontakt, doch Jackman sah, dass es kaum merklich nickte.

Er konnte es nicht glauben. Sie lebte! Kenya Black lebte! Nach wie vielen Jahren? Acht? Es war beinahe ein Jahrzehnt vergangen, aber sie lebte und war in Sicherheit.

Jackman betrachtete sie sprachlos. Sie war schlank und hübsch, trug enge Jeans und ein T-Shirt und war offenbar unverletzt.

Doch sein Hochgefühl erlitt einen Dämpfer, als er an die Mulberry-Kinder dachte.

Er starrte auf Kenya hinunter, die auf dem Boden kauerte und sich immer noch vor und zurück wiegte, und ihm wurde klar, dass das hier seine Grenzen überschritt. Es wurde Zeit, Hilfe anzufordern.

Jackman hastete die Treppe hoch in die Diele und rief nach einer Polizistin, die nach unten gehen und Marie unterstützen sollte.

Der Superintendentin stand der Mund offen. Sie konnte ebenfalls kaum glauben, was sie in dem kleinen unterirdischen Badezimmer vorgefunden hatten.

»Und es geht ihr tatsächlich gut?«, fragte sie Jackman.

»Ja, sie ist dünn und blass, aber ich habe an den Schulen von Saltern schon Schlimmeres gesehen. Gott allein weiß, in welcher psychischen Verfassung sie sich befindet, aber rein körperlich gesehen würde ich sagen, dass sich jemand sehr gut um sie gekümmert hat.«

Die Superintendentin pfiff durch die Zähne. »Das ist wirklich nur schwer zu begreifen. Aber ich muss jetzt trotzdem einen Notruf absetzen, Rowan. Wir brauchen sofort ein paar Experten vor Ort. Sie und Ihr Team haben sehr gute Arbeit geleistet. Davon hat keiner zu träumen gewagt.«

Keiner, außer Grace Black. Sie hat die Hoffnung nie aufgegeben, dachte Jackman.

Im nächsten Moment drangen Geräusche die Treppe hoch. Ein gedämpfter Knall. Schreie.

Marie hatte Kenya zwar versichert, dass sie Asher nichts tun würden, aber Jackman hatte das Gefühl, dass gerade genau das passiert war.

Er wartete schweigend und nagte auf seinem Zeigefinger herum. Er wollte nicht noch einmal nach unten in diesen Keller. Falls Asher verletzt war, durfte es Kenya auf keinen Fall erfahren. Das arme Mädchen hatte schon genug gelitten.

»Sir?« Gary eilte durch die Tür auf ihn zu. Sein aschfahles Gesicht verriet Jackman alles, was er wissen musste.

»Sie haben ihn erschossen, oder?«

»Es sieht nicht gut aus, Boss.« Er schüttelte den Kopf. »Ich war dabei. Es war schrecklich. Er ist einfach weitergelaufen. Sie haben ihn mehrfach gewarnt, aber er ist trotzdem nicht stehen geblieben.«

»Er war unbewaffnet, nicht wahr?«

»Ja. Er hatte zwar etwas in der Hand, aber es stellte sich heraus, dass es keine Waffe war. Einen Moment dachte ich, er wollte sich ergeben. Er schien so ... verloren. So verzweifelt. Doch dann ist er direkt auf einen der bewaffneten Kollegen zugerannt.« Gary schluckte. »Sie haben trotz allem versucht, ihn zur Vernunft zu bringen, doch der Warnschuss prallte von der Wand ab und traf ihn in den Kopf. Ich dachte, das war's, aber die Sanitäter meinen, er könnte es vielleicht schaffen.«

Jackman stöhnte und dachte daran, was das für Kenya Black hieß. Sie wussten noch nicht, was genau passiert war, aber es deutete alles darauf hin, dass Asher Leyton seit fast zehn Jahren der einzige Mensch in Kenyas Leben war.

Und plötzlich waren *sie* aufgetaucht und hatten ihn erschossen!

Jackman schloss die Augen und wünschte sich inständig, die Sache wäre anders gelaufen. Er wusste kaum etwas über das seltsame Band, das zwischen einem Entführer und seinem Opfer entstehen konnte.

Gary sah ihn an. »Die Leute unten sagten, Sie hätten ein Mädchen gefunden und es sei noch am Leben. Stimmt das?«

Obwohl alles aus dem Ruder gelaufen war, musste Jackman unwillkürlich lächeln. »Ja, es stimmt, Gary. Und ob Sie es glauben oder nicht: Es ist Kenya Black.«

Tränen stiegen in Garys blaugraue Augen, und er wischte sie mit dem Ärmel fort. »Verdammt noch mal! Nach all den Jahren! Ich kann's nicht glauben.« Er sah Jackman an. »Ist sie …?«

»Überraschenderweise wirkt sie gesund und unverletzt. Sobald man sie fortgebracht hat, können Sie gerne nach unten gehen und sich das Zimmer ansehen, in dem sie beinahe zehn Jahre verbracht hat. Ich wette, Sie sind genauso erstaunt wie ich.«

»Es wird wahrscheinlich noch eine Weile dauern, bis wir die ganze Geschichte durchschaut haben, oder? Ich meine, alles, was mit ihr passiert ist.«

»Hoffen wir, dass Asher es schafft. Die größte Frage ist, warum Kenya noch am Leben ist. Ich verstehe nicht, warum sie nicht auch in einem der Betten auf der Kinderstation lag. Was macht sie so besonders?« Jackman zuckte mit den Schultern. »Ich gehe besser wieder hinunter und sehe nach, wie es Marie geht. Und Gary? Würden Sie bitte ins Krankenhaus fahren und Asher Leyton im Auge behalten? Wir können nur beten, dass er noch einmal aufwacht – und wenn er es tut, rufen Sie mich bitte unverzüglich an und schreiben jedes Wort mit, das er von sich gibt.«

»Bin schon auf dem Weg, Boss«, erwiderte Gary und wandte sich ab.

Doch Jackman rief ihm noch etwas hinterher. »Sie sagten gerade, dass Asher etwas bei sich getragen hätte. Was war es?«

»Ein Kinderspielzeug, Sir. Ein kleiner Teddybär.«

Jackman atmete tief ein. Als Kenya verschwand, hatte sie einen Teddybären bei sich, dessen Arme und Beine sich bewegen ließen. Das geliebte Stofftier war also die ganze Zeit bei ihr geblieben. Als Trost.

Doch Asher hatte ihn mitgenommen, als er floh. Als Andenken vielleicht?

KAPITEL 35

Jackman las das Memo, das die Superintendentin über ihren Schreibtisch in seine Richtung schob.

Kenya Black wurde an einen sicheren Ort gebracht. Sie wird psychologisch betreut, während sie langsam darauf vorbereitet wird, erste Fragen über ihr Leben mit ihrem Entführer zu beantworten. Es ist unerlässlich, dass sie über ihre Erfahrungen spricht – sowohl für ihre geistige Gesundheit als auch zum Wohle anderer. Sämtliche Informationen werden Ihnen zugänglich gemacht, sobald sie zur Verfügung stehen.

Er kannte die Unterschrift darunter nicht.

»Rowan, für Grace Black sind Sie ein richtiger Held.«

»Ich bin kein Held. Mein Team hat bloß seinen Job gemacht, das ist alles.«

»Ich glaube, Grace Black sieht das anders. Diese Frau bekam im Lauf der Jahre viele leere Versprechungen zu hören. Ehrlich gesagt, bin ich der Meinung, dass wir sie schmählich im Stich gelassen haben. Sie erzählte, Sie und Marie wären die ersten Polizisten gewesen, denen sie tatsächlich vertraute. Sie war sich sicher, dass Sie den Fall abschließen würden. Dass Sie ihr jetzt sogar ihre Tochter wiedergegeben haben, übersteigt ihre kühnsten Träume.«

»Ich wüsste bloß gerne, wie viel von ihrer Tochter nach all den Jahren in Gefangenschaft noch übrig ist.«

»Der erste Eindruck war positiv, Rowan, und das war auch der Hauptgrund, warum ich Sie heute hierherbestellt habe.« Ruth schenkte ihm ein seltenes Lächeln. »Wenn man Asher Leytons psychische Probleme – und vor allem sein gesteigertes sexuelles Verlangen – in Betracht zieht, ist es vermutlich eine schöne Überraschung, dass Kenya Black nicht missbraucht wurde. Die medizinische Untersuchung hat bestätigt, dass er sie kein einziges Mal angerührt hat. Sie ist noch Jungfrau.«

Jackman dachte an das Zimmer, in dem Kenya gefangen gehalten worden war. Er verstand es zwar nicht, aber er glaubte Ruth Crooke.

Eine Zeit lang sagte keiner ein Wort. In ihrem Job musste man immer auf das Schlimmste gefasst sein, und manchmal waren derart erstaunliche Entwicklungen schwer zu begreifen.

»Die Psychologen meinten außerdem, dass Kenyas Gefühle für Asher nichts mit dem Stockholm-Syndrom zu tun haben. Kenya hat erzählt, dass er sehr nett zu ihr war. Auch wenn er sie entführt hat, war er doch fast ihr ganzes Leben lang ihre einzige Bezugsperson.« Ruth hob die Augenbrauen. »Sie behauptet, er hätte sie gerettet. Mehr wissen wir nicht – wir stehen immerhin erst am Anfang der Befragungen. Aber in Anbetracht dessen, was ihr zugestoßen ist, wirkt Kenya bemerkenswert ausgeglichen.«

»Ob er sie vor Toby Tanner gerettet hat?«

»Das wird eine der ersten Fragen sein, die man ihr stellt.

Wir müssen die Ereignisse in die richtige Reihenfolge bringen. Es sieht nicht so aus, als hätte Asher Leyton sie entführt, um seine Bedürfnisse zu befriedigen. Er hat sie zwar beinahe ein Jahrzehnt lang gefangen gehalten, aber warum? Wir wissen, dass sie ihm nicht als Sexspielzeug diente, und nach der Untersuchung der Kleider gehen wir davon aus, dass er sie zum Spielen mit nach draußen genommen hat. Auf den Sohlen ihrer Turnschuhe befanden sich Erde und Pflanzenreste, und die Kollegen haben Gummistiefel und eine Regenjacke im Schrank entdeckt.«

»Kenya lebt, und zwölf andere sind tot. Warum?«, überlegte Jackman.

»Es ist bizarr, nicht wahr? Kenya musste den Albtraum, der sich im Wohnwagen zugetragen hat, offenbar nie miterleben. Und Philip hat sie nicht auf die letzte schreckliche Reise durch den Tunnel und auf die Kinderstation mitgenommen.«

»Vielleicht sollte ich noch einmal mit Philip sprechen, Ma'am. Womöglich weiß er etwas. Obwohl ich mir ziemlich sicher bin, dass Asher der Einzige war, der wusste, wo sich das Mädchen befand.«

»Ja, das sehe ich auch so. Aber reden Sie ruhig mit ihm, wenn Sie möchten.«

»Ich würde mich viel lieber mit Asher unterhalten.«

»Wollen wir das nicht alle? Aber er schwebt noch immer in Lebensgefahr, weshalb ich fürchte, dass wir warten müssen, bis Kenya uns ihre Geschichte selbst erzählt.«

»Was sicher noch einige Zeit dauern wird ...«

Ruth Crooke legte den Kopf schief. »Da bin ich mir gar nicht so sicher. Sie hat schon angefangen zu reden, obwohl niemand damit gerechnet hat. Sie ist verwirrt und labil, aber sie steht nicht unter einem schweren Schock, wie es vermutlich der Fall wäre, wenn man sie regelmäßig misshandelt hätte. Sie hat offenbar geglaubt, ein vollkommen normales Leben zu führen, und erst jetzt herausgefunden, dass es sich wesentlich von dem Leben anderer Kinder unterschied.«

»Er hat sogar versucht, sie geistig zu fördern. Das hat man sofort gesehen. Spiele, Stofftiere, Puzzles, jede Menge Bücher.« Jackman atmete tief ein und langsam wieder aus. »Ich kann immer noch nicht glauben, dass sie tatsächlich am Leben ist. Ihr Fall lief beinahe zehn Jahre im Hintergrund. Die meisten von uns dachten, ihre Leiche würde irgendwann zufällig auftauchen. Niemand wagte zu träumen, dass sie eines Tages allein und ohne Hilfe aus ihrer kleinen unterirdischen Welt emporsteigt.«

»Als ich Sie vor Kurzem bat, den Fall ein für alle Mal abzuschließen, hätte ich nie gedacht, dass es so enden würde!«

Jackman griff bereits nach der Türklinke, als Ruth Crooke hinzufügte: »Ich hätte beinahe vergessen, Ihnen zu sagen, dass Chief Superintendent Cade in ein anderes County versetzt wird. Irgendwo in die Nähe der walisischen Grenze, glaube ich.«

Jackman erstarrte. »Er hat sich also herausgeredet! Dieses Arschloch!«

»Das habe ich jetzt überhört, Rowan. Leider ist das das Beste, worauf wir hoffen konnten.«

Nein, das war es nicht. Jackman hatte gehofft, dass der bösartige Mistkerl den Geiern zum Fraß vorgeworfen werden würde. »Wie hat er das geschafft?«, fragte er mit zusammengebissenen Zähnen.

»Er hat den ermittelnden Beamten erklärt, dass er die Party absichtlich infiltriert hat, um die Männer an der

Spitze zu schnappen, und Sie und Ihr Team hätten seinen Undercover-Einsatz ruiniert.«

Jackman schluckte, und seine Wangen begannen zu glühen. »Aber wir hatten eindeutige Beweise! Spuren am Tatort. Fotos. Zeugen.«

»Das alles hätte vor Gericht nicht standgehalten, und einige der Beweise, die Sie gerade erwähnt haben, existieren nicht mehr.« Ruth schien in sich zusammenzusinken. »Er ist ein mächtiger Mann, Rowan, und sehr gefährlich. Wie gesagt, das ist das Beste, worauf wir hoffen konnten, und ich würde vorschlagen, dass Sie es darauf beruhen lassen.«

Jackman dachte daran, dass Marie am Boden zerstört sein würde, wenn sie davon erfuhr, und sagte leise: »Also werden erneut Unschuldige seinen ekelerregenden Trieben ausgesetzt sein. Nur an einem anderen Ort.«

»Vielleicht nicht.« Sie lächelte hintergründig. »Er ist nicht der Einzige mit Freunden ganz oben – und ganz unten.« Ihr Lächeln wurde breiter. »Ich habe einige sehr einflussreiche Leute über gewisse Dinge in Kenntnis gesetzt, und wenn Sie die Polizeinachrichten verfolgen, werden Sie in den nächsten Wochen vermutlich von einem frühzeitigen Abschied in den Ruhestand lesen. Ich weiß, das ist nicht der Ausgang, den Sie sich gewünscht hätten, Rowan, und es ist bei Weitem nicht das, was Cade verdient hätte. Aber so wird er wenigstens keinen Einfluss mehr auf den Polizeiapparat haben. Mehr war einfach nicht möglich, ohne die Büchse der Pandora zu öffnen.«

Jackman lockerte seinen Griff um die Türklinke. Er wusste, wie solche Dinge liefen. »Danke, Ma'am.«

»Es war mir ein Vergnügen. Glauben Sie mir.«

Marie hörte Jackman zu und lächelte ergeben. »Ich hätte wissen müssen, dass es nicht reichen wird. Nicht bei einer Schlange wie Cade.«

»Wenn Ruth Crooke ihr Wort hält – und davon bin ich überzeugt –, dann kann er in Zukunft nicht einmal mehr einen Blick aus dem Fenster werfen, ohne dass die Sitte ihm entgegenstarrt.«

»Ich hoffe, er wird in der Hölle schmoren.«

»Ganz meine Meinung«, erwiderte Jackman. Im nächsten Moment klingelte sein Telefon. »Gary? Ja ... Ja ... Okay! Wunderbar, wir sind in zehn Minuten da.«

Er stand auf. »Asher ist wieder bei Bewusstsein und will uns sehen.«

Sie liefen zum Auto und standen in weniger als zehn Minuten am Bett des schlafenden Asher Leyton.

»Die Ärzte meinen, er hätte großes Glück gehabt«, flüsterte Gary. »Die Verletzung ist nicht so schwer, wie anfangs vermutet, und seit er aufgewacht ist, fragt er ständig nach seiner Schwester.«

»Nach Elizabeth oder nach Fleur?«, fragte Marie.

»Nach Kenya. Er bezeichnet sie als seine kleine Schwester.«

Sie setzten sich ans Bett und warteten darauf, dass Asher aufwachte.

Jackman wandte sich grinsend an Gary. »Wir haben gehört, dass in der Dienststelle von Harlan Marsh eine riesige Party steigt, seit Cade fort ist. Aber ich hatte gehofft, dass Sie vielleicht trotzdem bei uns in Saltern-le-Fen bleiben würden?«

Gary grinste. »Wirklich?«

»Wenn Sie möchten, wäre in unserem Team ein Platz für Sie frei.«

Bevor Gary etwas erwidern konnte, öffnete Asher stöhnend die Augen.

»Sie ist in Sicherheit, Asher«, erklärte Jackman leise. »Kenya wird gut versorgt, und es kann ihr nichts geschehen.«

Eine Träne lief über die Wange des jungen Mannes. »Das ist gut.«

»Sie sagt, Sie hätten sie gerettet. Stimmt das?«

Asher nickte kaum merklich.

»Vor Toby?«

»Er hat sie beim Spielen am Strand entdeckt. Er hat sie mitgenommen und ins alte Sanatorium gebracht, aber ich habe ihn gesehen.« Asher schluckte.

»Also haben Sie sie versteckt?«

»Meine Schwester Fleur ist gestorben, und ich habe sie so vermisst. Ich war damals zwar noch sehr klein, aber ich konnte mich noch gut an sie erinnern und habe sie immer geliebt. Sie hatte ein so schreckliches Leben, und ich dachte, Kenya würde dasselbe bevorstehen. Das konnte ich doch nicht zulassen, oder?«

Tränen liefen über seine Wangen, und im nächsten Augenblick stürzte eine Krankenschwester ins Zimmer und erklärte, dass der Patient Ruhe bräuchte.

Jackman erhob sich. »Wir haben ohnehin genug gehört.«

»Ich bin furchtbar müde«, gähnte Marie.

»Und total erschöpft«, fügte Gary hinzu.

»Ist das ein Wunder?« Jackman schüttelte den Kopf. »Welcher vernünftige Mensch entscheidet sich freiwillig für einen solchen Job?«

»Wir!«, antworteten Marie und Gary wie aus einem Mund.

Jackman nickte nur.

EPILOG

Jackman und Marie wanderten durch das Marschland am Roman Bank. Abgesehen von dem Wind, der in das Reet fuhr, und den Schreien der Seevögel war alles ruhig. Kein Gesang drang aus dem Untergrund, und es würde auch nie wieder jemand singen. Der Tunnel war von Fachmännern mithilfe von hochwertigem Zement verschlossen worden.

»Kaum zu glauben, dass bereits ein Jahr vergangen ist, oder?« Marie fuhr sich mit der Hand durch die dichten, kastanienbraunen und vom Wind zerzausten Haare.

»Mir kommt es gar nicht so vor. Ich stecke immer noch bis zum Hals in Papierkram, der erledigt werden muss.« Jackman sah zurück zu dem Punkt, von dem aus das düstere viktorianisch-gotische Haus namens Windrush das Marschland und das Mündungsgebiet überblickte.

Er lehnte sich mit dem Rücken an eine verwitterte Viehtränke und sah zum Horizont. »Wo wir gerade von Berichten sprechen: Kurz bevor wir aufbrachen, bekam Ruth Crooke einen Anruf von dem Team in Harlan Marsh. Eine Einheit war zu einem kleinen Feuer in einem verlassenen Pub am Rand der Marsch gerufen worden, und jetzt raten Sie mal, was sie dort gefunden haben?«

»Kommen Sie schon, spannen Sie mich nicht so auf die Folter!«

Jackman grinste. »Ich sage nur, dass der ehemalige Bierkeller auch für andere Dinge verwendet wurde.« Er nickte zufrieden. »Das war das letzte fehlende Puzzleteil. Die Beschreibung stimmt mit Toni Clarksons Aussage überein, und die Spurensicherung wird sicher bald bestätigen, dass es sich um den Partykeller handelt, in den Toni und Emily gebracht wurden.«

Marie grinste ebenfalls. »Ich wusste, dass wir ihn eines Tages finden würden! Es hat zwar gedauert, aber jetzt können wir diesen schrecklichen Fall endlich abschließen.«

Jackman lächelte grimmig. »Das wurde aber auch langsam Zeit.« Seine Augen wurden groß. »Haben Sie eigentlich den Bericht über Asher Leyton gelesen?«

Marie holte Luft. »Das ist wohl der letzte Beweis, dass es so etwas wie Karma tatsächlich gibt. Ein sexsüchtiger Mann bekommt eine Kugel in den Kopf und überlebt entgegen allen Prognosen, nur um anschließend herauszufinden, dass er seine Libido verloren hat! Wäre er nicht teilweise gelähmt und müsste einen großen Teil seines zukünftigen Lebens in einer geschlossenen psychiatrischen Anstalt verbringen, wäre es fast komisch.«

»In dem Bericht stand nicht, dass die Ärzte Kenya geraten haben, ihm zu schreiben. Grace Black hat mir davon erzählt. Wenn der Kontakt zwischen den beiden vollkommen abreißt, würde Kenya in einen Trauerprozess eintreten, der nach allem, was sie durchgemacht hat, womöglich zu viel für sie wäre. Also schreibt sie ihm.«

»Sie hat mittlerweile bestätigt, dass Asher sie tatsächlich vor seinem psychopathischen Bruder Toby gerettet hat. Aber Asher hatte damals wohl schon den Bezug zur Realität verloren. Wenn er zur Polizei gegangen wäre, hätte man ihn als Helden gefeiert.«

»Ja, aber sein Bruder wäre in eine winzige Zelle gesperrt worden – genau wie damals als Kind. Asher konnte nicht zulassen, dass so etwas passiert, obwohl er es natürlich nie zugeben würde. Er sah vermutlich eine Möglichkeit, mit Kenya gemeinsam eine glückliche Kindheit zu erleben, die er mit seinen richtigen Brüdern und Schwestern nie hatte. Grace hat erzählt, dass Kenya ihre Briefe mit ›Deine kleine Schwester‹ unterschreibt, und ich glaube, er wollte wirklich eine glückliche kleine Familie sein. Das ist auch der Grund, warum er sie nie angefasst hat.«

»Ja, dafür hat er sich seinen Spaß woanders geholt. Die Spurensicherung fand jede Menge Kinderspiele, die alle oft benutzt und gut gepflegt waren. Er hat ihr sogar das Lesen beigebracht, um Himmels willen! Und dem Müll nach zu schließen, hat er auf eine gesunde Ernährung geachtet.«

»Außerdem sind sie manchmal nach draußen – das hat Kenya ebenfalls bestätigt. Vermutlich immer dann, wenn Micah sich nicht im Sanatorium aufhielt und Toby auf der Farm beschäftigt war.«

»Es klingt beinahe idyllisch, wenn man die Tatsache außer Acht lässt, dass Grace Blacks Familie dadurch zerbrach. Ihre Ehe scheiterte, und sie ging viele Jahre lang durch die Hölle. Er hat Kenya gerettet und ihre Mutter ins Unglück gestürzt.«

»Weshalb er sich ja auch in psychiatrischer Behandlung befindet.« Jackman runzelte die Stirn. »Es ist ein Wunder, dass Philip die beiden nie gesehen hat. Er hat erzählt, dass er jeden Tag ins Sanatorium fuhr.«

»Er war die meiste Zeit unter der Erde, und vom Tunneleingang ist das Pförtnerhaus nicht zu sehen. Außerdem war Asher sicher sehr vorsichtig, was seine ›kleine Schwester‹ betraf.«

Maries Blick wanderte zurück in die Richtung, aus der sie gekommen waren. »Wir bekommen Besuch.«

Vier Gestalten kamen auf sie zu. »Ich dachte, dass das gesamte Team sich zum Abschluss noch einmal hier versammeln sollte.«

Marie sah ihn fragend an. »Warum?«

»Warten wir auf die anderen, dann erkläre ich es Ihnen.«

Sein Blick folgte einem schwarz-weißen Austernfischer, der tief über die Strandseen segelte.

Marie winkte Max, Rosie, Charlie und Gary zu, die den unebenen Pfad entlangstapften, und es entging weder ihr noch Jackman, dass Rosie und Max Händchen hielten.

»Also, wo ist das Picknick?«, fragte Max. »Ich liebe gekochte Eier und Schweinepastete.«

»Tut mir leid, aber die Schweinepastete ist alle. Reicht das hier auch?« Jackman zog eine Champagnerflasche aus der Tasche zwischen seinen Füßen, holte sechs Plastikbecher hervor und gab die Flasche an Marie weiter. »Erweisen Sie uns doch bitte die Ehre, Sergeant.«

Als alle versorgt waren, hob er seinen Becher, um einen Toast auszusprechen. »Auf Sie alle. Ich kann Ihnen gar nicht genug für Ihre Arbeit in den letzten zwölf Monaten danken.«

Die salzige Seeluft wehte ihnen in die Gesichter, als sie sich schließlich zuprosteten und an ihren Getränken nippten.

»Warum hier, Sir?«, fragte Rosie. »Ich meine, ich mag die frische Luft und so, aber eine solche Besprechung findet doch normalerweise im Ermittlungsraum statt.«

»Weil es dieses Gebiet in ein paar Monaten nicht mehr

geben wird. Auf diesem Teil des Marschlandes entsteht ein Hafen. Das alte Sanatorium wird abgerissen, und Hobs End wird geflutet, um vom Meer aus zu den neuen Anlegestellen zu gelangen.«

»Das ist ja großartig!«, rief Gary. »Die Gegend hier war lange genug ein Ort der Angst und des Todes. Meine Schwester wäre begeistert.«

Marie verengte die Augen. »Das bedeutet, dass jemand mit dem Verkauf des Landes Unsummen verdient hat. Darf ich raten, um wen es sich handelt?«

»Das sollte nicht allzu schwer sein. Benedict Broome ist jetzt ein sehr reicher Mann.«

»Der Kerl hatte am Ende also auch noch Glück«, murmelte Max. »Obwohl es schon außergewöhnlich ist, dass jemand eine solche Kindheit unbeschadet übersteht.«

Unbeschadet? Jackmans Blick schweifte über das Marschland und folgte einer Schar Gänse. Er erinnerte sich daran, was Philip Groves gesagt hatte: »Wir sind alle traumatisiert. Wir haben alle unsere Geheimnisse. Jeder Einzelne.«

Während sie langsam und in angenehmes Schweigen versunken zum Wagen zurückgingen, dachte Jackman an den überaus kompetenten Benedict Broome.

Philip war der Arzt und »Heiler« gewesen, doch Benedict war derjenige, an den sich die anderen gewandt hatten, wenn es Probleme gab. Er hatte immer einen Weg gefunden, um ihnen das zu geben, was sie brauchten. Um sie zu beschützen und sie wieder zusammenzubringen.

Benedict war der »Problemlöser« gewesen. Was Jackman wiederum zu dem letzten ungelösten Rätsel des Falles führte, nämlich zu dem Mord an Charlotte und Simeon Mulberry. Hatte Benedict auch dieses Problem gelöst?

Jackman atmete die salzige Luft ein und schüttelte den

Kopf. Es wurde langsam Zeit, dieses Kapitel endgültig abzuschließen. Schlafende Hunde sollte man lieber nicht wecken.

ENDE

HANDELNDE PERSONEN

DI Rowan Jackman

Jackman ist ein Gentleman. Er ist groß, schlank, gebildet und hat einen Abschluss in Anthropologie und Soziologie an der Universität von Cambridge. Abgesehen von seiner Arbeit bei der Polizei, gilt seine Leidenschaft dem Reiten. Er ist ein fairer Vorgesetzter und hat die Gabe, die Stärken eines jeden Einzelnen zu sehen und dadurch das Beste aus seinem Team herauszuholen.

DS Marie Evans

Marie ist so etwas wie eine Amazone. Sie ist sechsundvierzig Jahre alt, groß gewachsen und hat lange, kastanienbraune Haare. Sie erinnert Jackman an eine präraffaelitische Schönheit in Ledermontur, da sie eine sehr erfahrene Motorradfahrerin ist. Marie ist Witwe. Ihr Mann wurde bei einem Motorradrennen getötet. Bei der Arbeit vertraut sie vor allem auf ihren Instinkt. Sie wird vom ganzen Team gemocht. Trotz ihrer unterschiedlichen Hintergründe verstehen Jackman und Marie sich ausgezeichnet.

DC Max Cohen

Max ist ein junger Detective mit starkem Cockney-Akzent. Er hält seine Meinung nicht zurück und führt einen ständigen Kleinkrieg mit seinem jüngeren Partner Charlie. Er stammt aus einer Großfamilie aus dem Osten Londons und musste sich oft allein durchschlagen, was auch sein überbordendes Selbstvertrauen erklärt. Und auch wenn er Charlie immer wieder aufzieht, stellt er sich voll und ganz vor ihn, wenn es jemand anders versucht. Max' Loyalität gegenüber dem Team ist unerschütterlich, und er ist immer für die anderen da, wenn es mal eng wird.

DC Charlie Button

Charlie ist ein ziemlich ungepflegter und jungenhaft wirkender Polizist. Er ist der Jüngste im Team, aber er ist bemüht und begierig darauf, Neues zu lernen. Er ist gutmütig und steckt es locker weg, wenn jemand über ihn Witze macht. Charlie hat immer wieder brillante Geistesblitze und sieht Dinge, die so offensichtlich sind, dass sie die anderen übersehen haben.

PC Gary Pritchard

Gary wurde von Jackman von einer anderen Dienststelle abgeworben. Er ist ein Einheimischer und weiß jede Menge über die Fens. Gary ist Junggeselle und lebte mit seiner Schwester in einem kleinen Dorf im Marschland. Nach ihrem Tod war er über einen Ortswechsel sehr froh und schloss sich dem Team in Saltern-le-Fen gerne an. Er ist ein sanftmütiger, freundlicher Mann, der alles für seine Kollegen tun würde.

DC Rosie McElderry

Rosie arbeitet schon mehrere Jahre für die Kriminalpolizei, stieß aber erst vor Kurzem zu Jackmans Team. Sie hat lange blonde Haare und grüne Augen. Sie ist vierundzwanzig, sieht aber aus wie ein Teenager, was irreführend, bei Undercover-Einsätzen allerdings auch sehr praktisch ist. Sie hat ein hervorragendes Gedächtnis und ist bei jedem Einsatz mit vollem Eifer dabei, egal, wie gefährlich er ist.

Superintendentin Ruth Crooke

Ruth ist eine zähe, nervenaufreibende Frau. Sie ist hart und kontrollsüchtig, ihre Kommentare sind spitz, und sie lacht äußerst selten. Allerdings ist sie auch sehr gut in ihrem Job, und die Sicherheit und das Wohlergehen ihrer Untergebenen stehen für sie im Vordergrund. Trotz ihrer barschen Art hat sie eine Schwäche für DI Jackman und darf ihn als Einzige Rowan nennen.